Au coeur d'une nuit de Noël

Photo de couverture : © Shutterstock
Couverture : Ariane Galateau

Pour la présente édition,
Collection dirigée par Franck Spengler

34-36 rue La Pérouse
75116 Paris
www.hugopublishing.fr

Collection New Romance® créée par Hugues de Saint Vincent,
dirigée par Arthur de Saint Vincent
Ouvrage dirigé par Sylvie Gand

ISBN : 9782755662542
Dépôt légal : octobre 2022
Imprimé en Espagne en novembre 2022 par CPI Black Print

Erika Boyer

Au coeur d'une nuit de Noël

Hugo Poche

NEW ROMANCE®

NOTE

Pour une fois, il n'est pas nécessaire pour moi de vous inviter à consulter mon site Internet afin de connaître les *trigger warnings* de cette histoire, car aucun sujet y ayant été abordé ne me semble sensible – j'espère ne pas me tromper… Cette romance de Noël n'est que douceur pour vos petits cœurs ♡

Petite information cependant : si vous êtes fans de hockey comme mes héros le sont, et que vous connaissez les Pens, vous constaterez dès le début de votre lecture que certains joueurs mentionnés ne font plus partie de l'équipe. J'ai choisi de conserver ce qui était en place lorsque je me suis mise à soutenir les Pens ; j'espère que vous ne m'en tiendrez pas rigueur.

J'ai mis énormément de moi dans ce livre, notamment à travers Layla, et j'espère qu'en le lisant vous ressentirez tout l'amour que j'ai pour Noël et les autres choses qui y sont mentionnées ♡

Bonne lecture à toutes et à tous !

PLAYLIST

+ Bruno Mars – *Count on Me*
+ FLETCHER – *Healing*
+ Griffin Peterson – *Set Me Free*
+ Kelly Clarkson – *Underneath the Tree*
+ Kim Jonghyun – *Only One You Need*
+ Lindsey Stirling – *Time to Fall in Love*
+ Lindsey Stirling feat. Sabrina Carpenter – *You're A Mean One, Mr. Grinch*
+ One Direction – *I Would*
+ Pentatonix – *Merry Christmas, Happy Holidays*
+ Pentatonix – *Carol of the Bells*
+ Shawn Mendes – *Kid In Love*

À mon amie Laeti ; cette histoire,
c'est un grand bout de toi et moi.
Merci pour ton amitié ♡

CHAPITRE 1

LAYLA

– Y'a faute ! hurlé-je.

– C'est une mise en échec dans les règles.

– N'importe quoi, Marchand est une grosse brute, tu le sais très bien !

– Une brute ? On parle de Letang ? demande mon meilleur ami, avec cet air arrogant insupportable qu'il adopte chaque fois qu'on regarde un match de hockey où s'opposent nos équipes préférées respectives.

Je me laisse retomber dans le canapé de notre salon et affiche un visage identique. Un léger sourire sur les lèvres, je le provoque :

– Parlons-en. Joueur ayant le plus de temps sur la glace chez les Pens[1], incroyable défenseur, toujours dans le jeu en cas d'infériorité numérique parce que valeur sûre…

---

1. Pingouins de Pittsburgh, équipe de hockey de la LNH (Ligue nationale de hockey).

Sidney me coupe :

– Sale caractère, donne des coups en douce, ne sait pas se tempérer, est assez stupide pour prendre des minutes sur le banc des pénalités et mettre son équipe dans la merde…

– Sidney, Layla.

Nous tournons tous les deux la tête vers la voix douce qui vient de s'élever derrière nous. Jade se frotte les yeux et bâille. Notre colocataire, dans ses gros chaussons en fourrure, serre sa robe de chambre autour d'elle. Un épais col en laine blanc enserre son cou tandis que le tissu bleu clair recouvert de flocons et floqué d'un portrait d'Elsa de *La Reine des neiges* descend jusqu'à ses pieds – mon amie aime autant *Disney* que j'aime le hockey sur glace.

Elle a sorti ses pyjamas d'hiver, ça y est. Je la comprends, la douceur de l'automne a disparu au profit du froid de décembre, marquant l'approche du meilleur moment de l'année : Noël.

Jade frissonne, puis elle bâille encore. Sidney et moi la regardons, nous attendons qu'elle parle enfin, mais vu sa tête, il ne fait aucun doute que nous l'avons réveillée.

– Vous faites trop de bruit.

– Désolé, s'excuse-t-il.

– C'est à cause de lui, me défends-je.

Mon meilleur ami me jette un regard noir auquel je réponds par un sourire satisfait. Jade nous sourit tendrement, puis elle secoue la tête.

– Je sais que vous êtes des oiseaux de nuit et je sais que vos matchs de hockey sont importants pour vous, mais nous, on voudrait bien dormir.

– On a réveillé Romy ? m'inquiété-je.

– Elle, je ne sais pas, mais moi, oui, dit Levy en débarquant à son tour dans la pièce, simplement vêtu d'un caleçon.

En voilà un qui ne semble pas craindre le froid. Il fait moins mille dans l'appartement parce qu'il ne veut pas qu'on augmente le chauffage à cause de la facture, mais ça n'a pas l'air de le gêner. Moi non plus, mais quand je vois l'épaisseur de vêtements sur Jade qui, malgré ça, tremble presque, je me dis que demain, que Levy soit d'accord ou pas, je monterai tous les radiateurs.

Il va bien falloir qu'il accepte que cette année, on se pèle ; l'hiver a décidé de nous faire grâce de sa présence avant l'heure.

– Toi, on s'en fout, dit Sidney.

Je tourne la tête vers lui en entendant sa réponse. Je suis assez d'accord, alors je lui tape dans la main. Ennemis quand il s'agit de hockey, complices quand il faut charrier cet homme.

Avec les deux filles de notre coloc, Romy et Jade, nous sommes des anges – dans une certaine mesure, je ne contrôle pas mes crises, avec personne –, mais avec lui, nous sommes plutôt des démons. Il nous le rend bien ; c'est un foutu tortionnaire qui fait ses coups par-derrière, en nous privant de salaire, par exemple…

Levy nous jette un regard qui en dit long, mais je crois qu'il n'est pas assez réveillé pour se prendre la tête avec nous. Il est minuit passé. Pour Sidney et moi, c'est l'heure parfaite, le milieu d'un match – match qui va reprendre sous peu, je reconnais la dernière pub de l'application de la LNH –, mais pour nos trois amis, collègues et colocataires, c'est juste la nuit, le moment ennuyeux où ils tentent de dormir pour assurer la journée de travail du lendemain.

Nous ne vivons pas au même rythme qu'eux. Nous faisons énormément ensemble, nous partageons un toit et une entreprise, mais dormir, clairement pas.

– On va la mettre en veilleuse, promet Sidney.

– Ouais, mets-la en veilleuse, dis-je.

Il me jette un coussin au visage. Je pousse un cri de surprise avant de lui donner des coups de pied. Nous rions comme deux idiots tout en nous bagarrant, mais quand je manque de renverser mon mug en tapant dedans, Sid s'arrête pour éviter une catastrophe. L'idée de retrouver des petits morceaux partout lui est insupportable, il déteste le désordre.

– Je crois qu'on va mettre des boules Quies, soupire Jade en souriant malgré tout.

Elle disparaît dans sa chambre où elle va sûrement prévenir sa copine que, cette nuit, il faudra faire avec le côté puéril de leurs amis.

Sidney et moi n'y pouvons vraiment rien, nous sommes incapables de changer notre relation ou notre comportement comme ça, d'un claquement de doigts. Je le connais depuis presque toujours. Je crois que je portais encore des couches quand on s'est rencontrés la première fois. À l'époque, mes parents habitaient à Toulouse, comme les siens. Vingt-deux ans après, les miens ont décidé d'envahir la capitale, les siens ont choisi de rester dans le Sud-Ouest, comme nous. Beaucoup de choses ont changé, à commencer par ma relation avec mon père et ma mère, mais il y en a une qui reste inchangée : mon amitié avec Sidney. Elle a évolué, elle est bien plus forte qu'avant, mais l'essence de notre duo est la même. On est toujours deux gosses qui font les quatre cents coups ensemble, s'adorent, se chamaillent, ne peuvent se passer l'un de l'autre.

Sidney est mon univers à lui tout seul, et je ne crois pas me tromper en disant que je suis le sien.

Je me redresse lorsque j'entends la voix du commentateur.

– Ça reprend !

– J'ai plus de chocolat, mets sur pause ! ordonne Sidney.

– Je ne mets pas un direct en pause, tu rêves.

– T'as plus de chocolat non plus, je te signale.

Je me penche vers mon mug et constate qu'il a raison, il est vide. Je ne peux pas continuer sereine maintenant que je sais que je n'ai plus de gourmandise. Il me faut un chocolat chaud, avec chantilly et morceaux de cookie écrasés sur le dessus. Il me le faut maintenant. Le mois de décembre est entamé, la saison des lumières, des chants, des cadeaux et surtout des délices culinaires a débuté. Ça veut dire que je me dois de me gaver de sucre.

Sidney dirait que mon excuse ne tient pas la route parce que j'utilise la même avec Halloween, mais je m'en moque. Il me faut du sucre, souvent, tout le temps, autant que possible et surtout quand on fait une soirée match de hockey.

– Levy… dis-je en me retournant.

Je remarque qu'il a enfilé un pantalon et un sweat ; il n'est finalement pas si réchauffé que ça.

Il lève le regard de l'écran de son téléphone et voit que je secoue mon mug dans sa direction.

– Pas moyen.

– Je te file cinq euros, tenté-je.

– Je te signale que tu m'en dois vingt ! s'énerve-t-il.

J'avais oublié ce détail… Je les ai, là n'est pas le problème, mais je voulais commander un nouveau tee-shirt des Pens qu'ils ont récemment mis sur la boutique officielle, avant qu'il soit en rupture de stock. Et puis j'ai encore des cadeaux de Noël à acheter…

Je lève les yeux vers Sidney. Je n'ai pas besoin de parler, il comprend ce que je tente de lui demander, ce que je le *supplie* de faire. Je n'aime pas qu'il me prête de l'argent, mais cette petite somme, je pourrai vite la lui rembourser.

– Je te les donne en échange d'un massage.

– Vendu ! dis-je en souriant.

– Des pieds, précise-t-il.

Je grimace. Il sourit.

Le match a repris et je suis en train de tout rater. Il faut que je me décide vite. Plus que vite. Je n'ai pas le temps.

Massage des pieds ce sera.

– OK.

– Levy, dit Sidney en se retournant à son tour. Je te rends les vingt euros qu'elle te doit et j'en ajoute dix pour que tu nous fasses les chocolats.

– Je suis comptable, pas barista. Tout ce qui touche à la bouffe et aux boissons, c'est toi qui gères, normalement.

– Fais une exception et tu récupères dix balles.

Notre ami hésite, mais pas longtemps. Il aime l'argent, j'ai eu un mal fou à le convaincre de me prêter un billet de vingt. S'il ne m'aimait pas autant, je suis certaine qu'il ne me l'aurait pas passé. C'est un vrai radin… Son métier de comptable lui va comme un gant, on est tous très heureux de l'avoir à nos côtés dans l'entreprise. Sans lui, *Au seuil des délices* aurait fait faillite avant même d'ouvrir ses portes.

On l'a montée tous les cinq, presque sur un coup de tête – de ma part –, et par chance, on se complète. On s'accorde aussi bien qu'on le fait en amitié, et bien plus qu'en tant que colocataires. Sur ce dernier point, disons qu'on se supporte.

Sidney et moi sommes du genre à vivre avec l'éclat de la lune, lui parce qu'il est insomniaque, moi parce que je déteste le laisser seul avec ses insomnies. Levy assure la journée avec peu d'heures de sommeil, mais Jade et Romy se couchent tôt et ont besoin d'une longue nuit pour être en forme. Ce qui ne les empêche pas de se lever avec le soleil quand il le faut, et même avant lui en cette période de l'année – si on attendait après lui, ce serait compliqué de travailler. Parfois, elles sont debout avant même qu'on soit couchés. On vit en décalé et il arrive que ça coince. On les réveille, elles nous empêchent de dormir… Finalement, Levy est le mieux loti de la bande. Il s'adapte, toujours.

Enfin, presque toujours.

– Qu'est-ce que c'est que ça ? demande-t-il.

Je ne tourne pas la tête vers lui, je sais exactement ce qu'il a vu et je sens la crise arriver. On a sorti les décorations de Noël, et s'il y a bien une chose que Levy n'aime pas, c'est cette fête. Quand il va se rendre compte qu'on veut décorer l'appartement, ce sera une nouvelle guerre mondiale chez nous. Je préfère repousser l'échéance.

Je m'empare du mug rempli de chocolat chaud qu'il m'a apporté. La chantilly est de travers, il n'y a aucun morceau de gâteau et encore moins de coulis. Il n'a pas fait ça très bien.

Je préfère quand Sidney s'en charge. Mon meilleur ami a de l'or dans les doigts. Tout ce qu'il fait est toujours parfait. Il transforme un simple chocolat chaud en un breuvage excellent dont la vision à elle seule reflète toute la magie de Noël.

Je bois une gorgée avant de poser ma boisson ratée sur la table et de me remettre dans le canapé. Mais à peine installée, je me lève d'un bond :

– Buuuuuut !

– Layla ! entends-je Romy hurler depuis sa chambre.

– Désolée ! Dans tes dents, ajouté-je à voix basse pour Sidney.

Il grogne. Les Pens mènent maintenant deux à un. Les Bruins[2] peuvent aller se rhabiller, ou se déséquiper, qu'importe la bonne formule. Rask est peut-être un bon gardien, mais il ne peut rien contre mes chouchous ; face à Crosby, notre capitaine, il ne fait pas le poids. Personne n'est à son niveau.

– Redescends, Lay's, y'a qu'un point d'écart.

– On va vous éclater.

– Tu rêves, tête de chips.

J'enfonce mon talon dans son pied. Il m'énerve à m'appeler comme ça. Qu'il me surnomme comme la marque de chips, passe encore, ça ressemble à mon prénom, mais ça, c'est énervant. Il fait ça depuis des années, je commence à m'habituer, mais ça ne m'empêche pas de me venger chaque fois.

– Attends la troisième période, dis-je.

– Toi, attends-la. Les Bruins vont gagner.

– On parie ?

Sidney écarquille les yeux, mais très vite, il sourit. De petites fossettes se dessinent sur ses joues, les

---

2. Bruins de Boston, équipe de hockey de la LNH.

mêmes dans lesquelles j'enfonçais mon doigt quand on avait huit ans. Ça le rendait dingue.

– On va parier, et pas qu'une fois, dit-il.

– Comment ça ?

– Chaque match qu'on regarde, si notre équipe gagne, l'autre nous doit un truc. Si on perd, on doit un truc à l'autre.

– Les Pens et les Bruins ne vont pas faire tous les matchs l'un contre l'autre, t'es au courant que y'a d'autres équipes à la LNH ?

– C'est quoi la LNH ? demande Levy.

J'agite la main vers lui pour l'informer que je répondrai à cette question plus tard. Il y a plus intéressant. Sidney a une idée en tête, je le sais. Et souvent, mon meilleur ami en a de fabuleuses.

– Pas obligé qu'ils s'affrontent, répond-il. Quoi qu'il arrive, on regarde tous leurs matchs. Quand les Bruins gagnent ou que les Pens perdent, tu fais ce que je te demande. Et à l'inverse, quand les Bruins perdent ou que les Pens gagnent, je fais ce que tu veux.

– En gros, tu deviens mon esclave jusqu'à l'été prochain.

– Tu es trop confiante, se moque-t-il.

Je hausse les épaules. C'est mon équipe, je me dois d'avoir confiance en elle. La saison a plutôt bien démarré pour eux, je le sens bien. On a eu quelques années difficiles, mais celle-là est pour nous. Les Pens rentreront à la maison avec la Coupe

Stanley[3] ! Ce n'est pas arrivé depuis 2017, il est temps de reprendre ce qui nous appartient.

– J'en suis, dis-je. Je peux demander absolument ce que je veux, hein ?

– Rien de dangereux. Je tiens à ma vie.

– Je ne mettrai jamais ta vie en danger.

Il prend ma main dans la sienne en souriant, puis il m'attire à lui. Je tombe sur ses jambes. Il n'attend pas une seconde de plus pour me serrer contre lui.

Notre amitié, c'est aussi ça. Ce ne sont pas juste des disputes ou des rires, c'est aussi beaucoup de tendresse et de réconfort.

Ses étreintes me font toujours un bien fou, celle-là n'échappe pas à la règle. Quand je suis contre lui, je me sens bien, apaisée. Même lorsque je suis en crise, j'ai l'impression qu'un câlin de Sidney peut me calmer. C'est faux, bien sûr, il n'a pas le pouvoir de vaincre ce que j'ai, seuls les médicaments le peuvent, mais il m'aide quand même grandement à le supporter. Mon meilleur ami me facilite la vie, en me proposant des défis idiots, en m'accompagnant dans tous mes délires, en ne me jugeant jamais… en m'aimant, tout simplement.

Sidney est l'être le plus merveilleux du monde et juste parce qu'il est là, avec moi, je sais que le mois de décembre sera parfait. Il me fera oublier tout ce

---

3. Trophée de hockey sur glace décerné chaque année par la LNH.

qui me rend triste en cette période de l'année que je chéris pourtant tellement.

– J'essaierai de ne pas être trop cruel avec toi, murmure-t-il à mon oreille. Je sais que ce sera déjà dur pour toi de les voir perdre.

– Ils ne perdront pas, grommelé-je. Ne gâche pas mon câlin.

– Ils perdront. Même s'ils vont jusqu'aux séries éliminatoires, les Bruins les écraseront. Des petits pingouins glacés, puis fondus.

– Tes ours ne font pas le poids. On a Crosby, Malkin, Dumoulin, Tanev, Marino…

– C'est bon, j'ai compris ! Tu ne vas pas me faire toute la liste, se moque-t-il.

Je ris contre lui en agitant mes jambes dans le vide. C'est un mouvement que je fais quand je suis heureuse, et je le suis. La saison de hockey a commencé depuis déjà deux mois, mais j'aime encore plus les matchs de décembre.

Depuis quelques années, Sidney et moi avons ce rituel de les regarder en direct ensemble. Même quand nous sommes séparés, chacun se connecte à l'application et on s'appelle pour les vivre ensemble. Mais cette année, on est sûrs de pouvoir tous les regarder ensemble, chez nous.

C'est une des raisons pour lesquelles j'aime autant le fait que nous vivions sous le même toit. C'est aussi grâce à ça que je n'ai pas eu à suivre mes parents sur Paris, mais le fait de pouvoir vivre la saison de hockey avec mon meilleur ami est encore plus important. Je suis complètement accro, comme lui. Et si j'aime autant les regarder en cette période, c'est parce qu'ils me permettent d'oublier que, cette année encore, je ne fêterai pas Noël avec mon père et ma mère.

J'aurai beau compter les jours, ouvrir patiemment les vingt-quatre cases de mon calendrier, le vingt-cinq, ils ne seront quand même pas là. Ils se cacheront derrière l'excuse de nos origines, diront que notre famille ne fête pas Noël. Je leur rappellerai que nous sommes marocains, mais pas musulmans – encore que je connais des musulmans qui fêtent Noël, à commencer par mes grands-parents –, et que, quand j'étais enfant, nous passions ce moment tous les trois dans la joie. Ils me rappelleront que je ne suis plus une enfant et qu'il serait temps que j'en prenne conscience. Et la discussion s'arrêtera là, avec pour seul résultat : des larmes dans mes yeux.

Les nuits que je passe avec Sidney en décembre sont extrêmement précieuses, car elles m'aident à oublier tout ça, et elles me permettent aussi de lui éviter de tourner et virer dans son lit pendant ses insomnies, qu'il a eu l'habitude de vivre seul jusqu'à ce que je les découvre. Comme sa tendance à tout ranger, elles sont liées à son anxiété. Il dit que ce n'est pas grave, et je veux bien le croire, mais je n'aime pas savoir qu'il reste seul, les yeux ouverts, à contempler son plafond. Je préfère être avec lui, même si je ne sers pas à grand-chose.

– Combien y'a de temps de pause ?

Je lève la tête vers Levy. Je suis surprise qu'il ait remarqué que le match s'était arrêté.

– Deux minutes, répond Sidney, les yeux toujours rivés à l'écran.

– Très bien, vous allez pouvoir me répondre, maintenant.

Nous interrogeons tous les deux notre ami du regard. Il pointe un carton ouvert, puis il lève la tête vers nous et demande :

– Qu'est-ce que ça fait là ?

Apparemment, il n'a pas oublié.

Une guirlande argentée dépasse de la boîte, une boule blanche a glissé sur notre parquet. C'est le genre de vision qui peut hanter Levy pendant des semaines, et il n'a pas encore remarqué le bonnet du père Noël chantant que j'aperçois depuis ma place. Il va virer fou en comprenant qu'on veut l'installer et même l'allumer. Toutes les piles de l'appartement vont disparaître, j'en mets ma main à couper.

Je vais devoir être directe avec lui. Si je fais ça d'un coup, ça sera peut-être moins douloureux…

– C'est pour décorer l'appartement, dis-je.

– Pas de décorations de Noël ! s'exclame-t-il.

– Chut… Tu vas réveiller les filles.

Levy me jette un regard las, mais toujours noir. Je sais ce que ce dernier signifie. C'est moi qui suis trop bruyante et je n'échapperai pas à la discussion.

– On est en décembre, il faut décorer.

– Il n'en est pas question !

– C’est bientôt Noël, insiste Sidney.

– Raison de plus, Toulouse est déjà envahie, toute la ville est décorée, vous ne déguiserez pas notre appart’ en plus.

Il a raison, les illuminations ont été installées, le sapin géant des allées Jean-Jaurès brille de mille feux, et toutes les vitrines des magasins respirent Noël. Je n’ai qu’une hâte, aller toutes les voir. Si j’habite toujours en ville, au-delà du fait que j’adore la vie citadine, c’est précisément pour ça, pour me faire chaque boutique une par une et en admirer la décoration.

Ce qui n’est pas le cas de Levy.

– Faut vraiment que tu consultes pour régler ce problème que tu as avec Noël, soupire mon meilleur ami.

– Fous-moi la paix, je te dis…

– Ça reprend ! le coupé-je.

C’est faux, ce sont des actions déjà passées que les présentateurs commentent, mais notre ami l’ignore vu qu’il n’y connaît rien en hockey.

– On ne décorera pas l’appartement ! insiste-t-il, en criant plus fort que moi.

J’entends soudain du bruit dans la chambre des filles. Mes yeux deviennent deux billes, ceux de Sidney sont identiques. Il sait qu’on va bientôt se faire passer un savon, d’autant que Levy ne semble pas prêt à arrêter de crier maintenant qu’il a compris qu’on voulait transformer notre foyer en maison de lutins.

– Ils sont morts, entends-je dire Romy.

Je ne sais pas ce que Jade lui répond, elle parle trop doucement, mais j'imagine qu'elle tente de la calmer. C'est peine perdue. Je connais Romy, elle peut se montrer patiente, mais une fois que la limite est atteinte, il est impossible de la retenir. Nous disposons seulement du temps dont elle a besoin pour enfiler des vêtements, après, il sera trop tard.

– Ta chambre ? demande Sidney, qui en est arrivé à la même conclusion que moi.

– Je suis sérieux, on ne met pas de décorations !

– La tienne, je n'ai pas fait mon lit, réponds-je à mon meilleur ami en ignorant Levy.

– Raison de plus, on ne va pas défaire le mien.

– Tu vas péter un plomb en voyant le bordel.

La porte s'ouvre sur notre débat. Je me penche pour attraper mon mug et avaler mon chocolat d'une traite, puis j'attrape mon plaid, mon coussin et mon téléphone où l'application est encore en train de tourner. Le match a finalement repris et je suis en train de tout rater, mais c'est ma faute, alors je ne peux m'énerver contre personne.

Cela ne m'empêchera pas de mettre ça sur le dos de Sidney.

Plus tard. Pour l'instant, il faut fuir.

Équipée de tout mon bazar, je prends la main de Sid et pars en courant vers sa chambre. Derrière nous, Levy continue à s'agacer, et Romy commence aussi à crier.

Je ferme la porte au moment où ils se mettent à se hurler mutuellement dessus. Je ne sais pas combien de temps il leur faudra pour s'apercevoir que les vrais coupables, c'est nous, mais je m'en moque ; maintenant qu'on est enfermés, ils ne peuvent plus rien nous faire.

C'est ce dont je me convaincs les premières minutes, mais je change d'avis lorsque j'entends frapper à la porte.

– Sortez d'ici ! hurle Romy.

– On dort !

– Arrête, me chuchote Sidney, elle pourrait enfoncer la porte.

J'écarquille les yeux en me rendant compte qu'il a raison. Notre amie en est capable. Elle fait preuve d'une grande douceur, en particulier avec Jade – même si on sait que c'est parce qu'elle en est amoureuse ; elle est moins tolérante avec nous –, mais quand elle explose, il ne faut pas être à côté et il vaut mieux se taire. Je me souviens encore du mec qu'elle a envoyé valser au-dessus de la table du *G-Bar*[4] la dernière fois qu'on est sortis. Je ne crois pas qu'on pourra y remettre les pieds de sitôt. Le type l'a traitée de lesbienne mal baisée avant qu'on parte, elle a failli lui rentrer dedans une deuxième fois.

Ce soir-là, j'ai appris deux choses : toutes les personnes *queer* ne s'entendent pas comme dans le

4. Bar gay de Toulouse.

monde des Bisounours, car appartenir à une même communauté ne veut pas dire qu'on s'aime, et il ne faut pas trop chercher Romy.

– Layla, l'entends-je dire, plus calmement.

– Oui ?

– On ne décorera pas l'appartement en jaune.

– Mais…

Sidney couvre ma bouche de sa main. Je ne suis pas d'accord, j'ai sorti mon propre carton avec mes décorations jaunes bien plus jolies que les leurs. Je veux qu'on les mette !

– On ne décorera pas du tout ! crie Levy.

– Tu nous soûles, va te coucher, toi aussi ! Et vous deux, on en rediscutera, je vous le dis.

Je m'agite dans les bras de mon meilleur ami qui m'empêche toujours de répondre à Romy ou encore à Levy. Il fait ça pour mon bien, mais ça m'énerve quand même. Je ne vois pas pourquoi Noël devrait être rouge, vert, ou encore bleu ou blanc. Le jaune, c'est une très belle couleur. C'est celle des Pens.

Agacée de ne pas parvenir à me défaire de l'emprise de Sidney, je lui lèche l'intérieur de la main. Il rit, mais il ne me lâche pas.

Je finis par abandonner.

Doucement, l'appartement retombe dans le silence. C'est si calme que j'entends les gens dehors discuter en passant au pied du bâtiment où nous vivons. La rue Saint-Rome est animée même en pleine nuit, c'est la magie de Toulouse. Certains détestent ça, plusieurs de nos voisins aiment crier aux importuns de rentrer chez eux au lieu de rire sous leur fenêtre, mais moi, ça ne me gêne pas. Je suis une fille de la ville, j'aime que tout soit vivant autour de moi.

– Ils sont allés se coucher, je crois, dis-je, ma bouche enfin libre.

– Ils ne vont pas nous louper demain.

– Tu gères Romy, je gère Levy.

– Ça me va.

Romy adore Sidney. Elle m'aime aussi, mais elle cède plus facilement à mon meilleur ami ; il sait comment la prendre. Quant à moi, j'ai toujours d'excellents moyens de pression avec Levy. Je suis une femme, c'est un homme, nous sommes tous les deux hétérosexuels, il y a une carte à jouer. Je doute que ça marche pour un sujet comme celui-là, dont il refuse tout net de discuter, mais je peux tenter. Au pire, il s'énervera et supportera parce qu'on ne lui laissera pas le choix. Noël, c'est sacré, hors de question que notre appartement ne soit pas décoré !

– On reprend le match ?

– Il va falloir revenir en arrière, ronchonné-je.

– Je m'en occupe, tu vas te spoiler le résultat, je te connais. Et après, tu vas me le balancer.

– C'est pas ma faute, l'application est mal foutue. Tu vois pourquoi je veux regarder en direct ?

Sidney secoue la tête, amusé. Je sais qu'il se moque de moi, mais ça m'est égal.

Je me jette sur son lit et roule dans la couette et les coussins pour tout mettre en désordre. C'est ma punition. Pourtant, il ne dit rien, ma bêtise ne provoque aucune réaction chez lui, ou en tout cas pas celle que j'attendais. Quand il vient s'asseoir à côté de moi, il a juste un visage heureux.

– Pourquoi tu souris comme ça ?

– Pour rien.

– Je te connais par cœur, y'a un truc…

Je regarde autour de moi, mais je ne vois rien. Je lève ses bras, le pousse un peu pour vérifier sous ses fesses, mais il n'y a toujours rien. Enfin, je tourne la tête vers la télé, puis vers Sidney, de nouveau vers la télé. Et là, je comprends.

– Tu as vu le score final ! Tes foutus oursons ont gagné ?!

– Je ne dis rien. On verra qui sera l'esclave de qui demain.

Il n'a pas besoin de me le dire, je le lis dans ses yeux. Le plaisir qu'il ressent ne peut être dû qu'à une victoire des Bruins.

Je n'arrive pas à croire que les Pens ont perdu. Je n'en serai convaincue que quand j'aurai vu la fin de ce match. Sidney se paie peut-être ma tête. Avec lui, tout est possible.

CHAPITRE 2

LAYLA

Sidney ne se moquait pas de moi, on a vraiment perdu. Je ne m'en remets pas. Mes heures de sommeil n'ont pas du tout aidé. Je suis partie en claquant la porte de la chambre de mon meilleur ami, j'ai mangé à l'avance le chocolat de mon calendrier de l'avent dans l'espoir de me réconforter – ça n'a pas suffi –, et je suis allée me rouler en boule dans mon lit avec mon plaid préféré après avoir monté le chauffage du salon juste parce que j'étais énervée et que je n'avais pas envie de me plier aux consignes de Levy.

Je ne suis pas très bonne perdante, alors j'ai eu du mal à encaisser, mais comme toujours, j'ai pu compter sur Sidney pour rendre les choses plus supportables.

Sid : Je vais essayer de convaincre les
filles de mettre du jaune

dans la déco de Noël.
Ne sois pas triste, d'accord ?

Je souris en relisant son message, au réveil. Je crois que c'est pour ça que j'aime autant cet homme. Il me taquine beaucoup, et je le lui rends bien, il n'hésite pas à m'en faire voir de toutes les couleurs, mais il sait toujours s'arrêter à temps. D'aussi loin que je me souvienne, il a toujours pris soin de moi.

Lorsque j'ai perdu mon bracelet préféré, en primaire, celui que mon père m'avait acheté pendant l'un de nos séjours au Maroc, il m'a aidée à le chercher pendant un long moment. Même quand notre maîtresse a fini par se fâcher parce qu'on ne voulait pas rentrer en classe, il a continué à fouiller la cour avec moi.

Quand un garçon de troisième s'est moqué de moi à cause de la couleur de ma peau à mon entrée en sixième, c'est lui aussi qui m'a défendue. C'était la première fois que je vivais le racisme. Mes origines marocaines se voient sur mon visage, mais avant ce jour, personne ne m'avait jamais fait de remarque à ce sujet. J'ai vite compris que le collège était un endroit moins tendre que l'école primaire.

Quoi qu'il en soit, là encore, c'est Sidney qui m'a défendue, et c'est aussi lui qui m'a empêchée de me faire exclure quand je me suis jetée sur ce même garçon pour le frapper…

Cela ne s'est pas arrêté une fois que nous sommes devenus adultes. Il a continué à être là pour moi, tout le temps.

Lorsque mes parents ont décidé de partir à Paris, que j'ai choisi de rester ici et que nous nous sommes fâchés, c'est lui qui a su me calmer en me proposant de regarder un épisode d'*In The Room*, l'émission des Pens.

La fois où mon père a critiqué ma décision d'abandonner mes études pour monter une entreprise avec mes amis et qu'il m'a coupé les vivres, c'est Sidney qui m'a accueillie chez lui le temps que je me remette sur pied. C'est aussi lui qui paie mes factures quand je suis en retard. Lui qui a séché mes larmes quand Wish, mon chat, nous a quittés.

Sidney est également le seul qui ne m'a jamais rejetée en vingt-deux ans d'amitié, pas même quand je me montrais horrible avec tout mon entourage. À l'époque, il ne savait pas encore que c'était lié à ma maladie, et malgré tout, il ne m'en a jamais voulu, il a toujours été de mon côté. Et il continue à l'être, à me défendre quand les gens pointent mes crises du doigt. Sans rien dévoiler, à ma demande, il se range toujours de mon côté et joue l'avocat s'il le faut.

Il est incroyable, c'est le meilleur ami du monde, pour les choses importantes comme pour celles qui semblent insignifiantes. Je sais que tous me jugent pour mon côté *fangirl*, mes parents les premiers. Les gens se disent que je n'ai plus l'âge d'être aussi à fond dans une passion, de dépenser autant en produits dérivés, de passer des nuits blanches à regarder mon équipe jouer ou d'être peinée quand ils perdent. Pour la plupart, c'est un comportement puéril, tout comme cette folie que j'ai eue de monter une entreprise de traiteur avec mes amis. Me rouler dans la neige, m'émerveiller devant les feuilles qui tombent, sourire quand je vois une peluche, mettre autant de cœur dans la décoration de Noël… tout chez moi s'apparente au comportement d'une petite fille, et mon entourage n'approuve pas. Mais Sidney n'est pas comme ça, jamais. Il accepte mon côté enfantin, il accepte tout de moi…

– Lay's ?

Je lève la tête vers la porte de ma chambre. La voix de mon super ami me fait sourire, et mon cœur s'emballe. J'ai envie de le serrer dans mes bras, mais j'ai les yeux humides en me souvenant de tout ce qu'il a fait pour moi, et je ne veux pas qu'il me voie comme ça. Parfois, j'ai vraiment l'impression d'être un poids pour lui, ça m'ennuie.

– N'entre pas, je suis toute nue !

– Je t'ai déjà vue à poil…

– On avait six ans, ça ne compte pas.

– Ça ne me gêne pas de voir l'évolution, dit-il en riant.

Je ris aussi, mais je me mets soudain à pleurer, d'un coup, sans raison valable. Je ne sais pas si Sidney l'entend, mais je crois que oui.

– Layla ?

Je n'arrive pas à répondre, je suis prise d'une crise de larmes que je ne parviens pas à contrôler. Je déteste quand mon corps fait ça !

– Je compte jusqu'à dix et j'entre, si tu es vraiment nue, mets-toi vite sous la couverture.

Je suis vêtue de mon pyjama des Pens, je n'ai pas peur qu'il voie mon corps, aucun risque. Je n'ai pour autant pas envie qu'il entre et me découvre dans cet état, mais j'ai besoin de le voir. Avec moi, c'est toujours contradictoire, c'est insupportable.

J'entends Sidney compter jusqu'à dix comme il l'a annoncé, puis la porte s'ouvre. Je n'ose pas lever la tête vers lui. Je renifle en cachant mon visage.

En un rien de temps, sa chaleur m'enveloppe. Il est là, assis sur mon lit, ses bras autour de mes épaules qui tressautent.

– Je savais bien que tu ne dormais pas nue… Tu ne peux pas te passer de ce pyjama moche, murmure-t-il.

Je ris contre sa poitrine. Je n'ai pas la force de le fâcher parce qu'il critique mon super vêtement alors qu'il est bien chaud et doux, parfait pour la saison. Pour le moment, je veux juste profiter de son étreinte.

Il me serre un peu plus fort contre lui et je hume son parfum rassurant. Quand il ne porte pas son *Hugo Boss*, Sidney sent toujours Noël, il a l'odeur du feu de cheminée et de la cannelle qu'il met dans ses préparations culinaires. J'aime vraiment beaucoup son parfum, et dans ses bras, doucement, je me calme.

Certains voient de la magie en Noël, d'autres comptent sur Dieu, d'autres encore ont foi en la nature, moi, c'est en Sidney que je crois. Il y a quelque chose chez lui de spécial. Je n'ai jamais compris comment ce petit garçon empoté, qui passait son temps à trébucher dans ses lacets défaits et à avoir peur du noir, avait pu devenir un homme aussi fort et réconfortant. Sa puissance ne réside pas dans ses muscles – même s'il en a ; ce mec est une espèce de montagne bien dure, je me fais parfois mal en le tapant, et je soupçonne sa mère de l'avoir gavé d'épinards quand il était gamin –, elle est dans son cœur. Il en a un tellement gros qu'il lui permet d'accepter, de supporter et même d'aimer la fille perturbée que je suis.

Je ne sais pas ce que j'ai fait pour mériter un meilleur ami aussi incroyable, mais même si quelqu'un s'est trompé là-haut en lui faisant croiser ma route, je n'accepterai pas qu'on me l'enlève maintenant.

– Tu veux en parler ? me demande-t-il.

Je secoue la tête.

– Les hormones ?

– Comme d'habitude…

– Ne mets pas tout sur le compte de ta maladie, tu sais bien qu'elle ne fait qu'exacerber ce que tu ressens, elle ne crée pas des illusions.

– Qui pleure sincèrement pour un match perdu ? demandé-je en reniflant.

– Une fan hardcore comme toi ?

Nous rions tous les deux. C'est vrai que je suis particulièrement investie dans mon rôle de fan des Pens, mais de là à pleurer pour un match perdu, n'exagérons rien. Je suis déçue pour eux, mais personne n'est mort, et la saison débute à peine, rien n'est joué. C'est cette fichue maladie qui me fait réagir aussi excessivement, comme chaque fois. C'est insupportable. Quand ce ne sont pas les larmes, c'est la colère. Mes émotions sont plus vives, parfois violentes.

Mais est-ce vraiment la défaite de mon équipe qui a déclenché ça ? C'est un peu confus…

– Je suis sûre qu'il va falloir revoir mon dosage, soupiré-je, chassant de mon esprit cette question dérangeante.

– On va à la prise de sang mardi, on verra.

– Mercredi.

– Non, mardi, me corrige-t-il.

Je m'écarte de lui et fronce les sourcils. Il me met le doute, alors j'attrape mon téléphone pour vérifier. Ce n'est pas sur rendez-vous, mais Sidney et moi en avons fixé un ensemble en fonction de notre charge de travail.

J'aurais dû me douter qu'il avait raison. Il a toujours raison. Sauf quand il dit que les Bruins sont les meilleurs, bien sûr.

– Pourquoi tu connais mieux mes rendez-vous que moi ?

– Parce que je suis un assistant prise de sang parfait, je tiens mes promesses.

Je souris tendrement, et je rougis un peu, toujours un peu gênée de constater que j'ai besoin qu'il me tienne la main pour ces moments. Et ce n'est pas une métaphore, il doit vraiment me tenir la main quand l'aiguille s'enfonce dans ma peau.

Mes parents ont sûrement raison, je suis toujours une petite fille.

Je frotte mes joues pour en effacer la rougeur, mais c'est trop tard. En dépit de ma peau sombre, Sidney a vu mon embarras s'y peindre. Je ne sais pas si quelqu'un d'autre l'aurait noté, mais il a l'œil quand ça me concerne. Son sourire arrogant me dit qu'il sait que je suis touchée et mal à l'aise en même temps. Cela fait plus d'un an qu'il m'accompagne à toutes mes prises de sang, mais je ne me fais toujours pas à l'idée que j'ai si peur des aiguilles que mon meilleur ami doit me tenir la main pendant le processus.

Nous avons un rituel après chaque rendez-vous, si je n'ai pas pleuré, que j'ai supporté qu'on me vampirise, il m'offre quelque chose qu'il a acheté en amont, et c'est toujours un produit dérivé des Pens ! Puis il m'emmène boire un milk shake s'il fait chaud ou un bon chocolat plein de crème s'il fait froid. J'ai l'impression d'être une enfant dont il s'occupe, ce qui me déplaît parce que ça me donne l'impression que les autres ont raison à mon sujet, et en même temps, je me sens tellement aimée lorsqu'il fait ça que je ne refuse jamais.

Au début, je ronchonnais pour la forme, je jouais la fière, mais j'ai dû entrer seule dans le laboratoire, une fois, et je me suis mise à sangloter quand l'infirmière préleveuse m'a dit de prendre place. Je ne me suis calmée que quand les bras de Sidney ont entouré mon corps et qu'il m'a murmuré des mots apaisants à l'oreille. Je ne sais pas d'où il est sorti, il est apparu comme par magie et il m'a sauvée, une fois de plus. Depuis, je l'ai promu assistant prise de sang.

– Tu viens petit-déjeuner ou tu ranges ta chambre ?

Je lève la tête et le découvre à la porte de ladite chambre que j'observe ensuite avant de revenir à son visage amusé. Il sait que je ne mettrai pas d'ordre ici, j'aime mon bazar. C'est juste un moyen pour lui de me rappeler mes défauts et de m'embêter.

Je soupire, puis je regarde mon téléphone ; il est presque onze heures.

– C'est bientôt l'heure du déjeuner.

– Je me suis levé dans la nuit pour préparer une nouvelle bûche dont l'idée m'est venue d'un coup. Tu ne veux pas la goûter ?

– Si !

– Alors on petit-déjeune, répond-il en me faisant un clin d'œil.

Je souris, ravie par la perspective de goûter ce qu'il a préparé. Je suis sûre que sa nouvelle création est un délice et va ravir nos clients. Il est plein de bonnes idées, et il met tellement de cœur à l'ouvrage que ça ne peut qu'être une réussite. Et comme toujours, il m'en a gardé pour que je lui donne mon avis parce qu'il sait que j'aime les desserts. C'est vraiment le meilleur des meilleurs amis.

– Habille-toi, ce pyjama est franchement moche, ajoute-t-il.

– C'est celui des Pens !

– C'est pour ça qu'il est moche.

Il s'échappe au moment où je lui jette un coussin, qui va s'écraser contre la porte close derrière laquelle j'entends rire Sidney.

Rectification, c'est un très mauvais meilleur ami.

– Il n'y a pas trop de sucre ? demande Sidney.

Je secoue la tête en faisant de drôles de bruits de ma bouche pleine.

– Elle aime trop ce qui est sucré, c'est pas une bonne référence, dit Levy.

– Jade est plutôt salé et elle a aimé.

– C'est vraiment bon, confirme celle-ci.

J'approuve. Cette bûche à la vanille et à la châtaigne est un délice. Il y a vraiment un juste équilibre entre chaque ingrédient, ce n'est pas écœurant, c'est juste parfait. Elle va faire un carton. Et elle n'est pas juste bonne, elle est magnifique. J'adore les morceaux de biscuit qu'il a mis de chaque côté et sur lesquels il a dessiné des branches de houx avec du chocolat.

Sidney a vraiment de l'or dans les doigts, c'est un incroyable pâtissier. Quand on parle de notre entreprise autour de nous, les gens pensent que sa fonction est de s'occuper des cartons, faire la livraison et tous les trucs qui demandent de la force physique, et c'est vrai qu'il fait aussi ça, mais là où il excelle, c'est en pâtisserie. Cette bûche en est encore la preuve.

Je savais qu'il serait incroyable pour *Au seuil des délices*. J'ai immédiatement pensé à lui quand j'ai envisagé ce projet. Pour moi, il était fait pour ce métier.

Dans notre boîte, c'est Romy qui gère les produits salés et elle est douée. Elle est capable d'en proposer plus de trente différents avec le même ingrédient central. L'an dernier, elle a décliné le foie gras en dix amuse-bouche et fait un plateau magnifique que nos clients se sont arraché. On a déjà une tonne de commandes de ce produit pour Noël. Elle est vraiment forte, le salé, c'est son truc. Mais pour le sucré et les boissons qu'on vend en certaines périodes de l'année, comme en ce moment, c'est Sidney qui gère.

Ils ont tous les deux un talent fou, ils ne se contentent pas de faire de bons produits, ils créent des œuvres d'art. Romy a suivi des études en dessin avant de décider de passer son CAP Cuisine en candidat libre, quant à Sidney, il a obtenu son CAP Pâtisserie sans la moindre difficulté, et s'il n'a pas étudié l'art, il a toujours eu du talent. Il aime créer des choses de ses mains, et il aime en faire de belles pièces. Son côté perfectionniste et structuré est énervant quand il veut me forcer à mettre de l'ordre dans ma chambre, mais c'est une bénédiction pour notre affaire.

– J'adore, dis-je, une fois la dernière bouchée avalée.

– Vraiment ? demande Sidney.

– C'est trop bon, dis-je en hochant vivement la tête.

Je ne sais même pas comment Sidney peut en douter. C'est une tuerie.

– Il faut qu'on la mette en vente cette année, dit Jade.

– On n'aura pas le temps, soupire Levy.

– Pourquoi ça ?

– Pour fixer le prix, j'ai besoin que Sidney me donne la liste précise des ingrédients et que j'étudie le marché. Et pas que, tu sais qu'il me faut pas mal d'éléments que je n'aurai pas en deux jours. On ne sait pas où on va avec ce nouveau produit. Que Layla et toi aimiez cette bûche ne veut pas dire qu'elle se vendra bien. On n'a plus le temps de la tester sur nos clients si on veut la proposer pour les fêtes. On est déjà en décembre.

– Il suffit d'en faire peu, non ?

Levy tourne la tête vers moi et pousse un nouveau soupir. Il m'agace quand il fait ça.

– Quoi ?

– Tu sais combien coûte la châtaigne ? La vanille ? Si on prend chez nos fournisseurs habituels, ce qu'on fera parce qu'on veut être sûrs de la qualité de nos produits, on ne peut pas acheter en petite quantité. Il faut qu'on fasse plus que trois ou quatre bûches ou ça va nous rester sur les bras et nous coûter ces mêmes bras. Plus on prévoit de vendre, plus on achète de matière première, moins c'est cher pour nous, et plus attractif est notre prix de vente.

– Tu me donnes mal à la tête, grommelé-je. Il est trop tôt pour parler de chiffres.

– Avec toi, il est toujours trop tôt pour les chiffres, se moque Sidney.

– Et il est presque midi, ajoute Jade en souriant tendrement.

Je souris en retour à ma douce amie, puis je donne un coup de pied sous la table à l'autre casse-pieds. Je manque ma cible, je le sais lorsque Romy me jette un regard noir. Elle s'apprête à m'engueuler, mais Levy l'en empêche :

– Il faut bien que quelqu'un en parle. Vous maîtrisez chacun dans votre domaine, mais quand il s'agit de gérer les finances de l'entreprise, il n'y a que Jade qui est un minimum responsable. Romy et Sidney ne pensent qu'à cuisiner, créer de nouvelles choses, et toi, tu es toujours persuadée que tout va marcher.

– Parce que c’est le cas ! Avec une bonne communication, ça marchera. Jade et moi, on gère.

– Je ne dis pas que vous ne gérez pas, tes packagings et autres visuels sont parfaits, et Jade sait attirer les clients mieux que personne, mais là on parle d’ajouter un produit à notre catalogue à la dernière minute, sans l’avoir testé sur les gens, sans avoir bien réfléchi. En quelques semaines, je n’aurai pas le temps de tout calculer si je dois attendre que tu planches sur le visuel et Jade sur la com. Vraiment, les gars, ça ne passera pas pour cette année.

Il a vraiment l’air désolé, c’est ce qui m’empêche de m’énerver. Malgré tout, je le suis parce que je suis convaincue que je peux vendre ce nouveau produit. J’ai déjà des idées, et avec les photos que Romy a prises avant qu’on avale la bûche, je pourrais faire quelque chose de magnifique. Une tonne d’idées me traversent, et c’est frustrant de ne pas pouvoir travailler dessus.

– Tu peux toujours t’y pencher pour que ce soit prêt l’an prochain, me dit Sidney qui a lu dans mes pensées.

– Moui…

– Ne sois pas aussi déçue, Lay’s, Levy a raison, il faut qu’on assure. L’entreprise démarre à peine, on ne peut pas se permettre de faire n’importe quoi. Mieux vaut s’en tenir à ce qu’on avait prévu pour cette année.

– Déjà, voyons si on s’en sort avec ça.

– Tu en doutes, Romy ?

– J'ai confiance en nous, mais on n'est que deux en cuisine, et les commandes affluent déjà pour les gâteaux secs. Côté salé, j'aurai sûrement moins à faire, j'ai pris de l'avance sur tout ce que je pouvais, donc je basculerai sur le sucré avec toi, mais ça ne fait toujours que quatre bras.

– Y'a tant de commandes que ça ? m'étonné-je.

Levy et Romy hochent la tête. Ce sont eux qui s'occupent de ça.

– Et on n'est que début décembre. On sait très bien à quel moment la majorité passe commande… soupire Romy.

– La veille de Noël, répond Sidney en riant.

Ce n'est pas drôle. L'an passé, on s'est retrouvés sous l'eau, c'était la catastrophe. C'était notre tout premier Noël en tant qu'entreprise. Tout le monde a fini en cuisine, on a aidé nos deux chefs en faisant la vaisselle, les préparations simples, les livraisons… et malgré ça, on a terminé si tard que plus aucun de nous n'a eu la force ou l'envie de faire un repas de réveillon. Levy était ravi, mais c'était le seul. Sidney et moi avons presque rampé jusque chez ses parents et nous nous sommes endormis avant même d'ouvrir les paquets.

– Les gens sont désorganisés, et c'est pire à Noël, s'agace Levy.

– C'est parce qu'il y a beaucoup à faire et à penser, tente de tempérer Jade.

– En parlant de Noël, avant que je retourne au marché… intervient Romy.

Je sens que ça va être ma fête, je le sais parce que ses yeux sont sur moi et que ses sourcils sont froncés. Mais comme elle a dû confier notre chalet au marché de Noël à l'un de nos voisins commerçants, elle n'aura pas trop le temps de me prendre la tête, il va falloir qu'elle se dépêche de repartir avec Jade.

– Pas de jaune, dit-elle.

– Mais pourquoi ?

– Parce que ce n'est pas une couleur de Noël !

– Tu crois que tout blanc, ça fait plus Noël ? Tes décorations font juste hiver !

– Une fois installé, je t'assure que c'est très festif, dit Jade. Tu verras, ça fera vraiment Noël et ça ira avec la décoration de notre appartement. On a prévu quelques éléments marron pour compléter.

– On ne décorera pas l'appartement.

– Levy, tu commences à nous gonfler.

Romy m'oublie pour se fâcher à nouveau avec notre ami. J'échappe à ses foudres comme hier soir, ou ce matin, vu l'heure qu'il était.

– C'est notre année, c'est nous qui décidons !

– Vous décidez de ce que vous faites la veille et le jour de Noël, mais pas pour le reste ! réplique Levy.

– Bien sûr que si.

On est cinq dans le même appartement. C'est récent, on s'est installés ensemble il y a un peu plus d'un an, quand on a officiellement lancé *Au seuil des délices*, mais il a été vite clair que nous devions instaurer quelques règles. Parmi elles : on ne ramène pas d'inconnus sans demander, on ne s'envoie pas en l'air ailleurs que dans sa chambre – ça, on pourrait croire que c'était pour Romy et Jade, le seul couple de la colocation, mais non, c'était pour Levy et ses innombrables conquêtes dont nous avons trop souvent vu les fesses sur le canapé où nous aimons nous allonger –, on respecte le sommeil des autres – c'était pour Sidney et moi, mais nous ne respectons clairement pas cette règle –, et chaque année, l'appartement reviendra à une personne différente pour Noël. L'an dernier, c'est moi qui l'ai eu pour échapper au supplice de monter à Paris voir mes parents, même si je ne l'ai finalement pas fêté ici. Et cette année, c'est à Romy et Jade que reviennent les lieux. Conclusion, elles choisissent comment décorer notre logement.

Une minute…

– Vous ne m'avez pas laissé décorer en jaune, l'année dernière !

On a dû se mettre d'accord et ça a fini sur un classique blanc et marron, je m'en souviens très bien. C'était notre premier Noël dans la colocation, alors je me suis rangée à la majorité : pas de jaune. Si j'avais su qu'il y avait cette règle idiote, je me serais battue !

Je vois Sidney se mordre la lèvre. Il se retient de rire. Ma première pensée est qu'il se moque de moi, mais Jade affiche la même moue. En revanche, Romy fait une drôle de tête.

– Visage de la culpabilité ! m'écrié-je en la pointant du doigt.

– Arrête de crier ! D'ailleurs, revenons sur cette nuit…

– Ne change pas de sujet, la coupé-je. Tu m'as empêchée de décorer l'appartement comme je le voulais, alors que c'était mon année !

– Tu ne l'as même pas fêté ici !

– On s'en fiche !

– Tyran, dit Levy. Tu vois, Layla est de mon avis.

– Pas du tout, toi, tu ne veux même pas décorer, tu es le vilain Grinch, corrigé-je.

– Je suis plus beau.

– Mais t'es quand même méchant.

Je ne sais pas quel est son problème avec Noël, mais il ne m'empêchera pas de décorer notre appartement. Je veux bien respecter son aversion pour cette fête, mais il ne me gâchera pas ce moment. J'aime beaucoup trop Noël.

Depuis que j'ai trois ans, je suis amoureuse de cette fête. Les trois premières années de ma vie, on ne fêtait pas Noël avec mes parents, parce qu'ils n'avaient pas l'habitude de le faire au Maroc, mais quand j'ai commencé à aller à l'école, j'ai découvert l'histoire du père Noël et tout ce qui l'entoure. Je suis à peu près sûre que mes yeux ont brillé devant le récit magique que la maîtresse nous a raconté. Je suis rentrée à la maison en demandant pourquoi le gros monsieur barbu ne nous apportait pas de cadeaux, puis j'ai dit que c'était sûrement à cause de l'absence de sapin et de décoration, qu'il fallait vite qu'on mette tout ça – j'ai voulu faire installer une cheminée, mais mes parents ont réussi à me faire accepter leur refus en m'expliquant qu'il pouvait passer par un autre endroit sans problème. Haute comme trois pommes, déjà déterminée et passionnée, j'ai poussé mes parents à se mettre à Noël.

Depuis, j'ai l'habitude que cette période soit festive et joyeuse, encore plus avec mon anniversaire en janvier. Toute petite déjà, je vivais les meilleurs moments de ma vie entre décembre et février. Je ne sais pas si c'est parce que j'ai associé l'hiver aux fêtes, mais je suis accro à cette saison, et à Noël en particulier. Mes parents ne veulent peut-être plus le fêter aujourd'hui, mais je n'oublierai jamais tout ce que nous avons vécu ensemble à chaque vingt-cinq décembre. Il n'y avait qu'eux et moi, mais je n'avais besoin de rien d'autre. J'étais la petite fille la plus heureuse du monde.

Ils ont rendu Noël encore plus magique pour moi. À mes yeux, depuis le début, ce n'est pas une fête religieuse, c'en est juste une emplie de joie, d'amour, d'émerveillement et de lumière ; c'est pour ça que je l'aime autant.

– Est-ce qu'on peut se comporter comme des adultes ? soupire Jade quand Levy ronchonne une nouvelle fois alors que je croise les bras sur ma poitrine pour montrer ma détermination.

– Tu en demandes trop à Lay's.

Nouveau coup de pied pour Sidney.

– Arrête de me frapper ! s'agace Romy.

Nouveau raté.

– C'est lui que je visais.

Mon meilleur ami se marre comme un idiot. Il me le paiera. Je trouverai comment me venger.

– Allez, on décore tout à l'heure, affaire classée, dit-il quand il se calme enfin.

Levy s'apprête à ouvrir la bouche, mais il l'en empêche :

– Je sais que tu détestes Noël, mais franchement, on a besoin de cette décoration. On va travailler comme des fous tout au long du mois de décembre, ça nous réconfortera. Et puis on sera dans l'ambiance pour les commandes, essaie de voir le positif.

– Et en blanc, ce sera moins violent qu'en rouge et vert, non ? ajoute Jade.

Levy hésite, les bras croisés sur son torse, il regarde autour de lui. Il essaie peut-être d'imaginer à quoi ça va ressembler et de décider s'il supportera ce mois de décembre ou non. J'espère que oui. On a beau le charrier avec ça, on ne veut pas le blesser. Il n'aime pas Noël, il a sûrement ses raisons, et c'est déjà compliqué de vivre avec quatre personnes comme nous qui adorons cette fête. Levy est notre ami, je suis sûre que les filles ont choisi une décoration sobre pour l'épargner. C'est la seule raison pour laquelle je n'insiste pas plus pour avoir du jaune à défaut de l'avoir eu l'an dernier – ce qui ne veut pas dire que je ne rattraperai pas un jour mon année perdue.

– OK… soupire-t-il. Mais pas de musique de Noël quand je suis là !

– Même si c'est moi qui te la chante ? tenté-je en adoptant une moue que je veux mignonne.

– Surtout si c'est toi qui la chantes.

– Je chante très bien, dis-je en riant.

C'est faux. Je chante comme une casserole, on le sait tous.

– Allez, au travail, dit Sidney.

– On décore maintenant ? m'étonné-je.

– Non, je parle du vrai travail, tête de chips. J'ai des commandes à préparer, et Romy et Jade doivent retourner au marché. Si elles traînent trop, le vieux Pierrot va manger notre marchandise, et on n'aura plus rien à vendre.

Nous rions tous à sa remarque. Tous sauf Levy, sérieux, qui demande :

– T'as du stock en vanille et châtaigne ?

– Un peu, ouais, répond Sidney.

Il hoche la tête, puis il se lève à son tour. Il se dirige vers sa chambre, mais avant qu'il y disparaisse, je lui demande :

– Tu n'aides pas ?

– C'est pas mon boulot.

– Pas plus que ce n'est le mien.

– Et c'est pour ça que tu ne vas pas aider Sidney.

Je regarde le reste du groupe, les sourcils froncés. J'ai du mal à imaginer qu'il soit en train de m'interdire de prêter main-forte à Sidney. Ce serait absurde, et il sait que, s'il me donne un ordre, il y a moyen que je casse quelque chose sur sa tête, comme le vase immonde en céramique que les filles ont rapporté de leur voyage en Espagne.

– Planche sur le visuel et la com de la bûche vanille châtaigne en test, si je peux connaître les frais pour ça, je pourrai faire un budget prévisionnel. Je tablerai sur les ventes des vanille amande qu'on a vendues l'an dernier. Ce sera approximatif, pas le même parfum, pas les mêmes ventes, mais on aura une idée.

– Tu veux les proposer cette année, finalement ? s'étonne Sidney.

– Oui et non.

– T'es pas clair, mec.

– Il l'envisage, dit Jade.

Levy la regarde et hoche la tête. Je ne sais pas trop ce que les deux viennent de se dire silencieusement, mais apparemment, Jade a saisi où notre ami veut en venir. C'est elle qui nous explique :

– Il veut les proposer en dégustation dès maintenant, et si elles plaisent, on en vend pour Noël. Si l'intérêt n'est pas assez grand, on repousse à l'an prochain, quand on aura eu le temps de bien les mettre en avant.

– Ça me plaît, dis-je.

– On peut se permettre d'en offrir ? demande Romy.

– Je vais vérifier ça, mais je pense que oui. Alors au travail ! dit Levy.

Cette fois, il nous quitte en claquant la porte de sa chambre derrière lui. Nous nous regardons tous les quatre, en silence, et soudain, nous explosons de rire.

– Il agit comme un papa, dit Romy.

– Il veut nous faire plaisir, ajoute Jade.

– En fait, c'est un cœur en guimauve qu'il a, renchérit Sidney.

– Je vous entends !

Nous rions un peu plus, mais comme nous ne voulons pas que Levy revienne sur sa décision, nous nous calmons. Moi la première, parce que je tiens vraiment à proposer cette nouvelle création à Noël. Sidney a fait de l'excellent travail sur cette bûche, le monde entier doit la goûter. Ou au moins tous les Toulousains. Ce sera un bon début.

– Mieux vaut la mettre en veilleuse, dis-je en souriant.

– Si tu pouvais faire pareil la nuit, soupire Romy.

Cela m'étonnait qu'elle ait oublié…

– T'es pas retournée au marché, toi ?

– On fera plus attention, désolé, dit Sidney pour calmer la tempête que je m'apprêtais à déclencher.

S'il croit que ça suffira à notre amie, il rêve. Je sais qu'il est meilleur que moi pour calmer le dragon en elle, mais quand même, il ne faut pas exagérer.

Romy tourne la tête vers lui. Elle le fixe un moment, puis elle soupire en se levant et en disant :

– Allez, on a du boulot.

Pardon ? J'ai dû rêver.

– Pourquoi tu l'excuses tout le temps, lui ?!

Elle lève les yeux au ciel. Sidney me tire la langue. Je les déteste tous les deux ! Et je suis un peu jalouse… Ils sont assez proches, et je n'aime pas me sentir mise de côté. Je sais que c'est idiot, je n'ai plus douze ans, mais c'est plus fort que moi.

Cette pensée puérile m'ôte toute envie de me fâcher. Je me lève et me tourne pour regagner ma chambre. Avant que je l'atteigne, les bras de Sidney sont autour de moi et ses lèvres se posent sur ma joue.

– On décorera ensemble après ?

– T'as qu'à le faire avec Romy.

Je n'ai pas pu m'en empêcher. Je suis une gamine et je me déteste quand je fais ça. Je suis très possessive lorsqu'il s'agit de cet homme, je n'aime pas ça, ce n'est pas un objet…

– C'est avec toi que je veux le faire.

Et nos amies adorent Noël, mais elles détestent décorer. Il s'abstient de le dire, et je lui en suis reconnaissante. Je préfère son explication, elle est bien plus touchante…

– Et cette nuit, reprend-il, tu me feras mon massage des pieds en échange des cinq euros que j'ai donnés à Levy pour toi, et un du dos pour le match perdu par les Pens.

Je me retourne au moment où il se détache de moi. Il me fait un clin d'œil et un sourire qui devraient m'énerver, mais qui me font fondre. C'est idiot, mais je suis heureuse de savoir que lorsqu'il aura fini les commandes du jour nous décorerons l'appartement ensemble, et que la nuit sera à nous, juste à nous deux.

Je suis impatiente que le soleil se couche pour retrouver mon meilleur ami. Il n'y a qu'au cœur de la nuit que nous pouvons être en paix tous les deux. Ce sont mes moments préférés, et pas uniquement les soirs de hockey.

CHAPITRE 3

SIDNEY

Je n'aurais jamais dû laisser Layla me masser. Les pieds, ça passe, mais le dos, je suis certain qu'elle m'a déplacé un truc, cette brute. Elle a réglé sa dette vendredi, et j'ai encore une douleur étrange deux jours après. Je ne sais pas ce qu'elle a fichu…

– Qu'est-ce que t'as ?

Je lève la tête vers Levy. Son regard est insistant. Je note à ce moment que j'ai les sourcils froncés et que je me frotte le dos.

– Layla m'a massé, dis-je.

– Tu n'aurais pas dû, c'est une masseuse terrible, et ce mot est à prendre au sens premier.

Il sourit, moqueur. Moi, je me demande comment il sait ça. À quel moment a-t-il eu droit aux mains de Layla sur lui ? Je n'aime pas du tout l'idée. C'est un euphémisme. J'ai envie de faire un truc pas cool à Levy, et pourtant, c'est mon meilleur ami.

Ne surtout pas dire ça à voix haute. Layla ne le supporterait pas.

Il y a quatre choses qu'il ne faut jamais dire à cette femme. En premier, qu'elle est une enfant. En deuxième, que les Pens ne forment pas la meilleure équipe de hockey. En troisième, que Noël est une fête commerciale. Et en quatrième, que Levy est aussi mon meilleur ami. Elle n'a jamais voulu entendre que j'aie un meilleur ami mec en plus de l'avoir elle. Mais je pouvais difficilement me tourner vers Layla quand je me suis rendu compte, au lycée, qu'elle m'avait fait complètement tomber amoureux d'elle… Je ne connaissais pas encore Levy à ce moment, on s'est rencontrés à la fac, mais je me tournais déjà vers d'autres garçons de mon âge pour parler d'elle.

Je me demande si je n'ai pas toujours été amoureux de Layla, si je n'ai pas pris cet amour pour de l'amitié… Déjà, quand je me suis mis à regarder le hockey pour qu'elle cesse de pleurer, au collège, quelque chose vibrait différemment dans ma poitrine pour cette fille avec qui j'avais grandi. J'ai pensé un moment que je me trompais, que je ne l'aimais pas comme ça, que c'était juste parce que les personnes avec qui je sortais ne me correspondaient pas, mais j'ai fini par me rendre à l'évidence : si ça ne marche avec personne, c'est parce que je n'en veux pas d'autre qu'elle.

– J'avais le dos bloqué.

– Hein ? dis-je.

– Elle m'a massé parce que j'avais le dos bloqué, et je peux te dire que je regrette beaucoup de l'avoir laissée faire, et pas parce que ça te rend jaloux, mais bien parce qu'elle m'a encore plus cassé. Ta mère m'a traité d'inconscient et m'a hurlé dessus pendant quinze bonnes minutes en me disant que j'étais un idiot d'avoir demandé un massage à une amie plutôt que de venir la voir directement.

– Je ne suis pas jaloux.

– C'est tout ce que tu relèves ? demande-t-il avec un sourire narquois.

Je sais qu'il fait ses séances de kiné avec ma mère et qu'elle s'énerve facilement quand on ne prend pas soin de notre corps. Pour elle, c'est sacré ; sans lui, on ne peut pas fonctionner. Pour mon père, plus rêveur que terre à terre, seul l'esprit compte. Ils font une belle paire, tous les deux.

Quoi qu'il en soit, il ne m'a rien appris à ce sujet, alors qu'est-ce qu'il veut que je réponde à ça ? Il n'y a rien à dire.

– Tu es jaloux, répète Levy.

– Non.

– Si ça te fait plaisir de le penser, répond-il en haussant les épaules.

Il s'assied sur l'un des tabourets de la cuisine. Vêtu d'un simple pantalon de pyjama, son corps à moitié nu s'affiche devant moi, ce qui veut dire qu'il va aussi être vu par Layla quand elle se lèvera.

– Enfile un truc.

– Les filles ont réglé le chauffage trop haut, je crève. J'avais dit non, mais apparemment, il fait si froid dehors qu'on en perdrait presque nos doigts, et je suis un monstre de laisser Jade geler, dit-il en levant les yeux au ciel.

Ça, ce sont les propos de Layla. Je la reconnais dans chaque mot.

– Alors mets un tee-shirt.

– Laisse-moi tranquille, t'as qu'à enlever le tien et elle ne verra plus mon corps parfait, dit-il en riant.

Il m'énerve de si bien comprendre ce que j'ai en tête. Je voudrais regretter de m'être confié un jour à lui, mais la vérité, c'est qu'il a deviné mes sentiments avant que j'en parle. Tous mes colocataires les ont devinés à part une aveugle !

Comment Layla fait-elle pour passer à côté de l'amour que je lui porte ? C'est la question que je me suis longtemps posée, pour en arriver à la conclusion évidente que, si elle ne se doute de rien, c'est simplement parce qu'elle n'imagine pas de l'amour autre qu'amical ou fraternel possible entre nous.

Quand je l'ai compris, ça a été la douche froide, plus froide que le vent qui souffle en ce moment contre la vitre de notre appartement.

– C'est la tempête ou quoi ? m'étonné-je.

– Presque ! répond Romy qui vient d'entrer dans l'appartement, des cartons vides dans les bras. Il neige !

Je note au moment où elle dit ça qu'il y a effectivement des flocons sur ses cheveux blonds. Je tourne la tête vers la porte-fenêtre de notre salon, et je crois halluciner quand je vois la neige tomber.

Impossible. Encore hier, il pleuvait, et la semaine dernière, le soleil brillait au point que je sortais en tee-shirt. J'ai cru que Layla allait casser quelque chose tant elle était énervée. Elle avait mis un pull et un manteau, mais le ciel s'est moqué d'elle. Une autre qu'elle n'aurait pas eu de problème avec ça, mais elle a facilement chaud et ne le supporte pas. Sa maladie en est bien sûr la cause. Enfin, pour la chaleur ; pour la crise de nerfs, c'est en partie lié à son caractère de merde.

Je m'approche de la fenêtre. Dehors, les passants vont de boutique en boutique, ils s'agitent, tout ce qu'il y a de plus normal. Ce qui ne l'est pas, en revanche, c'est la neige qui leur tombe dessus. Je n'y comprends rien. À Toulouse, il ne neige presque jamais, et quand cela arrive, ce sont juste quelques flocons qui viennent mourir sur le sol et deviennent de la boue au fil des jours. Qu'est-ce qui se passe avec la météo ?

– Il ne manquait plus que ça, soupire Levy, à côté de moi. Comme si on n'avait pas assez des décorations que ces abrutis ont accrochées dès novembre…

– Arrête de faire ton ronchon, c'est un miracle qu'il neige autant, et personnellement, j'aimerais que ça dure, parce que c'est joli et parce que c'est bon pour les affaires, dit Romy.

Elle a raison, plus les gens sont dans l'ambiance de Noël, plus ils seront tentés de nous acheter des produits. L'esprit humain est assez unique, il a besoin de peu pour changer d'humeur ou d'envie. Cette neige est une bénédiction pour l'entreprise, et Layla va être ravie de la voir tomber, elle adore ça. J'ai l'impression que cela fait des années qu'on n'en a pas eu à Toulouse. J'hésite à la réveiller pour qu'on en profite avant que ça ne s'arrête. On pourrait courir dessous, faire des bonshommes de neige s'il en tombe assez, une bataille de boules, ou juste la regarder ensemble depuis notre minuscule balcon. N'importe quoi lui ferait plaisir, et donc, n'importe quoi me rendrait heureux.

– En parlant des affaires, t'es pas au marché ? demande Levy.

– Je viens chercher du stock, on s'est déjà fait dévaliser.

– Qu'est-ce qu'il te faut ? demandé-je en regagnant la cuisine, heureux d'avoir une excuse pour sortir de mes rêves de petit garçon.

C'est la première fois qu'on prend un chalet au marché de Noël, c'est un peu stressant parce que l'emplacement coûte extrêmement cher, mais si les filles sont déjà en rupture, c'est bon signe. Pas pour moi qui vais devoir cuisiner davantage cette nuit après notre match, mais c'est top pour *Au seuil des délices*.

Romy et moi remplissons ses sacs et ses cartons avec les produits dont elle a besoin. Elle enfile ensuite un bonnet noir sur sa tête et en fourre un autre, bleu turquoise avec un pompon, dans son sac. Celui-là est pour Jade.

– Tu comptes porter tout ça comment ? demande Levy en arquant un sourcil.

Nous ne sommes qu'à une minute de la place du Capitole, où se dresse le marché de Noël, mais cela fait effectivement beaucoup de choses à emporter.

– J'ai deux bras, et deux amis très musclés.

– Je suis sur une nouvelle préparation, laisse-moi le temps de finir et je t'accompagne, dis-je.

– Laisse, j'y vais, j'ai un rendez-vous, de toute façon.

– Un dimanche ? demandé-je, en arquant un sourcil.

– C'est personnel. Et je préfère partir que de passer mon dimanche dans cet appartement affreux.

Il ne me laisse pas le temps de le questionner, il s'échappe dans sa chambre. Je pense qu'il ment quand il prétend qu'il ne veut pas passer son jour de repos ici. Je sais qu'il n'aime pas Noël, et depuis qu'on a décoré, il passe son temps à dire qu'on a enlaidi notre foyer, mais je suis convaincu que c'était une excuse pour me faire lâcher l'affaire…

Levy a de la chance, le plus souvent, je ne me mêle pas des histoires des autres, alors je ne le cuisinerai pas. Mais à sa place, je ferais attention.

Si Layla se pose des questions, il lui faudra lui répondre. Elle ne lâchera pas, elle.

Quand mon ami revient, il est habillé. Bien, il était temps qu'il enfile quelque chose. Il prend les cartons et les sacs, autant qu'il peut en porter. Il a du mal, pas à cause du poids, mais parce qu'il doit faire attention à ne rien abîmer.

– Je commence à me dire que Layla avait raison, on aurait dû voler un caddie au centre commercial de chez tes parents…

– Très pratique à transporter dans les escaliers, ironisé-je.

– On l'aurait laissé en bas.

– Bien sûr, devant la porte du président du conseil syndical de la copro, il aurait adoré, j'en suis sûr. Mieux, dans la rue, juste devant les commerces !

Levy ne relève pas, il se contente de soupirer et de sortir à la suite de Romy qui me souhaite une bonne journée.

Je souris. J'aime assez embêter mon ami. Il est facile à irriter, et en même temps, il passe aussi très vite à autre chose. C'est un mec assez simple.

– Quelle heure il est ?

Quand on parle de simple, voilà quelqu'un qui ne l'est pas : ma meilleure amie. Elle se frotte les yeux en avançant vers moi. Elle porte encore son pyjama fétiche, et sous son bras, collé à sa poitrine, il y a sa peluche d'Iceburgh, la mascotte des Pens. Elle lui a mis un petit bonnet, une création de notre amie Jade, à n'en pas douter. Quand Noël arrive, cette femme décore tout, y compris sa peluche.

Elle est adorable. Pas son espèce de doudou. Layla. Est-ce qu'elle a conscience qu'elle est bien trop mignonne pour mon bien ?

– Encore avec ton pyjama moche.

– Il n'est pas moche !

La voilà bien réveillée, et revoilà un sourire sur mes lèvres. Il me suffit de la voir pour être heureux. J'aime la taquiner, très différemment de comment j'embête Levy, et certainement pas pour les mêmes raisons. Layla est réactive, elle a un caractère de feu et s'emballe vite. Elle est susceptible, se vexe pour rien, et sa maladie ne fait qu'accentuer tous les traits de sa personnalité. Les gens qui nous entourent trouvent ça parfois épuisant, moi, je l'adore comme ça. Je l'aime même quand j'ai mal au dos depuis deux jours à cause de ses idioties.

– Tu m'as déplacé un truc, dis-je.

– De quoi ?

– Mon dos, avec ta connerie de vouloir tenter un massage avec les pieds, j'ai super mal.

– Mais j'ai vu ça à la télé, les filles montent sur le dos, appuient à des endroits précis, et ça fait du bien.

– Elles sont sûrement formées, elles !

Layla affiche une mine soucieuse. Ses sourcils se froncent. Elle pose sa peluche et me rejoint.

– Tu crois que j'ai vraiment fait une bêtise ? demande-t-elle. Ta mère va me tuer…

Elle a un visage sincèrement inquiet, et clairement pas par crainte de se faire réprimander par ma mère. Cette dernière adore Layla comme si c'était sa fille, parfois, j'ai l'impression qu'elle l'aime plus encore qu'elle ne m'aime ou n'aime ma sœur, c'est dire. Même si elle devait la gronder, ce ne serait pas aussi violent que le savon qu'elle a dû passer à Levy.

Layla se fait du souci pour moi, et cette femme étant ce qu'elle est, ou plutôt, mon cœur étant ce qu'il est, je la trouve encore une fois adorable et je dois me retenir de la serrer de toutes mes forces contre moi. Je me contente de poser ma main sur sa tête et de lui sourire en répondant :

– Bien sûr que non. J'ai sûrement juste mal dormi.

– Tu as dormi ?

– Un peu, oui.

Elle a l'air rassurée. Je fonds de la voir soulagée chaque fois que j'arrive à dormir. J'ai beau lui expliquer que mes insomnies sont liées à mon anxiété, que j'ai l'habitude et qu'il n'y a rien de grave – j'ai déjà consulté pour en être sûr –, elle ne peut pas s'empêcher de se préoccuper de moi.

Je me sens mieux maintenant qu'elle a retrouvé son sourire. Je déteste la savoir tourmentée, surtout pour une bêtise comme mon dos. Cela dit, j'irai quand même voir un kiné si ça ne s'arrange pas… Pas ma mère, parce que je tiens à ma vie, mais j'irai consulter.

J'adore Layla, j'en suis fou amoureux, mais si je ne lui dis pas qu'elle m'a fait mal, ça ne veut pas dire que je ne vais pas me soigner. Ce n'est pas franchement le moment de souffrir du dos, je ne peux pas me permettre d'être alité pour Noël. Ils ont besoin de moi. L'entreprise a besoin de moi, autant que j'ai besoin d'elle. Et Layla aussi.

En cette période compliquée pour elle, je veux avoir la forme pour la soutenir. Elle ne dit rien, mais je sais que décembre est toujours dur à cause de ses parents. Elle aime ce mois plus que tout, tout en le redoutant énormément à cause d'eux. C'est comme s'ils faisaient exprès d'être encore plus désagréables avec elle à ce moment précis de l'année.

J'aime beaucoup Malek et Safia, mais il va falloir qu'ils arrêtent de dire à leur fille que c'est une gamine irresponsable qui devrait grandir et qui n'arrivera à rien dans la vie en continuant comme ça. C'est à croire qu'ils ne la connaissent pas. Cette femme est capable de faire absolument tout ce qu'elle veut. Elle pourrait faire neiger par la seule force de son esprit, je soupçonne même qu'elle soit à l'origine de cette météo inattendue, elle en est capable, je crois en elle à ce point. Rien ne lui résiste.

Pas moi, en tout cas.

– Plus haut.

– Si je vais plus haut, je traverse le mur, réponds-je.

Layla soupire, moi, je souris. J'exagère, il y a encore de la marge, mais mon activité favorite est d'embêter cette petite teigne. Je suis sûr que si j'en avais la possibilité, ma préférence irait à d'autres activités, plus charnelles, mais ce n'est pas possible, alors je me contente de ce que je peux avoir.

Les câlins avec ma meilleure amie font aussi partie de ce que j'aime le plus au monde, mais chaque fois que je lui en fais un, je me demande si je ne suis pas le pire des hommes, si je ne suis pas en train de profiter d'elle et de l'amitié qu'elle me porte. Alors même s'ils me réchauffent et font battre mon cœur comme rien d'autre ne sait le faire, j'ai tendance à les limiter ou au moins à les écourter s'ils sont nécessaires. Je n'en fais presque jamais pour mon propre plaisir ; même si j'en crève d'envie, je ne la prends dans mes bras que quand je vois qu'elle en a besoin.

Je descends de l'escabeau et recule pour admirer le sapin. Il grimpe presque jusqu'au plafond. Il est majestueux, et grâce à tout ce qu'on a accroché dessus, il est splendide. Les guirlandes en fausses plumes ont ma préférence, mais j'aime aussi énormément les petits paquets blancs.

Romy et Jade avaient raison, même tout en blanc, avec juste quelques éléments marron, c'est très festif. La jolie étoile pailletée qui domine l'arbre complète une décoration unique qui crie Noël à qui la regarde.

Maintenant que j'ai remis la boule qui, d'après Layla, était trop basse, tout est parfait. De mon point de vue, c'était déjà parfait avant, mais elle ne l'entendait pas de cette oreille.

On a décoré l'appartement il y a deux jours, et depuis, elle m'a déjà fait faire une dizaine de modifications. J'ai dû déplacer le père Noël chantant du comptoir à la table basse, accrocher la guirlande lumineuse autour de la porte-fenêtre donnant sur la rue pour ensuite la disposer autour de la télé, mettre les rennes et leur traîneau à côté de la bibliothèque, puis sous le sapin, mettre plus de bougies, changer les housses des coussins… Rien ne lui va jamais, et bien entendu, ce n'est pas assez jaune. C'est d'ailleurs ce qu'elle fait remarquer pour la énième fois :

– Ça manque de jaune.

– Le jaune, ça ne fait pas Noël.

– Bien sûr que si ! Noël, c'est ce qu'on en fait.

Je souris parce que ce qu'elle dit est vrai. Layla a toujours fait de cette fête ce qu'elle en voulait. Si elle l'aime autant, ce n'est pas par croyance, tradition ou habitude, c'est parce qu'elle l'a transformé en un moment exceptionnel qu'elle retrouve avec plaisir chaque année.

Je secoue la tête, heureux en me souvenant des Noëls qu'on a déjà passés ensemble, puis j'attrape l'escabeau pour le ranger.

– Même quand il y a du jaune, tu ne le vois pas, dis-je en partant vers le placard.

– De quoi tu parles ?

Je pointe le sapin du doigt.

Layla regarde, mais elle ne voit pas ce que je tente de lui montrer. Forcément, elle reste plantée devant la face visible. Dans la vie, il faut parfois retourner les choses ou les creuser pour vraiment les voir. Ça marche aussi avec les humains. Si Layla savait le faire, elle aurait découvert mon amour pour elle il y a longtemps.

Elle tripote une petite étoile suspendue, puis elle regarde dans les chaussettes blanches où Jade a brodé de petits bonshommes en pain d'épice et qu'on a accrochées sur le mur, juste à côté de notre arbre, à défaut d'avoir une cheminée.

Je soupire en souriant et reviens vers elle. Je l'attrape doucement par la main et la tire vers le mur, du côté où il n'y a pas de chaussettes. Là, je pointe de ma main libre une boule jaune floquée d'un pingouin blanc. Je la fais tourner pour montrer l'autre côté : un ours.

– C'est toi qui as fait ça ? souffle-t-elle.

– Si ce n'est pas toi, ça ne peut qu'être moi. Levy ne touchera jamais à une décoration de Noël, Romy jetterait ce truc par la fenêtre si elle le voyait, et Jade ne dirait rien, mais elle n'accrocherait pas d'elle-même une boule jaune.

Ma meilleure amie tourne la tête vers moi. Ses yeux brillent. Je crois qu'elle est heureuse.

– J'ai pensé que ça te ferait plaisir.

– C’est le cas, murmure-t-elle.

C’est moi ou son visage est un peu trop près du mien ? Est-ce que je me suis approché sans m’en rendre compte ? Si mon corps commence à n’en faire qu’à sa tête, nous allons avoir un problème, lui et moi.

Je sens presque le souffle de Layla contre ma bouche. Son haleine est mentholée, elle a mangé quelques-unes des confiseries que j’ai préparées pour les sachets d’*Au seuil des délices* ; celle à la menthe et au réglisse est sans nul doute la dernière qu’elle a avalée après avoir englouti la truffe que j’ai cachée cette nuit dans la case du jour de son calendrier de l’avent.

Elle sent ce que j’ai cuisiné, elle a le parfum de mes délices, mêlé à celui de sa peau. Et je ne devrais pas pouvoir les sentir. Je ne devrais pas être aussi près de ces lèvres magnifiques…

– Sid, si tu…

Levy s’interrompt au milieu de sa phrase. Layla s’écarte brusquement de moi, et quand je tourne la tête, je remarque que mon meilleur ami ne s’est pas juste arrêté au milieu de ce qu’il voulait dire, son corps s’est aussi figé dans l’entrée.

– Qu’est-ce qu’il y a ? demandé-je, pour le remettre en marche.

– Il manque un carton, je me demandais si on l’avait laissé par là.

– Dis plutôt que Romy t’a forcé à venir vérifier.

Je plaisante, mais c'est uniquement pour cacher que mon cœur bat à cent à l'heure, à m'en faire mal à la poitrine.

Qu'est-ce qu'il vient de se passer ? Je me demande si j'ai rêvé la situation. J'ai eu l'impression de lire du désir et des émotions nouvelles dans les yeux de Layla, mais est-ce possible ? Cela fait des années que je tente de lui montrer mes sentiments et qu'elle ne voit rien – ou les ignore, pour ce que j'en sais –, et soudain, à cause d'une petite boule de Noël, tout change. C'est impossible.

– Bon, je repars.

Je tourne la tête vers Levy qui a récupéré le carton souhaité au pied du bar. Ses yeux m'interrogent, mais je ne sais pas quoi répondre, alors je ne dis rien.

Une fois notre ami parti, Layla se retourne vers le sapin, là où se trouve la petite boule aux couleurs de nos équipes. Elle la prend entre ses doigts. Sa peau foncée fait ressortir la couleur de la décoration. Le jaune lui va vraiment bien, j'ai eu de nombreuses occasions de le constater. L'été dernier, par exemple, quand on est allés se baigner dans l'océan, et qu'elle a porté son nouveau maillot – aux couleurs des Pens, bien entendu. Il lui allait beaucoup trop bien, et j'ai passé l'après-midi sur ma serviette, allongé sur le ventre.

Voilà ce qui arrive quand j'arrête de fréquenter des filles parce que je trouve que ce n'est pas correct pour elles au regard des sentiments que je porte à Layla. Je redeviens un adolescent qui ne sait pas contrôler son corps. Et si je continue à penser à ma meilleure amie dans son maillot de bain, je sens que cette journée va mal finir pour moi, alors je fixe mon regard sur son visage et tente d'oublier que le reste d'elle est aussi beau que son minois et son cœur.

Layla observe la boule un moment. Je ne sais pas à quoi elle pense, mais je donnerais cher pour le savoir.

– C'est le jaune des Pens… dit-elle.

Elle a une toute petite voix. Je n'arrive pas à savoir si c'est une émotion positive ou non. Et si c'était de la fatigue ou de la tristesse ?

Je déteste ça. Est-ce que c'est à cause de moi qu'elle est tourmentée ? À cause du baiser qui aurait pu être échangé sans l'intervention de Levy ?

Je ne supporte pas de la savoir en détresse, surtout pas par ma faute. Layla a assez de poids sur les épaules, assez de soucis, je ne veux pas que mon amour pour elle en devienne un supplémentaire. Je le cacherais jusqu'à ma mort si je la savais heureuse en échange.

Cela a le mérite de faire redescendre mon excitation naissante.

Je dois vite faire quelque chose, et je sais quoi :

– Et des Bruins.

– Non.

– C'est le même.

– Bien sûr que non, insiste-t-elle.

Je remarque le petit sourire qui fait remonter le coin de ses lèvres et qui me soulage.

Nous voilà repartis dans une dispute amicale dont nous avons le secret. Retourné ou pas par ce qui vient de se passer, amoureux ou pas de cette femme, je ne la laisserai pas l'emporter, pas quand elle a tort. Et puis je sais que c'est la bonne chose à faire.

– C'est le même jaune. C'est une boule Bruins et Pens, dis-je.

– Je te dis que ce n'est pas le même jaune ! Regarde ton maillot et le mien, tu verras que ce n'est pas le même !

Revoilà mon adorable Layla et son caractère que j'aime tant. Il suffit de la lancer sur son équipe pour la faire sortir de ses gonds et la ramener à moi.

– Arrête, à l'écran, on ne voit pas la différence. Quand ils jouent l'un contre l'autre, on peine à savoir qui est qui.

Heureusement qu'ils ont différents maillots, notamment celui pour jouer à domicile et celui pour jouer à l'extérieur. Mais au début d'un match entre les deux, il me faut toujours un temps pour savoir qui est qui.

– Moi, je sais tout de suite. Tu es juste un mauvais fan, se moque Layla.

– Sûrement, mais ça va, je devine vite. Dès l'engagement. Il suffit de voir qui le remporte. Comme c'est toujours Bergy, je sais où est mon équipe.

– N'importe quoi ! Bergeron ne fait pas le poids face à Crosby !

– Les statistiques ne sont pas de ton avis, l'équipe canadienne non plus. C'est lui qu'ils mettent à l'engagement le plus souvent.

Elle veut répliquer, mais elle sait qu'elle n'a aucun argument. Ce que je dis est vrai. C'est pour ça qu'elle me jette un regard aussi noir. Son petit nez est retroussé, elle est fâchée. Je ne devrais pas être aussi heureux, mais je le suis parce que si elle est en colère, c'est qu'elle n'est pas triste. Je préfère sa rage à ses larmes, toujours.

Je le suis jusqu'à ce qu'elle parte en grommelant quelque chose d'inintelligible et qu'elle s'enferme dans sa chambre en en claquant la porte. Là, je perds mon sourire. Pas parce qu'elle boude, je sais que ça ne dure jamais longtemps avec elle, mais parce que le souvenir de son parfum emplissant mes narines me revient. Il se mêle à l'odeur des gourmandises de Noël que j'ai préparées et au parfum du sapin qui trône dans notre salon. L'ensemble est divin.

Je me prends à imaginer si ses lèvres auraient eu le goût de ce que j'ai cuisiné cette nuit. Je me demande si ce baiser aurait été aussi beau que je l'envisage depuis des années.

Je tourne la tête vers notre porte-fenêtre. La neige tombe encore, pas décidée à s'arrêter. Elle me rappelle l'heure que Layla et moi avons passée dessous avant de rentrer nous mettre au chaud.

Je suis surpris qu'elle tombe toujours. La route va être dangereuse si ça continue comme ça et que ça tient ; les Toulousains ne sont pas habitués à conduire dans ces conditions, c'est bon pour avoir un accident. Il faudra que je sois prudent en allant chez mes parents.

Je soupire, expulsant mon tumulte d'émotions dans un seul souffle. Noël qui approche, cette météo, la belle décoration de notre appartement… Tout me plonge dans une ambiance douce et chaleureuse. J'adore cette période et je la déteste en même temps. Chaque année, c'est la même chose, Noël me donne plus envie encore de prendre Layla dans mes bras et de ne jamais la laisser s'en échapper. Et chaque année, je me rappelle que ce n'est pas possible.

Ce presque baiser, je l'ai rêvé. Rien n'est arrivé. C'est la seule vérité que je peux croire. Une autre serait trop dangereuse pour mon cœur amoureux.

CHAPITRE 4

LAYLA

Le visage enfoui sous ma couette, je repasse la scène en boucle dans ma tête. Je revois les lèvres de Sidney, si proches des miennes, je sens son parfum envahir mes narines comme s'il était dans le lit avec moi. J'ai toujours été sensible aux odeurs, et je suis fan de ce qu'il porte. Depuis le lycée, il met un *Hugo Boss* qui me fait tourner la tête. Je me souviens de m'être déjà dit que je pourrais coucher avec un mec juste parce qu'il porte ce parfum, qu'importe sa tête ou sa personnalité ; dans le noir, ça peut passer.

Bien sûr, je ne l'ai jamais envisagé avec mon meilleur ami. Enfin, si, une fois, mais pour ma défense, j'avais rêvé de lui, et ma perception de sa personne a été modifiée pendant une bonne semaine, le temps que mon songe s'estompe. Chose qui s'est produite lorsque je l'ai vu embrasser une idiote de seconde. Je n'étais pas jalouse, cela va sans dire.

Cette fille était vraiment détestable, rien à voir avec de la jalousie.

À part cette fois, je n'ai jamais eu envie de Sidney, pas comme ça. Des câlins, des moments juste à nous, des rires… oui, mais jamais plus. Enfin, le plus souvent. Je ne nie pas que l'idée m'a déjà plusieurs fois traversé l'esprit, mais c'est humain. Il est beau garçon et c'est un mec génial, bien sûr que j'ai parfois des pensées pour lui plus qu'amicales. C'est normal, non ?

Mais c'est mon plus proche ami, mon soutien dans la vie, l'homme le plus important pour moi, jamais je ne laisserai mon cœur tomber amoureux de lui. Rien ne me ferait prendre le risque de le perdre, surtout pas l'organe dans ma poitrine. C'est pour ça que je lui en veux d'avoir battu aussi fort à cause de cette simple proximité.

Sidney et moi sommes souvent collés l'un à l'autre, j'ai l'habitude d'avoir son bras autour de mes épaules, sa main dans la mienne, sa bouche contre ma joue ou contre mon front. Pourquoi cette fois était-elle différente ? Cela n'a aucun sens. Peut-être que je me suis laissée emporter par l'ambiance de Noël, la belle décoration de notre appartement que je trouve réconfortante – même si ça manque de jaune –, cette boule qu'il a accrochée juste pour moi…

Je grogne en fermant les yeux. Il fait noir sous ma couette, mais les lèvres de mon ami se dessinent dans l'obscurité, et ça m'énerve. Fermer les paupières ne m'aide en rien parce que son parfum continue à me hanter. C'est très agaçant.

J'envisage de rester cachée ici toute la journée. Jusqu'à ce que ça me passe serait une bonne idée, mais ce soir, il y a un match des Pens, et je ne le manquerai pas ; pour rien au monde. En attendant, je peux prétendre que je boude à cause de la remarque de Sidney et rester seule dans mon lit. Je pourrais me mettre un film de Noël, il y en a déjà plein de nouveaux sur *Netflix*, ou lire la romance de Noël que Sabrina m'a prêtée – plutôt forcée à prendre. Je travaillerais bien, mais j'ai laissé mon ordinateur dans le salon et je ne veux pas sortir d'ici, même si je sais qu'il y a des sarments au chocolat noir et à l'orange délicieux que Jade a rapportés du marché hier, et qu'ils me font super envie…

Non, je ne me lèverai pas, pas même pour une gourmandise. J'ai dit que je boudais.

Dans ma tête, j'entends ma mère soupirer, je vois mon père secouer la tête. Même absents, mes parents sont toujours dans mon esprit. Ils me jugent.

Mon état ne s'arrange pas quand, agacée par mon propre comportement, je me lève finalement. Ma chambre est dans un désordre sans nom, comme toujours. Mes fringues traînent par terre, et sur ma table de nuit, il y a un mug vide. Mon lit est évidemment défait, les coussins sont en vrac. Je vois des livres ouverts par terre.

C'est le foutoir. Un foutoir jaune et noir.

Tout ce qui traîne est aux couleurs de mon équipe. La plupart de mes biens sont des produits dérivés des Pens, même mes vêtements. Et quand cela n'en est pas, le tout est quand même jaune. J'ai bien quelques petites choses noires ou blanches, mais pas de couleur autre que le jaune.

De nouveau, mes parents apparaissent dans mon esprit. Leur silence est parlant. Je les entends pointer mon côté fanatique du doigt. Ils se moquent de l'amour que je porte au hockey et plus particulièrement aux Pens, puis ils me rappellent que je suis une irresponsable qui a foutu sa vie en l'air, trop immature pour finir ses études, si rêveuse qu'elle a créé une entreprise avec ses amis comme si elle ne mettait pas tout en danger. Ils me disent que je n'y arriverai pas, qu'*Au seuil des délices* ne sera jamais rentable, que mes projets se solderont par un échec…

– Foutez-moi la paix ! m'écrié-je en jetant un coussin contre le mur.

– Lay's ?

Je sursaute en entendant Sidney de l'autre côté de la porte. Je réalise que j'ai vraiment hurlé, comme une folle, encore une fois…

– Ça va, dis-je pour le rassurer.

– Sûre ?

Je voudrais répondre oui, je *devrais* répondre oui, mais je n'y arrive pas. Je me laisse retomber sur mon lit, les larmes aux yeux.

– Je peux entrer ?

– Non, dis-je calmement.

– Je vais quand même entrer.

Il le fait. Il se penche pour attraper le coussin que j'ai jeté et qui gît juste à côté de la porte. Comment sait-il que c'est celui que j'ai envoyé valser ? Ma chambre est sens dessus dessous, impossible de dire si j'ai eu une crise de colère ou si je suis juste bordélique. Mais lui, il sait toujours.

Il vient s'asseoir à côté de moi et pose le coussin sur mes cuisses. Je le serre contre ma poitrine, désolée de l'avoir jeté comme ça. La tête de Sidney – Crosby, le joueur, pas mon meilleur ami – me sourit depuis le tissu. Je suis navrée de l'avoir envoyé valser contre le mur. Le pauvre…

– Qui doit te foutre la paix ?

Je lève la tête vers Sidney, l'autre, le réel, enfin, celui de ma vie.

Parfois, c'est compliqué. Je n'utilise jamais le prénom du capitaine des Pens pour parler de lui sinon mes proches pensent que je parle de mon meilleur ami et les discussions deviennent impossibles à suivre. J'ai appris la leçon. Il y a Crosby, mon joueur préféré, mon idole, mon fantasme parfois, un modèle de force et de courage qui me motive à me donner toujours à fond. Puis il y a Sidney, mon pilier dans la vraie vie, l'homme le plus important, celui qui me tient la main quand j'ai du mal à marcher. Celui qui a des lèvres magnifiques que j'ai failli embrasser – cela dit, Crosby en a de très belles aussi –, ces mêmes lèvres desquelles mes yeux ne veulent pas se détacher.

– Lay's ?

Je sursaute et tourne la tête, puis je réponds à sa précédente question :

– Mes pensées.

– Une en particulier ?

– Celle de mes parents.

Il ne répond pas. Il connaît ma relation avec eux, il comprend. C'est sûrement le seul. Levy et Romy pensent que je suis immature et qu'il faut que je grandisse. Ils sont du même avis que mon père et ma mère sur pas mal de points. Jade est plus modérée, elle ne prend pas mon parti, mais elle ne me juge jamais…

Mon désir pour Sidney a disparu, la simple mention de mon père et de ma mère m'a envoyée sur un chemin sombre, celui de ma vie, dans laquelle tous les gens que j'aime, et qui m'aiment en retour, ne parviennent pas à me comprendre.

Je me sens parfois terriblement seule dans mes différences. Si je n'avais pas Sidney, je ne sais pas comment je ferais. C'est douloureux de ne pas être acceptée comme je suis par ceux qui comptent tellement pour moi, surtout par ceux qui m'ont donné la vie. Je les aime plus que tout. Et c'est bien ça le problème. C'est parce que je les aime autant que je souffre de voir qu'ils ne me pensent pas capable de bien faire les choses.

J'ai vingt-deux ans, je ne devrais pas me soucier autant de ce que mes parents pensent, mais c'est plus fort que moi.

Ils ont tous raison, je suis une enfant, toujours la petite fille qui veut rendre ses parents fiers et qui pleure de ne savoir y arriver…

– Tu crois que je devrais me débarrasser de tout ça ? demandé-je à voix basse.

– De quoi ?

– Tous ces trucs des Pens.

– Si tu fais ça, ta chambre sera vide, tu en as conscience ? demande-t-il, rieur.

Je lui donne un petit coup dans le bras en souriant. Il a raison, c'est exactement ce que je me disais un peu plus tôt : tous mes biens ou presque sont à l'effigie de mon équipe préférée.

– Pourquoi tu penses soudain à ça ?

– Je ne sais pas… J'ai vu le désordre dans ma chambre, j'ai remarqué que je n'avais que des trucs des Pens, puis j'ai pensé à mes parents et à leur avis sur mon côté fanatique…

– Tu ne penses pas correctement…

La suite de sa phrase ne vient pas, alors je tourne la tête dans sa direction. Ses yeux se plongent dans les miens. Sérieux, il reprend :

– Quand on voit une chambre en désordre, la pensée à avoir, c'est : je dois la ranger. Tête de chips bordélique.

Je cligne plusieurs fois des yeux. Je ne suis pas certaine d'avoir bien saisi, mais quand Sidney sourit, je comprends qu'il se moque juste de moi. Alors je prends Sidney… non, Crosby – le coussin –, et je lui tape dessus.

Insupportable meilleur ami !

Il rit en tombant sur le lit. Je lui grimpe dessus pour poser mon coussin sur son visage et tenter de l'étouffer, mais il attrape mes poignets et m'en empêche tout en continuant à rire. Voyant que je ne cesse pas, il utilise son agaçante force herculéenne pour me retourner sur le lit et bloquer mes bras contre le matelas.

Son visage se fait sérieux, mais un doux sourire se dessine sur ses lèvres. Ses cheveux bruns sont en bataille, et je le trouve étrangement séduisant avec ses yeux foncés et son nez droit. Et ce foutu parfum…

– Tu n'as pas à changer quoi que ce soit pour qui que ce soit, Layla. Tu es parfaite exactement comme tu es, et si tes parents ne peuvent pas t'accepter ainsi, c'est eux qui ont un problème, pas toi.

– Tu dis ça parce que tu es fan de hockey, toi aussi, soufflé-je.

Mon cœur bat à cent à l'heure, je ne sais pas si c'est parce qu'il y a un corps puissant et désirable au-dessus du mien – c'est celui de mon meilleur ami, mais mon cerveau n'a pas l'air de vouloir enregistrer cette information – ou si c'est parce que Sidney me dit des choses qui me touchent en plein cœur. Comme toujours, ce sont exactement les mots dont j'avais besoin.

Je suis gênée, mais je ne veux pas le montrer, alors je tiens la discussion du mieux possible.

– Tu sais pourquoi je me suis mis au hockey ? me demande-t-il en relâchant mes mains.

Je secoue la tête. Je ne m'en souviens plus. J'ai l'impression qu'on a toujours regardé les matchs ensemble. Ce n'est pas le cas, bien sûr, mais c'est devenu une habitude, un truc à nous, et ça l'est depuis si longtemps que je ne parviens pas à me rappeler quand ou comment tout a commencé.

Les doigts de Sidney viennent attraper l'une de mes mèches de cheveux tandis qu'il dit :

– À cause de toi. Tu étais tellement déçue d'être la seule à aimer ce sport… Personne ne te comprenait, les autres disaient que tu étais bizarre, et ça te rendait triste.

Maintenant, je m'en souviens… Comment ai-je pu oublier ça ? Les rires, les remarques de celles qui se disaient mes amies, les moqueries déjà sexistes des garçons adolescents que je fréquentais… J'ai toujours semblé bizarre aux gens, cette passion pour le hockey n'a pas arrangé mon affaire. Ce n'est pas un sport très populaire en France, et j'étais moquée juste parce que j'aimais une activité dite masculine. J'étais incomprise, et triste. Tellement, que j'ai voulu effacer tout ça de mon esprit.

– Je ne supportais plus de te voir malheureuse. Alors je m'y suis mis pour que tu aies quelqu'un avec qui partager tout ça.

Ses doigts glissent de mes cheveux à ma joue, et je commence à avoir du mal à respirer. Que se passe-t-il ? Pourquoi me dit-il de telles choses en me regardant avec tellement d'intensité ? Et pourquoi mon corps réagit-il de la sorte ?

– J'adore ton côté *fangirl*, ne change rien, tête de chips, chuchote-t-il.

Il dépose un baiser sur mon front, et je me surprends à penser que j'aurais aimé qu'il m'embrasse ailleurs. En plus de son eau de parfum, je sens des effluves de cannelle et autres épices sur sa peau, je reconnais l'odeur de sa préparation à pain d'épice. L'ensemble m'enivre.

Le surnom idiot qu'il me donne tout le temps ne me dérange pas ; là, j'ai bien mieux à penser. Trop à penser. Je perds complètement la tête.

Sidney se relève. Moi, je n'en ai pas la force.

Une fois à la porte, il se retourne et dit :

– Tu veux retourner jouer dans la neige ? Pour une fois qu'on en a, il faut en profiter, je ne sais pas si ça va tenir longtemps.

Je me redresse d'un coup. Finalement, j'avais assez de force. Il suffit de me parler de neige, hiver, froid ou Noël pour me faire tout oublier, ou presque. J'en suis amoureuse depuis que je l'ai découverte, et mon amour n'a pas faibli en grandissant, bien au contraire, au grand désespoir de mes parents qui le toléraient lorsque j'étais petite, mais plus maintenant.

C'est une fête difficile à cause d'eux qui ne comprennent pas mon engouement et s'évertuent à me dire que je ne suis plus une enfant et qu'il n'y a pas besoin de faire tout un truc avec les cadeaux, décorations, repas, etc., mais je continue à la trouver magique, plus encore depuis que nous avons notre entreprise.

Au seuil des délices me fait rêver, les créations de Romy et Sidney me plongent complètement dans l'ambiance, les visuels que je prépare me transportent, les idées de Jade pour mettre nos produits en avant sont magiques, et même l'aversion de Levy pour Noël, sont devenus un petit plus qui rend la fête si plaisante.

De plus, en cette période de l'année, les nuits sont plus longues, et si certains les maudissent, moi, je les chéris, parce que c'est au cœur de la nuit que je vis mes plus beaux instants, en compagnie de mon meilleur ami. Ces moments n'appartiennent qu'à nous et ce sont mes préférés.

– Alors, tu viens ? demande-t-il, me tirant de mes pensées.

Je souris en hochant la tête. Bien sûr que je viens. Avec lui, j'irais à peu près n'importe où, mais dans la neige encore plus.

D'une simple proposition, il a balayé toutes mes pensées noires. Cet homme sait toujours quoi dire et quoi faire avec moi. C'est le meilleur. Mon meilleur ami, oui.

Tu entends, saleté de cœur ? Sidney est notre ami, et on n'embrasse pas ses amis, pas même à Noël !

Quelque chose me dit qu'il va falloir que je me répète ça plusieurs fois avant de réussir à l'enregistrer…

Dans ma tête, je m'emballe. Il ne reste que quelques secondes de temps réglementaire, et ces enfoirés de Capitals[5] mènent d'un but. Il ne reste qu'une action, deux tout au plus. Les Pens doivent marquer s'ils veulent avoir une chance de l'emporter grâce au temps additionnel. Ils ne peuvent pas perdre. Déjà parce que ce sont les meilleurs, ensuite parce que je déteste les Capitals, en particulier cette brute de Wilson et son capitaine, Ovetchkine, et enfin, parce que je ne veux pas devoir répondre à un nouvel ordre de Sidney.

Cette fois, c'est moi qui gagne et lui demande un truc ! Si je me retrouve à devoir encore lui masser je ne sais quelle partie du corps, je vais craquer. Je préfère quand c'est lui qui me fait des papouilles ; je ne suis pas douée pour en faire, les gestes répétitifs m'ennuient vite.

Mon pied tape vivement sur le sol de notre salon. Plus que quelques secondes. Les Pens sont bons pour se sortir des situations critiques, ils ont failli

5. Capitals de Washington, équipe de hockey de la LNH.

me tuer à de nombreuses reprises à prendre de mauvais départs pour ensuite l'emporter, ils vont y arriver.

– Ça ne va pas le faire… dit Sidney.

– Tais-toi, tu vas porter la poisse, dis-je tout bas, trop stressée pour m'énerver.

Je broie le coussin entre mes doigts depuis plusieurs minutes. Quand je me suis rendu compte que je faisais ça, j'ai posé la tête de Crosby à côté de moi et j'ai pris celui avec des sucres d'orge qu'on a mis en décoration de l'appartement. Je le trouve super mignon, mais je préfère le torturer lui que mon capitaine.

Oublié le super après-midi que j'ai passé avec mon meilleur ami dans la neige. Je ne pense plus à la beauté de Toulouse sous son manteau blanc, aux délices que j'ai mangés au marché – j'ai acheté nos propres produits, ceux faits par Romy et Sidney, et je n'en ai pas honte, ce sont eux qui font les meilleurs du coin –, aux vitrines magnifiques des boutiques qui ont mis des étoiles dans mes yeux ou aux rires qui se sont échappés de ma gorge quand j'ai fait l'ange dans le sol blanc du jardin des Plantes comme si j'avais huit ans. Ces instants sont restés magiques dans ma mémoire, avec une personne encore plus magique, mais là, les Pens sont à deux doigts de perdre un deuxième match consécutif, et ça, ce n'est pas possible.

Je sens Sidney se tendre à côté de moi, mais je suis encore plus nerveuse que lui alors je ne peux pas me demander pourquoi il l'est aussi. Il ne reste que quelques secondes, Crosby vient de récupérer le palet. Il fait une passe magnifique à Rust qui glisse à toute vitesse vers les cages.

Dix secondes au maximum, il a à peine le temps de réfléchir. Tout va trop vite. Il passe à Guentzel qui tire, mais le gardien arrête le palet. C'était sans compter sur Crosby qui a remonté toute la patinoire et se retrouve placé exactement où il le faut pour le rebond.

Deux secondes, le palet entre. Les Pens égalisent.

Je me lève d'un bond en hurlant ma joie. Sidney se retrouve lui aussi sur ses pieds. Je me jette dans ses bras comme si on venait de remporter la Coupe Stanley alors que nous ne sommes qu'au début de la saison régulière. Je décolle.

– Romy va vous tuer si vous ne vous calmez pas.

Levy a raison, alors je presse mes lèvres l'une contre l'autre pour ne pas crier plus fort, mais je ressens tellement de joie. Je sautille en serrant mon coussin, déformant les sucres d'orge brodés dessus sans la moindre culpabilité. Je suis trop heureuse. Mon meilleur ami l'est autant que moi, ce qui me surprend.

– Pourquoi t'es aussi content ? demandé-je en souriant.

– Parce que tu l'es.

Je suis collée à lui, le coussin entre nous, nos visages encore une fois trop près l'un de l'autre, et mon abruti de cœur s'emballe devant cet aveu.

Je culpabilise un peu d'avoir cru que Sidney voulait que les Pens perdent afin de pouvoir exiger quelque chose de moi. Il se moque apparemment de ça. Même s'il ne soutient pas vraiment mes pingouins, il est de mon côté, comme toujours…

– Ils ont gagné, du coup ?

La voix de notre ami qui a regardé le match avec nous – plus ou moins, il a surtout passé son temps à fixer son téléphone en jetant parfois un coup d'œil à l'écran de la télévision – me rappelle que Sidney et moi ne sommes pas seuls. Je m'étais perdue dans ses yeux au point de l'oublier.

Je me défais rapidement de lui pour me tourner vers Levy.

– Pas encore, on va aux prolongations. Il reste cinq minutes de temps additionnel. Le premier qui marque l'emporte.

– Et si personne ne marque ?

– Tirs de barrage.

– De quoi ?

– Des tirs au but, si tu préfères.

J'oublie toujours que tout le monde ne comprend pas le langage propre au hockey…

– Comme au foot.

– Ne compare pas le hockey au foot, ronchonné-je.

Je déteste ce sport, je le trouve ridicule, et les footballeurs passent leur temps à faire du cinéma. Maintenant que je suis habituée aux hockeyeurs qui continueraient presque à jouer avec une commotion cérébrale – Crosby l'a fait, même s'il ignorait sa condition –, je ne peux pas supporter les joueurs de foot qui se roulent par terre parce qu'on a un peu tiré sur leur maillot. Que des fragiles, ils ne feraient pas le poids à côté de mes pingouins !

Je n'ai pas le temps de m'énerver sur le sujet, le match continue. Je suis à peine rassise que l'engagement est fait, et sans que je comprenne ce qui se passe, le palet finit au fond du filet des Capitals.

On a gagné ! En moins d'une minute de temps additionnel !

Le ralenti me montre Crosby qui remporte l'engagement, Letang qui s'élance vers les cages adverses, une passe vers Crosby, une autre vers Malkin, et sans crier gare, il y a but.

– Ils sont incroyables… soufflé-je.

– Ils ont gagné, là ? demande Levy.

– Oui !

– Ils étaient mal partis au début, non ?

– Mais comme d'habitude, ils sont revenus. Un joueur des Pens n'abandonne jamais !

Je sautille de joie, je suis comme une gosse, tellement heureuse. Je ne résiste pas à l'envie de taquiner mon meilleur ami :

– Tu aurais dû être fan des Pens, pas des Bruins.

– Ça n'aurait pas été drôle de suivre la même équipe, je préfère t'embêter en étant contre toi, répond-il en souriant.

– J'espère que tu aimes perdre, Sid.

– Ne t'en fais pas pour moi, Lay's, je m'en sortirai bien. N'oublie pas qu'on a Bergy.

– Et nous Crosby.

– Ton capitaine ne fait pas le poids face au mien. Patrice Bergeron est plus solide, polyvalent, bien entouré, plus posé, plus réfléchi… Il est même plus sexy.

– C'est quoi cet argument ? Comme si être sexy avait un impact sur les performances au hockey.

– Il n'y en a pas, confirme-t-il, mais ça reste vrai.

– Qu'est-ce que tu en sais, tu es gay ?

– Pas besoin d'être homosexuel pour voir qu'un mec est beau. Pourquoi tu demandes ? Tu voudrais un meilleur ami gay, comme dans ces romances que lit ma sœur ?

– Je voudrais surtout un meilleur ami moins con.

Nous rions tous les deux. La dispute est bon enfant. Je me sens légère parce que mon équipe a gagné, et ça me fait du bien de plaisanter comme ça avec Sidney. Je suis rassurée, rien n'a changé entre nous. Les sentiments étranges que j'ai ressentis devaient être liés à mon manque de sommeil, à l'ambiance de Noël qui me rend toujours euphorique, ou à ma maladie. Elle fait tellement de dégâts que je n'en serais pas étonnée.

– C'est lui, Crosby ? demande Levy en montrant la télévision.

– Oui.

– Et il s'appelle Sidney ?

Je hoche la tête.

– C'est le joueur dont tu es fan, ton idole ?

Nouveau hochement de tête.

– T’es au courant qu’il s’appelle comme lui, dit-il en pointant mon meilleur ami du doigt, et qu’en plus, il lui ressemble ?

– N’importe quoi ! m’écrié-je.

Les deux hommes mettent un index sur leur bouche et m’intiment de me taire. Je ne veux pas encore me faire engueuler par Romy, alors j’obéis et continue en chuchotant :

– Ils ne se ressemblent pas du tout.

– Bien sûr que si, dit Levy. Regarde, les cheveux, les yeux, le nez.

– C’est vrai que je lui ressemble un peu.

Mes deux amis se mettent à comparer le Sidney de l’écran avec celui qui est dans la pièce. Je regarde le coussin que j’ai abandonné sur le canapé pour vérifier, et soudain, je note des ressemblances. J’écarquille les yeux en passant du tissu au visage de mon meilleur ami. C’est incroyable, je ne l’avais jamais remarqué avant.

Mais je refuse d’accepter ça ! Crosby est beaucoup plus beau. Enfin, je crois… Je ne sais pas.

– T’as fait un transfert ou quoi ?

Sidney rit à la blague de Levy, pas moi. Ils m’énervent, tous les deux. Je me lève et jette le coussin sucres d’orge sur Levy, comme si je lui balançais ce Noël qu’il déteste tant au visage, puis j’en prends un autre, avec une tête de renne, cette fois, que je jette sur Sidney.

– Vous me soûlez, je vais me coucher !

Ils continuent à rire dans mon dos. Ils sont insupportables.

Arrivée à la porte de ma chambre, je me retourne et dis :

– Ne fais pas trop le malin, toi. Les Pens ont gagné, j'ai le droit de te demander ce que je veux. Et je te promets que ce sera quelque chose que tu n'oublieras pas !

– Je n'oublie jamais rien quand ça vient de toi.

Son doux sourire me trouble. Il n'est pas moqueur, il est tendre, un peu triste aussi, et j'ai l'impression que sa phrase veut dire autre chose que ce que n'importe qui entendrait. Derrière lui, la guirlande lumineuse de notre sapin brille, et je me surprends à trouver Sidney magnifique, entouré par toutes ces décorations.

Je suis retournée, trop pour rester une seconde de plus devant lui.

J'entre dans ma chambre et ferme précipitamment la porte, mon cœur battant à vive allure dans ma poitrine. Je ne sais pas ce qu'il m'arrive aujourd'hui… Il faut vite que je dorme. Demain, tout redeviendra normal, je trouverai de quoi me venger, j'effacerai tous les drôles de sentiments qui font rage en moi et je recommencerai à torturer gentiment mon meilleur ami.

Mon meilleur ami, c'est ce qu'il est.

CHAPITRE 5

SIDNEY

– T'es pas sérieuse ?

– Si.

Je regarde Layla, puis les vêtements qu'elle a posés sur mon lit. Trop de jaune dans ma belle chambre aux couleurs neutres. Je n'ai rien contre le moutarde, j'aime beaucoup, mais sur elle, pas sur moi, et pas dans mon environnement à la décoration scandinave dont je suis assez fan. J'y ai ajouté quelques éléments de Noël en bois et textures blanches qui rendent la pièce absolument parfaite. Je suis particulièrement fan de l'ours clair sur mon bureau et de la guirlande en perles immaculées qui entoure la tringle de mon rideau.

Ma meilleure amie peut se moquer autant qu'elle le veut de mon goût pour les belles choses et de ma tendance à être carré et propre dans tout ce que je fais, quand c'est pour cuisiner une bûche élégante qui ressemble à s'y méprendre à un vrai morceau de bois, elle ne rigole plus, elle admire et elle dévore ensuite. Pas de vannes dans ces moments-là.

Avec la nourriture, elle comprend, mais ma tendance à passer des heures dans les magasins de meubles ou de décoration intérieure, elle a plus de mal.

Je m'en moque, j'adore l'ambiance de ma chambre, j'aime qu'elle soit claire, épurée et ordonnée. Je suis fou de Layla, de son côté coloré et désordonné qui respire la liberté, mais je ne veux pas qu'elle vienne mettre le bazar chez moi.

Heureusement, elle s'abstient toujours, sauf aujourd'hui, où elle vient gâcher la beauté des lieux avec son haut jaune qui fait tache sur ma couette beige, à côté de mes coussins blanc et marron où sont brodés des sapins. Mais ça, à la limite, je pourrais le supporter, c'est ce qu'elle veut que je fasse qui me dérange vraiment.

– C'est bien trop petit. Tu fais quoi, du M ? demandé-je.

– Du S.

– Raison de plus, je fais du XL, Lay's.

– T'avais qu'à acheter un haut des Pens quand je te l'ai proposé.

– Pourquoi j'aurais acheté une fringue d'une autre équipe que la mienne ? soupiré-je.

– Pour ça.

Je secoue la tête. Quelle plaie ! Comment j'aurais pu prévoir que ma meilleure amie aurait la merveilleuse idée de me faire porter les couleurs de ses pingouins toute la journée ? Tout ça parce que les Pens ont gagné !

Pourquoi est-ce que j'ai proposé ce jeu idiot, de toute façon ? L'idée m'amusait, mais j'ai sous-estimé l'imagination de Layla. C'est ma faute, j'aurais dû prévoir que si son équipe l'emportait, elle me ferait vivre un enfer.

Je suis bien puni, il va me falloir porter ce tee-shirt jusqu'à ce soir. Il est beau, mais il est beaucoup trop petit, il va remonter sur mon ventre et comprimer mes biceps.

Heureusement que je n'ai pas prévu de sortir…

– Je vais le craquer, tenté-je.

– Tu m'en rachèteras un, répond-elle en souriant.

– Tu ne lâcheras pas, hein ?

Elle secoue la tête. Je n'ai pas vraiment le choix… Mais ça aurait pu être pire, elle aurait pu repeindre intégralement ma chambre ou la décorer comme elle a voulu le faire avec son Noël jaune dans le reste de l'appartement. Elle aurait aussi pu m'obliger à plier les pages de mes livres au lieu d'utiliser un marque-page, comme toutes les personnes normales.

Layla est un démon, une fois, elle a écrit dans tous mes cahiers de cours. Elle est venue à la maison pendant que j'étais à un entraînement de volley et elle a mis des mots doux sur chaque page de chaque foutu carnet. On s'était disputés le matin, et elle voulait se faire pardonner. Elle s'est dit qu'en découvrant ses excuses et son amitié sur chaque page que je tournerais en cours, je la pardonnerais…

J'ai eu encore plus envie de la tuer, mais je me suis souvenu qu'elle n'était pas au courant de mon côté un peu maniaque, que j'avais réussi à cacher jusque-là – elle l'a appris après cet incident –, et j'ai trouvé son intention si touchante que je lui ai bien sûr pardonné en lui faisant promettre de ne plus jamais toucher à mes affaires pour les dégrader. Elle s'est mise au garde-à-vous, comme un soldat, et elle a juré que son désordre resterait dans son sac à elle, pas dans le mien. J'ai ri. Et je suis tombé amoureux, si tant est que je ne l'étais pas déjà avant cette aventure.

Malgré moi, je souris au souvenir, et quand je lève la tête vers ma meilleure amie, je souris un peu plus en voyant son visage. Je n'y peux rien, elle a l'air si amusée par sa bêtise que ça me rend heureux. Je suis trop faible devant elle.

Je l'étais déjà avant. Layla a quelque chose qui m'empêche de lui refuser quoi que ce soit, un truc, un secret… Alors, en soupirant, je retire mon pull blanc qui me plaisait pourtant beaucoup. Une fois torse nu, mes yeux se posent sur le bout de tissu jaune. J'espère au fond de moi qu'il va disparaître, mais il reste à sa place, une tache sur mon lit que je ne peux pas effacer.

Je tourne la tête vers ma tortionnaire et remarque que ses yeux à elle sont posés sur le haut de mon corps. Je ne bouge pas, je prétends que ça ne me fait rien de la voir admirer ma presque nudité, mais au fond, je suis comme un chien fou devant qui on agite une balle. On dirait Pasta, mon border collie.

Le désir est violent. Mon cœur s'emballe. J'ai bien du mal à ne pas me trahir, mais mes années d'expérience à aimer cette femme en secret m'ont appris à gérer.

– Tu aimes ce que tu vois, perverse ?

– Habille-toi et va travailler ! s'écrie-t-elle, le visage rouge, avant de sortir comme une tornade en claquant la porte de ma chambre.

J'éclate de rire. Depuis hier, je ne sais pas pour quelle raison, Layla est troublée en ma présence. J'ai peut-être tort d'avoir de l'espoir, mais c'est plus fort que moi.

C'est la première fois qu'elle montre un intérêt autre qu'amical pour moi, je n'arrive pas à m'empêcher de prier pour que ça aille plus loin. Je ne peux pas la confronter, et surtout pas la brusquer, elle se braquerait immédiatement, mais je compte bien lui donner envie de plus avec moi.

Cette nuit, j'ai pas mal réfléchi à la façon dont je devais gérer tout ça, et cela m'est apparu comme une évidence : en ne faisant rien. Je dois juste rester exactement comme je suis : son meilleur ami amoureux depuis des années. Mais au lieu de me priver de contact, de m'empêcher de dire certaines choses, je vais être naturel et lui suggérer mes sentiments. D'elle-même, elle finira par comprendre ce que je ressens, et si c'est réciproque, les choses se feront naturellement. En tout cas, je l'espère.

Ce qui devait arriver arriva. Quand j'enfile le haut de Layla, il craque. Le col s'élargit, le tissu se déchire sous les aisselles. Je suis bon pour lui en racheter un. Ce n'est pas grave, ce qui l'est, c'est que j'ai l'air ridicule, le miroir fixé sur mon mur ne ment jamais.

Je vais avoir du mal à la séduire avec ce truc trop serré. On voit mon ventre, je suis comprimé au niveau des bras. Je ne ressemble à rien, soyons honnêtes. Fort heureusement, le ridicule ne tue pas, et je sais que ça fera rire ma meilleure amie, alors ça ne me gêne pas.

Je sors de ma chambre et marche avec assurance vers le comptoir de la cuisine. Cette peste de Layla rit aux éclats, pour mes deux autres amis, c'est une autre ambiance. Levy et Romy hallucinent. Je sais pourtant qu'ils vont bientôt rejoindre le camp de celle qui se moque, je les connais par cœur… Ces deux-là se ressemblent plus qu'ils ne veulent l'admettre. Ils ont des réactions similaires, alors je prédis sans mal ce qui va sortir de leur bouche.

– Ton haut a rétréci au lavage ? demande Romy.

– Ou tu as grandi dans la nuit ? renchérit Levy.

C'était inévitable.

Je m'en fiche, pour le rire de Layla qui ne semble pas vouloir s'arrêter, je veux bien être ridicule.

Je ne réponds pas. J'ouvre le frigo, puis les placards, et je prends ce dont j'ai besoin pour cuisiner. Aujourd'hui, je dois préparer des sablés. Ceux en forme d'étoiles ont plutôt bien marché, mais je voudrais tenter des sapins, cette fois. J'hésite à changer les couleurs de ma préparation à base de sucre. Quelque chose de doré ou argenté me tenterait, mais ça ne ferait pas naturel, ça ne collerait pas à l'identité de notre entreprise, alors je vais peut-être rester sur le blanc. À la place, je vais faire d'autres motifs. J'ai quelques idées qui pourraient être sympathiques. J'espère que ça va plaire, parce que si c'est invendable, Levy va me tuer d'avoir gaspillé de l'argent. Layla lui dira qu'on peut les manger, mais il jugera que c'est une perte quand même, car on n'en aurait pas acheté sans mes tests ratés.

Notre comptable est intransigeant avec les finances de l'entreprise. Il comprend l'intérêt d'expérimenter des choses, il sait qu'on doit parfois faire des dépenses qui ne donneront rien derrière, mais en période de Noël, il préfère qu'on tempère notre créativité.

L'an dernier, les filles ont voulu tenter de faire imprimer des flyers pour attirer les gens. Elles comptaient en poser dans divers commerces de Toulouse et demander une autorisation pour en distribuer dans les rues piétonnes de la ville. Sur le principe, ce n'était pas idiot, on débutait, il fallait se faire connaître, mais on avait déjà mis en place de la publicité ciblée sur les réseaux sociaux, le budget était passé dedans. Elles ont insisté un moment avant que Levy ne leur claque la porte de sa chambre au nez en leur criant que si elles voulaient tant que ça aller dans la rue voir les gens et dépenser de l'argent de l'entreprise, elles n'avaient qu'à aller nourrir les sans-abri.

C'est l'une des rares fois où il s'était vraiment énervé, mais ça n'a pas été inutile. Après ça, nous avons décidé de préparer des paniers-repas pour les personnes dans le besoin. Chaque mois, en partenariat avec une association, nous livrons un centre d'accueil et faisons une tournée dans les rues pour proposer des produits faits avec amour et soin à ces personnes qui se contentent habituellement de très peu sans être regardants.

Une fois par mois, ce n'est pas énorme, mais *Au seuil des délices* n'a pas les moyens de faire plus pour l'instant. À terme, j'espère que nous pourrons établir un meilleur partenariat avec Claudia, la présidente de l'association. Quelque chose me dit que le sort des sans-abri touche particulièrement Levy et qu'il nous suivra dans ce projet.

– Tu comptes porter ça toute la journée ? demande mon ami, alors que je bats mes œufs.

– C'est le programme, ouais.

– Tu mettras une veste si tu viens au marché, tu vas faire peur aux clients, se moque Romy.

– Et tu vas attraper froid, ajoute Levy.

Ils sont encore tous en train de se moquer de moi. Tous, mais surtout Layla, qui est pliée en deux. Je me vengerai d'elle, cela va sans dire. Mais pas maintenant, elle est bien trop mignonne avec ses bois de renne sur la tête. Elle a ressorti son serre-tête de Noël, ce qui n'est pas pour me déplaire.

Au bout d'un moment, elle se redresse en agitant sa main devant son visage qui a pris des couleurs. Elle a chaud, c'est sûrement parce qu'elle pouffe comme une idiote depuis quinze bonnes minutes, mais c'est aussi l'un des symptômes de sa maladie, alors je m'inquiète…

Elle se lève et se dirige vers la porte-fenêtre qui mène à notre mini-balcon pour l'ouvrir. L'air glacial pénètre dans l'appartement, cela semble la rafraîchir. Je ne sais pas combien il fait dehors, mais vu qu'il neige, je dirais qu'on est autour de zéro. Je sens la brise froide venir taquiner la peau que ce fichu tee-shirt laisse entr'apercevoir.

– Ferme la fenêtre, Layla ! crie Romy depuis la cuisine.

– Il fait chaud.

– Pas au point d'ouvrir, répond Levy. Sérieux, la facture va être salée, ferme.

– Je crève de chaud, deux minutes ! s'énerve-t-elle.

Je sens que ça va mal finir. Je le sais. Ce ne serait pas la première fois. L'ambiance a changé d'un coup.

Alors que j'entends un chant de Noël s'échapper de la boutique en dessous de notre appartement et remonter jusqu'à nous, que l'agitation de la rue est à son maximum en raison de la période, moi, je ne pense pas à Noël et à la neige, je pense à l'orage qui va bientôt exploser. Si la pluie manque aux Toulousains, ils vont être servis…

Je lâche le fouet que j'avais en main pour m'approcher de Layla et la calmer, puis l'inviter à descendre prendre l'air pour éviter de laisser la chaleur quitter notre appartement, mais je n'ai pas le temps de mettre mon plan à exécution, Romy craque avant :

– Ferme cette putain de fenêtre !

– Tu me soûles ! répond ma meilleure amie.

– C'est toi qui nous soûles à toujours ouvrir alors qu'il fait un froid de canard dehors ! On se pèle et on va payer un bras en électricité, putain !

– Je paie aussi, je te signale.

– Arrête un peu, c'est Sid qui règle la plupart de tes factures.

Je jette un regard noir à Romy. Je l'adore, c'est une de mes meilleures amies, et elle a raison pour l'électricité et même d'être agacée par Layla, mais ce coup bas, je ne suis pas d'accord. Elle est stressée en cette période, je le sais, mais ça ne lui donne pas le droit de faire ça.

Je n'ai le temps de rien dire, de rien faire. Je ne peux ni reprendre Romy ni calmer Layla, laquelle sort en trombe de l'appartement, et crier son prénom ne l'arrête pas. Je voudrais bien lui courir après, je le ferais même dans cette tenue, mais je dois absolument cuisiner, et ce serait de toute façon inutile. Là, elle est trop énervée, elle ne voudra parler à personne, pas même à moi. Il faut que je lui laisse un peu de temps. Je sais où je la retrouverai.

À la place, je me tourne vers Romy et lui dis le fond de ma pensée :

– Tu sais très bien que c'est un sujet sensible, tu n'aurais pas dû. On a tous nos parents derrière nous, toujours là pour nous aider en cas de pépin, Layla n'a personne, elle.

– Je sais, putain, je sais ! Je suis désolée…

Bien sûr qu'elle sait, et c'est pour cela qu'elle est passée si soudainement de la colère à la culpabilité. Son visage me le dit : elle s'en veut énormément. Je suis même obligé de l'arrêter quand elle va pour enfiler son manteau et rejoindre la tornade qui s'est enfuie. C'est moi qui irai la voir, après.

– Il faut qu'on finisse les produits que Jade attend sur le marché, dis-je.

– Mais Layla…

– Je m'occuperai d'elle après. Si on ne termine pas le travail, on aura moins à vendre, donc moins d'argent. Et cet argent, elle en a besoin, et nous aussi.

Cela suffit pour convaincre mon amie, qui se remet au travail. Je la rejoins. Une fois à côté d'elle, en voyant son regard triste, je pose un baiser sur sa tempe.

– Elle s'en remettra.

Romy ne répond pas, elle se contente de hocher la tête avant de la détourner. Elle n'aime pas trop montrer ses sentiments, mais je sais qu'elle tient énormément à Layla et qu'elle est peinée de lui avoir fait du mal. Cette femme a du caractère, elle peut vite s'énerver, surtout quand Jade n'est pas là pour l'apaiser, mais elle n'est pas méchante.

Elle n'a pas voulu blesser Layla. Je ne peux pas lui en vouloir. Bien sûr, je suis agacé qu'elle ait dit ça, et je suis peiné pour ma meilleure amie parce que je connais ses sentiments, mais aussi la raison de son comportement, pour autant, il m'est difficile d'en vouloir à Romy pour une maladresse.

Le sujet de l'argent est tabou pour Layla. Régulièrement, je lui en prête pour qu'elle puisse payer sa part du loyer ou des factures parce que l'entreprise ne nous rapporte pas toujours assez. Je travaille depuis que je suis en âge de le faire et je dépense peu, alors j'ai ce qu'il faut de côté pour compenser les mois plus compliqués. Et si je manque, mon père et ma mère sont là pour m'aider. Comme les parents de Levy, ceux de Jade et la mère de Romy, ils me soutiennent dans ce projet, ils sont à fond derrière moi et croient en *Au seuil des délices*. Je peux compter sur eux, toujours. Mais Layla n'a pas cette chance. Son père et sa mère lui ont retiré tout l'argent qu'ils avaient mis sur son compte épargne pour elle depuis sa naissance. Légalement, elle aurait pu se retourner contre eux, vu qu'elle était majeure lorsque c'est arrivé, mais ils avaient procuration, et de toute façon, c'était leur argent. Elle a considéré qu'ils avaient le droit de le reprendre, elle ne l'avait pas gagné elle-même.

Malek et Safia refusent de lui prêter un seul centime tant qu'elle n'abandonne pas l'entreprise que nous avons montée et qu'elle ne reprend pas ses études. Ce qui n'arrivera jamais. Du coup, elle doit se débrouiller.

Elle fait des petites missions pour arrondir les fins de mois, elle a arrêté d'acheter tous les produits dérivés des Pens – et pour elle, c'est un exploit –, elle fait vraiment des efforts, mais il arrive que ça ne suffise pas. Dans ces moments-là, je la dépanne avec grand plaisir. Mais elle, ça la gêne. Elle veut bien que je lui achète des choses, que je lui prête cinq ou dix euros, mais payer les factures, c'est trop pour elle. Elle ne comprend pas que je ferais n'importe quoi pour elle et que je ne m'y sens jamais contraint. Je suis vraiment heureux de pouvoir l'aider…

Une fois nos préparations terminées, Romy emballe tout pour aller rejoindre Jade au marché. La pâte pour mes prochains sablés repose, et ceux du jour sont réussis, je suis content, mais pas autant que je le devrais parce que j'ai la tête ailleurs.

Je file dans ma chambre chercher un blouson afin de partir retrouver Layla. J'enfonce un bonnet sur ma tête et je mets des gants dans ma poche, puis je prends une veste, une écharpe, une autre paire de gants et un bonnet supplémentaire pour elle parce qu'elle est sortie trop peu vêtue.

Levy est sur mes talons. Je tourne la tête vers lui et je fais un mouvement pour l'inviter à parler. Je le connais, il a un truc à dire.

– Romy y a été un peu fort, mais un truc cloche avec Layla, non ? demande-t-il finalement, les bras croisés.

La réponse est évidente, je ne prends donc pas la peine de la lui donner. Mais à son regard, je sais qu'il aimerait en savoir plus. Ce n'est pas la première fois qu'il s'interroge depuis qu'on se connaît, et c'était pire avant que Layla ait un traitement. Le truc, c'est que ce n'est pas mon secret, pas ma santé, ce n'est donc pas à moi de raconter ça à nos amis.

Je ne cesse de répéter à Layla qu'elle devrait leur en parler, à ses parents aussi, que tout le monde la comprendrait mieux si elle le faisait, mais elle refuse. Elle se sent faible, et elle craint qu'on la voie différemment. Et pour couronner le tout, elle dit que c'est une maladie absurde qui chamboule ses hormones, et que si on ne comprend pas les changements dans le corps des femmes lorsqu'elles ont leurs règles ou sont enceintes, alors on ne comprendra pas plus ce qu'elle a. Elle est persuadée qu'on dira qu'elle se trouve une excuse ou exagère ses symptômes.

Dans l'idée, elle n'a pas tort, beaucoup de gens, femmes comme hommes, ont tendance à dire que celles qui justifient leur comportement parfois émotif par leur cycle menstruel exagèrent, mais nos proches ne sont pas de ces idiots-là, ils comprendront. Et s'ils ne comprennent pas, je le leur ferai comprendre, avec fermeté si nécessaire…

J'espère que Layla s'ouvrira un jour. Je reste persuadé que cela aidera les autres à mieux vivre les difficultés qu'elle rencontre, qui pèsent parfois sur son entourage, et qu'ils seront ainsi plus compréhensifs avec elle. Mais en attendant, ma bouche est scellée.

Levy soupire, il sait que je ne trahirai jamais Layla, pas même pour lui. Ce que j'aime avec cet homme, c'est qu'il n'insiste jamais, il respecte mes décisions. Alors il oublie le sujet, et quand il me voit prêt à partir, il me demande :

– T'y vas comme ça ?

Je baisse la tête pour voir ma tenue. Les fringues sont normales si on fait abstraction du haut de Layla qui me compresse et dévoile une grande partie de la peau de mon ventre.

– T'as raison, je vais le fermer, il fait froid, dis-je en remontant la fermeture de mon blouson.

Mon ami secoue la tête, mais il sourit. Il sait pourquoi je fais ça. Pour Layla. C'est toujours pour elle.

Si porter ce truc peut lui redonner le sourire, je n'hésiterai pas à retirer ce qui le couvre et à me promener sur le marché de Noël dans cet accoutrement. Même si je dois attraper un rhume.

CHAPITRE 6

LAYLA

Parfois, je me déteste. C'est très souvent le cas, en fait. Je ne supporte plus ma maladie, et ma maladie, c'est une part de moi. Je l'ai en horreur. Il fut un temps où je me demandais pourquoi je m'énervais si facilement, pourquoi je pleurais si aisément, pour quelle raison mon idiot de cœur s'emballait et qu'est-ce qui se passait avec ma température corporelle. Je vivais très mal ces choses que je ne comprenais pas et qui arrivaient à mon propre corps. Aujourd'hui, je sais exactement d'où ça vient et je ne le vis pas beaucoup mieux…

Je lève les yeux sur le marché de Noël. Installée contre la barrière en bois qui entoure la décoration centrale – cette année, c'est un renne, deux sapins et un bonhomme de neige, tout en blanc –, j'observe les passants se promener dans les allées. Les effluves des bonnes choses à boire et à manger me chatouillent les narines, et la neige qui recouvre déjà les toits de chaque stand me fait du bien. C'est si rare que Toulouse porte un manteau blanc que je ne peux m'empêcher d'être heureuse.

L'ambiance du marché m'apaise. C'est étrange que je puisse me calmer dans cette agitation, mais ça a toujours été comme ça. Où que je sois, quoi qu'il se passe, quand Noël est là, je me sens mieux. Même si mes parents ont un peu terni cette fête, elle a gardé son pouvoir sur moi. Rien ne me semble plus féerique ou plus beau, à part peut-être Crosby sur la glace, mais comme il pratique un sport hivernal, je considère que ça va avec.

C'est pour ça que je suis venue ici, pour voir les lumières briller, pour entendre les musiques festives, et pour constater que la magie de mon moment préféré de l'année est en train de nous envahir. Je me dis qu'elle pourra peut-être faire quelque chose pour moi, que cette fois, le bonhomme barbu vêtu de rouge ne me laissera pas en peine. Dans l'idéal, il fera changer mes parents d'avis sur Noël et je pourrai de nouveau le fêter avec eux, notre entreprise marchera du feu de Dieu, et mon médecin m'annoncera que ma prise de sang est excellente et que nous pouvons arrêter le traitement.

Je crois en la magie de Noël, du fond du cœur, mais étrangement, je doute qu'elle fasse tout ça…

Je soupire. Au loin, je devine notre stand. J'ai évité notre chalet pour ne pas y croiser Jade. Non que je ne veuille pas la voir, mais je sais qu'elle devinera mon humeur juste en me voyant, et je serai obligée de tout lui dire, elle en voudra à Romy, elles se disputeront peut-être à cause de moi – Jade prend toujours ma défense, ce qui agace sa copine –, et j'aurai encore fait quelque chose de mal, comme si je n'étais pas déjà un poids…

Je tourne la tête vers la vieille Betty. Elle porte son habituel bonnet rouge et vend ses *S'motes*[6] avec le sourire. Je repense alors au cadre que j'ai acheté pour Sidney il y a deux ans, celui où j'ai fait inscrire *Au seuil des délices* et qui a servi à lui annoncer mon projet, cette boîte que je voulais monter avec lui et dans laquelle j'espérais qu'il pourrait enfin se sentir à sa place, lui qui a toujours eu du mal à le faire, sans jamais pouvoir se l'expliquer. Je voulais que toutes ses inquiétudes s'échappent pour qu'elles ne le rattrapent plus jamais la nuit, mais je ne crois pas que ça ait bien marché…

Je pense à tous les cadres que j'ai achetés à Betty pour les gens que j'aime. J'en ai fait faire un pour les parents de Sidney et Queen, sa sœur, plus communément appelée Sabrina, sans oublier d'y mettre leur chien Pasta. J'en ai fait faire un autre pour mes amis, puis un pour moi, et encore

---

6. Marque française qui crée des personnages originaux à coller dans un cadre afin de faire un portrait de famille unique. Pour en savoir plus : https://www.smotes.com/fr/. L'entreprise existe et tient bien un stand dans plusieurs marchés de Noël de France, y compris à Toulouse, en revanche, Betty est un personnage inventé.

un juste pour Sid, avec pour seuls personnages : lui et moi.

Parfois je me dis que je n'ai besoin de rien d'autre, juste lui, puis je me rends compte que je suis égoïste et que je ne peux pas le couper du monde et continuer éternellement à être un poids pour lui. Malgré tout, je ne parviens pas à me défaire de mon meilleur ami. Il m'est indispensable. Quand il n'est pas là, je me sens triste, j'ai peur, je suis en colère. Et quand il est là…

Je respire.

Je respire pour de vrai, enfin, parce qu'il est juste devant moi, ce n'est pas un mirage. Son sourire est doux, la neige dans ses cheveux foncés le rend adorable, et soudain, j'ai l'impression que le soleil pourtant absent chauffe la peau de mes bras dénudés. Je pourrais en pleurer…

Sidney s'assied à côté de moi et pose une veste sur mes épaules tandis que je triture mon serre-tête renne. Son parfum m'enveloppe immédiatement.

– Je n'ai pas froid, dis-je, même si je n'ai pas envie de retirer cette veste qui porte son parfum.

– Peut-être, mais tu peux quand même tomber malade, dit-il en enfonçant ensuite un bonnet sur ma tête.

Il a raison, j'ai d'ailleurs le nez qui coule et je suis sûre qu'il est tout rouge.

Sidney enroule l'écharpe autour de mon cou et me tend des gants que je refuse :

– C'est bon, ce n'est même pas encore l'hiver.

– Il neige, alors pour moi, c'est l'hiver, et pour ton corps aussi.

Je n'insiste pas, c'est inutile, et je n'ai de toute façon pas envie de me battre pour un sujet aussi futile. J'enfile les gants.

Sid a l'habitude de me retrouver dehors en tenue légère alors que les températures sont basses. Je ne ressens pas le froid comme tout le monde, mon corps semble bouillir en permanence. Le problème, c'est que j'attrape un rhume comme toutes les autres personnes. C'est compliqué à gérer… Heureusement, je ne suis jamais longtemps malade. Au pire, je me moucherai cette nuit, et demain, ce sera fini.

– Tu as acheté quelque chose ? me demande Sidney.

– À manger, tu veux dire ?

– Ou un objet pour ta chambre, pour le plaisir. Y'a plein de trucs sur le marché.

– Je n'ai pas pris mon argent, réponds-je en me collant à mon meilleur ami pour poser ma tête contre son épaule.

– Tu veux quelque chose ? Tu me rembourseras plus tard.

– Je n'ai besoin de rien, je n'ai pas vu de jaune ou de pingouins. Je suis déçue, je voulais une peluche bouillotte, mais le seul pingouin que j'ai vu sur le stand, il était rose… C'est quoi cette couleur ? Les pingouins ne sont pas roses !

– Parce qu'ils sont jaunes, peut-être ?

– Ils devraient.

Je n'ai pas besoin de le regarder pour savoir qu'il sourit. Pas plus que je n'ai besoin de mots supplémentaires pour comprendre que sa proposition de m'acheter un truc sur le marché vise à me rappeler que m'aider financièrement lui fait plaisir. Je le sais. Il fait toujours tout avec joie pour les gens qu'il aime, en particulier pour moi, mais ça ne m'empêche pas de m'en vouloir de ne pas savoir me débrouiller seule.

– À quoi tu penses ?

Je tourne la tête vers Sidney. Il en profite pour enlever je ne sais quoi de ma tête, sûrement de la neige. Puis il me prend mon serre-tête des mains et le pose sur mon bonnet. Je dois avoir l'air ridicule, mais je m'en moque.

– À rien.

– Menteuse. Je sais que tu as le crâne vide, Lay's, mais pas à ce point.

– Je te déteste.

– Encore un mensonge.

Je souris à mon tour, c'est plus fort que moi.

– Voilà, je préfère ça. Ça m'embête que tu perdes encore ton sourire, mais j'insiste : à quoi tu pensais ?

– À toi, avoué-je.

– Je n'aime pas l'idée que penser à moi te rende triste. C'est vexant, tête de chips, plaisante-t-il.

Est-ce que c'est normal qu'entendre ce surnom idiot me rende si heureuse alors que je crie toujours sur Sidney quand il l'utilise, habituellement ? Est-ce que je suis supposée avoir le cœur qui bat aussi vite juste parce que mon meilleur ami me sourit, alors qu'il est en train de se moquer de moi ? Je ne sais pas, mais il me semble que ça a toujours été comme ça. Même quand je me fâche parce qu'il me taquine, au fond, je suis toujours euphorique lorsqu'il le fait. Je repense à nos années d'amitié, à tout le bon qu'il m'a apporté au fil du temps.

Malheureusement, cela me rappelle aussi que je ne suis pas une aussi bonne amie que lui…

– Je ne suis pas triste en pensant à toi, je suis triste en voyant l'amie misérable que je suis, avoué-je.

– De quoi est-ce que tu parles ?

À ses sourcils froncés, je comprends qu'il n'a vraiment aucune idée de ce que je veux dire. Comment peut-il ne pas voir que je suis une sorte de vampire qui absorbe tout le bon en lui et ne lui donne rien en retour ? Même moi, j'en ai conscience. Si je l'aime autant que je le dis, et c'est le cas, je dois lui ouvrir les yeux.

– Tu ne vois pas tout ce que tu fais pour moi ?

– C'est-à-dire ?

– M'aider financièrement, me soutenir dans ma maladie jusqu'à m'accompagner à toutes les prises de sang, regarder le hockey avec moi, me consoler…

– Je t'arrête de suite, je regarde le hockey par plaisir. Pour le reste, je fais ce que n'importe quel meilleur ami ferait.

– Et moi, qu'est-ce que je fais en retour ? demandé-je en plongeant mes yeux sombres dans les siens. Rien, je ne fais rien pour toi.

– C'est ce que tu penses ?

Je hoche la tête, puis je la baisse en me retournant. J'ai perdu ma force, avec tout ça. Je n'ai même pas envie de batailler ; il n'y a rien à défendre, de toute façon. Mon meilleur ami est toujours là pour moi et fait l'impossible, et moi, je ne fais rien, absolument rien.

Plus ça va, plus je me sens déprimée, même l'ambiance festive qui m'entoure et dont je raffole ne suffit pas à améliorer mon humeur. Elle m'a aidée, puis l'arrivée de Sidney m'a fait du bien, mais j'ai replongé tout aussi vite. Je n'arrive pas à m'enthousiasmer en m'imaginant boire du vin chaud ou manger des marrons.

– C'est ta maladie qui parle, Layla.

– Non, je le pense.

– Tu as cette pensée, je n'en doute pas, mais les hormones intensifient tes émotions négatives. Là, tu tournes en boucle sur cette pensée désagréable, sûrement parce que c'est trop d'un coup après la dispute avec Romy, mais quand tu auras surmonté ça, tu réaliseras que c'est faux.

– Mais c'est vrai ! Je ne fais rien pour toi, je suis inutile, dis-je en me tournant à nouveau vers lui.

Je sens les doigts de Sidney caresser ma joue en attrapant une mèche de mes cheveux avec douceur. Puis sa voix vient recouvrir l'agitation du marché de Noël :

– Le simple fait que tu existes et que tu sois dans ma vie fait la différence pour moi, mais tu ne t'es pas arrêtée là. Ma Layla ne se contente pas d'exister, elle chamboule l'existence des autres, elle apporte de la couleur partout où elle va, de la lumière dans les nuits les plus sombres, de la chaleur dans les plus froides.

Ma Layla. Je reste bloquée sur cette partie précise. J'ai entendu le reste et j'ai le cœur qui bat plus vite, mais ces quelques mots en particulier me mettent dans tous mes états. Pourtant, ce n'est pas la première fois qu'il dit ça…

Je me sens rougir, et comme je n'aime pas être gênée ou me la jouer timide, même si Sidney me connaît par cœur, je grogne :

– Tu dis n'importe quoi. Juste de belles paroles, mais tu n'as aucun exemple concret de ce que j'ai pu faire de bon pour toi.

– Tu veux des exemples ?

– Oui.

– Facile. Il y a la fois où tu m'as consolé pendant des heures parce que je n'arrêtais pas de pleurer à cause de la mort de Filou.

– J'adorais ce chien ! J'étais tellement triste…

– Et pourtant, tu m'as consolé. Devant moi, tu n'as pas versé une larme, tu as juste séché les miennes.

– C'était normal…

– Il y a toutes les fois où tu es venue à mes matchs de volley, quitte à faire du stop, espèce d'inconsciente…

– Le prof ne voulait pas que je monte dans le bus avec l'équipe ! me justifié-je.

Il rit en secouant la tête, puis il continue sa liste :

– Toutes les fois où tu m'as aidé à tricher en maths parce que je ne m'en sortais pas, la fois où tu t'es fait passer pour ma copine au téléphone pour que l'autre folle arrête de me harceler, celle où tu as joué le taxi quand ma voiture était en panne... Ça a duré deux semaines cette histoire, et tu devais te lever super tôt pour que je sois à l'heure au travail alors que tu étais en vacances. Puis il y a le hockey que tu m'as fait découvrir, *Au seuil des délices*, toutes mes nuits d'insomnie que tu as transformées en nuits magiques...

– C'est bon, j'ai compris, le coupé-je, très mal à l'aise de l'entendre lister tout ça.

– Tu vois, j'en ai des tonnes ! dit-il en tirant sur ma mèche de cheveux.

Je défais sa main et lui tape dessus en le traitant de brute. Il rit, cet abruti. Mais je ne peux pas lui en vouloir, pas après tout ce qu'il vient de dire.

Les souvenirs me réchauffent le cœur. Je me rappelle tous les moments incroyables que nous avons vécus ensemble, et il y en a tellement...

Sidney a toujours été dans ma vie, et c'est parce qu'il y est que je me sens si heureuse d'exister, si chanceuse, même quand je passe de galère en galère.

– Je t'apporte vraiment ? demandé-je timidement.

Sidney se rapproche de moi. Il passe sa main derrière ma tête et colle son front au mien. Je maudis le bonnet de m'empêcher de sentir correctement sa peau, même si je suis gênée d'avoir ce type de pensées.

Il est proche, trop proche. Et il sent vraiment trop bon. Ça commence à bien faire ! Mon cœur s'emballe et pas comme il le faut. Je suis en train de faire une crise de tachycardie.

Merveilleux.

Ce n'est vraiment pas le moment…

– Je te l'ai dit, Layla, tu es la lumière dans ma nuit.

Ce n'est pas ça qui va arranger mon rythme cardiaque. Mon meilleur ami va me tuer. Ce serait une belle mort, j'aurais entendu les mots les plus touchants de ma vie, alors je n'aurais aucun regret. Malgré tout, j'ai envie de vivre un peu plus longtemps.

– Sid ?

– Oui ?

– Je fais une crise.

– Tachycardie ?

Je hoche la tête. Immédiatement, il se recule. Il sait que j'ai besoin d'air. J'ai l'habitude, je sais comment calmer mon rythme cardiaque. J'ai appris une technique de respiration toute simple. Quand j'ai lu ça sur Internet, je pensais qu'on se foutait de moi, mais ça marche vraiment. Elle n'est pas claire, je n'ai jamais pu bien l'expliquer à Sidney, mais il sait que l'idée est d'inspirer une grande bouffée d'air, puis de bloquer ma respiration. En deux secondes à peine, les battements ralentissent si c'est bien fait. Parfois, il faut s'y reprendre à trois ou quatre fois, si ce n'est plus – j'imagine que l'air ne va pas là où il le faudrait –, mais ça fonctionne quand même forcément à un moment. Là, un seul essai, et mon cœur est calmé.

J'ai toujours pensé que ce truc était magique. Et c'était bien plus sympa que le traitement de trois mois que j'ai eu et dont les effets secondaires étaient très peu plaisants… Mais à ce moment, je n'étais pas encore traitée pour le vrai problème et je faisais bien plus de crises. C'était dangereux. Une fois, j'ai cru mourir. La sœur de Sidney et moi étions parties faire les boutiques, elle a eu la peur de sa vie. C'était la première fois que je voyais Queen aussi inquiète. Une gentille dame m'a offert sa bouteille d'eau, et j'ai réussi à me calmer avant que Sabrina soit obligée d'appeler les pompiers. C'était une journée atroce… Mais c'est grâce à ça que je suis finalement allée voir mon médecin – ma reine m'y a obligée, la grande sœur de Sidney est un tyran… – et qu'après une prise de sang et des tas de rendez-vous à l'hôpital, chez le médecin et avec l'endocrinologue, tous les problèmes de mon corps ont été expliqués. Alors cela n'a pas servi à rien, voyons les choses positivement.

Je fais moins de crises de tachycardie maintenant. Quand elles arrivent, elles sont gênantes, mais je revis malgré tout depuis que je connais cette technique. Avant de la découvrir, il me fallait m'asseoir ou m'allonger pendant au moins trente minutes et attendre que ça passe. Le moindre mouvement relançait mon cœur, c'était l'enfer. Bien sûr, l'accélération cardiaque entraînait une chute de ma tension, je n'avais donc généralement pas envie de courir un marathon lorsque cela me prenait, mais même marcher quelques mètres m'était impossible sans avoir peur de mourir.

Vive l'illuminé qui a découvert le coup de la respiration.

Une fois remise, je me redresse, la main sur mon cœur, puis je souris en tournant la tête vers Sidney.

– T'as failli me tuer avec ta déclaration, plaisanté-je.

– Ça aurait été con.

Il rit, je ris aussi. Doucement quand même parce que ce serait dommage que l'organe dans ma poitrine reparte au galop.

Nous mettons un certain temps avant de nous calmer, et lorsque nous y sommes parvenus, nos yeux se croisent à nouveau, et il y a encore cette chose étrange qui vibre en moi. Je n'ai pas le temps de m'y attarder, Sidney tourne la tête en entendant de l'agitation derrière lui. Nous nous levons, mais nous ne voyons rien, alors nous nous dirigeons vers l'extérieur du marché.

Là, nous découvrons des chevaux blancs vêtus de rouge qui avancent dans la rue qui borde la place du Capitole. Ils tirent une magnifique calèche d'où le père Noël fait des signes de la main aux gens.

C'est la première fois que je vois ça. J'ai l'habitude du petit train touristique, mais ça, c'est une première !

Avec le sol recouvert de neige, l'image de ces belles créatures à la cape rouge est saisissante. Un parfait tableau de Noël. Avec des rennes, ce serait sûrement plus dans le thème, mais c'est déjà étonnant de voir ces animaux dans la ville rose en cette période de l'année.

– Une animation ? demandé-je.

– Aucune idée, je n'ai rien vu à ce sujet. C'est peut-être juste quelqu'un qui a eu envie de se promener avec ses chevaux et qui s'est mis dans le thème.

– Il leur faut une autorisation, non ?

Sidney hausse les épaules, il n'en a aucune idée, pas plus que moi. Cela n'a pas grande importance, ils sont magnifiques et ça fait un beau spectacle. Les enfants présents sont ravis, je le suis aussi. D'après mes parents et mes amis, je suis toujours une enfant, alors j'imagine que c'est du pareil au même…

– Je veux monter ! m'écrié-je.

– Je doute que tu puisses, répond mon ami en riant.

– Ceux-là, non, mais celui du carrousel, je peux !

– Tu veux faire un tour de manège maintenant ?

Je hoche la tête vivement. Il y en a un sur la place Wilson, à moins de cinq minutes d'ici. L'idée de faire un tour dessus et de revenir ensuite au marché pour manger un truc en me promenant dans les allées me tente beaucoup.

Sidney arque un sourcil, il est dubitatif. Je tente de lui faire mon regard suppliant, je vais même jusqu'à joindre les mains devant mon visage.

Cinq…

Quatre…

Trois…

– D'accord.

– Ouais !

Même pas cinq secondes, est-ce que je m'améliore ? Les années d'expérience y sont sûrement pour quelque chose. Ou bien je lui fais pitié avec mes bois de renne sur la tête qui me rendent sûrement ridicule et mon nez tout rouge…

Ça me va quand même.

J'attrape la main de Sidney et m'élance dans la rue. Je cours comme si une armée de zombies était à mes trousses. Ce n'est pas une bonne idée après une crise de tachycardie, mais je suis trop excitée à l'idée de faire un tour de manège pour être prudente.

Je pense que mes proches n'ont pas totalement tort, je suis vraiment une enfant. J'en ai les goûts, la sensibilité, parfois l'insouciance. Le truc, c'est que beaucoup voient ça d'un mauvais œil, alors que moi, même s'ils me font souvent douter, j'aimerais rester une petite fille pour toujours… J'imagine que c'est impossible, qu'ils ont tous raison, et qu'un jour il me faudra grandir. Mais pas aujourd'hui. Non, aujourd'hui, je serai une gamine qui fera un tour de manège en regardant la neige tomber et en souriant aux musiques de Noël qui s'échappent des commerces. Je serai la toute petite Layla qui faisait coucou à ses parents depuis son cheval en ayant l'impression d'être la reine du monde, capable de tout.

Mon meilleur ami rit en me suivant, mais quand on arrive devant le carrousel et que je le presse de demander au gérant s'il peut nous laisser faire un tour, il me dit de me calmer :

– Deux secondes, je crève de chaud, ronchonne-t-il en ouvrant son blouson.

Je vois mon tee-shirt des Pens tout déformé sur le corps de géant de Sidney. Je pouffe :

– Tu ne t'es pas changé.

– Bien sûr que non, je le garde jusqu'à la fin de la journée, comme prévu !

Sans réfléchir, je passe mes bras autour du corps de cet homme incroyable et le serre fort. Ma joue contre le muscle puissant de sa poitrine, je ne peux contenir mon sourire. Je me sens tellement mieux maintenant… C'est un magicien, le meilleur de tous. De quelques mots, quelques souvenirs, il a effacé ma peine et m'a rassurée. Sidney m'a rendu ma joie de vivre.

Je sens sa main se poser à l'arrière de ma tête dans une caresse chaude qui passe à travers ses gants et mon bonnet. Nous restons ainsi un moment, dans notre bulle, entourés de l'agitation toulousaine créée par la saison de Noël, et je me sens vraiment bien.

Il masse doucement mon crâne, jusqu'au moment où il attrape l'une de mes mèches de cheveux et tire dessus comme il le fait souvent – c'est un truc de notre enfance.

– En selle, tête de chips !

Je ne relève pas son surnom débile, je me contente de rire et d'approuver d'un cri emballé.

À moi le cheval en bois !

CHAPITRE 7

LAYLA

Je ne veux pas aller faire ma prise de sang… Je dirais même que c'est la chose que j'ai le moins envie de faire au monde. Si je le pouvais, je rayerais ce jour du calendrier.

Je veux revenir à avant-hier, remonter sur le manège avec Sidney, manger des marrons en me promenant sur le marché. Je peux même bien revivre ma discussion avec Romy s'il le faut, pourtant Dieu sait que je déteste quand je la vois aussi désolée et coupable – elle ignore tout de ma maladie, elle a toutes les raisons du monde de s'agacer contre moi lorsque je suis désagréable, alors je culpabilise quand elle s'excuse alors qu'elle est déjà trop gentille avec moi.

– Qu'est-ce que tu fais ?

Je tourne la tête vers Sidney qui est sur le seuil de ma porte. Ma main est bloquée dans les airs, je tiens plusieurs vêtements que je suis en train de fourrer dans mon sac.

– Je m'échappe, dis-je.

– Tu dois faire cette prise de sang, répond-il d'une voix douce, en souriant.

– Pas nécessairement.

Il secoue la tête et entre dans la chambre. Il me prend les affaires des mains, puis il pose les vêtements sur le lit et retourne mon sac pour en sortir tout mon bazar.

– Prends juste tes papiers et l'ordonnance, tu n'as besoin de rien d'autre.

– Je suis encore malade, je ne devrais pas aller contaminer tout le monde, mens-je en reniflant exagérément.

– Tu n'es pas malade, pas comme ça.

– Je dois aller acheter des piles pour le père Noël qui chante.

– J'en ai déjà acheté, elles sont cachées dans ma chambre pour que Levy ne les jette pas.

Il m'énerve. Il contre toutes mes tentatives. Il ne me reste plus que la carte de l'honnêteté :

– Je ne veux pas y aller.

– Je sais, mais tout ira bien, tente-t-il de me rassurer d'une voix douce. Pense au cadeau que je vais t'offrir, pense au match qu'on va regarder ce soir.

– C'est pas les Pens.

– T'aimes bien les Bruins aussi.

Tant qu'ils ne jouent pas contre mon équipe, oui, c'est vrai.

– Ils vont gagner, et tu vas devoir faire un truc pour moi, mais ce sera un bon match quand même, reprend-il. Et avant ça, on va aller manger avec ma sœur et faire un tour dans Toulouse.

– Tu n'as pas du travail, toi ?

– J'ai tout préparé dans la nuit, répond-il.

– Insomnie ?

Il hausse les épaules comme si ce n'était rien. Je sais qu'il n'a pas besoin de beaucoup d'heures de sommeil, mais ça m'inquiète toujours, quoi qu'il en dise.

Le médecin pense qu'il a juste trop de choses en tête et que son anxiété est la seule coupable, ce que je trouve quand même inquiétant, mais Sidney m'assure que ce n'est pas négatif, qu'il gère très bien. La nuit, ses pensées ont tendance à dériver un peu partout, il a du mal à rester concentré sur une chose, y compris sur son sommeil. C'est ainsi qu'il fonctionne bien malgré lui.

Je crois que son besoin de voir les choses propres et ordonnées est très lié à cette façon qu'a sa tête de partir dans tous les sens. Si cela m'embête, car cela gâche certaines de ses nuits, j'ai quand même toujours trouvé ça fascinant. C'est perçu comme une faiblesse par beaucoup, et je suis touchée qu'il ait partagé ça avec moi sans craindre ce que je ferais de l'information, mais personnellement, je pense que c'est sa force, la raison pour laquelle il est si créatif et talentueux. Lui, il dit que c'est juste un fonctionnement qui lui est propre, il n'y accorde pas autant d'importance que moi qui vante en permanence cette particularité. Pourtant, quand je le complimente sur son esprit unique, ça le fait toujours sourire. Au fond, il aime bien.

J'imagine que si j'aime autant cette facette de lui, je ne peux pas détester ses insomnies puisqu'elles y sont liées.

– Qu'est-ce qui t'arrive ?

Je lève la tête d'un coup et réalise que je me suis égarée mentalement. Il n'y a pas que Sidney qui fait ça.

Je lui fais un signe de la main signifiant qu'il vaut mieux qu'il oublie, puis je dis :

– Tu aurais dû me réveiller.

– Tu m'aurais frappé avec ton coussin.

– Bien sûr, mais après on aurait pu discuter.

– Tu as une prise de sang à faire, il fallait que tu dormes.

Je grogne. Je n'échapperai pas à cette prise de sang. Je peux tenter ce que je veux, Sidney m'y emmènera de force. Il est fichu de me jeter sur son épaule et de traverser Toulouse avec moi en train de crier des insanités. Rien ne l'arrête. Il n'est pas aussi effrayant que Sabrina quand elle s'agace parce que je n'écoute pas ce qu'elle dit – je ne l'appelle pas Queen pour rien, elle a le caractère d'une reine –, mais il a la même détermination. Je crois que c'est de famille, et j'imagine que c'est un peu pour ça que je les aime tous démesurément. Il faut croire que je suis attirée par les personnes qui sont capables de me faire face.

– Vous sortez ?

Nous tournons tous les deux la tête vers Romy qui vient d'apparaître à la porte de ma chambre. Elle regarde à l'intérieur, et quand elle constate que c'est un désordre sans nom, comme toujours, elle secoue la tête en souriant. Au fond d'elle, elle se demande comment je peux vivre comme ça, mais elle ne m'a jamais jugée. Elle aime m'embêter, comme Levy, mais de manière générale, elle respecte ce que je suis, y compris mon côté désordonné, tant que je n'en mets pas partout dans les pièces communes. Les seules choses qu'elle ne tolère pas, ce sont celles qui ont des répercussions sur le bon déroulement de notre colocation ou de notre entreprise. En d'autres mots, je peux faire ce que je veux tant que je n'impose rien à personne. Et puis j'imagine qu'elle se dit que si Sidney arrive à pénétrer dans ma chambre sans faire une crise de panique, alors elle peut bien vivre avec, elle aussi.

J'adore le côté compréhensif et respectueux de tous mes amis. C'est grâce à ça que nous nous entendons tous aussi bien et que nous pouvons vivre ensemble. Les fois où on se fâche, c'est presque uniquement quand j'agis mal, comme la dernière fois, avec la fenêtre…

Sidney ne cesse de me répéter que je devrais expliquer à tout le monde ce qui m'arrive, et je sais qu'il a raison, cela les aiderait à mieux comprendre, mais je ne veux pas qu'on me pardonne tout sous prétexte que je suis malade. Je ne veux pas devenir cette petite fille à qui on cède par pitié ou lassitude… Je refuse d'être à l'image que beaucoup ont sûrement de moi, et surtout pas à cause d'un problème de santé. J'ai juste envie d'être comme tout le monde, est-ce si étrange ?

– Je sors la chips.

– Je ne suis pas une chips ! m'agacé-je en entendant la réponse de mon meilleur ami. Et tu ne me sors pas, je sors toute seule comme une grande !

Je pousse Sidney. Je m'empare de mon sac dans lequel je remets toutes les choses parfaitement inutiles qui sont sur mon lit – je ne sais pas bien à quoi servirait la guirlande de Noël, mais sait-on jamais, le laboratoire pourrait avoir besoin d'une décoration supplémentaire pour rendre le lieu moins effrayant –, puis je me dirige vers la porte.

Romy se décale en souriant. Elle se moque, elle est toujours du côté de Sidney. Je ne peux même pas lui en vouloir ; si je n'étais pas au cœur des moqueries de cet homme, je serais aussi de son côté.

– Je pars sans toi ! crié-je en marchant vers la porte de l'appartement.

Je reviens sur mes pas en me souvenant que je n'ai pas ouvert la case du jour de mon calendrier de l'avent, puis je me souviens que je dois être à jeun pour la prise de sang. Je vois là une bonne occasion d'éviter mon rendez-vous de l'enfer, alors j'ouvre le petit tiroir en bois – André, le père de Sidney, a peint un flocon blanc dessus ; c'est lui qui m'a trouvé ce calendrier de l'avent sur un marché et me l'a offert après l'avoir customisé. Mais derrière ce flocon, il n'y a rien, pas de chocolat. Mon meilleur ami n'a pas mis mon délice du jour – il le fait généralement dans la nuit, car ce sont des produits frais qu'il prépare de ses mains –, et je comprends qu'il avait prévu le coup, ce qui m'énerve encore plus. Je ronchonne avant de repartir dans l'autre sens.

Je l'entends rire derrière moi, conscient de mon agacement, et je grogne de frustration.

Il est vraiment soûlant.

J'ai envie de pleurer. Mieux, je vais pleurer dans quelques minutes, je le sais… Je n'aurais pas dû écouter Sidney, j'aurais dû m'enfuir loin, très loin d'ici. J'ai tout tenté pour échapper à cette prise de sang. Je suis même allée jusqu'à jouer la carte du travail en disant que je devais bosser sur des visuels pour *Au seuil des délices*, mais Sidney n'est pas idiot, il sait que je suis en avance. Et quand j'ai prétexté que je voulais programmer certaines choses pour les réseaux sociaux, histoire d'être dans les temps, il a pris son téléphone et a vérifié ce que Jade et moi avions déjà mis en prépublication. J'ai vu défiler les différentes photos de nos bûches, nos pains d'épice et nos sablés sur son écran.

Pas de chance pour moi, tout est prêt. Il y a bien quelques petites choses à faire, de l'avance à prendre, mais pas assez pour que j'échappe à ce fichu rendez-vous. Malgré tout, je tente encore un truc, n'importe quoi pour sortir du laboratoire avant qu'on n'appelle mon nom :

– Tu as des choses à préparer, toi.

– Je t'ai dit que c'était bon.

– La marchandise des jours suivants ?

– Je m'en occuperai demain.

– Tu ne comptes pas travailler aujourd'hui ? m'étonné-je.

– Non, on bossera ensemble demain, puisque tu as fini ton travail, me rappelle-t-il en souriant. Aujourd'hui, je m'occupe de toi. Après la prise de sang, on passe prendre un chocolat chaud au *Sunset Coffee Shop*, on part chercher Sabrina et on va chez mes parents jouer avec Pasta.

Le chien de Sidney. Il a un nom ridicule, mais plein de signification. Je le sais, c'est moi qui l'ai choisi. Pasta est le surnom de Pastrnak. C'est l'un des joueurs préférés de mon ami, et j'avoue que je l'aime bien aussi. Ses parents ne voulaient pas prendre le nom complet, même si c'est le chien de Sidney et qu'ils étaient d'accord de le laisser décider. J'ai bien tenté de proposer David, son prénom, mais l'un des cousins s'appelle comme ça, alors j'ai fini par suggérer Pasta. Étonnamment, ça a fait l'unanimité ! Ils ont trouvé ça drôle, et le border collie complètement toqué de la balle qu'ils ont adopté a fini par s'appeler ainsi.

Je l'adore, il est vraiment trop mignon, et je pense qu'on va s'éclater ensemble dans la neige. Je ne sais même pas s'il a déjà eu l'occasion de jouer dedans un jour, il n'est pas habitué à cette météo. Ça va lui plaire. Mais même si je suis heureuse d'aller le voir, ça ne calme pas mon angoisse de la prise de sang…

Mon pied tape sur le sol, je suis agitée. La femme qui était juste avant moi vient de rentrer dans la salle, ensuite ce sera à moi, et je ne suis pas prête. Je ne le suis jamais.

Je regarde par la fenêtre et vois que la neige tombe toujours. Les Toulousains ne comprennent rien, beaucoup se plaignent de ce manteau blanc, mais pas moi. Je vois ça comme un signe que Noël sera plus beau encore cette année. Si Dieu existe, c'est clairement ce qu'il veut me dire. Mais s'il était sympa, il ferait en sorte que je n'aie pas à me faire pomper le sang…

Je tente de me concentrer sur les jolis flocons en espérant que cela m'apaisera, mais ça ne fonctionne pas, je suis vraiment trop angoissée. Penser à Noël qui s'est déjà installé ne me calme pas, rien ne marche.

– Madame Benchegra ?

Mon corps se tend à l'extrême. Il n'y a vraiment que les infirmiers préleveurs pour me mettre dans cet état quand ils prononcent mon nom de famille.

J’ai du mal à respirer, je suis incapable de bouger, mais comme toujours, je peux compter sur Sidney. Il se lève en me prenant la main pour que je fasse de même, puis il m’entraîne vers la salle maudite.

– Juste madame, dit le jeune homme que je n’ai encore jamais vu ici.

Je secoue la tête, encore plus paniquée. Sidney s’apprête à expliquer la situation, mais la tête d’une femme passe par l’ouverture qui mène aux bureaux.

– Laisse-le entrer avec elle.

– Mais…

– Conseil d’une ancienne, le coupe-t-elle en souriant. Si tu ne veux pas que madame Benchegra panique et te plante l’aiguille dans la cuisse, je te recommande de laisser le monsieur entrer aussi.

Sa tête disparaît, son rire retentit. Mon meilleur ami rit aussi, je sens son corps tressauter et agiter ma main. Moi, je ne suis pas en mesure de m’amuser de la situation, j’en plaisanterai quand cette prise de sang sera faite…

L’infirmier cligne plusieurs fois des yeux, il me jauge, et je ne sais pas ce qu’il lit dans mon regard autre que la terreur que je ressens, mais il acquiesce. Je pense qu’il fait bien, parce que s’il m’avait obligée à entrer sans Sidney, je n’aurais pas été la seule à ressortir en larmes. Je jure qu’il aurait fini avec quelques griffures ou des bleus.

En quelques minutes, je me retrouve assise dans le fauteuil, mon bras gauche dénudé, ma main droite dans celle de mon meilleur ami. Je confirme mon nom, mon prénom et ma date de naissance, et quand la sangle en plastique entoure mon bras, je détourne la tête pour accrocher mon regard à celui de Sidney. Je sens les larmes glisser sur mes joues.

– Tout va bien se passer, je suis là, me murmure-t-il.

Au fond de moi, je sais qu'il dit vrai, mais mon corps n'arrive pas à accepter ça. Je pleure en continu et je broie ses doigts quand l'aiguille se plante dans ma peau. Je vais mourir, c'est sûr, ce type va me tuer sous le regard du père Noël tout moche qu'ils ont installé là en pensant que ça ferait joli, et je crèverai bêtement dans une pièce blanche pendant qu'un monstre pompe mon sang… Je n'aurai pas eu le temps de prouver à mes parents que je suis une adulte responsable capable de monter sa propre entreprise. Sur ma tombe, ils écriront « à cette éternelle gamine qui est morte avant d'avoir voulu grandir ». J'aurai la pire fin possible, c'est certain.

– C'est terminé.

Je lâche un soupir de soulagement en entendant la voix libératrice qui me tire de mes folles pensées. J'appuie sur le coton comme on me le demande, et quand le sparadrap le recouvre, je me jette dans les bras de Sidney et je me remets à pleurer comme une petite fille. Celle que je suis et resterai malgré moi.

– C'est fini, Layla. Tu as été super courageuse, me dit-il en caressant mes cheveux.

Je ne le lâche pas, je ne réponds pas non plus. Je suis chamboulée, je le suis toujours après une prise de sang. Quand on m'a appris ma maladie et qu'on m'a expliqué que j'allais devoir faire des prélèvements réguliers pour pouvoir ajuster mon traitement, j'ai cru à une blague. De tous les problèmes de santé que j'aurais pu avoir, il a fallu que j'aie une maladie auto-immune qui déclenche un syndrome impossible à soigner sans ces foutues aiguilles… Je suis la fille la plus malchanceuse du monde.

Je ne sais pas comment j'arrive à me lever, je me demande si Sidney ne m'a pas portée, mais à un moment, je prends conscience que je suis dehors. La neige s'est arrêtée, mais il fait froid. J'ignore si mon nez coule à cause de ma crise de larmes ou de la température.

Je remonte l'écharpe sur mon visage, puis je tourne la tête vers mon meilleur ami qui n'a toujours pas lâché ma main, et dans son sourire, je trouve la force d'effacer mes sombres pensées.

Je devrais avoir honte de dire que je suis malchanceuse, ce que j'ai n'est pas mortel, je vis dans un pays qui me permet de me soigner, j'ai un toit au-dessus de ma tête, un bon repas chaud chaque fois que la faim se manifeste, et j'ai surtout le meilleur homme dans ma vie : Sidney Delahaye. Celui-là même qui me tend maintenant un petit chocolat blanc sur lequel trône une amande. Ma case du jour ! Il gâche mon plaisir d'ouvrir le tiroir, mais puisque je l'ai fait tout à l'heure, même si je n'y ai rien trouvé, on dira que ça passe.

J'avale le chocolat en quelques secondes, prenant à peine le temps d'apprécier le cœur praliné avec des éclats d'amande pourtant délicieux. C'est vraiment trop bon…

J'ai à peine fini que Sid me tend un sac en papier qu'il avait caché sous son manteau.

– Ton cadeau pour la prise de sang.

– Un truc des Pens ?

– Quoi d'autre ? répond-il, amusé.

Après le premier prélèvement, je n'arrivais pas à arrêter de pleurer. C'était un moment difficile ; j'ai fait une crise dans la salle et je ne me suis laissée piquer qu'une fois que Sidney est venu me tenir la main. Ce jour-là, il m'a accompagnée sans savoir qu'il aurait à me sauver.

Je suis ressortie du laboratoire dans un sale état, j'étais vraiment mal en point, et mon meilleur ami était désemparé, il ne savait pas comment calmer mon chagrin. Il m'a demandé ce qu'il pouvait faire, mais je ne le savais pas moi-même. Là, il a sorti son téléphone et il s'est connecté sur le site de la LNH, puis sur la boutique. Il m'a dit de choisir ce que je voulais dessus, qu'il me l'offrait. J'étais si surprise que j'ai arrêté de pleurer. Je n'ai pas refusé son cadeau, au contraire, l'écharpe jaune et noir que je porte autour du cou en est la preuve puisque c'est ce qu'il m'a acheté la toute première fois.

Depuis ce jour, il vient à tous les rendez-vous, et il m'offre quelque chose à chaque fois.

Je me souviens qu'il m'a étonnée lorsqu'il m'a donné un palet dédicacé par Sidney Crosby parce que je l'avais prévenu au dernier moment de mon besoin d'aller faire une prise de sang à cause de symptômes gênants. Il faut plusieurs semaines pour se faire livrer les produits qui viennent d'Amérique, alors je ne comprenais pas. Il m'a alors avoué avoir fait un petit stock de cadeaux.

Stock duquel il a tiré les dessous de verre que je découvre à présent dans l'emballage. Ils sont en acier et ils sont magnifiques. Je les voulais, il le savait. Il sait toujours tout, et je l'aime à en mourir d'être aussi attentif à moi.

C'est peut-être idiot de ressentir des choses pareilles pour un truc aussi futile, mais c'est dans ces futilités que je réalise combien Sidney m'est précieux. Je n'arrive pas à imaginer ma vie sans lui. Je crois que je serais perdue s'il n'existait pas, ou au moins très malheureuse…

– Merci, dis-je, émue.

– Pas de quoi, c'est notre accord : tu fais ta prise de sang, je t'offre un cadeau.

Ce n'est pas pour ça que je le remercie. Je lui suis reconnaissante pour tout ce qu'il fait, pour sa simple présence, pour la lumière qu'il met dans ma vie. Il dit souvent que je suis celle qui éclaire ses nuits, mais la vérité, c'est que c'est lui qui illumine les miennes, autant qu'il fait briller mes journées…

Mais j'imagine qu'il n'est pas nécessaire que j'exprime ça, il pourrait se méprendre. Moi-même, je ne sais plus exactement ce que j'entends par là, je ne suis plus sûre de bien comprendre mon cœur…

– Vous venez me chercher ? demande Sabrina en souriant.

Je l'embrasse sur chaque joue, son frère se contente de la saluer de la main en hochant la tête pour lui répondre.

Comme toujours, elle est très élégante, bien habillée, coiffée et maquillée. Elle travaille dans une grande parfumerie, elle ne peut pas se contenter d'être présentable, elle doit être parfaite, le modèle idéal, celle à qui les clientes voudront ressembler. Je ne sais pas si ça marche pour les autres, mais je sais que c'est le cas de ses abonnés.

Elle a un compte Instagram sur lequel elle partage plein de choses, principalement ses lectures et sa passion pour le maquillage. Elle poste aussi très souvent des photos des créations de Sidney et Romy pour *Au seuil des délices*. Comme elle est très suivie, elle nous a offert une belle visibilité sur les réseaux sociaux. Cela ne suffit pas à faire tourner l'entreprise, mais son aide a vraiment été précieuse et l'est toujours.

Belle, généreuse et intelligente, elle a vraiment tout pour elle. Je donnerais cher pour lui ressembler.

J'adore ses cheveux bruns coupés dans un carré élégant, sa peau claire et ses yeux chocolat. Elle est plutôt grande et avec de jolies formes. Je suis très différente, mes cheveux sont épais, longs et noirs, ma peau est foncée, résultat de mes origines marocaines, mes yeux sont aussi sombres que mes cheveux. Je ne suis pas bien grande et mon corps est assez standard, je n'ai pas de courbes magnifiques, juste un peu de gras par-ci par-là, je suis plutôt commune. Sabrina a un truc unique, un charme fou que je lui envie. Mais ce n'est pas tant physiquement que je voudrais lui ressembler, c'est pour tout le reste. Elle est géniale, très intelligente, déterminée, avec un caractère affirmé, mais doux à la fois, elle est responsable et elle a mille autres qualités.

Celle que j'admire tant pose une main sur ma tête avant de s'emparer d'une mèche avec tendresse. C'est le même geste que son frère fait souvent avec moi, mais je ne ressens pas exactement la même chose. Je ne saurais pas bien l'expliquer…

– Tu n'as pas mis de bonnet, tu as de la neige plein les cheveux, se moque-t-elle.

– J'en avais un, mais je l'ai enlevé. Il ne neige plus.

– Il a dû recommencer à neiger à un moment. C'est ça ou tu as déjà des cheveux blancs.

Je me dirige vers l'un des nombreux miroirs de la parfumerie pour enlever les flocons de ma tête. Une partie a fondu, humidifiant mes cheveux qui se mettent à frisotter. Adieu mon lissage, j'aurais mieux fait de sortir en mode bouclé, aujourd'hui.

– Tu es prête ? entends-je Sidney dire dans mon dos.

En me retournant, je vois qu'il parle à Sabrina, pas à moi. Elle hoche la tête.

– J'attrape mon sac et on peut y aller. J'ai trop faim !

Elle a tout le temps faim. Voilà un point sur lequel on se rejoint. Sur mille autres aussi. Je n'ai pas sa personnalité, mais pour les goûts, là, on se ressemble beaucoup, à commencer par notre amour démesuré pour Noël. Mais en même temps, à part Levy, qui n'aime pas cette fête, franchement ? C'est le meilleur moment de l'année !

Quelques minutes plus tard, nous nous retrouvons dans les rues bondées à marcher en direction du métro. En cette période de l'année, le centre est toujours animé. Je n'ai rien contre la foule, mais autant de monde collé, ça me donne chaud malgré la température extérieure. J'étouffe, pourtant cela ne me gêne pas que Sidney prenne ma main dans la sienne. Il fait souvent ça pour qu'on évite de se perdre. J'ai tendance à me laisser captiver par les vitrines, ce ne serait pas la première fois que je m'arrête sans que mes amis le remarquent et que je finis par les appeler ou eux par me contacter pour réussir à me retrouver. Ça m'est arrivé à de multiples reprises jusqu'à ce que Sidney en ait marre et décide de ne pas me lâcher.

Au début, ça m'énervait parce que je me sentais encore plus petite fille, mais je m'y suis habituée. Si je n'aime pas que mes parents me traitent de gamine, quand ça vient de mon meilleur ami, la pensée est la même, mais il tourne les choses autrement et ne me donne pas l'impression que tout cela est négatif, alors ça me va.

Je lève la tête vers Sidney. Pourquoi est-il aussi grand ? Je dois toujours me casser la nuque pour le regarder. C'est agaçant.

Il doit sentir mon regard sur lui parce qu'il tourne la tête dans ma direction. Un sourire se dessine sur son visage et sa main se resserre autour de la mienne. Nos gants empêchent le contact de nos peaux, mais je sens la pression, je la sens jusque dans mon cœur.

Je détourne vite mon regard. Mes yeux se posent sur la superbe devanture du *Comptoir de Mathilde*. Ils ont toujours une décoration de Noël sublime. Cette année, il y a plein de petits sapins devant le magasin, et de très jolis sucres d'orge et paquets cadeaux dessinés en blanc sur la vitre. De petites lumières brillent tout autour et mettent en valeur les beaux produits à l'intérieur.

S'ils n'étaient pas l'un de nos concurrents directs, je les dévaliserais, c'est certain.

Pour ne pas craquer, je baisse la tête et continue à marcher en fixant le sol. Je compte sur Sidney pour m'éviter de rentrer dans le dos de quelqu'un. Sidney et sa main chaude contre la mienne…

– Tu es toute rouge.

Je sursaute. La bouche de Sabrina était collée à mon oreille pour me chuchoter ces mots, et à présent, elle marche à côté de moi en souriant de cet air malicieux qui la caractérise.

– N'importe quoi !

– Je t'assure. Tu as froid peut-être ?

– Oui, voilà, c'est le froid.

– Alors tu es rouge, finalement ? se moque-t-elle.

– Queen !

Elle m'a eue, je le sais. Elle arrive toujours à me manipuler. Lorsqu'on était plus jeunes, déjà, elle savait toujours comment obtenir ce qu'elle voulait de moi. Elle utilisait Sidney, elle me menaçait de le torturer si je ne lui obéissais pas. Sabrina était un monstre, quand on était gamins. Elle a quatre ans de plus que nous et elle me faisait peur, avant. Aujourd'hui, je ne la crains plus de la même façon. Je l'adore, elle est comme une sœur pour moi, mais je me méfie de son intelligence et de sa faculté à me faire dire ce qu'elle veut. C'est une manipulatrice, elle excelle dans cet art.

– Le froid… répète-t-elle.

Je l'entends à peine avec le bruit environnant, mais je me dis que c'est une bonne chose quand elle ajoute :

– J'aurais plutôt dit l'amour.

Heureusement que Sidney n'a pas entendu !

Elle me fait un clin d'œil, et cette fois, je suis sûre qu'elle dit vrai et que je suis rouge.

Qu'est-ce qui lui prend de me sortir un truc pareil ? Et pourquoi est-ce que je stresse autant qu'il entende ses mots ? C'est faux, je ne suis pas amoureuse de lui, Sabrina est une stupide reine qui dit n'importe quoi. Ça fait des années qu'elle m'embête avec ça, qu'elle est convaincue que nous sommes plus que des meilleurs amis. Elle se trompe, elle s'est toujours trompée. Je me moque de mon cœur qui n'en fait qu'à sa tête et de cette envie que j'ai d'embrasser Sidney depuis quelques jours. Je ne suis pas amoureuse de lui !

CHAPITRE 8

SIDNEY

À peine sommes-nous arrivés chez mes parents que Layla fonce pour ouvrir la porte. Elle a de la chance, ma mère est là, ce n'est pas fermé à clé. Remarque, c'est peut-être nous qui avons de la chance, si ça avait été fermé, elle nous aurait pressés pour qu'on lui donne la clé. Je sais exactement ce qu'elle veut. Quand elle entre, elle fait un câlin rapide à ma mère, qui boit son café avant de repartir au travail, puis elle se jette par terre pour caresser Pasta. Mon chien est comme un fou. Il adore Layla, mais il aime à peu près tout le monde, il est excité en permanence. Il l'est encore plus avec ma meilleure amie parce qu'elle renforce son foutu toc.

Layla se lève et crie à Pasta de la suivre alors qu'elle s'élance dans le jardin blanc. Elle est partie pour lui jeter la balle. Elle va me le rendre encore plus dingue qu'il ne l'est déjà. Pourtant, je ne peux m'empêcher de sourire.

– Ah, l'amour… soupire Sabrina.

– Arrête de me soûler avec mes sentiments pour Layla.

– Je parlais des siens pour Pasta. C'est drôle comme vous vous grillez tout seuls.

– Comment ça « vous » ?

Elle ne répond pas, elle se contente de sourire de toutes ses dents. Ma sœur peut être très énervante. Je l'adore, je n'en voudrais pas une autre, on s'entend vraiment bien, mais elle est quand même un peu casse-pieds par moments, surtout quand il s'agit de mon amour secret pour Layla.

Je secoue la tête en me dirigeant vers le jardin après avoir embrassé ma mère qui nous prévient qu'elle a laissé le gratin dans le four et qu'il n'y a pas besoin d'en garder pour notre père parce qu'il ne rentre pas manger ce midi. Je disparais quand je l'entends parler de Noël avec Sabrina. Je les laisse gérer le grand repas. Elles m'informeront de ce que j'ai à faire, comme toujours. Et si je ne finis pas sur les rotules comme l'an dernier avec l'entreprise, tout ira bien pour la préparation.

Au dernier réveillon, j'ai couru pour préparer la fête en famille en plus du travail pour *Au seuil des délices*. J'avais tellement à faire le jour J que mes parents ont terminé la cuisine à ma place. Layla et moi sommes arrivés tardivement et avons à peine profité, tant nous étions fatigués. J'espère qu'on s'en sortira mieux cette année ; je compte sur notre organisation, celle que nous n'avions pas l'année dernière. Je l'espère pour notre santé, pas tellement pour le dîner en famille.

J'aime beaucoup Noël, mais pas au point d'inviter tous mes oncles, tantes et cousins, de choisir le repas ou de faire la décoration. Ce n'est pas chez moi que ça se fait, de toute façon. Sabrina habite encore ici, dans la grande maison familiale que mes parents ont achetée à Aucamville, mais pas moi. C'est mon excuse pour ne m'occuper de rien et simplement suivre les directives.

La vérité, c'est que ma sœur est autant accro à Noël que Layla, et qu'elle a un pire caractère encore. Je refuse d'organiser quoi que ce soit avec elle parce qu'elle ne m'écoutera pas et que je ne serai finalement que son esclave. C'est déjà le cas, je me contente de cuisiner ce qu'elle veut, mais je m'évite des maux de tête liés à des débats stériles en la laissant tout gérer.

Layla jette la balle à Pasta. Un immense sourire barre ses lèvres, et j'ai presque l'impression que mon chien sourit aussi. En même temps, tout est réuni pour qu'il soit heureux : un sol recouvert de neige, une balle et Layla. Il adore ma meilleure amie parce qu'elle l'aime tout autant et s'occupe énormément de lui.

Je suis amoureux de ce spectacle. J'aime voir cette femme aussi heureuse, radieuse. Elle a oublié sa prise de sang, elle profite simplement de cet instant.

J'ai toujours aimé le côté candide de Layla, sa capacité à profiter de chaque chose de la vie. C'est le genre de personne qui s'émerveille en voyant une feuille tomber d'un arbre. Elle peut m'en parler des heures durant, le cœur battant. Je suis d'un naturel passionné, alors j'aime les gens qui le sont aussi. Elle et moi sommes très différents et en même temps si semblables.

– Comment ça s'est passé ?

Je tourne la tête vers ma mère qui m'a rejoint dehors, vêtue de son manteau et de sa sacoche de travail. Elle sait que j'ai accompagné Layla à sa prise de sang.

– Elle a pleuré, mais ça a été. Elle est passée à autre chose, dis-je en les pointant du doigt, Pasta et elle.

– Je vois ça, répond-elle en riant.

Elle entoure ensuite mon biceps de ses doigts. C'est sa façon de me dire qu'elle va partir. Je me penche donc pour qu'elle puisse embrasser ma joue.

– Si tu as besoin, j'ai mis des espèces dans le petit pot de la cuisine.

– Lequel ? demandé-je, taquin.

Il y en a au moins vingt. Une folie de mon père qui en met partout. Je suis sûr que c'est à cause de lui que j'ai tant de mal avec le désordre. Je ne compte pas le nombre de fois où j'ai dû ouvrir des dizaines de tiroirs et fouiller dans le bazar pour y trouver quelque chose qui n'aurait jamais dû y être.

Son rangement n'a pas la moindre logique, pour la simple et bonne raison qu'il est inexistant.

Ma mère m'offre un sourire, un miroir du mien.

– Ça va pour le moment, maman, mais merci.

– Bien. Et tu verras avec Sabrina pour le repas de Noël.

– Elle me dira ce qu'elle veut que je fasse et je le ferai.

– Voilà, comme d'habitude, répond-elle, amusée. Layla, ma chérie, dit-elle ensuite.

– Oui ?

– Est-ce que tu as fait ta liste de Noël ?

– Les cadeaux, tu veux dire ? Attends, Pasta ! ajoute-t-elle en riant de l'attention de mon chien qui pousse sa main de sa truffe parce qu'elle ne lui lance plus la balle.

– Oui, pour qu'on te prenne quelque chose qui te fera vraiment plaisir.

– Je n'ai besoin de rien, je te l'ai dit.

– Alors fais une liste de choses dont tu n'as pas besoin, mais qui te feront quand même plaisir. Et viens me faire un bisou, je dois y aller.

Layla sourit, puis elle nous rejoint en courant. Elle prend ma mère dans ses bras pour une étreinte chaleureuse avant de l'embrasser bruyamment sur chaque joue. Ces deux-là s'adorent, et moi, j'adore les voir ensemble. J'ai le cœur gonflé de bonheur chaque fois que je suis témoin d'un instant partagé entre elles.

Cela ne dure pas, ma mère doit partir, et Layla retourne jouer avec Pasta qui s'impatiente et commence même à aboyer. Je sens que ça va être l'enfer pour le calmer avant de repartir. Sabrina va nous tuer s'il est tout excité et qu'elle doit le supporter tout l'après-midi.

Avant que ma mère s'en aille, je l'interpelle à voix basse :

– Tu as essayé de joindre Malek et Safia ?

Elle soupire. Je sais quelle réponse elle va me donner. Les parents de Layla ne viendront pas fêter Noël avec nous cette année non plus…

– Je vais encore essayer.

– Laisse, dis-je. Je vais les rappeler.

– D'accord, mais ne nourris pas trop d'espoir, mon fils.

Je hoche la tête, mais elle comme moi savons que de l'espoir, je suis obligé d'en avoir, je le dois à Layla. Je refuse de croire que ses parents vont continuer à se comporter comme ça avec elle. Accepter cette situation, c'est accepter qu'elle ne les retrouvera que si elle arrête *Au seul des délices* et reprend ses études. Ce qui n'arrivera pas. Jamais. Je ne la laisserai pas faire.

Elle rêvait depuis longtemps de monter cette entreprise. Quand on était gamins, elle me racontait à quoi ressemblerait sa boutique, ce qu'elle cuisinerait et combien les gens aimeraient ses produits. Elle souriait en me disant qu'elle rendrait Noël encore plus magique en recouvrant les tables des gens de ses délices. Son rêve s'est modifié au fil du temps, notamment quand elle a réalisé qu'elle n'était pas bonne cuisinière, mais l'essence même du projet est restée jusqu'à lui revenir d'un coup sous la forme de l'entreprise que nous avons créée.

C'est elle qui nous a proposé de nous lancer dans cette aventure, tous les cinq. Je ne l'avais jamais vue aussi passionnée par quelque chose, et Dieu sait qu'elle l'est pourtant énormément par le hockey.

Layla adore *Au seuil des délices* et elle adore travailler avec nous, même si c'est dur, même si on se serre parfois la ceinture, même si tout ne marche pas toujours comme on le souhaiterait. On aime tous cette entreprise, aucun membre n'a envie de l'abandonner, alors je ne laisserai pas ma meilleure amie partir pour satisfaire ses parents. À la place, je vais continuer à bosser à fond et à proposer des produits incroyables auxquels personne ne pourra résister. Je vais tout faire pour que nous nous installions à Toulouse, que les choses décollent, et que Safia et Malek soient témoins de la réussite de leur fille. Je veux qu'ils voient Layla comme je la vois, avec mes yeux, pas ceux de l'amoureux, mais ceux de celui qui l'admire pour sa détermination, son travail acharné et sa passion.

C'est ce que j'aime le plus chez elle. C'est grâce à ce côté passionné qu'elle n'a eu aucun mal à nous convaincre de nous lancer avec elle dans cette aventure, pas même Levy, qui est pourtant du genre prudent. Il n'était pas certain de la viabilité de ce projet et il ne voulait pas arrêter ses études. Finalement, il a quand même tenu à participer, mais il continue l'école pour obtenir son diplôme, pas parce que quelqu'un l'y oblige, juste parce qu'il y tient. C'est le seul qui n'a pas dit au revoir aux bancs de l'université, le seul assez fou pour gérer des études supérieures et une entreprise en même temps.

On peut dire ce qu'on veut de lui, mais c'est clairement un bosseur. Parallèlement à tout ça, il est bénévole pour l'association de Claudia, celle avec laquelle on travaille et qui vient en aide aux sans-abri. Je ne sais pas où il trouve le temps d'avoir en plus des relations amoureuses à côté, mais il arrive à tout gérer. Une vraie machine, ce mec.

– T'as de la bave au coin de la bouche.

Je sursaute en entendant la voix de Sabrina. Elle ricane en pointant le coin de sa bouche qui vient ensuite se coller au mug rouge et blanc d'où s'échappe la vapeur de son breuvage chaud.

Pourquoi est-ce qu'elle sort toujours de nulle part sans faire le moindre bruit ? Depuis qu'on est tout petits, elle me fait ce coup, et je ne sais toujours pas comment elle s'y prend.

– On dirait Pasta, continue-t-elle sur le même ton.

– Mon chien ne bave pas, moi non plus.

– Bien sûr que si, ton désir coule.

Je soupire. Ma sœur est une plaie. Chaque fois qu'on est ensemble, elle ne peut pas s'empêcher de me rappeler qu'elle voit combien j'ai l'air débile dans mon amour pour Layla.

– Je suis sûre que c'est à cause d'elle que tu dors mal.

– De quoi tu parles ? demandé-je en fronçant les sourcils.

Elle me sourit, et tout de suite, je m'imagine un truc pervers parce que c'est tout à fait son genre.

– N'importe quoi !

– N'importe quoi quoi ?

– Il n'y a rien de sexuel entre elle et moi, réponds-je à voix basse.

– Tu as une main droite et une main gauche.

– Quoi ?

– Pour te… Tu sais, quoi !

– Sabrina… grogné-je en me cachant le visage.

Je ne parlerai pas de masturbation avec ma sœur, c'est hors de question. J'ai des limites.

– De toute façon, reprend-elle, je ne parlais pas de ça. Ta réponse ne fait que montrer que tu es un obsédé et que tu ferais mieux de vite déclarer ta flamme à Layla, comme ça vous pourrez vous envoyer en l'air et tu arrêteras d'y penser.

– Je te dis que je ne pense pas à ça !

– Penser à quoi ? demande Layla en nous rejoignant, Pasta à ses côtés.

Merveilleux. Comment vais-je me tirer de cette situation, maintenant ? Je déteste vraiment Sabrina.

Et quand elle ouvre la bouche pour répondre, le stress monte en moi. J'ai peur de ce qu'elle va dire.

– Je disais à Sid que si ça se trouve, ses insomnies étaient liées à toi.

– À moi ? Qu'est-ce que j'ai fait ?

Il faut que j'arrête ma sœur. Vite.

Pas le temps.

– Le désordre dans ta chambre, ça doit le rendre fou. Tous les soirs, il doit se demander comment tout ranger sans que tu t'en rendes compte, et ça l'empêche de dormir.

Layla et Sabrina explosent de rire, moi, je grogne. Je suis soulagé qu'elle n'ait pas parlé de mes sentiments, même si je m'en veux d'en avoir douté ne serait-ce qu'une minute ; ma sœur ne me trahirait jamais. Mais je suis aussi agacé parce que ces deux femmes aiment trop se moquer de mon côté maniaque. Elles sont terribles séparément, mais ensemble, c'est pire que tout.

Deux pestes, que j'aime terriblement…

Le téléphone de Layla sonne, annonçant un nouveau message. Elle se lève du canapé de mes parents où nous nous sommes laissés tomber après le repas pour lancer un film de Noël sur *Netflix*. Fiona vient à peine d'arriver ; avec Stecy et Margaret, il y a maintenant trois Vanessa Hudgens à l'écran, ce qui n'est pas pour me déplaire. Je sens que le deuxième film de *La Princesse de Chicago* va être amusant, et que Layla va l'adorer, voire me demander d'enchaîner sur le troisième, lorsqu'elle en aura fini avec son portable.

Je sais que ce sont les résultats de sa prise de sang qu'elle a reçus. Je la laisse les consulter. Elle a besoin que je lui tienne la main pour se faire piquer, mais elle préfère être seule pour savoir où ça en est. Elle va les regarder, paniquer, puis appeler son médecin pour qu'il lui explique tout. Je la connais par cœur.

Je tourne la tête vers elle et ne la quitte pas du regard. Sur son visage, je sais que je peux facilement découvrir si les résultats sont bons ou non. Enfin, je le peux quand ma sœur n'est pas là pour m'embêter.

– Il va falloir que tu lui parles, Sid.

– Parler de quoi ?

– Ne joue pas à l'idiot, tu as beaucoup de défauts, mais la bêtise n'en fait pas partie.

Je soupire, puis je me remets dans le bon sens sur le canapé. Mon mouvement fait lever la tête à Pasta qui se demande si je ne vais pas lui lancer une balle. Avec lui, c'est tout le temps l'heure de jouer. Je ne sais pas comment ça se passe dans sa tête, mais ça doit être sympa de ne penser à rien d'autre qu'au jeu.

– Je compte le lui dire.

– Vraiment ? s'étonne ma sœur.

– Ouais.

– Quand ?

– Quand elle aura compris par elle-même.

– Sidney !

Je ris en voyant sa tête. Elle est passée de l'espoir à l'agacement en une fraction de seconde. En même temps, elle cherche. Je suis amoureux de Layla depuis des années, et Sabrina le sait depuis le début ou presque. Mieux, avant que je ne m'en rende compte, elle disait que j'étais mordu d'elle. Depuis que je lui ai avoué que c'est le cas, elle me pousse à me déclarer et elle ne veut pas entendre que je ne le souhaite pas ou que je crains le rejet. Pour elle, c'est du tout cuit.

Parfois, je me demande si elle sait quelque chose que j'ignore, puis je me souviens qu'elle est convaincue que Layla et moi sommes faits l'un pour l'autre depuis qu'on sait marcher. C'est un truc qu'elle s'est mis en tête et qui ne repose sur rien de concret ou d'intelligent, juste sur son côté romantique qui la pousse à voir de l'amour partout. Je ne vais pas risquer ma plus précieuse relation en misant sur un délire de Sabrina.

– Laisse-moi faire comme j'en ai envie, dis-je.

– Je te laisse faire, ça fait vingt ans que je te laisse faire n'importe quoi…

Il y a vingt ans, j'avais deux ans. Qu'est-ce que je disais ? Elle exagère toujours. Elle a un goût prononcé pour le théâtral, son surnom de reine lui va très bien.

Je soupire et tourne à nouveau la tête vers Layla. Mieux vaut ignorer ma sœur.

Ma meilleure amie raccroche, je me lève pour la rejoindre, curieux de savoir ce que son médecin lui a dit.

– Alors ?

– On augmente un peu la dose.

– C'est grave ?

– D'après lui, non, ça arrive de devoir augmenter, mais je dois refaire une prise de sang dans trois mois pour vérifier, comme d'habitude.

Je hoche la tête. Je serai à ses côtés pour la prochaine, comme toujours, et j'espère que sous peu on lui annoncera que tout est rentré dans l'ordre et qu'elle peut arrêter de prendre son médicament. Ce n'est pas que sa vie est en danger, pas que je sache, mais je sais que devoir avaler des comprimés chaque jour et se faire prendre son sang aussi régulièrement lui pèse. Et bien sûr, il y a tous ces effets indésirables de la maladie qu'elle a du mal à supporter. Je vois que depuis le début de son traitement, certaines choses vont bien mieux, mais il faut constamment ajuster la dose qu'elle prend, et entre deux prises de sang et décisions médicales, elle doit vivre avec les symptômes qui reviennent.

– Tu es déçue.

– J'avais espoir qu'il m'annonce qu'on réduisait la dose parce que ça allait mieux, pas l'inverse.

– Tu te sentais mieux ?

– Non, pire. Au fond de moi, je savais qu'il fallait augmenter, mais j'avais tellement envie que ce soit l'inverse, soupire-t-elle.

Je déteste la voir comme ça. Ça me fait mal au cœur. J'aimerais que tout se règle vite et qu'elle n'ait plus à se prendre la tête avec ça.

Doucement, je la serre dans mes bras. Elle m'entoure des siens et me serre fort. Ma joue repose sur sa tête. Là, tout contre moi, elle me murmure :

– J'ai envie d'aller faire un tour.

– À Aucamville ?

– Plutôt à Toulouse.

– Au marché ?

– J'irais bien manger une glace en me promenant au jardin des Plantes.

– Ça me va.

Pour certains, cette requête sonnerait étrangement, mais pas pour moi. J'aime manger des glaces en hiver, elles sont pleines de souvenirs pour Layla et moi, souvenirs que je serais ravi de revivre.

Le film de Noël est oublié. J'embrasse le crâne de ma meilleure amie, puis je me défais d'elle pour attraper nos manteaux.

– Vous partez déjà ? demande Sabrina.

– On a passé la matinée et une bonne partie de l'après-midi avec toi, je te signale.

– Sid ne peut pas rester plus longtemps dans cette maison, trop de trucs qui traînent ! se moque Layla.

Mon père est du genre chineur, il fait toutes les brocantes possibles et imaginables, et il ramène plein de bibelots qu'il pose ici et là dans notre maison familiale. Au début, ça allait, mais plus les années passent, plus ça s'entasse. Il ne veut se défaire de rien, et ma mère se moque de l'allure de son intérieur, elle préfère voir un sourire sur le visage de mon père. Pour ma part, si j'aime savoir mes parents heureux, je préférerais qu'ils soient un peu plus ordonnés.

Heureusement, en cette période de l'année, comme tout est décoré pour Noël, je note moins les défauts de la maison. C'est encore plus chargé avec le sapin et les bibelots variés liés à cette fête, mais ça a une allure différente. Je me concentre sur les lumières et les paillettes, je fais abstraction du reste.

– Attends Noël que les cousins envahissent sa chambre, il va être fou, dit Sabrina.

– J'ai hâte de voir ça !

– Arrêtez de vous moquer, dis-je en tirant sur les cheveux de Layla.

Elle rit avec ma sœur, toujours complices quand il s'agit de s'attaquer à moi. Je soupire. Ce sont deux petits monstres, adorables quand elles le veulent bien, mais des monstres quand même.

– Comment va Levy, au fait ? demande Sabrina, d'un ton détaché.

– Levy ? Si tu mets de côté son côté bougon parce que c'est bientôt Noël, il va bien, répond Layla.

– Pourquoi tu demandes ? m'étonné-je.

– Comment ça ?

– En quoi le bien-être de mon meilleur ami t'importe ?

– C’est moi ta meilleure amie !

Je réponds à Layla en lui tapotant la tête, mais elle grogne et attrape ma main pour la mordre. Je gémis avant de lui jeter son manteau dessus tout en essayant de récupérer ce qui m’appartient.

– Allez, les jeunes, à plus tard !

Sans cesser de me battre avec ma meilleure amie qui ne voit plus rien avec le vêtement qui recouvre son visage, mais qui continue à tenir mon bras pour m’empêcher de partir, je lève la tête vers Sabrina. Je la vois filer vers sa chambre.

– Sabrina !

Elle ne répond pas, elle disparaît.

– Arrête ça, tête de chips ! À cause de toi, elle s’est échappée, et je n’aurai pas le fin mot de l’histoire.

Layla s’arrête et retire le manteau de sa tête. Elle se recoiffe maladroitement. Ses cheveux ont commencé à boucler, voire à friser par endroits. La neige a ruiné son lissage, mais elle est toujours aussi jolie.

– De quoi tu parles ?

– Elle nous cache un truc sur Levy, j’en suis sûr.

– Un truc qu’on ne sait pas ? Genre un secret qu’il a et qu’on peut utiliser contre lui ?

– Arrête de chercher de quoi faire chanter tes amis, dis-je en mettant plus de désordre encore dans ses cheveux.

J’aime que tout soit ordonné, mais pour ça, je peux faire une exception, surtout quand ça la fait crier.

– Alors quoi ? Sabrina sait quoi sur Levy ?

– Ce n'est pas ce qu'elle sait qui importe, mais ce qu'elle ressent, réponds-je.

– Je ne comprends rien à ce que tu dis.

– Laisse tomber. Allez, on rentre.

– On passe par le jardin des Plantes, hein ? demande-t-elle, pleine d'espoir.

Je hoche la tête. Le sujet de Levy et Sabrina est complètement oublié. Layla est facile à diriger sur autre chose. La preuve, Pasta arrive, et elle me délaisse pour s'agenouiller et le câliner.

Je souris. Je suis vraiment fou de cette femme pleine de fraîcheur et d'innocence. Je ne sais pas ce que ça dit sur moi, mais je m'en moque complètement.

Mon chien aboie, Sabrina crie que s'il est insupportable et l'empêche de faire une sieste, elle nous le fera payer. Layla et moi sourions, puis nous enfilons nos manteaux.

Une fois dehors, avant de fermer la porte, je hurle à ma sœur :

– Tu n'auras qu'à te plaindre à Levy !

– Pourquoi à Levy ? C'est quoi cette histoire, à la fin ? demande ma meilleure amie lorsque je ferme et l'entraîne dans la rue.

On ne sait jamais, Sabrina pourrait me courir après pour me faire payer mon effronterie. Elle est capable de tout.

– Je suis sûr qu'il y a un truc entre eux.

– Non ?!

Je souris. Je ne devrais pas balancer les petits secrets de ma sœur, mais je n'ai aucune certitude, je me contente de spéculer, alors ce n'est pas une vraie trahison, pas vrai ?

Il va falloir que je me renseigne. Je ne me mêle généralement pas des affaires des autres, mais il y a deux exceptions : quand ça concerne Layla et quand ça touche à ma famille.

– Tu imagines, ces deux-là ensemble ? demande-t-elle. Ils sont si différents… Rien que pour Noël, comment ils feraient ? Elle adore, il déteste. Et leur caractère, on en parle ? Il aime le calme, Queen est une tornade !

– Pour les caractères, je suis d'accord, mais c'est justement parce que Sabrina est une tornade que ça pourrait le faire.

– Et tu fais quoi de Noël ?

– Elle le ferait changer d'avis.

– Faire aimer Noël à Levy ? Tu rêves.

Elle n'a pas tort.

Ce serait quand même marrant à voir. Sabrina ne lâche rien, je pense qu'elle pourrait le convaincre. La connaissant, elle ferait tout pour. Si Layla arrive à accepter, non sans trouver ça choquant, que des gens n'aiment pas Noël alors qu'elle adore, ce n'est pas le cas de ma sœur. Elle ne jure que par cette fête. Depuis toujours, elle dit que ceux qui ne l'aiment pas sont des gens stupides, sans goût ou qui ne sont pas satisfaits sexuellement – elle exprime ce dernier point de manière bien moins polie. Pour elle, c'est impossible. Paradoxalement, ce qui semble impossible l'excite. Je la vois bien faire son possible pour convaincre Levy que Noël est la plus belle période de l'année. Et aussi absurde que cela soit de le penser, quand on connaît l'aversion de ce dernier pour tout ce qui touche de près ou de loin à cette fête, je crois qu'elle y arriverait.

– On parie ? proposé-je.

– Sur qui changera l'autre ?

– Ouais. Je dis que Sabrina lui fera aimer Noël.

– Je pense que Levy l'en dégoûtera. Il fera tellement la gueule qu'elle finira par détester cette période de l'année.

Je tends la main vers Layla, paume vers le ciel. Elle tape dedans. Je ne sais pas si on aura la réponse de sitôt, ce n'est même pas sûr qu'on l'ait un jour, mais je suis curieux de savoir lequel de nous deux aura raison.

– Si tu perds, tu me dois un truc, dit ma meilleure amie.

– Pourquoi il faut toujours qu'on parie quelque chose ?

– Quel est l'intérêt, sinon ? Allez, on parie !

– Non.

– Si !

Je soupire en secouant la tête. Elle insiste, mais je l'ignore. Puis je passe un bras autour de ses épaules et la dirige vers l'arrêt de bus afin d'aller au jardin des Plantes alors qu'elle continue son argumentaire pour me convaincre, même si ça ressemble plus au discours d'une enfant qui répète la même chose en boucle.

Il est temps de retourner à Toulouse. Qu'elle continue à négocier seule, je ne rentrerai pas dans son jeu. Il y a un match, ce soir, et bien d'autres sont prévus. Je mise quelque chose sur chacun, je ne vais pas en plus risquer de me retrouver à faire un truc débile en pariant sur ma sœur et mon meilleur ami. Ça commence à être risqué. Si Layla me demande d'aller vendre nos produits, vêtu d'une robe et de talons hauts ou qu'elle exige que je me déguise en pingouin pour un shooting photo – et elle en est capable –, je finirai par ne plus avoir beaucoup de cartes en main pour la convaincre de tomber dans mes bras. Le ridicule a ses limites.

Pourvu qu'elle ne me demande pas une chose pareille !

Pourtant, si cela devait arriver, je le ferais. Parce que s'il y a bien une chose qui n'a pas de limite, c'est mon amour pour cette femme. Je suis condamné à faire n'importe quoi pour lui plaire, même dire adieu à ma dignité…

CHAPITRE 9

SIDNEY

Après être passés à l'appartement afin de déposer du matériel arrivé chez mes parents pour Jade, nous marchons vers notre destination. La neige ne tombe pas, mais la météo reste rude avec nous. J'ai l'impression d'être au pôle Nord. Et j'ai aussi l'impression d'exagérer un peu… Néanmoins, nous avons une bonne vingtaine de minutes de marche, alors je préfère demander :

– Tu n'as pas froid ?

Layla secoue la tête, puis elle passe son bras sous le mien. Je glisse ma main libre dans ma poche pour la coller un peu plus à moi, puis nous contournons la place du Capitole où le marché de Noël est toujours aussi animé afin de nous enfoncer dans les rues de Toulouse.

J'adore cette ville, elle est toujours vivante, il y a beaucoup de commerces sympathiques, et je trouve l'architecture magnifique. J'aime énormément les petites boutiques qui nous entourent et je sais que Layla aussi. Ses yeux vont dans tous les sens. Elle a beau connaître les lieux par cœur, elle continue de les regarder comme si elle les découvrait. D'une certaine façon, c'est le cas. Cela fait si longtemps qu'il n'a pas neigé ici que le paysage est très différent de ce que nous voyons d'habitude. Tout est encore plus beau, presque magique, recouvert de blanc.

En quelques minutes, nous sortons de l'agitation piétonne pour nous retrouver dans une rue plutôt rythmée par les voitures. Nous continuons jusqu'à arriver devant le jardin des Plantes. Le simple fait de voir l'arche en pierre me met du baume au cœur. J'ai tellement de souvenirs ici… Mais ce qui me rend le plus heureux, c'est de voir que *Les Agriculteurs Givrés* sont au rendez-vous, ce que constate aussi Layla.

– Ils sont là ! s'écrie ma meilleure amie en lâchant mon bras pour courir vers le foodtruck couleur prune.

Je ris devant son enthousiasme. Elle savait qu'ils seraient là, il n'est pas si tard que ça, et qu'importe la saison, ces artisans passionnés qui mettent la ferme dans leurs cornets sont toujours présents pour nous régaler[7].

---

7. Ce foodtruck existe réellement et vend des glaces artisanales devant le jardin des Plantes de Toulouse, en revanche, il n'est présent que d'avril à fin octobre. Quelques libertés ont été prises pour les besoins de l'histoire.

– C’est impossible, dis-je.

– Goûte un sablé, me répond-il en me tendant la boîte dans laquelle il a ramené notre livraison.

Sans attendre, j’en prends un. Visuellement, il n’y a rien à dire, ils sont parfaits, ils n’ont pas bougé. Ils sont frais du jour, Romy les a faits très tôt ce matin pour que Levy les livre avant l’ouverture du café de Marie. Elle a parfaitement fait le glaçage, les sapins de Noël sont magnifiques. Ce n’est donc pas un problème d’apparence.

Je croque dedans, et là, je comprends où est le problème.

– C’est salé.

Romy n’en croit pas ses oreilles. Elle attrape la sucrerie – enfin, ce qui aurait dû l’être – et croque dedans à son tour.

– Je ne comprends pas… murmure-t-elle.

Je me dirige vers le placard pour en sortir le contenant où se trouve le sucre. Je prends une cuillère afin d’éviter de mettre mes doigts à l’intérieur, puis je goûte. C’est du sel.

– On a inversé les boîtes, ça a dû arriver à la livraison, dis-je.

– Impossible, c’est moi qui m’en charge, me contredit Layla.

Levy et Romy tournent la tête vers elle. En effet, c’est elle qui range les livraisons. Elle monte et descend les escaliers pour apporter les cartons, puis elle met tout en place dans les placards. J’ai proposé un jour de l’aider, mais elle a refusé en prétextant

Je salue nos collègues qui, bien qu'étant aussi des concurrents, ont toute mon admiration pour leur professionnalisme, leur engagement et la qualité de leurs produits. Puis je sors mon portefeuille en laissant Layla commander pour nous.

Une fois nos glaces payées, nous entrons dans le jardin des Plantes et nous allons nous asseoir sur un banc pour les déguster. Le silence s'installe, il est confortable, vraiment agréable.

Il est brisé quelques secondes plus tard lorsque Layla me demande :

– Tu te souviens ?

– De la fois où on s'est retrouvés enfermés ? Je n'oublierai jamais.

Elle rit. Je savais qu'elle pensait à ça. Chaque fois qu'on vient ici, cela me revient en mémoire. On était jeunes, plus jeunes que maintenant, en tout cas. On venait souvent ici pour profiter du soleil et manger des glaces. Elles ont toujours eu le goût de la liberté pour nous. On adorait venir en manger, on adorait venir ici ensemble, tout simplement. C'était sûrement notre endroit préféré de Toulouse, et je crois que c'est toujours le cas, même si j'ai un attachement particulier pour la basilique Saint-Sernin, devant laquelle nous allions souvent prendre notre pause déjeuner au lycée, la place du Capitole lorsque les chalets du marché de Noël s'y dressent, ou encore notre appartement.

Le jour où on s'est retrouvés enfermés, Layla s'était disputée avec ses parents, elle ne voulait pas rentrer, et moi, je n'avais pas envie de la quitter.

Je lui ai proposé de ne jamais partir d'ici. Mon idée puérile l'a séduite, alors on s'est cachés pour ne pas être mis dehors. C'était drôle, mais c'était surtout idiot parce que quand on a voulu sortir, la grille était fermée.

On a paniqué comme jamais. On était jeunes, on avait peur que quelqu'un ne nous arrête, qu'on ne puisse plus avoir de bus ou de métro pour rentrer, qu'un ours vienne nous dévorer – dans la panique, des idées absurdes peuvent nous traverser l'esprit – et j'en passe. On a fini par appeler Sabrina qui est venue nous aider à escalader en surveillant que personne ne nous voie. J'ai dû la supplier un long moment avant de réussir à la tirer de la maison, et je ne suis parvenu à la convaincre qu'en promettant de l'appeler « ma reine » pendant un mois. C'était sa condition absurde.

« Tu veux un dessert, ma reine ? », « Bonne nuit, ma reine », « Maman rentrera tard, ma reine » ; c'était un enfer ! Mais c'est resté, et c'est là que Layla a fini par l'appeler Queen. Mais ça, c'est sûrement parce que ma sœur est son modèle.

Je n'arrête pas de dire que Sabrina est le pire exemple à suivre, mais au fond, je la trouve merveilleuse. Elle m'en a fait baver, quand on était enfants, elle continue à le faire, mais je pense que c'est la meilleure des sœurs, je n'en voudrais aucune autre.

Quoi qu'il en soit, escalader les grilles était complètement ridicule, et super dangereux, même si elles ne sont pas hautes, parce qu'on aurait pu se faire très mal avec les pointes. Mais c'était aussi amusant. Sur tout le chemin du retour, nous avons ri, et Layla a un peu oublié sa dispute avec ses parents.

J'avais le sentiment d'avoir fait quelque chose de bien, d'avoir réussi à effacer son chagrin. Je crois que c'est là que j'ai compris que j'étais amoureux d'elle, quand mon cœur s'est serré en la voyant triste, quand il s'est libéré de ses chaînes en la voyant sourire.

– On rentre ? demande soudain Layla.

– On peut regarder le match sur mon téléphone.

– En été, j'aurais dit oui, vu que c'est les Bruins, je m'en fiche de ne pas les voir sur grand écran, mais là, il fait moins mille, et pour une fois, je le sens !

– Au moins ça, réponds-je en riant.

Je m'abstiens de lui rappeler qu'un peu plus tôt elle m'a dit ne pas avoir froid. Elle a raison, ce n'est pas la saison pour regarder un match dehors.

Elle se lève en souriant. Je l'imite. Naturellement, elle glisse sa main dans la mienne. Ici, il n'y a pas d'agitation, pas de boutiques pour empêcher Layla de se concentrer sur la route ; je n'ai pas besoin de la tenir pour éviter de la perdre, mais je m'en moque. Sentir sa main dans la mienne, même à travers nos gants, c'est un bonheur trop grand pour que je m'en passe. Et quand la neige se remet à tomber doucement, me surprenant à nouveau, je lève la tête en souriant et je me dis que l'instant ne pourrait pas être plus parfait.

Nous arrivons à l'appartement quelques minutes plus tard. Finalement, on ne s'est pas promenés dans Toulouse comme je l'avais prévu, à part pour rejoindre le jardin des Plantes. On a passé trop de temps chez mes parents à discuter, puis à regarder un film de Noël qu'on n'a même pas fini, mais ça ne fait rien. Qu'importe l'endroit, tant que je suis avec cette femme, je passe un bon moment. Et puis mon programme ne tombe pas complètement à l'eau. La journée s'achève, mais le match ne commence pas tout de suite, je peux encore cuisiner avec Layla comme je le voulais.

– Allez, en cuisine, dis-je.

– On prépare quoi ?

– Je ne sais pas, *freestyle*.

– Tu sais que c'est une mauvaise idée de me laisser le champ libre, pas vrai ?

– Tu es très créative, j'ai confiance.

– Je suis douée avec un appareil photo, un programme de retouche, éventuellement pour faire du collage papier, mais la bouffe… je préfère la manger que la cuisiner.

Je ris parce que c'est totalement vrai. Elle excelle dans l'art de manger, un peu moins dans l'art de cuisiner.

– C’est moi qui dirige, mais je te laisse choisir ce qu’on fait. Si je vois que tu pars en vrille, du genre épinard avec du chocolat blanc, je t’arrête, promis.

– Ça marche ! On va créer un produit. Dis-moi ce qu’on a comme ingrédients. Si on doit faire un truc, je le veux dans notre catalogue, mais si je n’utilise pas ce qu’on a déjà, Levy va me tuer.

Elle n’a pas tort. Il ne voudra jamais intégrer un nouveau produit si on lui fait commander des ingrédients dont on ne dispose pas. Déjà, même en utilisant ce qu’on a en stock, on va avoir du mal à le convaincre…

Layla est bien plus réfléchie et responsable qu’il n’y paraît. Elle fait toujours preuve d’un grand sérieux lorsqu’il s’agit de notre entreprise ; c’est quelque chose que j’aime énormément chez elle. Quelque chose qui me donne atrocement envie de l’embrasser, là, tout de suite.

– Lave-toi les mains, dis-je en me tournant vers l’évier pour nettoyer les miennes et décrocher mes yeux de sa bouche délicieuse.

Le renne blanc qui pend de la poignée du placard semble se moquer de moi et de mes sentiments. Je l’ignore en enfilant mon tablier ridicule aux couleurs de Noël.

– Attends, papa, je ne touche pas encore à la nourriture, plaisante Layla dans mon dos.

– Ne m’appelle pas papa.

Il y a trop de choses que je veux lui faire qui seraient impossibles si j'étais son père, alors il faut qu'elle évite.

– Tu m'appelles bien tête de chips.

– Parce que tu es une chips.

– Si je suis une chips, t'es mon papa patate.

Je me retourne en entendant sa bêtise. Elle a un visage tellement sérieux que je ne peux pas m'empêcher de rire. Ce sont les mots d'une petite fille ; il n'y a vraiment que ma meilleure amie pour dire un truc pareil. Et il n'y a que moi pour trouver ça terriblement adorable.

Je m'apprête à demander à Layla ce qu'elle veut qu'on cuisine quand Romy déboule dans l'appartement. Elle enfonce presque la porte tant elle est pressée, et stressée, je le vois à sa tête.

– Ça va ? demande ma meilleure amie.

– Levy m'a appelée pour me dire qu'il y a un problème avec les sablés qu'on a livrés à l'un des cafés qu'on fournit.

– Lequel ? demandé-je.

– Celui de la place Roger Salengro.

C'est plus un salon de thé qu'un café, mais ça n'enlève rien au fait qu'on lui vend certains de nos produits, notamment nos sablés que les gens s'arrachent en cette période.

– Quel problème ? continué-je.

– J'en sais rien, il les rapporte. Il doit être en route. Il faut absolument qu'on les refasse si on ne veut pas les perdre en tant que clients.

– Marie ne nous lâchera pas pour ça, intervient Layla. Elle nous soutient depuis le début, elle nous adore.

– Elle nous adore, mais ça reste du business, si on ne tient pas nos engagements, ça ne va pas le faire.

Romy est dans tous ses états. On l'est tous. *Au seuil des délices* est au tout début de son activité, un peu plus d'un an, ce n'est rien. Chaque jour est une nouvelle épreuve. On tente de s'installer sur les marchés, dans les événements et dans certains cafés. On travaille dur, et certains nous donnent notre chance, mais il est bien plus facile de perdre ses acheteurs ou partenaires que de les convaincre de bosser avec nous. Le commerce a toujours été comme ça, on met du temps à gagner la confiance, on la perd avec facilité. Et selon le problème de nos sablés, si l'un des clients de notre collaboratrice est mécontent, elle serait en droit de ne plus vouloir travailler avec nous.

Ce n'est vraiment pas le moment. Nos partenariats représentent plus de vingt-cinq pour cent de notre chiffre d'affaires, pendant les fêtes.

Levy arrive, il entre en trombe dans l'appartement, comme Romy l'a fait avant lui. Il met de la neige partout, mais il ne s'en soucie pas.

– Qu'est-ce qui s'est passé ? demandé-je sans lui laisser le temps d'enlever son manteau.

– Problème de qualité.

que j'avais assez de travail comme ça et qu'elle était assez grande.

Grande, je veux bien, mais quand même, elle sue chaque fois comme un bœuf, surtout en été. Elle ne supporte pas la chaleur, le sport n'est donc pas son activité préférée. Mais Layla étant Layla, quand elle a décidé d'un truc, rien ne la fait changer d'avis.

– Quoi ? demande-t-elle à nos deux amis qui ne l'ont pas quittée des yeux.

– Tu es sûre que tu as bien tout rangé au bon endroit ? demande Romy.

– Si elle l'avait fait, il n'y aurait pas du sel dans la boîte à sucre.

– Hey, ce n'est pas elle qui a préparé les sablés, je vous signale !

Je déteste quand ils s'en prennent à Layla. Je m'en veux de rappeler à Romy qu'elle a fait une erreur, mais je ne vais pas laisser ma meilleure amie porter le chapeau. J'ai une entière confiance en elle, si elle dit que l'erreur n'est pas de son fait, c'est qu'elle n'a rien à se reprocher.

– Tu as goûté ta pâte ? demandé-je à Romy.

– Non. C'est un produit qu'on fait régulièrement, je ne réfléchis même plus pour le préparer.

– Lay's, à quand remonte la dernière livraison ?

Je sens qu'elle est peinée d'avoir été accusée. Deux réactions possibles dans cette situation : une crise de colère ou des larmes. Et comme elle n'est pas en train de jeter un truc au visage de nos amis, je devine qu'elle est à deux doigts de pleurer.

Je commence à en avoir plein le dos qu'ils me la mettent dans cet état. Je sais que c'est très lié à sa maladie, et que si elle leur expliquait enfin les choses, on n'en serait pas là parce qu'ils l'aborderaient différemment, mais ça m'énerve quand même. Et je n'y peux rien, je ne supporte pas de la voir comme ça, alors je me range de son côté quoi qu'il arrive.

Layla se lève et part dans la chambre de Levy sans me répondre. Il se demande ce qu'elle fabrique, mais il ne dit rien. Ce n'est pas le genre à s'offusquer parce qu'on fouille dans ses affaires. Tant qu'on ne touche pas à son téléphone, c'est OK pour lui.

Elle revient avec plusieurs feuilles agrafées qu'elle me tend en disant :

– Mercredi dernier. Sucre, farine, levure boulangère, chocolat et gousse de vanille. Il n'y avait que ça sur la facture, et c'est exactement ce que j'ai monté.

– Pas de sel dans la commande ? demande Romy.

– Non, répond-elle. J'ai pris le sachet de sucre – et je t'assure que c'était bien notre sucre habituel –, je l'ai ouvert, j'ai vidé notre boîte dans un saladier, mis le nouveau sucre et replacé l'ancien par-dessus.

– Tu n'as pas besoin de faire la rotation pour le sucre, dis-je.

On le fait sur nos produits frais, mais pour tout ce qui est sec, on ne se prend pas vraiment la tête, surtout pas pour un produit qu'on utilise autant et qui a peu de risque de se périmer.

– Je m'en fiche, je le fais quand même, dit-elle en reniflant. Parce que je prends mon travail à cœur et que je le fais correctement ! crie-t-elle finalement.

– On le sait bien, répond Levy calmement.

Il est sincère. Pas un sourire sur son visage, il a une attitude posée, presque froide, mais il ne ment pas. Il est comme ça. Il est aussi dur à comprendre que le visage de Layla est simple à déchiffrer. Il lui arrive de s'énerver, surtout en cette période de l'année, mais la plupart du temps, tout semble lui passer au-dessus de la tête, ou plutôt, il donne l'impression d'avoir des soucis bien plus importants à gérer que nos petites histoires. Mais en dépit de son visage neutre, je sais qu'il dit ce qu'il pense, il a conscience que Layla travaille bien.

Il serait bon qu'il le lui exprime correctement. Si son approbation ne m'est pas nécessaire, ma meilleure amie a cruellement besoin qu'on lui dise et lui montre qu'on lui fait confiance. Depuis le temps qu'on se connaît, pourquoi est-ce que Jade est la seule à l'avoir compris ? Il n'y a qu'elle qui félicite Layla pour son travail et lui témoigne une confiance absolue. Levy et Romy l'adorent, je n'en doute pas, mais leurs mots et leurs actions ne montrent nullement qu'ils croient en elle, alors que c'est tout ce dont elle a besoin.

– Alors pourquoi tu m'accuses ? demande Layla.

– Ce n'est pas toi spécifiquement que j'accuse, soupire-t-il. Si c'était Jade qui remplissait les placards, ça aurait été pareil. Je fonctionne par déduction, Layla, s'il y a du sel dans la boîte à sucre, c'est que quelqu'un l'y a mis.

– J'ai mis exactement ce que je devais y mettre ! se défend-elle.

Cette fois, les larmes coulent, elle ne les retient plus. Je sais comment elle se sent, c'est juste trop pour elle, c'est une accumulation de choses. Cette entreprise lui tient vraiment à cœur, et l'idée qu'on puisse perdre nos partenaires à cause d'une telle erreur la dévaste, surtout en ce moment. L'an dernier, on a pu constater que notre chiffre d'affaires avait presque triplé pendant les fêtes. Cela permet de compenser les mois plus compliqués, et Layla a bien besoin de cet argent. Mais le plus dur reste qu'on puisse douter d'elle, qu'on ne la pense pas capable de faire les choses. C'est en quelque sorte son talon d'Achille.

J'ai envie de faire du mal à Levy, vraiment. Je me sens bouillir de l'intérieur. J'ai conscience que ce n'est pas sa faute, que je ne peux pas lui reprocher de ne pas combler les besoins de Layla, mais ça me détruit le cœur de la voir comme ça.

Je m'apprête à la prendre dans mes bras, or je n'en ai pas le temps, car mon ami le fait avant moi. J'écarquille les yeux. Il n'est pas du tout tactile, cette étreinte est surprenante. Tellement que je ne peux même pas être jaloux. Je suis aussi surpris que Romy qui me regarde avec des yeux ronds.

– Je te crois, Layla. Ne pleure pas.

– Je ne le fais pas exprès, dit-elle entre deux sanglots.

– Pourquoi tu es si triste ? lui demande-t-il. Parle-nous à la fin. Il y a un truc qui cloche, j'en suis certain, et ce n'est pas lié au sucre ou au sel.

– Vous n'avez pas confiance en moi… répond-elle à voix basse.

– Sur quel sujet ? Si c'est pour me guider dans les rues de Toulouse alors que j'ai les yeux bandés, je confirme, je ne te fais pas confiance, tu te laisses trop facilement distraire.

Je ris malgré moi. Il a entièrement raison.

Layla lui pince la fesse. Je n'aime pas vraiment ça. Romy le voit, et son sourire se moque de moi.

– Je parle du travail, d'*Au seuil des délices* !

– Tu penses qu'on ne te fait pas confiance pour l'entreprise ? s'étonne Romy.

– Vous doutez tout le temps de ce que je fais.

Sans lâcher Layla, Levy tourne la tête vers Romy, perdu. Elle est dans le même état que lui. Moi, je soupire, parce que tous les trois sont des idiots qui feraient mieux de communiquer, et moi, je suis un abruti parce que j'aurais dû m'en mêler depuis bien longtemps…

– Layla, si on ne te faisait pas confiance, on n'aurait jamais monté cette entreprise avec toi, dit Levy.

– Tu es plus que compétente dans ton travail, je te rappelle que c'est le PowerPoint que tu nous as fait pour nous présenter ton projet d'entreprise qui nous a tous convaincus, ajoute Romy.

– Ça, et ton côté passionné, précisé-je.

– Sans toi, il n'y aurait pas d'entreprise, pas uniquement parce que c'était ton idée, mais aussi par rapport à ton travail. Tu es indispensable, dit Romy en s'approchant des deux qui sont toujours enlacés.

Je suis plutôt content quand mon amie arrache Layla des bras de Levy pour la serrer contre elle.

– Je ne savais pas que tu t'inquiétais de tout ça… lui murmure-t-elle. Jade m'en a parlé, mais je croyais qu'elle exagérait.

J'entends Layla répondre que Jade n'exagère jamais et qu'elle a toujours raison, puis Romy qui lui rétorque qu'elle va en prendre pour son grade quand sa copine apprendra qu'elle a encore fait pleurer Layla. Les deux femmes se mettent à rire, Levy a toujours son visage neutre, mais un léger sourire se dessine sur ses lèvres.

D'un coup, toute la pression est retombée. La femme que j'aime a retrouvé son sourire, son cœur est apaisé par les mots de nos amis, tout va pour le mieux.

– Tu es une vraie petite fille, lâche soudain Levy.

OK, ça allait jusque-là. Je vais le tuer.

– Tu pleures facilement, tu ris encore plus aisément, tu t'émerveilles de tout, tu vis avec passion, tout te semble intéressant…

– Levy… le préviens-je.

Il ne m'écoute pas, il secoue la tête tandis que Layla baisse la sienne. C'est confirmé, je vais le tuer.

Levy s'approche de ma meilleure amie et pose sa main sous son menton pour que ses yeux soient sur lui, puis il reprend :

– Tu es comme une enfant, Layla. Mais tu as l'air de penser que c'est une mauvaise chose.

– Tu ne le penses pas ?

– Les enfants sont les plus beaux êtres du monde, il n'y a en eux ni vice, ni cruauté, ni mauvaises pensées. Ils se contentent d'aimer la vie et d'en profiter. Ils répandent leur pureté sur tous ceux qui les entourent et qui ne savent plus atteindre le bonheur. Exactement comme toi.

J'ai toujours envie de tuer Levy, mais plus pour les mêmes raisons. Layla rougit, et si je la trouve toujours adorable quand elle a cette tête, je déteste que ce soit à cause de notre ami…

Ce qu'il vient de dire était chargé en émotions, même moi, je suis touché, autant qu'il l'est, si j'en crois son visage, mais je ne peux pas m'empêcher d'être jaloux quand même.

Levy se penche et embrasse le front de Layla, puis il la reprend dans ses bras et rive son regard sur moi. Il m'offre un sourire, et je sais alors qu'il l'a fait exprès pour me rendre fou. Quel enfoiré !

– Il a raison, reprend Romy. Tu peux parfois être énervante, comme les gosses, mais tu es aussi et surtout rafraîchissante.

– Je ne suis pas énervante, grommelle-t-elle.

– Si ça te fait plaisir de le croire.

Finalement, Levy lâche Layla, non sans l'embrasser sur la tête et m'offrir encore un sourire provocateur. Il tente de m'énerver, et ça marche. Heureusement qu'il a rendu le sourire à ma meilleure amie, c'est la seule raison pour laquelle je l'épargne.

Il ne perd rien pour attendre, celui-là. Dès que j'en aurai l'occasion, je vais utiliser ma carte Sabrina sans la moindre culpabilité. La reine va le faire se prosterner, à n'en pas douter, et je jouirai de ce spectacle.

– Sur ces bonnes paroles, dit-il, je m'en vais voir tous nos clients pour récupérer les sablés avant qu'ils les vendent, et je vais présenter nos excuses en personne. En chemin, je vais appeler notre fournisseur et lui demander pourquoi il nous livre du sel dans un sachet de sucre. Je prévois une belle compensation d'excuse, ça paiera celle qu'on offrira à nos clients.

– On refait les sablés, du coup ? demande Romy.

– Non, toi, tu retournes au marché avec Jade. Elle doit être en galère, la pauvre. Sid va les refaire.

– Tu t'es pris pour le boss ? demande Layla, me devançant.

– Il faut bien qu'il y en ait un, et je suis le plus responsable de nous cinq.

Tout le monde répond en même temps que c'est faux. Nous sommes piqués au vif, mais il s'en moque. Il remet son manteau et se dirige vers la porte. Sur le seuil, il s'arrête et regarde le sol. Ensuite, il me pointe du doigt, puis Layla.

– Nettoyez la neige que vous avez mise partout, ça glisse ! Je dois déjà me taper les décorations de Noël, je ne vais pas en plus vivre dans la poudreuse fondue !

Il claque la porte en partant. Layla me regarde en arquant les sourcils. Je pense à la même chose qu'elle.

– Il est au courant que c'est lui qui en a foutu partout ? dis-je.

– Je vais aller en chercher dehors et lui en mettre sous son oreiller, ça lui fera les pieds ! s'exclame-t-elle.

– La neige devient de l'eau, lui rappelle Romy en pointant le sol de notre entrée du doigt.

– C'est ça qui est drôle, répond Layla avec un grand sourire.

La revoilà, ma femme enfant que j'aime tant, celle qui a le plus beau sourire du monde. Elle est de retour, et mon cœur en est plus qu'heureux. Enfin, il peut recommencer à battre normalement.

Mais ce n'est pas le moment de m'extasier, il y a du pain sur la planche !

CHAPITRE 10

LAYLA

Je suis épuisée. À écrire en lettres capitales sur ma pierre tombale parce que je le suis vraiment et que je vais sûrement bientôt mourir si je ne me pose pas immédiatement. Je ne veux pas mourir avant Noël…

J'ignorais que cuisiner pouvait être aussi éreintant. Quand je pense qu'il y a des gens qui font ça midi et soir pour se nourrir. Heureusement que j'ai un Sidney dans ma vie, sans quoi, je m'alimenterais exclusivement avec des conserves.

On a réussi à refaire tous les sablés et on a même fait quelques bonshommes en pain d'épice en plus en guise d'excuse. J'en ai mangé deux – ou douze, je ne suis plus sûre –, et je peux affirmer qu'ils étaient parfaitement sucrés et délicieux ! Levy est repassé en coup de vent pour tout récupérer. Je lui ai demandé ce qu'il avait fait des produits invendables, s'il les avait jetés, il a répondu que même s'ils étaient salés, certaines personnes étaient ravies de pouvoir manger au moins ça. Pas de gaspillage, jamais avec lui. Je ne sais pas trop à qui il les a donnés, mais qu'importe. Nos clients ont reçu les bons produits, notre fournisseur nous a fait cadeau de plusieurs kilos de sucre pour se faire pardonner son erreur, et tout va pour le mieux dans le meilleur des mondes.

Cela vaut bien la fatigue que je ressens. Cette entreprise vaut tous les sacrifices, absolument tous.

Il est bientôt vingt-trois heures, le match va commencer. Je me laisse tomber dans le canapé, écrasant sans remords le coussin sous mes fesses. Je déforme les sucres d'orge cousus dessus, mais ça m'est égal. J'aime ces trucs en vrai, dans ma bouche ; si ce sont des faux, je peux bien les abîmer.

Lorsque je remarque que Sidney n'est pas à mes côtés, je me redresse. Je prends appui sur l'accoudoir et le vois en train de nettoyer la cuisine.

– On le fera à la pub, viens regarder le match.

– Je préfère ranger maintenant.

– Mais personne ne rentre, ce soir. Romy et Jade dorment chez les parents de Jade, et Levy passe la nuit on ne sait où, ça peut attendre.

– Lance la télé, j'arrive.

– T'es vraiment maniaque, soupiré-je.

Il est incapable de laisser la pièce en désordre, pas même quelques minutes. C'est fou comme on est différents sur ce point. Moi, je peux sans mal garder ma chambre sens dessus dessous pendant des semaines ! Et même à vie, je n'y vois aucun inconvénient. C'est un bordel organisé, je sais où trouver mes affaires.

– Quand on montera notre café, tu seras cuisinier et agent d'entretien à la fois, je t'achèterai deux tabliers exprès !

Il rit en s'essuyant les mains sur son tablier, justement. Quand j'écrase les sucres d'orge, lui mouille le visage d'un renne marron qui a des boules dorées et blanches accrochées à ses bois. Un Sidney de Noël qui va parfaitement avec l'ambiance actuelle de notre appartement ! Lorsque nous aurons notre café, il faudra qu'il le porte en décembre, ça plaira aux clients. À moi, en tout cas, ça me plaît.

Je détourne la tête pour qu'il ne me surprenne pas en train de l'observer, et je me reconcentre mentalement sur notre projet afin de ne pas devenir aussi rouge que le père Noël qui trône maintenant près de notre télévision.

Penser au projet que nous avons de nous installer un jour dans un local pour vendre nos produits me rend toujours heureuse. On voudrait même créer une franchise et aller plus loin que Toulouse. Je rêve de nous établir en Alsace, je tuerais pour vendre nos bûches de Noël dans cette région où cette fête est plus magique qu'ailleurs. Mais il faut y aller pas à pas. Je sais que nous avons encore un long chemin à parcourir avant d'atteindre tous ces objectifs, pourtant j'y crois, nous y arriverons. Je ferai tout pour, et mes amis feront de même. *Au seuil des délices* est le projet d'une vie, notre bébé, nous donnerons toujours notre maximum pour sa réussite.

Finalement, Sidney vient s'installer. Il dépose deux mugs de chocolat chaud sur la table basse, ainsi qu'une assiette avec des sablés en forme de sapin de Noël. Nous en avons déjà grignoté, mais je ne suis jamais contre nos petits délices nocturnes. C'est un autre bonheur de notre rituel de la nuit : boire un chocolat chaud et manger des sucreries en regardant le hockey. Cela contribue à rendre ces instants magiques, et c'est encore plus agréable en décembre, avec notre beau sapin illuminé.

Il s'assied confortablement alors que Louis Jean et Mike Bossy[8] discutent des derniers matchs des Bruins et des Islanders[9] à l'écran. J'adore Mike, je ne sais pas ce qu'il valait sur la glace à l'époque où il jouait pour les Islanders, mais en tant que présentateur, je le trouve génial. Son accent québécois est charmant, en plus.

Je glisse les pieds sous mes fesses et pose la tête sur l'épaule de Sidney. Sur la table basse, une bougie au bois de santal que Jade a fabriquée est en train de brûler à côté de nos mugs.

Je me sens apaisée. La journée n'a pas été de tout repos, entre ma prise de sang et le problème

8. Journalistes et animateurs sportifs québécois à TVA Sports.
9. Islanders de New York, équipe de hockey de la LNH.

de sucre et de sel, mais maintenant que le soleil est couché, que je suis devant le hockey avec mon meilleur ami, tout semble oublié. Je ne me sens jamais aussi bien que lorsque je suis dans le canapé avec cet homme, au cœur de la nuit. C'est comme si la terre cessait un instant de tourner, que plus rien n'existait à part lui et moi. Nous sommes dans notre bulle, une bulle qui me réconforte et dans laquelle je me sens protégée.

Le match est génial, je ne vois pas le temps passer en le regardant. J'ai presque oublié ma fatigue.

Je dois reconnaître que les Bruins sont phénoménaux, et comme les Islanders sont assez forts aussi, le jeu est passionnant. On a de belles mises en échec. Ça ne vaut pas celles de mon Tanev, mais c'est quand même génial.

Je m'excite sur le canapé, crie avec Sidney, ris en voyant Marchand lécher le visage de l'un de ses adversaires – c'est un de ses trucs ; l'ailier des Bruins a sa propre technique pour provoquer l'adversaire et ça m'a toujours amusée, même si ce n'est pas du tout hygiénique –, bois mon chocolat entre deux actions, puis me blottis à nouveau contre mon meilleur ami en serrant le coussin sucre d'orge dans mes bras. L'instant est parfait, les minutes défilent à une vitesse folle. En un rien de temps, le match est terminé. Quatre à deux pour les Bruins, ils ont assuré.

– Je dois reconnaître qu'ils ont géré, dis-je.

– Bien sûr, ce sont les meilleurs.

– Quand les Pens ne sont pas sur la glace, oui.

Sidney tire sur une mèche de mes cheveux. Je le tape sur la cuisse. Je préférais quand il me faisait un massage de la tête pendant le jeu. Ses doigts s'agitaient dans mes cheveux de manière irréfléchie mais douce, de façon à ne pas me faire mal en faisant des nœuds dans mes boucles, c'était vraiment agréable. Je pense qu'il a quand même tout emmêlé, mais ça ne me gêne pas, je devais me laver la tête, de toute façon.

L'écran de la télévision est devenu noir, le live est terminé. Notre appartement est éclairé par les décorations que nous avons installées, les lumières des commerces extérieurs et peut-être un peu par la lune, même si on ne la voit pas à cause du bâtiment en face du nôtre. J'entends des voix à l'extérieur. Il est tard, nous sommes en semaine, mais il y a toujours quelqu'un pour animer les rues toulousaines. Pourtant, je trouve tout calme, assez pour que j'entende la respiration de Sidney, puis la mienne. Cela m'apaise un peu plus, je sens mes yeux se fermer. Et en même temps, il y a comme un feu à l'intérieur de mon corps, aussi puissant que si nous avions une cheminée en face de nous. Quelque chose qui s'est embrasé quand Sidney a repris ses caresses. Il a glissé le long de mes cheveux jusqu'à mon cou et mon épaule dénudée.

Je frissonne, je me sens bien. Je suis déjà à moitié endormie, tout cela n'est peut-être qu'un rêve, mais il est tellement agréable que je ne m'en soucie guère.

– Layla.

– Mh ?

– Tu t'endors ?

– Oui et non.

– Ce que tu dis n'a pas de sens.

– Parce que je dors.

– Tu es incohérente même éveillée, se moque-t-il en chuchotant, comme si quelqu'un pouvait nous entendre.

Je souris intérieurement, mais mon sourire ne gagne pas mes lèvres, sûrement parce que je suis trop fatiguée. Je me serre un peu plus contre Sidney et bouge mon épaule pour lui faire comprendre que je veux qu'il reprenne ses papouilles. Il s'exécute.

– C'est moi qui ai gagné ce soir, c'est toi qui devrais t'occuper de moi.

– La dernière fois que je t'ai massé, je t'ai cassé. Il faut que je demande à ta mère de m'apprendre, dis-je en bâillant.

Comme elle est kinésithérapeute, Julia est très douée pour les massages, je suis sûre que c'est elle qui a appris à Sidney comment les faire. Mon meilleur ami est un fils à sa maman chérie, elle lui a tout appris. André est un super papa, mais il est plus proche de Sabrina. Le père avec la fille, la mère avec le fils. Je ne sais pas si c'est pareil dans toutes les familles, je suis fille unique et ma relation avec mes parents n'est plus si extraordinaire que ça, mais ça marche ainsi dans la maison de mon meilleur ami, depuis toujours.

Je souris à cette pensée. Des souvenirs d'enfance me reviennent et me bercent un peu plus, ajoutant au bonheur procuré par les doigts de Sidney.

– J'ai quand même gagné, tu me dois un truc.

– Qu'est-ce que tu veux ?

– Une vérité, dit-il.

– Laquelle ?

– Celle que tu veux, juste une chose que je ne sais pas.

Il sait presque tout de moi, tout sauf ce que je trouve trop gênant de raconter parce que ça le concerne. Mais la nuit, l'ambiance est différente, elle appelle à la confidence. Je ne sais pas si c'est ce qui me pousse à parler, mais sans trop réfléchir, je lâche :

– J'ai voulu t'embrasser au jardin des Plantes. Sur la bouche, je veux dire.

– Tout à l'heure ? souffle-t-il.

– Non, dans notre souvenir.

Mais maintenant qu'il en parle, j'aime assez l'idée de l'embrasser aujourd'hui, adulte, dans notre lieu préféré. Je nous vois sous cette neige miraculeuse, les yeux dans les yeux, nos visages à quelques centimètres l'un de l'autre…

À quoi est-ce que je pense ?! Et qu'est-ce que je viens de dire ?

D'un coup, je réalise que j'ai avoué une chose que je ne voulais pas du tout qu'il sache. Foutues fatigue et caresses qui m'ont déconnectée de la réalité !

Mes yeux s'ouvrent soudainement et je me redresse. Mieux, je me lève. Je me suis laissée emporter par cette nuit, cette ambiance de Noël si réconfortante, mon sommeil. C'est Morphée qui m'a fait parler. Cet aveu n'est pas important, mais les mots de Sabrina me reviennent. Ils me poussent à douter de mes sentiments, et c'est ce qui me perturbe autant.

En avouant ce désir de baiser passé, je m'aperçois qu'en fait il m'est déjà arrivé de voir Sidney autrement que comme un ami, plusieurs fois, même, et que mon envie de l'embrasser n'est pas si passée que ça. Je crois que j'aimerais l'embrasser, là, aujourd'hui, tout de suite, et cette pensée me terrifie.

– Je vais me coucher, dis-je en passant par-dessus ses jambes.

Les doigts de mon meilleur ami entourent mon poignet, cela m'arrête net dans ma course. Je ne sais pas si c'est parce que je ne parviens pas à l'ignorer ou parce que la chaleur de sa peau contre la mienne me fait un effet difficile à expliquer, mais je ne bouge pas, je ne m'enfuis pas. Je pourrais, j'ai répondu à son souhait, et rien ne me retient ici. Pourtant, je reste.

Je n'ose pas tourner la tête vers lui, je ne sais pas ce qu'il regarde, je ne peux pas décrypter son regard pour savoir ce qu'il pense. Mon cœur bat si fort qu'il doit l'entendre. Je commence à avoir chaud.

– Reste avec moi, exige-t-il d'une voix caressante.

– Il est tard.

Ma réponse n'est qu'un murmure, un refus qui sonne faux parce que je n'ai pas vraiment envie de partir. Je ne sais pas pourquoi j'ai autant envie de rester, pourquoi j'ai le sentiment que je pourrais tuer pour que la main de Sidney ne lâche jamais mon poignet.

J'aimerais dire que c'est parce qu'il est mon meilleur ami, que j'aime être avec lui, que chaque moment en sa compagnie fait partie de mes préférés… Ce serait vrai, mais prétendre qu'il n'y a que ça serait en revanche un mensonge. Quelque chose bat plus fort dans ma poitrine. Depuis quand ? Je crois que c'est depuis cette petite boule jaune qu'il a accrochée pour moi sur notre sapin, depuis que ses lèvres n'ont été qu'à quelques centimètres des miennes, et que mon cœur s'est dit que l'embrasser serait une bonne idée. C'est à ce moment que la folie s'est emparée de moi.

Lentement, les doigts de Sidney glissent vers les miens, entre les miens. J'ai l'impression de prendre feu de l'intérieur. C'est sûrement à cause de ma maladie.

– Ne me laisse pas seul avec mon insomnie.

Cette fois, c'est plus fort que moi, je tourne la tête vers lui. Sa voix est un mélange de supplique et de séduction. Je ne parviens à résister à aucune. Même s'il se joue de moi, qu'il profite de mon inquiétude à son sujet pour me garder près de lui, je m'en moque.

Lorsque mes yeux sont enfin sur lui, je vois son regard brûlant. Mon cœur s'emballe, et sans réfléchir plus, je hoche la tête et viens me rasseoir à côté de lui sans jamais lâcher sa main. Je n'en ai pas envie.

L'écran est toujours noir, l'appartement est toujours silencieux, et j'entends toujours l'organe dans ma poitrine battre comme un fou. Mes mains sont moites, je me demande si Sidney le sent. La sienne est chaude, mais sa peau est sèche, douce, agréable contre la mienne. Aussi agréable que son parfum qui se mêle à celui de la bougie sur la table.

Je suis en train de perdre la tête, je crois.

J'en suis convaincue lorsque je la tourne vers lui et que j'ai l'impression que son regard me transperce. J'ai toujours cette atroce envie de l'embrasser.

Est-ce que Sabrina a raison ? Est-ce que je suis amoureuse de cet homme ? C'est impossible, et pourtant, mon désir me fait douter.

– Ça va tout gâcher, lâché-je malgré moi.

Il sait de quoi je parle, il le sait parce qu'il veut faire la même chose que moi…

– Rien ne peut être gâché.

C'est faux. Notre amitié peut exploser en mille morceaux. Demain, il peut m'abandonner, et je serai incapable de le supporter. L'idée de ne plus avoir Sidney dans ma vie m'est impossible à accepter. Sans lui, je serais perdue.

– Layla, dit-il d'une voix douce.

Je remarque que mes yeux se sont perdus sur nos mains jointes, alors je les reporte sur son visage. Sa bouche me fait toujours autant envie. Je crois qu'il va falloir que je me fasse à l'idée que ce n'est pas un désir passager. Ou peut-être que si. Peut-être qu'une fois ses lèvres goûtées, je pourrai oublier mes folles pensées.

– Il n'y a personne pour nous voir, la nuit gardera notre secret.

– Je n'ai pas peur que les autres sachent.

– Alors quoi ?

– J'ai peur qu'une fois le jour levé, tu regrettes.

Il me sourit. Je ne sais pas à quoi il pense, mais j'aime beaucoup son visage quand il est éclairé d'un sourire. C'est l'air que je lui préfère.

– Ce qu'il se passe dans la nuit reste dans la nuit.

– Comme à Vegas ?

– Voilà.

Dans ces conditions, je peux l'embrasser, pas vrai ? Je ne risque pas de le perdre. Ce ne sera qu'un baiser, comme un jeton misé dont personne ne connaîtra l'existence. Le soleil caché, il n'y a rien pour mettre en lumière ce que nous allons faire, rien pour prouver son existence. Et si cela n'existe pas, cela ne peut pas m'enlever mon meilleur ami.

– Tu jures que ça restera dans la nuit ?

– Je te le promets, ce sera le secret d'une nuit d'hiver, répond-il.

– On n'est pas en hiver, lui rappelé-je.

Il sourit, ne prenant pas la peine de me rappeler que pour lui, s'il neige et s'il fait froid, c'est l'hiver. Ce n'est pas ce qui compte maintenant. La seule chose qui importe, c'est que tout cela sera notre secret.

Je hoche la tête. Je ne sais pas si je lui donne l'autorisation ou si je tente de me convaincre moi-même que tout cela est une bonne idée. Je n'ai pas envie d'y réfléchir, mieux, je m'en moque, parce que les doigts de Sidney glissent le long de mon bras, et que ma peau entière est parcourue d'un frisson. Je vais sûrement regretter de ne pas réfléchir davantage à la question, mais tant pis.

Il caresse mon épaule, mon cou, ma joue. J'ai le sentiment que je manque d'air. Malgré la faible luminosité, je vois sa peau légèrement hâlée glisser sur la mienne, bien plus foncée, et cette vision accélère mon rythme cardiaque tant je la trouve belle.

Je fuis cette scène, mais je tombe sur son beau visage, et cela ne calme absolument pas mon cœur, pas plus que de voir ses muscles se dessiner sous son haut noir qui lui va un peu trop bien. Je l'aimais avec son tablier de Noël, je l'aime autant ainsi vêtu.

Depuis quand me fait-il un tel effet ? Et pourquoi est-il aussi beau et désirable ce soir ? Est-ce la nuit qui m'empêche de le voir comme d'habitude ? J'ai envie de penser que oui, même si je sais que c'est faux, même si je l'ai aussi désiré en journée. Je veux ce baiser, et la seule façon de l'obtenir, c'est de ne surtout pas m'inquiéter de l'avenir. Pour cela, je dois me convaincre que tout restera caché dans l'obscurité.

Mon meilleur ami s'approche un peu plus de moi, assez pour que la paume de ma main puisse se poser sur sa poitrine. Je sens son cœur battre à travers son vêtement, aussi vite que le mien. Nos souffles se mêlent. Le parfum que j'aime tant vient chatouiller mes narines et exciter mes sens. J'ai envie de l'embrasser. Je crois n'avoir jamais autant eu envie de quelque chose dans ma vie. C'est complètement fou.

– C'est OK pour toi ? demande-t-il, alors qu'il n'est plus qu'à quelques centimètres de moi.

Bien sûr que ça l'est. Je crèverai s'il ne m'embrasse pas, c'est une certitude. Qu'il le fasse !

Je hoche la tête, impatiente. Sidney doit l'être aussi, car en un rien de temps, sa bouche se retrouve collée à la mienne. Je sens les gerçures de ses lèvres. J'ai le goût du chocolat qu'il a bu. Son odeur unique, mélange d'*Hugo Boss*, du gel douche boisé et du shampoing sucré qu'il utilise, m'enveloppe. Les lumières de notre sapin se mettent à clignoter alors qu'elles étaient fixes jusque-là, et je me demande si un fantôme nous regarde en ce moment. Mais cela ne m'effraie pas, parce que l'homme que j'aime le plus au monde est en train de m'embrasser, et que je réalise que c'est la chose la plus incroyable que j'aie pu expérimenter jusque-là.

Jamais un baiser n'a fait naître en moi de tels sentiments. C'est comme si Sidney caressait chaque partie de mon corps en même temps, qu'il cajolait aussi mon cœur. C'est extraordinaire.

J'ouvre un peu la bouche, sa langue se glisse à l'intérieur, et c'est une sensation si délicieuse que je ressens le besoin de m'accrocher à quelque chose. Alors je m'empare de ses cheveux, j'enfonce mes doigts dans son crâne pour qu'il n'arrête pas. Il n'a pas le droit. Je ne veux pas que tout cela cesse. J'aimerais qu'il m'embrasse encore des heures, qu'il fasse plus encore.

D'un côté, je me surprends à désirer qu'il me fasse l'amour, de l'autre, sa douceur m'enveloppe, et je voudrais qu'il continue à caresser mes cheveux avec la tendresse dont il fait preuve en ce moment. Je ne sais pas exactement ce que je veux, je suis en feu et toute molle à la fois. C'est insensé.

Tout ce que je ressens l'est. C'est une folie pure, ma tête commence même à penser que Sabrina a raison.

Je ne veux pas qu'un seul baiser, j'en veux d'autres, plus, encore. Je me trompais en croyant que le faire effacerait mon envie, c'est tout le contraire.

Est-ce que je suis amoureuse ?

Je ne veux pas y penser, je ne veux pas prendre peur. Et surtout, je veux que ce baiser soit éternel. Car quand on met un pied au paradis, il devient alors difficile d'en sortir. C'est exactement ce que je ressens, là, mes lèvres contre celles de mon meilleur ami : je suis au paradis.

Tout comme je souhaite que la neige ne cesse jamais de tomber sur Toulouse, je voudrais que Sidney n'arrête jamais de m'embrasser, même si je sais que les deux sont impossibles. Rien n'est éternel, mais tout peut recommencer. Même si la neige cesse, peut-être retombera-t-elle plus tard. Si la bouche de cet homme se décolle de la mienne, peut-être reviendra-t-elle s'y poser ensuite.

Il n'y a rien que je souhaite plus, à cet instant.

CHAPITRE 11

SIDNEY

Mes yeux refusent de s'ouvrir, mes paupières ont bien du mal à se décoller. Je n'ai pas envie d'affronter la lumière du jour. Les rayons du soleil sont faibles, mais je les sens percer. Je ne veux pas me réveiller, j'ai l'impression de ne jamais avoir aussi bien dormi de ma vie. Je me sens bien. Mon dos enfoncé dans le canapé n'est pas de mon avis, mais la chaleur sur ma poitrine me plaît, je ne souhaite pas qu'elle me quitte.

Une légère odeur fruitée, puis fleurie, me chatouille les narines. La vanille vient ensuite me caresser. Les trois notes du parfum que Layla porte depuis des années m'enivrent. Sans ouvrir les yeux, je sais que c'est elle qui recouvre mon corps, elle dégage une telle chaleur que je n'ai pas eu froid de la nuit.

Je glisse ma main sur son dos pour voir si elle s'est couverte, je n'aimerais pas qu'elle tombe malade. Je sens la bordure du plaid lorsque j'atteins ses fesses. Je ne vais pas plus loin, même si j'en ai très envie. Je voulais être sûr qu'elle n'avait pas dormi sans rien, je ne vais certainement pas la peloter quand elle est inconsciente. Je ne me suis pas retenu dans la nuit pour faire ensuite un truc aussi déplacé au petit matin.

Mes yeux s'ouvrent finalement, au moment où les souvenirs me reviennent. Ses lèvres contre les miennes, ses doigts dans mes cheveux, le désir qui nous traversait de part en part. Tout est vif dans mon esprit. J'entends encore la crainte dans sa voix lorsqu'elle s'est demandé si je n'allais pas avoir des regrets au réveil. Si elle savait…

Layla ignore que je suis fou amoureux d'elle, et que même si elle m'utilisait pour me jeter ensuite, je ne pourrais jamais regretter un moment d'intimité avec elle. Jamais. Je m'endors chaque soir en rêvant de l'embrasser, je me réveille chaque matin avec l'envie de la serrer dans mes bras. Et quand ma tête m'empêche de dormir, je n'ai qu'une personne en tête, toujours : elle. Si j'ai refusé qu'il y ait plus que des baisers, c'est seulement pour qu'*elle* ne regrette pas.

Elle n'est pas prête à plus, je l'ai vu dans ses gestes hésitants, ses regards fuyants, la rougeur sur ses joues. Ma meilleure amie ne sait pas où elle en est, elle est confuse, et je ne veux pas en rajouter. Doucement, si elle ressent pour moi ce que je ressens pour elle, elle viendra à moi, et je n'aurai alors plus à tenir ma promesse de garder notre secret dans l'obscurité. Mais pour le moment, la nuit abritera tout ça, tout comme elle a toujours couvé nos moments privilégiés.

J'attends depuis des années, je ne suis pas à quelques jours ou quelques semaines près. Je saurai être patient. Même si le désordre que Layla met dans mon cœur est dur à supporter, pour elle, j'y parviendrai. Pour elle, mais aussi pour moi, parce que j'ai l'espoir fou qu'au cœur d'une nuit d'hiver, la femme dont je suis amoureux depuis si longtemps m'aimera en retour.

Ne voulant pas qu'elle se réveille et ne sache où se mettre, je glisse de sous son corps le plus doucement possible. Perdre sa chaleur me serre la gorge, ou bien est-ce mon amour qui m'étouffe ?

Avec précaution, je dépose sa tête sur le coussin des Pens qu'elle est allée chercher dans la nuit avant qu'on se mette devant un épisode d'*In The Room*. Après notre baiser passionné, il me fallait calmer le jeu si je ne voulais pas déraper, et je n'ai trouvé que son équipe préférée pour lui sortir de la tête l'idée de faire l'amour sur notre canapé. Ce n'est pas que je n'en avais pas envie, c'est qu'au contraire je brûlais de combler le désir que je lisais dans ses yeux, tout en sachant qu'il était encore trop tôt.

J'embrasse le front de ma meilleure amie, toujours endormie. Ça, j'ai le droit.

J'ai le sourire aux lèvres quand je gagne la cuisine avec les deux mugs vides et l'assiette d'hier dans les mains. Je le perds lorsque je fais face à Levy qui sourit aussi, mais pas du tout de la même façon. Pourquoi j'ai l'impression qu'il est toujours là au mauvais moment, celui-là ?

– Bonne nuit ? demande-t-il en faisant glisser une tasse de café vers moi.

– Excellente, réponds-je en m'asseyant au bar, à côté de lui, après avoir tout mis dans le lave-vaisselle.

– Je parie que tu n'as pas beaucoup dormi.

– Ce n'est pas parce que tu passes tes nuits entre les cuisses des femmes qu'on fait tous la même chose.

– Je n'étais entre les cuisses de personne, cette nuit, je tenais les cheveux d'une femme qui avait trop bu, soupire-t-il en perdant son sourire.

Il porte la tasse à ses lèvres au moment où je demande :

– Sabrina a pris une cuite ?

– Elle a surtout eu la bêtise de boire sans manger.

Il relève la tête d'un coup. C'est à moi d'arborer un sourire suffisant. Je l'ai grillé.

– Alors tu vois ma sœur ?

– C'est compliqué. Et toi, tu sors avec Layla ?

– C'est compliqué.

Nous hochons tous les deux la tête. Je sais ce qu'il pense, j'ai la même chose à l'esprit : les femmes sont compliquées.

Sabrina et Layla nous tueraient si elles pouvaient lire dans nos pensées. Heureusement, elles n'en sont pas capables.

– Sortir avec la reine, tu as le goût du risque, dis-je.

– Je n'ai pas dit que je sortais avec elle. Et si oui, je deviens ton roi ?

– Tu rêves. Enfin, si ça t'éloigne de Layla, ça me va.

– Y'a jamais rien eu entre elle et moi, t'es au courant ?

– Vous vous plaisez, le corrigé-je.

– Jade me plaît aussi.

– Elle aime trop Romy ; même si elle est pansexuelle, t'as aucune chance.

– Je n'en voudrais aucune des deux. Une femme peut me plaire sans que je veuille la mettre dans mon lit. À choisir, je prendrais Romy, de toute façon.

– Lesbienne, dis-je en plongeant le nez dans ma tasse.

– Tu me soûles, Sid. Je te dis que je n'en veux aucune, je parle d'un monde hypothétique avec des désirs hypothétiques aussi.

– Qui désire quoi ?

Levy et moi tournons la tête vers Layla qui s'approche de nous en se frottant les yeux. Sans me demander, elle prend ma tasse et boit une gorgée de mon café. Je suis maniaque du rangement, mais pas tellement avec les bactéries. Elle peut même lécher mon mug si elle le veut, nos langues dansaient ensemble il y a quelques heures.

– Levy sort avec Sabrina, dis-je.

– Tu sors avec Queen ?! s'écrie Layla.

– Je n'ai pas dit qu'on sortait ensemble !

– Tu l'as embrassée ? Tu lui as tenu la main ? Tu lui as fait ta déclaration ? demande Layla, excitée comme une puce.

– T'as quel âge, toi ? soupire-t-il.

– Le même que toi, allez, balance, sinon je l'appelle.

Levy pourrait s'énerver, il pourrait menacer ma meilleure amie, ou juste laisser couler, mais ça ne serait pas lui. Cet homme réfléchit vite et prévoit loin.

Sous nos regards perdus, il se lève et s'approche de la table basse. Je m'attends à ce qu'il s'empare des petits paquets cadeaux décoratifs qu'on a mis là et les jette pour nous punir, mais il se contente de prendre nos deux téléphones. Nous le regardons se diriger vers sa chambre avec.

– Qu'est-ce qu'il fait ? demande Layla.

Je hausse les épaules. Je n'en ai aucune idée.

– Mettez-vous au travail. Je vous rendrai vos portables plus tard, quand je serai sûr que vous aurez oublié l'idée absurde d'appeler Sabrina pour vous mêler de quelque chose qui ne vous regarde pas.

Au moment où il ferme la porte derrière lui, nous réalisons qu'il a pris nos téléphones en otage. Si je me dis très vite que c'est absurde parce que je peux toujours aller voir ma sœur à la parfumerie où elle travaille, Layla, plus impulsive, se met à crier :

– Rends-moi mon portable !

Je la vois courir vers la porte de la chambre de Levy et tambouriner dessus en hurlant son prénom et en le menaçant de mille atrocités. Je ris de la voir s'emballer comme ça. Elle n'a plus rien à voir avec la femme qui a passé la nuit dans mes bras, et si je n'aime pas particulièrement l'idée que ce que la lune a vu de nous reste invisible aux yeux du soleil, j'apprécie de constater que notre baiser ne l'a pas perturbée. Pas négativement, en tout cas.

Layla est toujours Layla, la femme de feu dont je suis amoureux.

Je reviens à l'appartement après avoir aidé Levy à apporter des affaires aux filles, qui sont au marché. Il a eu la gentillesse de me rendre mon téléphone, peut-être parce que Layla l'a menacé de choses atroces comme déplacer le sapin dans sa chambre ou accrocher des guirlandes tout autour de son lit, peut-être juste parce qu'il en avait marre de l'entendre crier.

À peine le seuil franchi, une délicieuse odeur de vanille et de cannelle atteint mes narines. Layla est assise par terre, sur le tapis, devant la table basse. Cette dernière est en désordre, comme toujours quand ma meilleure amie travaille. Je vois qu'une bougie brûle sur le meuble télé, juste à côté. C'en est sûrement une que Jade a fabriquée, elle adore ça. Layla a eu l'intelligence de ne pas l'allumer pour la laisser ensuite dans son bazar de papiers. Elle aurait été fichue de faire cramer notre appartement, perdue comme elle semble l'être dans ce qu'elle fait.

Je retire mon manteau et avance pour la rejoindre. Plus je m'approche, plus l'odeur sucrée est puissante. Ça sent Noël. Je remarque que les lumières du sapin sont allumées. Levy ferait une crise s'il voyait ça. Il déteste Noël, et il aime encore moins le gaspillage. Normalement, on allume uniquement le soir, quand il est au lit de préférence – même si, parfois, on lui impose les éclairages. Mais Layla semble s'être mise dans l'ambiance qu'elle aime tellement. Un mug de chocolat chaud sur des papiers, une bougie, les lumières décoratives, et même l'album de Noël d'une musicienne qu'elle apprécie particulièrement ; tout y est. Elle dessine sur une voix masculine qui chante que Noël est la bonne période pour tomber amoureux, elle est complètement prise par ce qu'elle fait.

– Sur quoi tu bosses ?

Elle relève la tête d'un coup. La mine de son crayon se casse sur le papier, et si j'en crois son agacement, ça a fait un trait indésirable.

– Annonce-toi ! Pourquoi tu me fais peur comme ça ? Regarde ce que je vais devoir rattraper !

Je prends la feuille de ses mains, puis je m'assieds dans le canapé pour l'observer. C'est une bûche, j'en suis certain, mais je ne comprends pas ce qu'elle a voulu mettre dessus ni pourquoi elle a cette tête. Layla n'est pas très douée en dessin. C'est une excellente graphiste et elle a énormément d'imagination, mais quand un truc lui passe par la tête, elle me l'explique pour que je le reproduise, ou elle fait un montage sur *Photoshop* pour qu'on puisse saisir son idée.

– C'est une bûche pâtissière ?

– Bien sûr, ça se voit, non ?

– Plus ou moins… dis-je. Mais avec des produits qui se mangent ?

– Bah oui. Regarde, là, c'est de la crème de coco aromatisée à la vanille dans laquelle j'ai dessiné les brisures de glace, et ici, la coco en poudre pour faire de la neige, dit-elle en pointant chaque élément du doigt.

– Et ces trucs au-dessus ?

– Un pingouin et un ours, des animaux de la banquise.

– Lequel est le pingouin et lequel est l'ours ?

Elle soupire, puis elle pointe l'un et l'autre. Je reste un moment à regarder son dessin, l'air sérieux. Elle attend le verdict. Elle veut savoir si son idée est bonne.

Je me tourne vers elle, et avec une voix et un visage neutres, je dis :

– Tu dessines comme un pied.

– Tu me soûles ! hurle-t-elle en attrapant sa pochette à dessin pour me taper avec.

Je ris à gorge déployée. Je n'y peux rien, elle est vraiment nulle, et tellement facile à mettre en colère.

Très vite, je me retrouve allongé sur le canapé avec une Layla à cheval sur moi qui continue à crier et à me taper dessus avec son morceau de carton. J'ai du mal à m'arrêter de rire, mais j'y parviens, au bout de quelques minutes. Je la fais basculer pour me retrouver au-dessus d'elle, ce qui a le mérite de la calmer. Plus de cris, plus de colère. Son visage prend une couleur qui tire vers le rouge. Elle est magnifique, et mon cœur s'emballe quand je prends conscience de notre position.

Je brûle d'écraser mes lèvres contre les siennes, ou au moins de rester là, mon corps au-dessus du sien, à la regarder, mais je sais que je ne dois pas. La nuit n'est pas tombée. Un jour, j'espère ne plus avoir à me soucier de ça, mais pour l'instant, j'ai promis à Layla que ce qui se passait dans la nuit restait dans la nuit.

Je me redresse et m'assieds correctement en attrapant ses chevilles pour les poser sur mes jambes au lieu d'écraser mes fesses dessus. Je reprends son dessin et le détaille à nouveau afin de lui laisser le temps de se remettre. Si son cœur bat ne serait-ce que moitié moins vite que le mien en ce moment, elle doit craindre d'être partie en crise de tachycardie. Je la laisse se tranquilliser.

Après un court instant, Layla s'installe correctement et dit :

– Je voulais faire un truc pour les anti-Noëls comme Levy.

– Ta bûche fait très Noël.

– Non, elle fait hiver, pas Noël. Pas d'étoiles, pas de sapin, pas de paquets ou de truc *kitsch* comme on aime et qu'on met partout. C'est plus sobre.

– Ah bah c'est sûr, ton dessin ne ressemble à rien, c'est sobre, me moqué-je.

– Tu m'énerves !

Je ris en attrapant son poignet avant qu'elle ne me frappe une nouvelle fois. Cette brute ne me fera pas mal, pas plus qu'elle ne pouvait me blesser lorsqu'on était enfants – j'ai toujours été plus grand et plus costaud qu'elle –, mais je ne veux pas qu'on reparte dans une bagarre de gamins qui finira mal pour moi. Si je me retrouve encore au-dessus d'elle, c'est sûr que je l'embrasse, cette fois.

– Pourquoi un produit pour les gens qui n'aiment pas Noël ? demandé-je, tentant de me reconcentrer. On vise plutôt un public qui aime cette fête.

– Justement, je pense qu'on devrait élargir notre clientèle. On peut complètement axer la communication autour de ça. J'ai fait un plan à ce sujet, tiens, dit-elle en me tendant une autre feuille.

Vu la quantité d'informations et d'idées, elle doit être sur ce projet depuis des heures. Là, je vois le nom qu'elle a donné à cette bûche.

– Bens ? m'étonné-je.

– Les Pens et les Bruins, répond-elle en haussant les épaules.

– C'est une bûche pour nous, ça !

– Pas assez Noël pour nous, mais je voulais qu'elle ait un lien avec toi et moi, dit-elle en détournant la tête, gênée. Tu voulais qu'on fasse un truc ensemble, bah voilà. J'ai l'idée, tu la concrétises.

– Qui a dit que j'allais la concrétiser ?

– Moi.

Je ris et elle aussi parce qu'on sait tous les deux que je vais le faire, je ne peux pas prétendre le contraire.

– Je te suis dans le projet, mais il faut que je refasse le dessin avant. Si on le propose comme ça aux autres, ils vont dire non.

– C'est une bûche pour ceux qui n'aiment pas cette merveilleuse fête de fin d'année, ceux qui n'ont donc aucun goût, Levy va forcément dire oui.

– Les finances avant tout, faut que ça lui en mette plein la vue et qu'il soit sûr que ça se vendra. T'as bien vu comment il a réagi avec celle à la vanille et à la châtaigne.

– Le mieux, c'est que tu la fasses, pas juste en dessin, répond-elle. J'ai mis uniquement des ingrédients qu'on a déjà. Je ne sais pas pour les quantités, je te laisse gérer, mais on a tout. J'ai prévu le coup, pas de dépenses supplémentaires.

– Maligne.

– Bien sûr, répond-elle en souriant, fière d'elle.

– Tu bosses dessus depuis longtemps ?

– J'y réfléchis depuis que tu m'as parlé de cuisiner ensemble hier, mais je m'y suis vraiment penchée ce matin, pendant que tu cuisinais. J'ai continué quand vous êtes partis au marché avec Levy. Je me suis mise dans l'ambiance, et voilà !

– Quelle ambiance ? demandé-je en riant. Tu fais un produit pour ceux qui n'aiment pas Noël en te mettant dans l'ambiance de Noël, toi ?

– Bien sûr ! Fallait que je contrebalance. Je vais contre mes convictions en faisant un produit pareil !

Contre ses convictions, au moins… Layla exagère toujours, mais c'est aussi ce qui fait son charme.

S'il n'y avait que ça… Tout est charmant chez elle, et même ce qu'elle tente de cacher, comme le fait qu'elle prépare ce produit pour faire plaisir à Levy. Bien sûr, elle pense à l'entreprise, et son idée d'atteindre une autre clientèle est pertinente, mais dans son cœur, c'est à notre ami qu'elle pense. Enfin, j'espère que pour elle aussi, c'est un ami…

– Bon, on s'y met ? demandé-je, pour vite chasser ma jalousie.

– C'est parti !

– Arrête, tu en fous partout, tête de chips !

– Mais non, répond-elle, l'air innocent.

– Mais si !

Elle met un désordre sans nom dans la cuisine, elle va me rendre fou. Il y a de la farine jusque dans ses cheveux. Elle est plus blanche que si elle était restée trois heures sous la neige.

Pourquoi elle a ressorti la farine, de toute façon ? On n'en a plus besoin ! J'essaie de lui apprendre à faire une meringue pour qu'on puisse façonner l'ours et le pingouin.

– Pourquoi t'as repris la farine ?

– Il n'en faut pas pour la bûche ?

– Si, mais on a fini cette partie. Là, on fait les meringues pour la décoration.

– On en aura peut-être encore besoin après.

– Si c'est le cas, on la sortira après ! Et pourquoi t'en as déjà mis partout puisqu'on ne s'en sert pas ?

– Je voulais fariner le comptoir.

Je cligne plusieurs fois des yeux. J'essaie de comprendre, vraiment, mais le désordre dans la pièce m'en empêche. Je ne parviens pas à me concentrer. Normalement, Layla n'a pas de secrets pour moi, mais là, je bloque.

– T'as cru qu'on faisait une pizza ? lâché-je.

– Je sais pas, laisse-moi tranquille !

– Arrête de foutre le bordel alors !

– Sidney…

J'inspire et expire pour ne pas exploser.

– Quoi ? demandé-je, d'une voix plus calme.

– T'es chiant.

Je vais la tuer. Elle a de la chance que je l'aime trop pour ça. Je ne supporte pas le désordre, pas dans mes espaces, et la cuisine en fait partie. C'est mon domaine. J'aurais forcé Romy et Levy à nettoyer en leur mettant des coups de torchon – Jade n'aurait jamais mis un tel bazar, elle est trop prévenante et m'aurait épargné –, mais comme c'est elle, je ne dis rien. Je suis le plus faible de tous les hommes.

Les yeux fermés pour ne pas voir les dégâts, je recommence à inspirer et expirer lentement. J'ai réussi à affronter la chambre de Layla, je peux supporter que son désordre vienne jusqu'à la cuisine. J'y crois. Je dois prendre sur moi. Je n'ai qu'à me concentrer sur le joli sapin qu'on a décoré. J'ai posé chaque guirlande avec minutie pour que le rendu soit parfait, même si Layla m'a fait modifier quinze fois les choses. Il est magnifique, parfait, pas en bordel, lui…

Soudain, je sens quelque chose toucher mon visage, comme de la poussière. Lorsque je tourne la tête, je vois le sourire de Layla. Elle attrape une nouvelle poignée de farine qu'elle me jette encore au visage.

Elle est morte, cette fois, c'est sûr, elle y passe.

Je me jette sur elle, mais elle s'échappe en courant. Je la pourchasse dans tout l'appartement en menaçant de la transformer en meringue, ce qui est absurde et impossible, mais ça la fait rire, et moi avec. J'ai de la farine sur tout le visage et les vêtements, ça me rentre à moitié dans les yeux, je suis en train d'en mettre partout en courant après cette tête de chips, et pourtant, je ris. Comme un idiot, je ris.

Je finis par attraper Layla. J'entoure son corps de mes bras. Ses fesses se retrouvent collées à mon bas-ventre, et j'oublie pourquoi je la pourchassais à la base et tout le mal que je voulais lui faire. Je crois qu'elle l'oublie aussi. Je sens son cœur battre contre mon bras.

Ce n'est pas la nuit, je ne dois pas. Pourtant, j'ai une atroce envie de plonger mon visage enfariné dans son cou pour parsemer sa peau de baisers…

– C'est quoi ce bordel ?

– Levy, on a eu une nouvelle idée !

Juste comme ça, Layla se défait de mon emprise et trottine jusqu'à notre ami qui hallucine devant notre état et celui des lieux.

– C'est quoi l'idée, blanchir notre appart ? Gaspiller la farine ?

– Non, une bûche de Noël pour les gens qui n'aiment pas Noël. On va aller chercher une nouvelle clientèle, celle qui est comme toi, sans goût ! On est en train de faire les meringues.

Il lève la tête vers moi, il est perdu. Layla lui donne trop d'informations en même temps. Elle ne le laisse pas parler ou répondre, il n'a même pas l'occasion de s'énerver contre elle. Elle lui montre l'ours et le pingouin en meringue que j'ai faits, puis le dessin que j'ai réalisé en partant du sien. Elle parle, parle et parle encore.

– Stop, dit finalement Levy. On validera le projet quand vous l'aurez terminé. Je ne vends pas juste des meringues.

– Elles vont sur la bûche.

– J'ai compris, enfin… je crois. Qu'importe, arrête de mettre de la farine partout, finis ta bûche et on en reparle après.

– Tu vas l'adorer ! On l'appellera Bens !

Notre ami cligne plusieurs fois des yeux, moi, je ris. La tornade Layla est passée. Il a beau avoir l'habitude, il peine à rester debout.

– Je demande ? me questionne-t-il.

– Non, réponds-je en riant.

– C'est pour les Pens et les Bruins, pour Sidney et moi !

– Je n'ai pas demandé… soupire Levy.

– Je te le dis quand même !

Elle est beaucoup trop excitée, c'est toujours comme ça quand elle se lance dans un nouveau projet. Elle sautille presque.

Levy porte une main à son front ; la migraine pointe le bout de son nez. Par chance, Layla est à fond sur son idée et retourne vers le comptoir en me criant :

– Allez, Sid, on continue !

Je souris comme un idiot en me dirigeant vers elle. Levy s'avance dans ma direction pour regagner sa chambre. Nous nous croisons à mi-chemin.

– T'as de la farine partout.

– Je sais.

– T'acceptes n'importe quoi d'elle.

– Je sais, répété-je.

Il hésite à me dire que je suis con. Ça aussi je le sais. Je le connais depuis un moment, et il me dit toujours que l'amour m'a rendu idiot. Ce qui est absurde, parce qu'il m'a toujours connu amoureux – je l'étais de Layla avant de faire la connaissance de Levy.

Finalement, il se contente de sourire.

Il ne fait pas de remarque supplémentaire sur le gaspillage ou le désordre dans l'appartement. C'est étrange…

Je rejoins Layla. Elle a un visage radieux. De mon pouce, j'efface la farine qui tache la peau brune de sa joue. Elle en a aussi dans les cheveux, sur le nez, dans le cou et sur ses vêtements, mais je me contente d'effacer cette trace-là. Si je pose mes mains ailleurs, je sais que je vais faire une bêtise. Depuis hier soir, j'ai l'impression que c'est devenu plus dur pour moi de ne pas la toucher.

Ses yeux sombres sont dans les miens. De nouveau, l'ambiance change, et de nouveau, Levy casse tout :

– Vous paierez pour la farine gaspillée ! Et vous rangez tout le bordel que vous avez mis ! On dirait de la neige, j'en peux plus de tout ce blanc…

Je me disais aussi que c'était bizarre qu'il ne dise rien…

Il claque la porte de sa chambre. Layla et moi nous regardons, puis nous observons l'appartement. Il y en a vraiment partout. Bizarrement, je ne me sens plus si agacé que tout à l'heure à ce sujet, pas même oppressé. Je me mets à rire, comme un gamin. Ma meilleure amie me rejoint dans mon délire.

Lorsque je parviens à me calmer, je réalise que c'est grâce à Layla que je réussis doucement à accepter ce qui m'était insupportable avant et faisait de ma vie un enfer. Moi qui ne pouvais pas entrer dans une pièce désordonnée sans sentir la panique m'envahir… Elle a tout changé.

J'attrape sa nuque de ma main et l'approche de moi pour embrasser son front. Tant pis si je ne dois pas la toucher, je le fais quand même.

– Merci, tête de chips, murmuré-je.

Elle ne relève pas le surnom, elle ne demande pas de quoi je parle, elle se contente de poser sa main sur ma poitrine et de laisser mes lèvres réchauffer sa peau.

J'ai le cœur qui bat à cent à l'heure, elle doit le sentir.

Pourvu que ça ne la fasse pas fuir…

CHAPITRE 12

LAYLA

À peine réveillée, je pense à Sidney. La nuit précédente, que j'ai passée dans ses bras, me revient en mémoire. J'ai le sentiment d'avoir encore le goût de ses lèvres sur les miennes. Je sens la chaleur de son corps comme s'il était là, dans mes draps. Pire, je regrette d'être allée me coucher dans ma chambre hier. Je n'ai pas osé lui demander de passer encore la nuit avec moi dans le canapé parce qu'il n'y avait pas de match, et il ne me l'a pas proposé non plus, alors je me suis enfermée dans mon antre une fois notre film de Noël terminé et j'ai tourné et viré jusqu'à trouver le sommeil. Pourtant, je crois que j'aurais aimé dormir avec lui…

Il me semble que j'ai rêvé de lui, de sa bouche contre mon front, de son visage enfariné et de son rire que j'aime tant. C'est sûrement pour ça que je pense encore à lui au réveil.

Si mon cœur ne cesse pas de battre aussi fort, je vais finir par l'arracher de ma poitrine et sauter à pieds joints dessus pour qu'il se calme ! Ça devient n'importe quoi. On dirait une adolescente qui découvre l'amour, mais je connais Sidney depuis toujours, tout cela n'a pas de sens.

Je repousse ma couette, agacée. Il faut que je me lève, prenne mon petit déjeuner, ouvre la case du jour de mon calendrier de l'avent et avale mes cachets. Après ça, je serai réveillée et j'arrêterai de me comporter comme une gamine amoureuse.

Une fois dans la cuisine, je découvre une assiette de viennoiseries. Sur un pain aux raisins, il y a un pingouin en meringue. Je sais que c'est un coup de Sidney. Je croque la sucrerie et emporte mon assiette sur la table basse du salon. Je reviens sur mes pas pour ouvrir le tiroir en bois de mon calendrier et découvrir une truffe au chocolat noire qui cache des éclats de noisette – je le sais en croquant dedans. Quel délice…

Je vais ensuite chercher mon ordinateur, mes papiers et mon matériel. Je ne veux pas attendre une minute de plus pour travailler sur notre projet.

Nos amis l'ont validé hier en découvrant la bûche finale. Levy a dit que nous pouvions la proposer à la vente, comme l'autre, si je faisais une bonne communication autour, alors je vais lui proposer un plan sans défaut. Nos Bens envahiront Toulouse, foi de Layla !

Je suis convaincue qu'il y a un marché à prendre ici, encore plus avec la neige qui nous fait le plaisir de tomber cette année. Même si les gens ne sont pas fans de Noël, ils ne peuvent pas détester l'hiver ; ce produit leur fera forcément envie. Il faut juste que je réfléchisse aux emballages. On a nos boîtes traditionnelles floquées de notre logo, mais elles sont trop simples pour ce magnifique produit de saison. On a aussi celles avec notre logo modifié, que Sidney a redessiné avec des bonshommes en pain d'épice et des sucres d'orge, mais ça fait trop Noël pour notre bûche Bens.

Conclusion, il va falloir qu'il reprenne ses crayons pour en créer une troisième version, avec des flocons de neige, peut-être, ou de la poudreuse qui pourrait avoir l'allure du sucre, histoire qu'on reste quand même dans le thème de notre entreprise… S'il me fait le modèle, je n'aurai plus qu'à le refaire sur ordinateur et sortir des autocollants à mettre sur les boîtes. Un peu de fil de jute pour fermer le tout, un ou deux flocons en papier accrochés avec notre carte de visite, et ce sera parfait, tant la boîte que le produit !

Je voudrais aussi proposer nos nouvelles bûches au format miniature, un peu comme la déclinaison que Romy a faite du foie gras. Un plateau de bûches pâtissières aux goûts variés ravira les jeunes qui ne font pas un repas traditionnel et choisissent de dîner debout autour d'un grand apéritif. Ce sera parfait pour eux.

La bouche pleine d'un morceau de croissant délicieux, je tape sur les touches de mon ordinateur. J'ai les doigts couverts de beurre. Sidney ferait une crise s'il voyait ça, et l'idée me fait sourire.

Je le perds quand je vois l'écran de mon portable s'allumer et qu'une photo de ma mère s'affiche. Elle m'appelle, et je sais qu'elle n'aura rien de gentil à me dire. Elle m'aime, je n'en doute pas, mais elle ne me comprend pas et me blesse sans même s'en rendre compte.

Aujourd'hui, je n'ai pas la force de supporter ses reproches. Je ne veux pas l'entendre dire que je suis irresponsable, que je suis une gamine inconsciente qui rêve trop et va tomber de haut. Mon cœur est à notre nouveau projet, quelque chose que Sidney et moi avons créé ensemble avec notre ami en tête. Cette bûche au nom spécial est la preuve que des gens comme Levy et moi, si différents, peuvent s'accepter et s'aimer profondément. Ce tout petit truc a beaucoup de sens pour moi, et j'y mettrai toute mon énergie pour que cela réussisse, pour qu'*Au seuil des délices* continue à évoluer, pour rendre fiers mes amis à défaut de réussir à rendre fiers mes parents.

Je ne laisserai pas ma mère me miner le moral. Elle peut penser ce qu'elle veut, je continuerai à me battre pour notre entreprise, à me donner à fond pour réaliser mes rêves.

Je tourne le téléphone pour ne plus voir son visage. Je fuis, tant pis si cela confirme ses pensées. Je n'ai pas l'énergie nécessaire pour l'affronter.

– Salut, toi.

Je tourne la tête vers la douce voix qui vient de s'élever derrière moi. Un sourire me vient aux lèvres quand j'aperçois mon adorable Jade dans sa grenouillère *Stitch*.

– Tu es trop chou, dis-je en poussant un petit cri strident.

Je l'entends rire, puis je la vois s'asseoir à côté de moi. Elle me remercie, mais elle n'en dit pas plus.

Chaque fois qu'elle est dans cette tenue, je lui fais la même remarque. C'est rare que j'aie la possibilité de la voir en pyjama, elle est souvent déjà au marché quand je me lève. D'ailleurs, pourquoi elle est là ?

– Tu n'es pas au marché ? demandé-je.

– Sidney a pris ma place.

– Il va faire fuir les clients en leur disant de ne pas toucher et de ne pas mettre notre stand en désordre.

Jade rit à ma remarque qui est pourtant très vraie, puis elle se penche vers mon ordinateur sur lequel s'affiche le visuel que je suis en train de préparer. C'est un modèle de ce que j'ai en tête pour que Sidney le dessine plus facilement ensuite.

– C'est pour le nouveau produit ? demande-t-elle.

– Yep ! T'en penses quoi ?

– Ça a l'air bien, ça ne fait pas trop Noël, juste hiver. J'avais peur que tu veuilles vraiment la jouer anti-Noël.

– Je ne vais pas mettre un père Noël pendu ou des sapins décorés avec des têtes de mort.

– Je pensais plutôt à un truc avec des fleurs, du soleil ou quoi, répond-elle en riant.

– Dans certains endroits du monde, il fait chaud à Noël ! Tiens, c'est à exploiter, ça aussi, des spécialités d'ailleurs…

– Je vois ton cerveau chauffer.

Elle a raison, de nouvelles idées me viennent. Je visualise des images, des choses à manger, un nouveau public à viser. Mon cerveau est en ébullition. Il faut que je me concentre sur le projet actuel, je m'égare trop facilement.

– Focus, Layla ! criai-je en me tapant sur les joues.

Jade rit. Je l'adore parce qu'elle ne me juge jamais pour ce que les autres trouvent bizarre. C'est la plus douce et adorable de toutes les personnes. Parfois, j'envie Romy de l'avoir pour petite amie, puis je me souviens que je ne suis pas attirée par les femmes et que je ne pourrais de toute façon pas l'avoir dans ma vie autrement que comme copine. C'est une amie géniale, alors ça ne fait rien !

– Tu bosses dur depuis hier, me dit-elle.

– Je suis à fond, je sens que ce produit peut marcher !

– Tu es toujours à fond ! répond Jade en riant.

– Je suis d'un naturel passionné.

– Et déterminé. Tu ne lâches jamais rien.

– C'est bien, non ?

– Ça l'est, confirme-t-elle. Je me demande juste d'où tu tiens ça.

– De Sidney Crosby ! m’écrié-je.

– Ton joueur de hockey ?

Je hoche la tête vivement, un grand sourire barrant mes lèvres. Je ne parle pas souvent de lui avec Jade, je ne lui parle pas de hockey non plus parce qu’elle n’y comprend rien. Elle ne voit même pas le palet à l’écran, du coup, elle s’ennuie devant les matchs. Elle a bien essayé d’en regarder avec moi, intéressée par ma passion, et avec au cœur l’envie de me faire plaisir, mais ça ne l’a pas fait. Quand j’ai vu qu’elle n’appréciait pas, je lui ai dit d’arrêter. J’étais touchée qu’elle fasse ça pour moi, mais le simple fait qu’elle accepte ma passion sans la comprendre et qu’elle m’écoute quand j’ai envie d’en parler, alors même qu’elle ne saisit pas les tenants ou les aboutissants de mes propos, c’est déjà la plus belle preuve d’amitié qu’elle peut me donner.

– Crosby avait déjà des patins aux pieds à deux ans et demi, tu sais ?

– C’est possible ?

– Apparemment, mais ce mec est capable de l’impossible, alors je ne sais pas si c’est courant. Depuis tout petit, il sait qu’il veut jouer au hockey, c’est sa passion, et il n’avait qu’un objectif, un désir : devenir joueur de hockey professionnel. Il a tout fait pour réaliser ce rêve, et je peux te dire qu’il a galéré.

– Pourquoi ça ?

– Parce que les gens ne croyaient pas en lui. Il a dû faire mille détours avant de se retrouver à la LNH. Il a travaillé encore et encore, il a mis de côté les critiques, toutes les remarques des gens qui oubliaient son talent et son travail acharné pour pointer uniquement ses erreurs. Et à dix-huit ans, il a intégré l'équipe des Pens, aux côtés de Mario Lemieux.

– C'est quelqu'un de connu ?

– L'un des plus grands joueurs de hockey !

Jade hoche la tête, m'invitant à continuer. Je ne me fais pas prier, parler de mon idole est un réel plaisir, je ne m'en lasse jamais.

– Crosby a changé le hockey. Ils ont beau l'avoir critiqué pour diverses raisons absurdes comme son physique qu'ils jugeaient trop fragile, il a créé un nouveau jeu. Avant, tout était dans la violence sur la glace, mais lui, il n'avait pas la carrure nécessaire pour s'imposer comme ça, alors il a réinventé le jeu. Il s'est montré plus rapide, plus intelligent. Il a forcé les autres joueurs à évoluer pour être à son niveau. Le hockey d'aujourd'hui n'existerait pas sans lui, c'est une légende !

– C'est une vraie légende ou il l'est uniquement pour toi ? demande mon amie, sans aucun jugement.

– Il l'est, ce n'est pas juste une invention de mon esprit, promis. Il fait partie des meilleurs joueurs de la LNH, et de mon point de vue, c'est le meilleur de sa génération. Les statistiques pourraient dire autre chose parce que les professionnels se concentrent sur le nombre de buts ou de passes décisives, mais si tu prends tout en compte, tu ne trouveras pas un joueur aussi complet que Sidney Crosby. C'est un excellent capitaine, mais c'est surtout un excellent joueur. Il a les yeux partout, il se déplace avec rapidité et intelligence. Plutôt que de tirer la couverture à lui en essayant de marquer le plus possible, il préfère mettre ses coéquipiers en avant en leur faisant des passes complètement dingues. Je me souviens du match où il a passé le palet entre ses jambes et…

– Layla, me coupe Jade.

– Oui ?

– Tu m'as perdue.

– Pardon ! réponds-je en riant. Ce que je veux dire, c'est qu'il est exceptionnel. Il ne se repose pas sur ses lauriers, il réfléchit toujours à une façon d'améliorer son jeu. Il met de côté les remarques des médias ou des fans, il se concentre sur son objectif : être un bon joueur de hockey, jouer de bons matchs. Il travaille dur pour ça, au quotidien. Parfois trop, il a fait plusieurs mois de matchs avec une commotion cérébrale, ce qui aurait pu lui coûter sa carrière et sa vie…

– Et c'est ton modèle.

Je hoche la tête.

– J'ai énormément d'admiration pour lui, et chaque fois que je le vois sur la glace, je me dis que je dois prendre exemple, ne pas écouter mes parents et continuer à travailler dur pour réaliser mes rêves.

Jade me sourit tristement. Je m'empêche de regarder vers mon téléphone, face cachée contre la table. Mon cœur se serre quand je pense à mes parents qui ne croient pas en moi. J'ai toujours autant de mal à accepter que les personnes que j'aime le plus au monde, et qui devraient m'aimer tout autant, aient si peu d'estime pour moi. C'est vraiment douloureux…

Mon amie écarte les bras, m'invitant à venir me blottir contre elle. Elle sait combien tout cela est difficile pour moi.

Je ne me fais pas prier. Je saute sur le canapé et me serre contre elle pour une étreinte réconfortante. Jade fait les meilleurs câlins du monde. Non, Sidney fait les meilleurs câlins du monde, mais ceux de mon amie viennent juste après. Ils sont doux et chaleureux, comme Noël. Lui, il a des bras musclés qui sont rassurants, et je m'apaise toujours en entendant son cœur battre contre moi.

Je sens mes joues rougir en pensant à mon meilleur ami et je suis heureuse que Jade ne puisse pas voir mon visage. Je ne me sens pas encore prête à lui parler de ce que Sid et moi avons fait, de ce que nous referons sûrement, et de tout ce désordre dans mon cœur. Pour l'instant, cela restera un secret enfoui dans la nuit.

– Enfin à la maison !

Je tourne la tête vers la porte et souris en apercevant Sidney. Il est tard, le ciel est déjà noir. Il a l'air au bout de sa vie. Il adore le marché de Noël, mais une heure, pas plus, et pas quand il est derrière un stand. Il y a trop de monde, trop de bruit. Mon meilleur ami préfère le calme de notre appartement pour travailler tranquillement. Et s'il aime le froid, il n'est pas friand des journées entières en extérieur en cette saison. Son nez est tout rouge, le pauvre…

– Pourquoi t'as pris la place de Jade ? demandé-je en fermant mon ordinateur.

Je m'étire. J'ai passé la journée assise par terre à travailler sur divers projets, je suis à moitié bloquée d'à peu près partout. Je n'ai qu'une envie, dormir. S'il n'y avait pas un match ce soir, je plongerais maintenant.

– Elle s'est disputée avec Romy. Tu ne les as pas entendues, ce matin ?

J'écarquille les yeux et me fige, les bras en l'air. Sidney rit et vient me remettre dans une position normale.

– Non, et Jade ne m'a rien dit… soufflé-je.

– Elle n'a pas dû vouloir t'inquiéter. Je n'aurais rien su si je ne m'étais pas levé pour voir ce qui se passait.

– Mais j'ai passé la journée avec elle, je l'ai soûlée une heure avec Crosby, et elle n'a pas mentionné cette dispute une seule fois.

Et je n'ai pas demandé si ça allait, alors que j'aurais dû. Si j'étais moins prise par mes délires et que je n'étais pas si centrée sur moi-même, je remarquerais quand mes proches vont mal.

Jade a passé la journée dans sa grenouillère à boire des chocolats chauds et à manger les restes de notre pain d'épice qu'elle affectionne tellement. Elle n'est pas allée au marché. Elle n'a pas chanté non plus, elle qui adore remplir l'appartement de chants de Noël, quand Levy n'est pas là. Tout ça, ce sont des signes que j'aurais dû voir !

– Pourquoi tu lui as parlé de Crosby ?

– Longue histoire, réponds-je en secouant la main. Qu'est-ce qui s'est passé ?

– Je n'en sais rien, ça a crié ce matin, et quand j'ai vu qu'un truc clochait entre elles, j'ai proposé de remplacer Jade au marché. Je n'ai rien demandé de plus.

– Tu aurais dû !

– Ou pas. Ça avait l'air assez tendu comme ça. Et tu ne demanderas pas non plus. Ce ne sont pas nos histoires.

– Mais on doit être là pour nos amis ! m'écrié-je.

– Oui, mais ça ne veut pas dire qu'on doit se mêler de leurs histoires ou les obliger à parler. Layla ! crie-t-il quand il me voit partir en direction de la salle de bains.

J'entre sans frapper. Ce n'est pas correct, mais je sais que c'est Jade qui y est. Elle est devant le miroir en train de mettre de la crème sur son visage. Ses yeux sont écarquillés.

– Tu as besoin des toilettes ? demande-t-elle.

Elle ne se fâche pas alors qu'elle pourrait, elle fait ce qu'elle fait toujours : me faire passer avant elle.

J'adore et déteste ça en même temps. J'aime qu'elle soit toujours aussi gentille avec moi, compréhensive et patiente, mais je me déteste de me laisser porter par son grand cœur et de ne même pas remarquer quand elle ne va pas bien.

Les yeux humides de ma culpabilité, je me jette dans ses bras. Elle me serre contre elle, et une fois de plus, elle fait preuve d'une amitié sans faille en me demandant :

– Qu'est-ce qui ne va pas, Layla ?

– Je suis la pire amie du monde.

– Pourquoi tu dis ça ? Tu t'es fâchée avec Sidney ?

– Non, mais je n'ai pas remarqué que tu n'allais pas bien.

– Je vais bien, qu'est-ce qui te fait penser le contraire ?

– Tu as passé la journée en pyjama alors que tu adores t'apprêter, même quand on reste à la maison, et tu n'as pas chanté. Tu chantes tous les jours, parce que tu es heureuse chaque jour, reconnaissante d'exister, c'est toi qui me l'as dit. Et Sid m'a dit pour Romy et toi…

Mon amie soupire en me caressant les cheveux, puis elle m'écarte avec douceur et m'oblige à m'asseoir sur la cuvette des toilettes après en avoir refermé l'abattant. Là, elle s'agenouille et pose ses mains sur mes genoux.

– Merci, Layla, dit-elle en souriant.

– Pourquoi tu me remercies ? Je te dis que je suis la pire des amies !

– Au contraire. Seule une vraie amie aurait remarqué que je ne passe jamais la journée en pyjama parce que j'aime m'habiller joliment avant de profiter des heures à venir. Et seule une vraie amie sait que je chante tous les jours, ne serait-ce que sous la douche. Alors merci, répète-t-elle.

Je pose mes deux mains sur les siennes et les serre fort, émue.

– Tu n'es pas fâchée que je t'aie soûlée toute la journée avec mes histoires, alors que tu n'étais pas en forme ?

– Pas du tout ! Je préfère ça à quelqu'un qui va broyer du noir avec moi ! J'aime ton côté passionné et positif, c'est rafraîchissant et ça fait du bien au moral.

– Vraiment ?

Elle hoche la tête. Je soupire de soulagement.

– Tu veux ma chambre pour ce soir ? demandé-je. Juste pour la nuit. Ou Romy, si elle veut. Tu sais que je ne suis ni pour l'une ni pour l'autre, hein ?

– Je sais, répond-elle en riant. Mais on n'est pas fâchées, ne t'inquiète pas, c'est juste un peu tendu.

– Tu veux me dire ce qui s'est passé ?

– C'est ma faute.

– Ça m'étonnerait !

Jade se remet à rire, mais je suis sérieuse. Cette fille est la douceur et la gentillesse incarnées. J'adore Romy, mais elle a un caractère parfois discutable, alors il y a des chances pour qu'elle soit coupable. Cela ne m'empêchera pas de la soutenir, les deux sont mes amies, mais j'ai quand même une idée de qui est responsable de tout ça. Un peu comme quand Sidney et moi nous disputons, c'est très souvent ma faute, même si j'aime dire que c'est la sienne.

Enfin, Sid et moi ne sommes pas en couple, c'est différent… C'est d'ailleurs pour ça que je peux dormir avec lui ce soir sans problème. C'est la raison pour laquelle j'ai proposé ma chambre à Jade, n'est-ce pas ?

Je ne sais pas qui j'essaie de convaincre…

– Il n'y a pas de coupable à proprement parler, reprend mon amie. Romy n'a pas aimé une décision de sa mère concernant sa santé, elle était énervée, et je n'ai pas géré. Je n'ai pas pris son parti.

La mère de Romy est malade, une vraie maladie, pas comme moi. Elle va sûrement en mourir… Je sais que c'est parfois tendu entre les deux à cause de ça. Elles ne partagent pas la même vision des choses. Elles s'aiment énormément, c'est certain, mais elles ne sont pas d'accord.

– Si tu es de l'avis de sa mère, tu ne vas pas mentir… la défends-je.

– Pas mentir, mais j'aurais pu éviter de le lui dire maintenant. J'aurais dû la soutenir dans sa colère, lui laisser le temps d'extérioriser, et lui donner mon avis plus tard, lorsqu'elle aurait été en mesure de l'entendre. Je la connais, avec elle, il y a un temps pour tout.

– Tu penses un truc, tu le dis.

– Ce n'est pas comme ça que la communication fonctionne.

– C'est d'un compliqué… soufflé-je.

– Les relations sont compliquées ! répond-elle en riant. Et ce matin, je n'ai pas géré.

– Je suis désolée que vous vous soyez disputées.

– Ne le sois pas, et ne te fais pas de souci, ça va s'arranger. Il faut juste que je lui laisse un peu de temps. Elle réalisera avant que j'aie le temps de m'excuser que je ne pensais pas à mal, je la connais.

– Du coup, si tu dois lui laisser du temps, raison de plus pour prendre ma chambre !

– Mais tu vas dormir où ? Pas dans le canapé quand même ?

– Non, avec Sidney.

Jade me regarde, suspicieuse, mais toujours souriante. Je me sens rougir quand j'imagine à quoi elle pense, alors je détourne vite le regard. Je tente d'échapper à ses questions en me levant, mais je l'entends dire :

– Je comprends mieux pourquoi tu veux absolument que je prenne ta chambre…

– Pas du tout !

Elle rit en se relevant à son tour. Elle passe à côté de moi et pose la main sur la poignée de la porte.

– Je prends ta chambre ce soir, alors. Merci, Layla.

– De rien.

– Et bonne nuit… ajoute-t-elle d'une voix pleine de sous-entendus.

– Je te dis que tu te trompes ! On va juste regarder un match !

Elle ne m'écoute pas, elle s'échappe, et je ne vais pas continuer à crier sinon Sidney va m'entendre et me demander de m'expliquer. Il est hors de question que je le fasse, c'est beaucoup trop gênant. Ça l'est parce que je suis maintenant convaincue que Jade a raison, j'ai vraiment envie qu'elle prenne ma chambre pour me fournir l'excuse de partager celle de Sidney.

Je ne le dirai pas, je ne suis pas encore prête parce que je ne sais pas ce que cela signifie. Ou que je le sais trop bien…

Ce soir, je dors avec mon meilleur ami, c'est tout. Inutile de réfléchir plus.

Je me demande comment il va le prendre…

CHAPITRE 13

SIDNEY

Je n'arrive pas à me concentrer sur le match. Layla dirait que c'est parce que les Pens jouent et que s'il s'agissait des Bruins, rien ne pourrait me distraire, mais elle transpose son côté fanatique sur moi. J'adore le hockey et je soutiens mon équipe à fond, mais si rien ne peut la détourner d'un match de ses pingouins, je peux affirmer que mes ours ne font pas le poids face au corps chaud de ma meilleure amie.

Elle serre son coussin jaune et noir contre elle, celui qu'elle a toujours quand on regarde un match, qu'importe l'équipe sur la glace, et elle me serre, moi, en même temps. Elle est collée à mon corps. La chaleur du sien se diffuse dans le mien, mais j'ai conscience que, même si elle était gelée, je crèverais de chaud en ce moment.

Layla est dans mon lit, sa peau touche la mienne, et je suis fou amoureux d'elle, comment pourrait-il en être autrement ? Je ne dis pas que je pense à ça chaque fois qu'elle est près de moi, je n'ai plus quatorze ans, mais j'ai plusieurs années de frustration à mon actif, et depuis ce premier baiser échangé, je crois que je n'arrive plus à retenir quoi que ce soit.

– Buuuuut ! s'écrie Layla en se redressant.

Je soupire de soulagement. Je respire enfin. Et en même temps, je voudrais étouffer à nouveau parce que je sais que c'est le prix à payer pour l'avoir dans mes bras. Mes sentiments sont absurdes et compréhensibles à la fois.

– Tu vas prendre cher, Sid.

C'est déjà le cas…

– Ils ne jouent pas contre les Bruins, ils peuvent exploser les Flyers[10] s'ils le veulent, ça m'est égal, réponds-je, en riant, pour cacher mes véritables émotions.

– Mais ils vont gagner, et tu vas devoir faire un truc pour moi.

OK, ça, ça a le mérite de me faire redescendre. Si moi, je n'ai que Layla et ce que j'ai envie de lui faire en tête, il n'est pas dit que ce soit la même chose pour elle. Je ne sais pas quelle bêtise lui traverse l'esprit, et je ne suis pas certain de vouloir le découvrir.

– Go, Flyers ! m'écrié-je.

– Sale traître !

---

10. Flyers de Philadelphie, équipe de hockey de la LNH.

– Fermez-la, tous les deux ! hurle Levy, de l'autre côté du mur.

Layla et moi nous regardons avant de rire discrètement. Ce soir, si on est dans ma chambre plutôt que dans le salon, qui a pourtant un écran bien plus grand que le mien, c'est parce que Levy voulait regarder un film. Je lui ai demandé s'il avait prévu de se faire une comédie romantique pour séduire ma sœur, Layla lui a suggéré de choisir un film de Noël, et nous sommes tous les deux devenus *persona non grata*. Demain, il aura oublié, ou il prétendra que c'est le cas. Levy n'est pas du genre rancunier, il est vite agacé, mais ça ne dure jamais longtemps, pas avec nous, en tout cas.

L'écran diffuse une énième publicité, mes yeux en profitent pour se perdre dans ma chambre qui, à mon grand désespoir, est déjà en désordre. Layla n'est là que depuis une heure, et c'est un champ de bataille. Elle a un super talent pour mettre le bazar, je ne sais pas comment elle fait. Au bout du lit gît une écharpe des Pens, celle que je lui ai offerte. Sur ma table de nuit reposent deux mugs vides que je vais devoir remplir après la deuxième période de jeu. Et sur le sol, il y a le pyjama de Layla emmêlé dans la guirlande qu'elle a fait tomber de ma tringle en s'agitant.

– Pourquoi t'as emmené ton pyjama ?

– Je dors ici.

Je tourne brusquement la tête vers elle, mais je n'ai pas le temps de l'interroger, le match reprend, et elle se réinstalle confortablement. Je ne m'essaierai pas à l'interrompre pendant le jeu, je ne sais que trop bien ce que je risque. Et si Layla se met à crier maintenant, elle va réveiller Romy et Jade, ça va être la guerre, et je n'en ai pas envie. Les filles se sont disputées, elles n'ont pas besoin d'une autre contrariété. Et je n'ai pas envie que Layla finisse en larmes ou qu'elle fuie l'appartement et finisse dans le froid. Les températures ne cessent de baisser, c'est de la folie.

J'attends patiemment que la deuxième période soit terminée. Là, sans un mot, je me lève pour aller préparer deux chocolats chauds. Je ne demande pas à Levy s'il en veut un, ça fait trop Noël pour lui. Il faut dire qu'avec la dose de crème fouettée que j'ajoute et les petits sablés que j'emporte dans une assiette, ça fait effectivement collation de Noël. Mais c'est comme ça que Layla l'aime, et moi, j'aime Layla.

Je regagne ma chambre et lui tends son mug.

– N'en fais pas tomber sur le lit, tête de chips.

Je regrette le surnom lorsqu'elle avance son bras pour me frapper et que je vois tout tanguer. Heureusement, le liquide ne tombe pas sur ma jolie couette. Je n'aurai pas à dégager ma meilleure amie du lit pour aller laver ma housse en vitesse afin d'éviter qu'une horrible trace y reste pour toujours.

Je ne suis pas maniaque, j'aime juste que les choses soient propres et ordonnées !

Je reprends doucement le mug des doigts de Layla, puis je l'invite à venir s'asseoir au bord du lit. Elle soupire, mais elle s'exécute, écrasant au passage mon beau coussin. Je m'installe à côté d'elle, et c'est seulement à ce moment que je demande :

– Comment ça, tu dors ici ?

– T'es à retardement.

– J'ai jugé préférable de ne pas te couper pendant le match.

– Tu es un homme avisé, répond-elle en riant.

– Alors ?

– J'ai passé ma chambre à Jade.

– Et tu as décidé que tu prendrais la mienne ?

– Je ne la prends pas, je la partage.

– Trop aimable.

Elle sourit, et je fonds. Comme la crème semble doucement disparaître dans mon chocolat, et comme le sucre se dissout dans ma bouche quand j'y glisse un sablé en forme de sapin, mon cœur donne l'impression de couler à l'intérieur de mon corps.

Si Layla veut dire « nuit », en arabe[11], pour moi, elle est définitivement le soleil. Ses regards me réchauffent, et ses sourires m'embrasent. Elle a plus de pouvoir que les rayons de cet immense astre dans le ciel.

---

11. Le prénom Layla est tiré du mot arabe « الليل » [layl], qui signifie « nuit ».

Je n'ai pas la force de la taquiner davantage. Je suis même incapable de jouer plus longtemps. Je me surprends à vouloir que de la crème reste sur le haut de ses lèvres pour que je puisse l'embrasser et en effacer toute trace. Je me crois dans l'un de ces films clichés de Noël. Levy serait capable de me frapper s'il pouvait lire dans mes pensées. Mais je m'en fous.

– Ça reprend ! s'écrie-t-elle en avalant son breuvage d'une traite avant de poser le mug sur ma table de nuit.

Déjà ? Le temps passe trop vite. Je voudrais que la nuit ne s'arrête jamais, que ce match soit éternel pour que Layla ne me quitte pas. Mais ce soir, elle dort avec moi, alors j'imagine que mon souhait est exaucé.

Fin du match, les Pens l'emportent. La maison est calme ; Levy a dû partir se coucher, lui aussi, car je n'entends plus un bruit de l'autre côté du mur. Je me sens bien, le corps de Layla contre le mien, mais cette victoire annonce des galères pour moi.

Je me redresse en soupirant. Je m'installe droit contre la tête de lit et je ferme les yeux en attendant ma sentence.

– Allez, balance, qu'est-ce que je dois faire ?

Je n'obtiens aucune réponse, alors je finis par relever les paupières. Layla me regarde. Ses yeux sombres sont plongés dans les miens et font vibrer quelque chose dans ma poitrine, comme d'habitude. Elle a un air sérieux. Je ne sais pas si je dois être rassuré ou effrayé.

– Je veux que tu m'embrasses, souffle-t-elle, comme si elle avait peur que quelqu'un ne l'entende.

Mon cœur vibre d'une façon inhabituelle. Je ne sais pas si c'est parce qu'elle en fait la demande elle-même ou si c'est le désir que je lis dans ses yeux, mais je suis retourné. J'ai chaud, tellement que je me demande si je n'ai pas la foutue maladie de Layla. Il paraît que ça touche principalement les femmes, mais je devrais peut-être faire une prise de sang moi aussi.

– Tu peux répéter ?

– Je veux que tu m'embrasses.

Ses mots me font exactement le même effet que la première fois. Elle les dit toujours avec sérieux et intensité.

Mon regard glisse du sien à son joli nez. J'aperçois la cicatrice de son enfance, celle que le chat de sa voisine a laissée là quand elle a voulu le prendre dans ses bras et qu'il ne le souhaitait pas. Je descends ensuite sur ses lèvres charnues à damner n'importe qui. Pourquoi ne suis-je pas déjà en train de les embrasser ? Si j'étais un homme bien, je ferais remarquer à Layla qu'elle n'a pas besoin d'utiliser notre jeu pour me pousser à l'embrasser, qu'elle gaspille une chance de me demander un truc fou parce que je l'embrasserai autant de fois qu'elle le voudra sans y être contraint, mais j'ai un peu peur de ce qu'elle pourrait demander à la place, alors je préfère être un mauvais garçon.

Mon dos se décolle de la tête de lit. J'approche mes doigts de son visage. La peau assez claire de ma main tranche sur celle de Layla. J'ai toujours aimé ça. Un peu bêtement, quand j'étais gamin, je pensais que nous étions si différents physiquement que nous ne pouvions qu'être parfaits ensemble, nous compléter. Maintenant que je suis adulte, je le pense, mais plus du tout à cause d'une couleur de peau, juste parce que je vois combien nous nous apportons mutuellement. Nous sommes faits pour être ensemble, j'en ai l'intime conviction.

J'attire Layla à moi, et lorsque son visage n'est plus qu'à quelques centimètres du mien, je lui murmure :

– Tes désirs sont des ordres.

Je ne lui laisse pas le temps de sourire ou de me frapper en pensant que je me moque d'elle, j'écrase ma bouche contre la sienne. J'avale son souffle ; j'aspire son air pour le faire mien, pour que cette femme soit mienne. Il n'y a rien que je désire plus en ce monde, à part peut-être la savoir heureuse. Ça, c'est tout en haut de ma liste, mais comme je suis convaincu de pouvoir la combler, j'imagine que ça va de pair.

Mes lèvres cajolent les siennes, mes doigts ne quittent pas son visage. L'une des mains de Layla vient caresser mes cheveux, l'autre prend appui sur ma cuisse. Si ce baiser lui fait le même effet qu'à moi, alors je comprends qu'elle ait besoin de soutien.

Je commence à souffrir de ma position, alors j'imagine qu'elle aussi. Avec douceur, je l'allonge sur le lit. Son dos écrase l'écharpe qu'elle a laissé traîner là, le coussin la gêne alors elle l'écarte. Je prends appui sur mes avant-bras sans jamais cesser de l'embrasser.

La langue de Layla glisse contre mes lèvres, je lui offre l'accès à la mienne avec grand plaisir.

Lorsqu'elles entrent en contact, je sens une douleur dans mon bas-ventre. Je réalise que je suis dur comme la pierre, bien trop excité par ce baiser, et je crois qu'elle le sent aussi. Elle bouge son bassin contre le mien, ce qui me rend complètement fou.

Je capture ses soupirs de ma bouche, elle empêche les miens de s'échapper de la sienne. Nous sommes bouillants. À nous deux, nous pourrions chauffer tout l'appartement. C'est Levy qui serait content des économies…

Je chasse mon ami de ma tête. Je mets fin au baiser malgré la plainte de Layla. Elle se transforme en gémissement lorsque ma bouche se pose sur sa joue, puis son cou. L'une de mes mains remonte caresser son visage avant de descendre jusqu'à sa poitrine. J'y vais lentement en dépit de mon désir ardent, je veux qu'elle ait l'occasion de me dire non, de m'arrêter si elle ne veut pas. Mais plutôt que de me stopper dans ma course, elle s'agite pour m'inciter à la toucher plus, alors je m'exécute.

J'enveloppe son sein à travers son tee-shirt. Sans surprise, je constate qu'elle ne porte pas de soutien-gorge – elle n'en met que pour sortir, et encore. Et je ne suis pas un pervers, je le sais parce qu'elle me l'a dit !

La pointe de son sein vient me saluer, me rendant plus dur encore. Je m'imagine l'entourer de ma bouche et la sucer jusqu'à en jouir. Je n'ai pas encore touché sa peau nue, qu'est-ce qui va m'arriver quand je le ferai ?

Dehors, le vent s'est levé et souffle contre la fenêtre, je sais la nuit froide, alors que moi, je suis en feu. La météo me grise un peu plus, comme si l'idée d'être au chaud avec celle que j'aime était plus belle encore en sachant qu'il fait si froid à l'extérieur.

Je continue mes caresses à travers le vêtement de Layla, mes baisers dans son cou. Son bassin ne cesse de se soulever ; elle se frotte contre ma cuisse, je fais de même contre la sienne, mais si je continue comme ça, je vais me ridiculiser, à n'en pas douter.

Je décide de quitter son sein. J'ai une terrible envie de glisser sous son haut pour le retrouver, peau contre peau, mais j'ai conscience que je dois calmer le jeu si je veux aller plus loin et ne pas venir dans mon caleçon comme l'adolescent que j'ai un jour été.

J'ai eu des partenaires, même en étant amoureux de Layla, mais je ne me souviens pas d'avoir eu autant de difficultés avec elles. Nos rapports ne me poussaient pas à craindre d'éjaculer en étant encore habillé, il n'y a que cette femme qui me fait un tel effet.

Je passe ma main sous son vêtement pour la poser sur son ventre un instant, je m'apprête à lui avouer honteusement que j'ai besoin d'une minute, mais c'est Layla qui m'arrête. Avant que je n'atteigne sa peau, elle s'empare de mon poignet.

– Attends, non…

Elle a l'air tellement paniquée que je retire immédiatement mon bras et m'écarte d'elle pour qu'elle ne se sente pas oppressée. Je ne sais pas ce qui vient de se passer, mais je ne veux pas qu'elle imagine ne serait-ce qu'une seconde que je pourrais faire quelque chose qu'elle ne veut pas. Mon sexe peut me torturer autant qu'il le souhaite, je choisirai toujours des testicules bleus à quelque chose que Layla ne désire pas.

– Je… C'est juste que…

– C'est bon, Lay's, la coupé-je d'une voix douce. Tu n'as pas à te justifier.

J'approche ma main de son visage tout doucement, lui demandant l'autorisation de la toucher. Elle comprend mon silence, mais elle ne me donne pas l'occasion de m'exécuter, elle se réfugie dans mes bras.

– Tu ne m'aides pas, dis-je, en riant et en la serrant contre moi malgré tout.
– Désolée.
– Tu n'as pas à l'être.
Je la serre encore plus fort pour bien lui faire comprendre que je suis sincère. Aucune excuse n'est à offrir ici. Et puis j'aime trop l'avoir dans mes bras pour m'en plaindre, qu'importe la douleur dans mon bas-ventre.

Nous restons un moment ainsi, elle dans mes bras, moi l'étreignant avec émotion, le vent soufflant un peu plus fort à l'extérieur. Je me demande si elle peut ressentir mon amour ou si elle continue à en ignorer tout. Mes doigts caressent ses cheveux avec tendresse, au rythme de sa respiration contre mon cou. Je me sens bien dans ce silence. J'ai l'impression de pouvoir entendre la neige tomber dans les rues de Toulouse. La bougie que Layla a allumée dans ma chambre, malgré mes protestations, embaume la pièce de son parfum sucré qui me plonge dans une ambiance chaleureuse et réconfortante.
– Tu me racontes une histoire ? demande soudain ma meilleure amie.
Je souris contre ses cheveux. Quand on était plus jeunes et qu'elle dormait à la maison ou moi chez elle, à l'âge où nos parents nous permettaient de partager un lit – à l'adolescence, on le faisait dans leur dos –, elle avait l'habitude de choisir un livre et de me forcer à le lui lire. En primaire, ma voix lui

narrait les lignes écrites par Roald Dahl pour la faire sourire avant de la traumatiser avec ma collection Chair de poule. Une fois au collège, le plus doucement possible afin de ne pas me faire surprendre dans sa chambre par ses parents, je lui racontais les aventures de Harry Potter, ce sorcier maudit à qui il n'arrive que des ennuis. Je découvrais souvent les histoires avec elle, j'adorais ça. Mais ça nous est un peu passé au profit du hockey.

Le fait que Layla mentionne ce pan de notre relation aujourd'hui pourrait vouloir dire mille choses.

– Quelle histoire ? demandé-je, pour ne pas trop réfléchir. Et non, je ne te lis pas la bio de Crosby.

– T'es pas drôle, souffle-t-elle.

Je ris. Je la connais trop bien, j'anticipe ses folies, maintenant.

– Tu veux quel genre ? me questionne-t-elle.

– C'est toi qui veux.

– Donne-moi ton avis sinon je te fais lire une romance sexy.

– Qui dit que ça me gênerait ? la taquiné-je.

– Allez, Sid !

– Tranquille, tête de chips, dis-je en lui tirant un peu les cheveux. De la fantasy, c'est de saison.

– La saison veut qu'on lise une romance de Noël.

– Noël égale magie, donc fantasy.

Elle reste silencieuse un moment. La connaissant, elle analyse ma réponse et cherche de quoi contrer mon argument. Mais elle ne trouve pas.

– Fantasy, alors. *Grishaverse*[12] ? propose-t-elle en se redressant.

– *Grisha*, *Six of Crows* ou *King of Scars* ?

– T'as vraiment besoin de demander ? me questionne-t-elle en arquant un sourcil. Je veux Kaz, bien sûr !

– Inej est mieux.

– Tu dis ça parce que t'es un mec et que l'actrice est magnifique, tu n'aimes même pas le personnage.

– Tu veux me faire croire que Freddy Carter n'est pour rien dans ton amour pour Kaz ?

– Bien sûr !

C'est fou que, après tant d'années, Layla continue à croire qu'elle peut me berner.

Je souris en me redressant. Je me lève pour attraper ma liseuse et trouver le livre qu'elle veut que je lise. Tout en faisant défiler ma bibliothèque numérique, je lâche :

– Physiquement, je préfère celui qui joue Jesper.

– T'as un truc pour les personnes qui ont la peau foncée, non ?

Je tourne la tête vers elle, une femme racisée, ou qui a la peau foncée, comme elle le dit. Elle doit se rendre compte qu'elle s'est involontairement incluse dans ce groupe de gens que je trouve attirants parce qu'elle secoue la main pour me faire changer de sujet.

12. Univers créé par Leigh Bardugo.

Je l'aime et je suis gentil, alors je ne relève pas. Je préfère lui jeter un regard plein de sous-entendus et la voir rougir. C'est bien plus plaisant.

Lassée que je la torture, elle s'allonge sur mon lit, attrape le petit ours blanc entouré de son écharpe que j'ai récemment acheté pour terminer la décoration de Noël de ma chambre, puis elle me presse :

– Allez, viens lire !

Je ne réponds pas, je me contente de me glisser à côté d'elle et de passer mon bras sous sa tête. Elle se blottit immédiatement contre moi, m'arrachant un nouveau sourire. Je nous recouvre de la couette.

La tension sexuelle a disparu, mais pas mon amour pour elle. J'aime ces moments tendres au moins autant que ceux qui sont excitants.

La nuit nous enveloppe pleinement, son silence avec elle, et je me mets à lire une histoire à la femme que j'aime, comme avant. Un bout du passé qui se mêle à notre présent, comme pour me montrer que c'est toujours nous, mais autrement. Car contrairement à avant, la Layla que je tiens dans mes bras partage aujourd'hui mes sentiments, j'en ai l'intime conviction. Reste à le lui faire comprendre.

CHAPITRE 14

SIDNEY

On est déjà à la moitié du mois de décembre, dans dix jours, ce sera le réveillon. Layla m'a dit avoir fini d'acheter tous ses cadeaux, et j'ai moi aussi terminé mes emplettes. Je suis prêt pour cette fête, impatient d'y être, surtout parce que je veux que ma sœur me lâche enfin.

Sabrina m'a appelé trois fois aujourd'hui pour me faire changer un truc dans le menu. Cette saleté de reine me rend fou. Elle ne travaille pas ou quoi ? Contrairement à elle, j'ai un boulot monstre. Je n'arrête pas. La bûche Bens que Layla et moi avons créée marche du feu de Dieu. Je pense que c'est très lié aux visuels que ma meilleure amie a préparés et au fait que Jade relance l'information si souvent qu'on ne peut pas passer à côté. Elle a même convaincu Levy de faire une petite publicité sur nos réseaux. Il ne veut pas nous en dire plus sur les statistiques de cette dernière, et Jade garde le secret, sûrement à sa demande, mais si elle tourne encore, c'est que ça doit marcher.

La Bens fonctionne tellement bien qu'on a aussi suivi l'idée de Layla : on propose maintenant des plateaux de bûches miniatures. On nous en a déjà commandé pas mal, et ce sont principalement des jeunes qui l'ont fait, comme elle l'avait prévu.

Je suis heureux que ces nouveaux produits se soient aussi vite installés dans notre catalogue. Layla était sur un petit nuage en l'apprenant, et ça m'a rendu heureux. Elle m'en a parlé presque tous les soirs, à chaque pause pendant les matchs, et même quand elle nettoyait ma chambre de fond en comble, à la suite d'une défaite de son équipe – c'était ma vengeance pour m'avoir obligé à mettre un mini-sapin à côté de mon lit, entièrement décoré de jaune, quand les Bruins ont perdu. Elle n'a pas arrêté, jusqu'à la période de travail intense, où son humeur a changé.

Jade et Romy se sont réconciliées après une seule nuit séparées, mais Layla est venue chaque soir se coucher avec moi ; les premiers jours, pour rire avec moi, les derniers, pour pleurer à cause du travail et de la fatigue. Mais de bonne ou de mauvaise humeur, on passe nos nuits ensemble.

Une fois, on a voulu aller dans son lit, mais il y avait tellement de fringues partout que j'ai fermé la porte, pris sa main et l'ai emmenée dans ma chambre. Il était hors de question que je dorme dans ce foutoir. J'aime Layla, mais j'ai mes limites.

Entre matchs de hockey éclairés par les guirlandes lumineuses et les bougies, sourires niais en regardant la neige tomber par la fenêtre, histoires racontées sous une couette épaisse pour s'endormir, et délicieux baisers au goût sucré, je peux dire que mes nuits de décembre sont proches de ce que j'appelle la perfection.

Celles où Layla pleure ne sont pas si plaisantes, mais pouvoir la consoler me fait du bien. Finalement, je trouve un certain réconfort dans nos échanges nocturnes, moi aussi. Après les journées de boulot qu'on fait, j'ai besoin de la retrouver, elle. C'est mon moment préféré, celui où je peux me détendre dans les bras de celle que j'aime.

Parfois, je me tends plus que je ne me détends, la faute à mon excitation qui monte dès qu'elle se colle à moi, mais je résiste. Je n'essaierai rien, je préfère qu'elle fasse un pas vers moi. Je veux être sûr de ne pas la brusquer. Je me satisfais de ce que j'ai actuellement, même si je ne peux y mettre aucune étiquette. Je suis heureux comme ça, plus que je ne l'ai jamais été. Je suis aussi heureux que je suis fatigué, c'est dire.

À en croire la tête de mes amis, on est tous dans le même état.

Il est quatre heures du matin, tout le monde est déjà debout. Je n'ai pas dormi. À une heure, j'ai préféré me lever au lieu de prendre le risque de réveiller Layla. Romy et Jade m'ont rejoint cinquante minutes plus tard, alors que j'avais déjà les mains dans la farine. Levy et Layla sont arrivés juste après. Tout le monde s'est mis au boulot, encouragé par la jolie voix de Jade qui entonnait de doux chants de Noël, au grand désespoir de Levy.

On y est encore, alors que le soleil va bientôt se lever. On est obligés de tous travailler en cuisine tant les commandes sont nombreuses.

– Je me demande si je ne vais pas passer mon CAP Pâtisserie, lâche soudain Jade qui ne peut pas effectuer toutes les tâches du jour parce qu'elle n'a pas la formation nécessaire.

Ses cernes descendent presque jusqu'à ses joues, elle fait peine à voir. Mais on a tous la même tête.

Très franchement, je ne sais pas combien de temps on va tenir ce rythme. Les nerfs lâchent un peu, même les miens, et je suis d'un naturel assez calme tant qu'on ne titille pas trop mon côté maniaque. Et tant que les parents de Layla ne viennent pas me l'énerver un peu plus, comme c'est le cas maintenant…

Cela fait trois fois qu'elle rejette l'appel, mais Malek semble bien décidé à avoir sa fille au téléphone. Il est comme moi, un peu insomniaque sur les bords, mais il n'appelle normalement pas à cette heure. Est-ce qu'il a un sixième sens et sait que sa fille est déjà debout ? Ou alors, elle le lui a fait comprendre en rejetant ses appels au lieu de le laisser tomber naturellement sur sa messagerie…

– Décroche, Layla, ça va me rendre dingue, s'agace Romy.

– Je vais le mettre en silencieux.

Ce qu'elle fait, mais c'est alors mon portable qui se met à sonner. Sérieusement ?

Puis celui de Romy chante à son tour.

Quand Malek veut quelque chose, il l'obtient. Sa fille tient ça de lui.

Irritée, Romy décroche et passe l'appareil à Layla. Cette dernière fait de grands signes avec ses bras, mais notre amie ne marche pas, elle force le téléphone dans sa main. Je la comprends, c'est un peu énervant, mais je comprends aussi Layla qui n'a pas envie de parler à son père.

Depuis quelques jours, tout le monde est tendu à cause de la fatigue, c'est compliqué de se gérer soi-même, alors on peut encore moins gérer les autres. L'ambiance de Noël nous rend heureux, elle nous plaît beaucoup – excepté à Levy –, mais elle est aussi synonyme de courses et de nervosité pour tous les associés d'*Au seuil des délices*. Même Jade qui soutient toujours Layla ne prend pas son parti cette fois.

Ma meilleure amie n'a pas le choix, elle le sait, alors elle part s'enfermer dans sa chambre pour répondre à son père insistant.

– Elle devrait les envoyer bouler une bonne fois pour toutes, dit Levy, sans lever la tête de sa préparation.

– Ce sont ses parents, la défends-je.

– Parfois, mieux vaut ne pas en avoir.

C'était son cas pendant un temps, jusqu'à son adoption, mais il ne me fera pas croire qu'il en était heureux. Bien sûr, ça lui a servi à devenir plus indépendant, ça l'a aussi motivé à être attentif à ses études comme à ses finances, mais je sais aussi que ce manque d'amour, de cadre familial, n'a pas eu que des effets positifs. J'ai l'intime conviction que s'il déteste Noël c'est à cause de ses parents biologiques, mais je n'ai jamais demandé parce qu'il n'aime pas en parler. Je sais juste qu'il n'est plus avec eux depuis ses dix ans et qu'il a été en foyer jusqu'à ses quatorze.

– Je ne rejoins pas forcément Levy pour le coup des parents dont on n'a pas besoin, dit Romy, mais pour ceux de Layla, je suis d'accord. Elle devrait leur dire le fond de sa pensée.

– Déjà qu'à nous, elle ne dit rien…

Tous les regards se tournent vers Jade, dont la remarque surprend, mais elle se contente de secouer la tête en souriant, nous invitant à reprendre notre travail.

Quinze bonnes minutes plus tard, alors que je tiens en l'air ma poche à douille après avoir fini de dessiner la barbe d'un père Noël sur un gâteau qu'on nous a commandé, Layla revient. Ses yeux sont rouges, elle a sûrement pleuré. En ce moment, ça lui arrive trop souvent à mon goût. Le combo de la charge de travail et de sa maladie est compliqué à gérer. Je n'aime pas la savoir dans cet état, mais je sais que si elle en a besoin, ce soir, je la réconforterai.

Vu son visage, je pense que ce sera nécessaire. Je ne sais pas ce que son père lui a dit, mais ça ne lui a pas fait plaisir.

– Qu'est-ce qu'il voulait ? demande Romy, qui ne s'inquiète pas d'être indiscrète.

– Problème d'argent.

– Comment ça ?

– Je suis à découvert. Il a vu ça en faisant ses comptes, comme il a procuration sur le mien, dit-elle, gênée, en baissant la tête. Faut vraiment que je fasse un truc pour ça…

– Il fait ses comptes dans la nuit ? Il est bizarre, dit Romy.

– On est déjà le matin. Et je fais ça aussi, rétorque Levy.

– C'est bien ce que je dis, il est bizarre.

– Pourquoi tu ne me l'as pas dit ? demandé-je, ignorant mes amis. Je peux te prêter de l'argent.

– Je ne peux pas toujours te demander de me tirer de mes galères financières. Il faut que je m'en sorte seule. C'est juste qu'avec tout le travail qu'on a en ce moment, je ne peux pas prendre un autre boulot.

– Tu veux une avance ? l'interroge Levy. Notre mois est bon, je peux te payer plus tôt. Je peux tous nous payer plus tôt, d'ailleurs. Je sais que vous êtes tous des idiots qui ont besoin de dépenser une fortune en cadeaux de Noël.

Nous rions tous les quatre, puis il nous rejoint. Ce petit moment nous fait un bien fou. Il a détendu l'atmosphère d'une simple remarque.

Nous sommes tous à bout de nerfs, fatigués comme jamais, mais nous sommes ensemble dans cette galère, et ça fait toute la différence.

– Mon père m'a encore dit d'arrêter mes délires et de reprendre mes études, lâche Layla en soupirant.

– Tu vas l'écouter, cette fois ? demande Levy, d'une voix neutre.

– Bien sûr que non ! *Au seuil des délices* sera une réussite ou je ne m'appelle plus Layla ! Mes parents peuvent crier s'ils le veulent, j'irai au bout de mes rêves, comme Crosby !

Romy et Levy arquent un sourcil, Jade rit dans sa main, moi, je souris. Il faut toujours qu'elle place son joueur de hockey partout, qu'importe la discussion. On est tous habitués, mais on réagit tous différemment.

Alors que nous recommençons à rire, je vois soudain le visage de Layla changer. Elle porte la main à sa poitrine, et je comprends immédiatement qu'elle fait une crise de tachycardie. Je me lève d'un coup, renversant des couverts et alarmant nos amis. Layla agite la main en souriant pour dire que ça va aller, puis elle se met à pleurer. Tous affichent un visage inquiet. Je ne me soucie pas d'eux, seule Layla compte.

– C'est plus douloureux ? Tu as besoin de t'asseoir ? m'inquiété-je.

– Non, répond-elle en riant, changeant encore d'humeur. C'est déjà plus calme, ma technique est infaillible.

Pas toujours, mais ce n'est pas le moment de la contredire.

– Alors pourquoi tu pleures et ris ?

– C'est juste le bordel dans mes émotions.

Ça, on peut le dire ! Mais là encore, je me tais, la priorité, c'est quand même qu'elle apaise son cœur agité, ça peut vraiment être dangereux.

Heureusement, elle y arrive. Je vérifie en mettant mes doigts sur son cou et en comptant les pulsations tout en regardant ma montre. C'est bon, c'est rentré dans l'ordre.

Je reporte mon regard sur le visage de Layla qui me sourit avec tendresse et me remercie silencieusement en bougeant simplement ses lèvres.

J'ai envie de lui dire qu'elle n'a pas à me remercier, que je l'aime comme un fou, et que tout ce que je fais, c'est pour mon propre bonheur. J'ai besoin qu'elle aille bien pour que je puisse moi aussi fonctionner correctement. J'ai aussi envie de lui dire que si elle veut me remercier, alors elle doit être heureuse, toujours, et prendre soin d'elle. Mais je ne dis rien parce que la voix de Levy s'élève et brise notre petite bulle :

– Maintenant ça suffit, j'ai atteint mes limites. Je veux que tu nous dises ce qui ne va pas, Layla.

En tournant la tête vers mon meilleur ami, je réalise qu'il est sérieux. Je ne lui ai jamais vu un visage aussi inquiet. Cela fait plusieurs fois, depuis qu'on habite ensemble et qu'il peut constater le comportement de Layla, qu'il me demande de lui expliquer ce qui se passe avec elle, mais je ne dis jamais rien, car ce n'est pas à moi de le raconter. Jusque-là, il s'est montré patient, mais je crois que c'est terminé.

– Fais-le, murmuré-je à l'oreille de ma meilleure amie avant d'embrasser sa tempe.

Je ne m'écarte pas d'elle, je veux qu'elle sache qu'elle n'est pas seule. Elle ne le sera jamais. Il n'y a aucun endroit où je veux être, excepté à ses côtés.

Elle n'a jamais voulu parler de sa maladie à nos amis ou à ses parents parce qu'elle a peur de ce que cet aveu aura comme conséquences. Je pense qu'elle s'inquiète inutilement, mais la seule façon pour qu'elle en ait la preuve, c'est qu'elle s'ouvre enfin. Alors je prends sa main dans la mienne afin de lui donner le courage nécessaire.

Layla baisse la tête. Elle hésite.

Je presse sa main. Elle inspire et se redresse.

– J'ai la maladie de Basedow.

– C'est quoi ? demande Levy.

– Une maladie auto-immune de la thyroïde. Ce n'est pas grave, on n'en meurt pas, s'empresse-t-elle de préciser.

Les jambes de Romy la lâchent soudain. Elle se rattrape de justesse au comptoir, faisant tomber l'un des saladiers. À ce rythme, tout va finir par terre, mais personne ne s'en préoccupe. Nous paniquons tous de la voir dans cet état, une personne en particulier.

– Romy ! crie Jade en se précipitant sur elle pour l'aider à s'asseoir sur le tabouret. Ça va ?

– C'est bon.

Elle embrasse la main de Jade pour la rassurer, puis elle pose sa propre main sur son front. Elle est blanche comme un linge. Aucun de nous n'ignore la raison de son malaise. Romy se bat au quotidien avec la maladie de sa mère, tout en sachant que c'est un combat perdu d'avance ; elle n'est pas en état de voir encore un de ses proches danser avec la mort.

– Explique-nous, dit-elle, à l'attention de Layla.

– Tu es sûre que ça va ? s'inquiète ma meilleure amie.

Romy lui offre un faible sourire et hoche la tête. Alors Layla s'exécute :

– Je ne me souviens pas de tout ce que mon médecin a dit, et encore moins l'endocrinologue parce qu'elle est bizarre et qu'elle prétend que ma prise de sang n'est pas normale.

– Comment ça ? demande Levy en fronçant les sourcils.

– Je ne sais pas, c'est un truc de globules blancs, ou rouges ? J'en sais rien ! Juste que selon elle, avec de tels résultats, je ne devrais pas être en hyperthyroïdie. Sauf que je le suis.

– T'es juste bizarre, tête de chips.

Elle me donne un coup de coude dans les côtes sans pour autant lâcher ma main. Je gémis, mais je ris. Nos amis n'en sont pas encore au stade de la plaisanterie. Je sais depuis un moment que Layla est malade, je sais aussi qu'elle est sous traitement et qu'elle s'en sort, comme la guerrière qu'elle a toujours été, alors c'est plus simple pour moi de m'amuser de la situation.

– Irritabilité, fatigue, phases de déprime, incapacité à supporter la chaleur, tachycardie… ce sont des symptômes de l'hyperthyroïdie que j'ai.

– C'est pour ça que tu veux toujours ouvrir la fenêtre, même en hiver ! s'exclame Levy.

– Et que tu t'énerves parfois pour rien ? questionne Romy en suivant.

– Pour rien, pour rien…

En voyant tous les regards braqués sur elle, y compris le mien, Layla soupire :

– OK, pour rien, oui !

– Pourquoi tu ne nous en as pas parlé avant ? demande Jade, d'une voix douce.

– Parce que c'est une maladie idiote ! Ce n'est même pas une vraie maladie, elle est chiante, mais ma vie n'est pas en danger. Il faut que je fasse attention aux crises de tachycardie, mais à part ça, c'est juste des symptômes contraignants, nuls. Et j'avais peur que vous pensiez que je me trouvais des excuses…

– C'est une vraie maladie, la corrigé-je.

– Mais comparé à…

Layla s'arrête dans sa phrase. Ses yeux se posent sur Romy qui comprend, comme nous tous, ce qu'elle veut dire.

Le visage indéchiffrable, notre amie se lève et fait le tour du comptoir pour rejoindre Layla. Je m'écarte. Layla me jette un regard accusateur. Elle m'en veut de la laisser face à Romy, mais je sais que celle-ci ne lui fera aucun mal.

– Tu es une idiote, dit-elle.

– Je…

Romy ne la laisse pas finir, elle la prend dans ses bras et la serre de toutes ses forces.

Elle va me la casser si elle continue comme ça.

– J'ai dit que j'avais du mal avec la chaleur, grommelle Layla.

– Supporte.

Jade sourit avec tendresse, Levy se moque ouvertement de Layla qui finit par les ignorer et poser ses mains sur le dos de Romy pour l'étreindre un peu plus fort.

Je sais ce qu'elle ressent. Je la connais tellement. Mais j'ai hâte que la nuit tombe pour qu'elle me le dise avec ses propres mots. Sous le regard de la lune, je l'écouterai me raconter combien elle est soulagée d'avoir enfin dit la vérité et heureuse que nos amis ne l'aient pas regardée avec pitié, et surtout, qu'ils l'aient crue sans douter une seule seconde d'elle.

Layla est trop habituée à ce qu'on remette sa parole en question, c'est ce qui arrive quand nos parents ne nous font pas confiance, parlent à notre place sans nous écouter et nous reprochent d'être qui on est… Mais Romy, Levy et Jade ne sont pas ses parents, pas plus que moi. Il était temps qu'elle le comprenne.

Il est minuit passé lorsque je regagne enfin ma chambre. J'ai envie de mourir tant je suis fatigué, et en même temps, j'ai l'impression d'être déjà mort. Je ne sens plus mon corps. Je suis usé. Je n'écoute même pas mon ami ronchon qui éteint le sapin, que je viens d'allumer, en disant que c'est lui qui est dans le salon. Je n'ai pas la force de lui dire que c'est un Grinch et encore moins d'aller rallumer la guirlande. Qu'il fasse ce qu'il veut, mais qu'il me laisse crever en paix.

Romy et moi avons terminé nos préparations culinaires quand elle est revenue du marché. Les trois autres nous ont aidés, mais vers vingt-deux heures, on leur a dit de se poser un peu. Levy et Jade iront au marché demain, et Layla aura encore des choses à faire niveau graphisme. Romy et moi, on pourra dormir plus longtemps, mais pas eux.

Tous se sont exécutés, à l'exception de Levy qui a préféré sortir et qui semble maintenant parti pour passer la nuit devant la télé, ou sur son téléphone, je ne sais pas trop.

Je pousse la porte de ma chambre. Un grand sourire s'étire sur mes lèvres lorsque je vois la femme que j'aime dans mes draps. Elle porte son habituel pyjama des Pens, sa jambe est par-dessus la couette. Elle a la bouche ouverte, et je suis sûr qu'elle bave sur mon coussin.

Je me déshabille silencieusement. Une fois en caleçon, je me glisse le plus doucement possible sous la couette pour ne pas la réveiller.

– Sidney ? marmonne-t-elle.

Raté.

– Non, c'est le père Noël.

– Il est en avance, répond-elle en riant. J'espère pour lui qu'il m'a apporté un truc des Pens !

Je ris. Il n'y en a vraiment que pour eux. Je pourrais être jaloux si je n'étais pas moi-même un grand fan de hockey.

Layla ouvre les yeux et les frotte. Puis elle vient se blottir contre moi. Je ne ressens alors plus aucune once de jalousie. Ses joueurs la font peut-être rêver quand ils sont sur la glace, mais ils n'ont pas la chance de pouvoir la serrer dans leurs bras, moi, si.

Je dois bien être mort, car tout ça ressemble étrangement au paradis.

J'aimerais lui demander comment ça s'est passé avec les autres à la suite de son annonce. J'ai dû partir chez l'un de nos clients pour le livrer avant l'ouverture de son café et je n'ai pas pu assister aux discussions, mais elle semble s'être rendormie, alors je me dis que ça peut attendre.

– Romy a dit que j'allais continuer à en prendre pour mon grade.

– Hein ?

De quoi elle parle ? Peut-être qu'elle est en train de rêver.

Lorsqu'elle rouvre les yeux et les lève vers mon visage, je comprends que non, elle est réveillée.

– Je leur ai demandé de ne pas changer de comportement avec moi, et Romy a dit qu'elle n'en avait pas l'intention, et que si je la soûlais, malade ou pas, elle n'hésiterait pas à m'envoyer bouler.

– Pourquoi ça te fait sourire ? L'idée était qu'au contraire ils soient plus cool avec toi en le sachant.

– C'était ton idée à toi, moi, je n'ai pas envie qu'ils me traitent différemment. Je veux qu'ils me comprennent, oui, mais surtout parce que ça me peine de les blesser et qu'ils puissent s'imaginer que je le fais volontairement. Pour le reste, je ne veux pas que les choses changent. Je ne suis pas handicapée, et même si je l'étais, je n'aurais pas envie que mes amis me le fassent constamment remarquer en se comportant bizarrement.

– Je n'agis pas comme il le faut avec toi ? m'inquiété-je, en caressant ses cheveux.

– Bien sûr que si. Tu n'as jamais changé de comportement avec moi. Rappelle-toi la fois où je t'ai supplié de devenir fan des Pens plutôt que des Bruins en utilisant la carte de ma maladie.

Je m'en souviens très bien. Elle m'a fait tout un cinéma et m'a sorti une liste d'arguments longue comme le bras. Quand elle a vu que ça ne marchait pas, elle a essayé de me convaincre en me disant qu'avec son hyperthyroïdie et les sautes d'humeur qui l'accompagnent, elle risquait de s'énerver chaque fois que les Bruins battraient les Pens – *même si ça sera très rare*, a-t-elle ajouté. Je lui ai répondu qu'elle n'aurait qu'à faire avec sa colère, que moi, je supporterais ses crises. Elle n'allait pas m'avoir comme ça.

– Mais de base, reprend-elle, tu as toujours accepté mes comportements puérils, même quand je n'étais pas malade, alors j'imagine que c'est normal.

– Tu n'es pas puérile, Layla.

– Je me comporte comme une enfant.

– Tu as l'âme d'une enfant, nuance. Moi aussi, raison pour laquelle j'adore ça chez toi.

Elle m'observe un moment. La lune éclaire son beau visage, me donnant un peu plus envie de l'embrasser. Mais je n'en fais rien, car elle pose sa joue contre mon torse en murmurant :

– Merci.

Je la serre un peu plus fort contre moi. Je sais pourquoi elle me remercie. Ses parents l'ont toujours fait se sentir misérable, ils n'ont de cesse de dire que c'est une enfant irresponsable, et quand ils la qualifient de gamine, ce n'est pas du tout de la même façon que moi. Ça la touche tellement qu'elle a fini par les croire, par trouver son côté fanatique ou passionné problématique, pas normal pour une femme de son âge. Elle en est même venue à penser que tout le monde la voyait comme ça, y compris nos amis.

En leur avouant sa maladie, elle craignait qu'ils ne pensent à un mensonge, ne se mettent à avoir pitié, ou pire, à la couver, à tolérer d'elle des choses qu'ils n'auraient acceptées de personne d'autre. Finalement, à la traiter comme une petite fille, ce qu'elle ne voulait surtout pas.

Ça n'arrivera pas avec Levy, Romy et Jade, je le sais, et je crois qu'elle commence à être rassurée sur le sujet. Quant à moi, je l'ai toujours aimée exactement comme elle est, et si, lorsqu'on était plus jeunes, elle me demandait pourquoi, aujourd'hui, même si elle ne comprend toujours pas, elle ne demande plus et se contente d'être reconnaissante.

– Je ne peux pas te perdre, Sid… lâche-t-elle soudain, d'une voix faible.

– Pourquoi tu me perdrais ?

– Ce qui se passe la nuit, nous deux…

– Tu ne me perdras pas, dis-je, en la serrant contre moi.

Layla ignore que je suis bien trop amoureux pour me séparer d'elle. Jamais je ne pourrai m'en défaire. Même si elle ne m'aimait pas en retour, même si tout cela n'était que l'histoire de quelques nuits de décembre, un instant magique offert par la période de Noël, et que mon amour était finalement à sens unique, je ne la quitterais pas. Je ne pourrais plus respirer si elle était loin de moi. J'ai essayé quand on était ado, j'ai pensé que c'était préférable lorsque j'ai compris mes sentiments et su que jamais plus je ne pourrais revenir en arrière, mais je n'ai pas tenu plus de deux jours. Je manque d'air quand elle n'est pas avec moi.

Elle n'imagine pas combien ses craintes sont insensées parce qu'elle n'imagine sûrement pas que je l'aime à en crever.

Un jour, je le lui dirai…

CHAPITRE 15

LAYLA

J'ai tellement de choses en tête que j'ai l'impression qu'elle va exploser d'une minute à l'autre. À la fin de la semaine, ce sera Noël, encore un que je passerai sans mes parents qui ne comprennent pas l'intérêt de cette fête, qui ne me comprennent pas, moi. Mais je serai avec ma famille de cœur, celle de Sidney, et ce sera magique, si je ne meurs pas avant d'y être.

Au seuil des délices marche vraiment bien dernièrement, la période est propice aux achats. Les gens s'autorisent des plaisirs en décembre qu'ils se refusent le reste de l'année. Tout le monde veut faire plaisir à quelqu'un d'autre, surtout à Noël. Je ne peux que les comprendre. J'ai au cœur le même désir. J'ai envie de combler Sidney. J'aimerais qu'il soit l'homme le plus heureux du monde…

Je crois que je ne peux plus nier que je suis amoureuse de lui. J'en suis même au stade où je ne relève plus quand il me qualifie de tête de chips – enfin, la plupart du temps –, alors que je trouve ce surnom ridicule et agaçant. Au fil des jours, je me suis mise à l'apprécier, c'est dire combien j'aime Sid…

Je ne peux pas le lui dire parce que je suis terrifiée à l'idée qu'il ne partage pas mes sentiments et que nous ne puissions plus être au moins amis après tout ça. Je ne suis même pas certaine d'être capable de revenir à ce que nous avions… Je ne sais pas dans quelle galère je me suis fourrée, mais je n'avais pas besoin de ça.

L'entreprise, mes parents, mes amis à qui j'ai enfin confié mon état de santé… Pourquoi je suis venue ajouter un amour pour Sidney à tout ça ? Je croule sous les problèmes. Je les attire, ma parole !

Je tourne la tête vers celui qui prend tellement de place dans mes pensées que, la majeure partie du temps, il arrive à me faire oublier tout le reste. Sid discute avec un vieux monsieur qui a besoin de conseils. Je l'entends parler de ses petits-enfants qui viennent pour Noël, mais je ne saisis pas la suite de ses paroles, trop occupée à détailler le profil de l'homme que j'aime, entouré par la belle décoration du chalet que nous avons loué au marché.

Il est vraiment beau. Pourquoi je ne l'ai pas vu avant ? Je me suis déjà fait cette réflexion après avoir rêvé de lui, mais cela fait des années que je ne me suis pas dit que j'avais un meilleur ami vraiment canon. Il a pris en muscles avec le temps, et les traits de son visage sont devenus plus matures, doux et durs à la fois, exactement ce que j'aime chez un mec.

C'est fou d'être passée à côté de ça. Et Levy a raison, il ressemble à Crosby. Comment ça se fait que je ne l'aie jamais remarqué avant ? Est-ce que je suis devenue fan de ce joueur de hockey parce que j'étais amoureuse de Sidney sans le savoir et qu'il me le rappelait ?

C'est absurde ! J'aime Crosby parce que c'est le meilleur hockeyeur du monde. Et il est plus beau que Sidney, enfin ! Et pourquoi est-ce que je pense à ça maintenant ? Ce n'est vraiment pas le moment.

Sid et moi sommes de corvée de marché de Noël parce que les filles avaient besoin d'aller voir la mère de Romy. J'ai tenté de refiler le petit à Levy, mais il m'a dit qu'une femme derrière le stand, c'est plus vendeur. Je lui ai dit que c'était sexiste, il a dit qu'il s'en foutait tant que ça rapportait de l'argent à l'entreprise et qu'il pouvait nous payer à la fin de chaque mois. Il m'a achetée avec cet argument. J'ai vraiment besoin d'argent. Je n'ai pas voulu qu'il me verse mon salaire à l'avance, je préfère patienter jusqu'au bilan mensuel qu'il fera après les fêtes. Les autres étaient d'accord avec moi. Mais en attendant, je suis en galère. Acheter des cadeaux de Noël pour tout le monde a creusé un trou dans mon compte.

Mes parents n'arrêtent pas de m'écrire et d'essayer de m'appeler pour m'en parler. Je n'ai pas le temps d'aller à la banque pour annuler la procuration, ce n'est vraiment pas la bonne période. Pas plus que ce n'est la bonne pour que mon père et ma mère me prennent la tête. Je suis à bout de nerfs. Parfois, je me dis que je vais avaler ma plaquette entière de Thyrozol[13] dans l'espoir que ça me calmera, mais je tiens à ma vie et j'imagine que si on m'a prescrit une dose précise, ce n'est pas sans raison, alors je m'abstiens.

– Ça va ?

Je relève la tête vers mon meilleur ami qui en a apparemment fini avec son petit papy. Il me regarde, inquiet, et je fonds intérieurement. Il est si attentionné et prévenant. Ça a toujours été le cas, mais j'ai l'impression qu'il l'est encore plus depuis notre premier baiser.

Je sens mon visage chauffer lorsque je repense à toutes les fois où nous nous sommes embrassés depuis que nous avons commencé cette nouvelle relation à laquelle je ne donne pas de nom. Il y a eu tant de caresses, de choses délicieuses…

– À quoi tu penses ?

– Tu ressembles vraiment à Crosby, lâché-je, pour ne pas avoir à dire la vérité.

– Merci, mais je suis plus beau que lui.

– Dans tes rêves !

---

13. Médicament utilisé dans le traitement de l'hyperthyroïdie.

Il rit. Puis il s'appuie sur le mur en bois de notre chalet en croisant les bras. La guirlande qui y est accrochée semble entourer son visage, m'offrant une vision parfaite d'un Sidney de Noël. Ses muscles ressortent malgré son épais pull beige qui lui va vraiment trop bien et le manteau qu'il porte par-dessus pour supporter le froid. J'ai envie de lui sauter dessus.

Je suis extrêmement frustrée sexuellement. Il n'a toujours rien retenté depuis la fois où je l'ai arrêté, et moi, je n'ose pas faire le premier pas. C'est à l'homme de le faire !

Dans ma tête, je vois Levy arquer un sourcil et me juger de le qualifier de sexiste alors que j'ai de telles pensées. Mais je suis une femme, je fais ce que je veux.

Je crois que Sidney a peur de me brusquer, mais il n'a rien compris. La dernière fois, si je l'ai repoussé, ce n'est pas parce que je n'étais pas prête, j'avais simplement mes règles, j'ai paniqué, alors je l'ai arrêté. Je n'ai pas vraiment eu l'occasion de lui expliquer tout ça, et après, je trouvais que c'était bizarre d'y revenir.

Je m'en veux et je ne me comprends pas. Je n'ai jamais eu aucune difficulté à dire à Sid que j'étais indisposée. Au collège et au lycée, c'est lui qui gardait mes serviettes hygiéniques dans ses poches pour que je n'aie pas à prendre mon sac dans la cour. Et là, sous prétexte que notre relation a un peu changé, je n'ose plus lui dire que j'ai mes règles.

Je suis une abrutie. Mais lui aussi. Pourquoi est-ce qu'il est aussi prévenant et patient avec moi ?

Cette fois, c'est Romy qui me juge de son regard, je la vois comme si elle était devant moi. Mes pensées sont antiféministes. Je suis la pire femme de cette planète. Mais la situation m'énerve !

– Tu me mates, dit-il soudain.

– Non.

– Si, t'as de la bave au coin de la bouche.

– Je ne bave pas !

Il rit parce que je m'emballe bêtement. Il se moque de moi, allant jusqu'à venir essuyer le coin de ma bouche où il n'y a absolument rien, je le sais.

Lorsque son pouce touche ma peau, je frissonne. Il ne porte pas ses gants, mais ce n'est pas le contact froid qui me fait cet effet, c'est juste parce que c'est lui.

C'est plus fort que moi. J'ai l'impression de ne plus contrôler mon corps lorsque je suis en sa présence.

– Les choses sont en train de changer, dit-il à voix basse.

– Quelles choses ?

– Entre nous.

– Non… soufflé-je.

– C'est inévitable, continue-t-il en me souriant, alors que mon cœur bat trop fort. Pourquoi profiter de ces changements uniquement la nuit ? On devrait aussi le faire en journée.

– Le faire ?

Il arque les sourcils et son sourire s'élargit, se faisant plus amusé.

– À quoi tu penses, tête de chips ?

– À rien !

Je suis sûre que je suis toute rouge. De bien belles images ont traversé mon esprit, belles et sensuelles. La faute à mon hyperthyroïdie, c'est certain ! Après tout, c'est une maladie qui joue avec mes hormones, alors ça se tient.

Pas du tout, je le sais. Je suis juste extrêmement attirée par Sidney et je suis certaine qu'il le voit dans mes yeux comme si je lui montrais le film de mon esprit d'un seul regard.

Je suis une boule d'excitation, mais surtout de frustration qui s'accentue quand un couple s'arrête devant notre chalet et que Sid se détache de moi pour s'en occuper.

Je suis en train de devenir dingue, vraiment.

Je secoue la tête, tant pis si je passe pour une folle, puis j'attrape mon portable, dans l'espoir de me changer les idées.

Mission accomplie.

Papa : Layla, arrête de te comporter
comme une enfant et d'éviter
nos appels. Tu as plus de 400 €
de découvert, ça ne peut plus durer.

Voilà un SMS qui n'aide pas à améliorer mon humeur, mais qui a le mérite de calmer ma libido.

Quand je demande à mes parents s'ils comptent descendre sur Toulouse pour fêter Noël avec moi, je n'obtiens aucune réponse, mais quand il s'agit de me harceler pour me dire que je suis une inconsciente qui ne sait pas gérer ses finances et sa vie, là, ils savent m'écrire ou m'appeler…

Je range mon téléphone sans répondre, puis je me tourne vers Sidney. Je découvre que le couple est parti, et à sa place, il y a une petite femme brune. Elle doit avoir notre âge, mais elle fait très mature avec son carré plongeant ainsi que son tailleur noir sous son long manteau blanc. À côté de moi qui porte mon pull des Pens et une doudoune deux fois trop grande juste parce que c'est plus confortable et qu'il fait beaucoup trop froid pour une tenue élégante, elle a vraiment une allure féminine. Et elle sourit à Sidney, un peu trop pour que ce soit de la simple politesse.

Sérieusement ? C'est la journée ou quoi ?

Agacée par la situation, je m'approche en collant un sourire de façade sur mon visage et je salue notre cliente, qui perd de sa superbe en me voyant passer mon bras sous celui de Sidney. Ce dernier ne change pas de comportement. Son attention reste sur cette femme.

J'agis comme une gamine, exactement ce que mes parents me reprochent, et ça m'énerve de leur donner raison, mais c'est plus fort que moi. Dans mon ventre, quelque chose est en feu. Je suis en colère. La jalousie me consume. Je me moque d'avoir dit que tout devait rester dans la nuit, je ne supporterai pas qu'une autre personne ait Sidney en journée…

Une fois la cliente indésirable encaissée, mon meilleur ami lui souhaite une bonne journée et de bonnes fêtes, puis il se tourne vers moi et demande :

– C'était quoi, ça ?

– Je ne vois pas de quoi tu parles.

– Sérieux, Lay's ? demande-t-il en arquant un sourcil.

– Quoi ? C'est plutôt à moi de te demander ce que tu faisais. Tu dragues les clientes, maintenant ?

– Je ne l'ai pas draguée.

– Bien sûr ! dis-je en levant les yeux au ciel.

– Tu me fais une crise de jalousie ou je rêve ?

– Pas du tout !

Je déteste son petit sourire arrogant.

Je l'adore.

Je m'énerve d'être ainsi contradictoire et je maudis mon cœur de faire des bonds pareils dans ma poitrine. Je sens la colère grimper de plus en plus. J'aimerais la calmer, mais elle s'accentue quand cette fichue cliente revient et tend un papier à Sidney. Cet abruti lui sourit avant de la saluer à nouveau.

Cette fois, quand elle repart, j'explose :

– Bah vas-y, rattrape-la et envoie-toi en l'air avec elle, tant que tu es !

– Layla, baisse d'un ton… tente-t-il de dire à voix basse.

Je remarque que les regards se sont tournés vers nous, mais le fait qu'il me donne un ordre m'énerve un peu plus. Je me moque d'être le centre d'attention et de me ridiculiser.

– Avec moi, tu ne veux pas coucher, mais avec une inconnue, aucun problème ?!

– Comment ça, je ne veux pas coucher avec toi ?

– Tu ne me touches pas !

– Je te signale que toi non plus. Tu m'as repoussé parce que tu n'étais pas prête, je trouve ça normal d'attendre que tu le sois.

– Mais j'étais prête, espèce d'abruti ! J'avais juste mes règles !

Il cligne plusieurs fois des yeux, puis il se met à rire. Ce n'est pas le seul. Notre voisine de chalet rit avec lui. C'est Maude, une femme d'une cinquantaine d'années qui adore mon côté direct et sans filtre. Je sais qu'elle ne se moque pas de moi, elle s'amuse juste de la situation, du spectacle que nous offrons aux passants et aux commerçants. En plein marché de Noël, l'endroit le plus bondé de la ville en cette période de l'année, je hurle sur l'homme que j'aime parce qu'il ne tente rien de sexuel avec moi.

Je commence à prendre conscience que tout le monde s'est arrêté, et alors que la neige leur tombe dessus, ils ne semblent pas s'en soucier, préférant nous regarder. Mais je ne rougis même pas.

J'attrape mon bonnet que j'enfonce sur ma tête. Puisque Sidney est un idiot, il n'a qu'à tenir le stand tout seul.

– La prochaine fois, je ne dirai rien et je foutrai du sang partout sur tes beaux draps ! crié-je en ouvrant la porte du chalet.

– Y'aura une prochaine fois ?

– Tu me soûles !

Je claque la porte derrière moi. Je suis agacée, mais je le suis surtout contre moi-même parce que j'ai encore fait une crise. Je me suis comportée comme une idiote, pire, comme une adolescente amoureuse et jalouse.

Je déteste ça et je déteste mon cœur de me faire un coup pareil. Il aurait pu tomber amoureux de n'importe quel homme, mais il a fallu que ce soit de Sidney.

Je suis vraiment maudite.

– Pourquoi tu dis que tu es maudite ? demande Sabrina en portant un morceau de pain plein de fromage à ses lèvres.

En quittant Sidney, j'ai foncé à la parfumerie la retrouver. J'ai envoyé un message à Levy pour lui dire qu'on avait besoin d'un deuxième beau gosse au marché puisqu'il n'y avait que des allumeuses pour clientes. Il n'a rien compris, je l'ai su à sa réponse, mais je m'en moque. Il a saisi que j'avais abandonné mon poste temporairement et qu'il fallait qu'il me remplace. Moi, j'avais besoin de voir Sabrina.

Jade est celle à qui je me confie généralement, mais je ne peux pas la déranger aujourd'hui, elle soutient Romy, c'est plus important que mes petits problèmes. Mon deuxième choix était ma reine, mon idole, aussi connue pour être la sœur de Sidney. Quand je veux critiquer son frère, c'est ma meilleure alliée. Heureusement, elle allait prendre sa pause déjeuner, je suis arrivée au bon moment. Je lui ai donc tout raconté sur notre situation, ce qui m'a valu d'agaçants « je le savais » et « je te le dis depuis des années ».

– Parce qu'il me connaît trop bien, on se connaît par cœur, ça ne peut pas marcher, soupiré-je.

– Au contraire. La plupart des couples ne durent pas parce qu'une fois la passion passée, quand ils se voient tels qu'ils sont réellement, ça ne marche plus.

– C'est pour ça que tu as choisi Levy ? Parce que tu le connais bien ?

– On n'est pas vraiment… Qui t'a dit pour Levy ? Putain, je vais tuer mon frère !

– Ah, tu vois qu'il est énervant ?

Elle se pince l'arête du nez, puis elle vient mettre une pichenette dans le mien. Il est encore froid à cause des heures passées sur le marché, alors ça fait vraiment mal. Mes yeux s'humidifient.

– N'essaie pas de me mettre de ton côté avec tes entourloupes.

– T’es méchante… gémis-je.

Sabrina se contente de sourire, puis elle trempe un nouveau bout de pain dans le bol à fondue que nous avons commandé pour deux avant d’agiter la main devant moi pour m’intimer de continuer mon histoire. Je m’exécute, comme toujours :

– J’ai peur de ne pas être à la hauteur… C’est toujours lui qui prend soin de moi. Je voudrais lui rendre la pareille. Et qu’est-ce que je fais, je lui crie dessus… Je suis toujours dans l’excès !

– T’es en train de t’énerver, là.

– Je sais ! Je m’énerve trop vite, le plus souvent contre moi, même si je prétends que c’est contre les autres. Mes parents ont raison, je suis une gamine, insupportable, et je l’ai encore prouvé ! Comment je peux changer ? finis-je par demander, perdue.

– Ne change surtout pas, me dit Sabrina.

– T’as écouté ce que je t’ai dit ? Je lui ai crié dessus devant tout le monde, tout le marché m’a regardée lui dire que je voulais qu’il couche avec moi, que j’avais mes règles, tout ça, tout ça. La honte.

– Pourquoi la honte ? C’est naturel comme discussion.

– Mais ce n’en est pas une à avoir devant des inconnus !

– OK, peut-être, mais c’est ton côté fougueux qui te fait t’enflammer comme ça, et c’est exactement ce côté-là dont Sidney est amoureux.

– Je ne comprends pas pourquoi il aime ça…

– L'amour rend idiot, répond-elle en soupirant.

L'amour ? Je ne suis pas certaine que Sidney soit amoureux de moi. Il m'aime beaucoup, j'en suis certaine, mais de là à être amoureux, il ne faut pas exagérer. Il n'a jamais prononcé ces mots.

Toi non plus, murmure une voix dans ma tête.

Mais moi, je viens seulement de m'en rendre compte !

– Franchement, on fait n'importe quoi quand on aime les gens, ça me sidère qu'on soit si stupides.

J'ai l'impression qu'elle sait de quoi elle parle. Je me demande si ça a un rapport avec Levy. Je veux l'interroger, mais je n'ai pas envie qu'elle me fasse encore une pichenette…

– S'il y a bien une chose que j'ai apprise de mes parents, c'est que l'amour n'a pas vraiment de logique, reprend-elle. Et surtout, il est absurde. Est-ce que tu sais ce que ma mère aime le plus chez mon père ?

Je secoue la tête.

– Sa fichue manie de collectionner tout et n'importe quoi. Elle dit que ça montre l'importance qu'il accorde aux choses, et qu'un homme qui prend tellement soin d'objets ne peut que bien prendre soin des humains.

– Ce n'est pas toujours vrai…

– Non, mais pour mon père, ça l'est. L'amour, c'est ça, c'est aimer ce que l'autre n'aime pas ou ces petits détails qui ont tendance à agacer les gens. C'est transformer les défauts de l'autre en qualités.

Pour Sidney, tu n'es pas juste bordélique ou toujours excitée comme une puce, tu es passionnée. De la même façon que pour toi, mon frère n'est pas simplement maniaque, il est organisé et attentif aux détails.

J'écarquille les yeux, surprise qu'elle ait lu en moi. Je suis presque certaine de n'avoir mentionné ce point à aucun moment de la discussion.

– Comment tu le sais ?

– Tu me l'as dit.

– Je suis sûre que non !

– Pas en ces termes, mais depuis toujours, tu vantes les qualités de Sidney. Même quand tu t'agaces contre lui, tu ne réalises pas que tu lui fais des compliments en même temps. Tu te souviens de la fois où il a rangé toute ta chambre en attendant que tu reviennes de cours ?

– Je m'en rappelle ! C'était au lycée, ça m'a rendue dingue !

– Tu as débarqué chez nous en mode furie, Sidney sur tes pas, et tu es venue t'enfermer dans ma chambre pour l'empêcher de s'excuser. À la fin, c'est moi que tu as embêtée.

– Je ne pouvais pas enfermer Sid hors de la sienne.

Elle soupire, faussement ennuyée. Je me souviens qu'elle a voulu me jeter par la fenêtre, mais je n'ai rien écouté de ses plaintes ; je me fichais de l'avoir dérangée, il fallait que je dise à quelqu'un combien mon meilleur ami était énervant avec sa foutue manie d'ordonner les choses.

– Ce jour-là, tu as passé dix minutes à t'énerver toute seule. J'ai fini par ne t'écouter que d'une oreille parce que je sais que dans ces moments-là tu veux juste évacuer. Mais au bout d'un certain temps, tu m'as sorti qu'avec sa bêtise, tu avais remis la main sur ton pull préféré. J'ai tourné la tête vers toi, mais tu ne m'as pas regardée, tu as continué à déblatérer. Et entre chaque critique, une chose positive ressortait : ton lit n'avait jamais été aussi bien fait, l'organisation de tes vêtements était plus claire, il n'y avait plus de désordre sous ton lit alors tu n'avais plus peur de regarder en dessous et qu'une araignée en sorte sans prévenir…

– Son rangement n'a pas eu que des inconvénients.

– Bien au contraire. À la fin de ton monologue, tu ne disais plus que du bien, mais tu continuais à t'énerver parce qu'il avait rangé, c'était n'importe quoi ! s'exclame-t-elle en riant.

Sabrina se moque de moi, mais je ne m'en offusque pas. En revoyant la scène, je me sens un peu idiote. Je n'avais jamais repensé à ce moment. Avant, je m'énervais tout le temps, plus encore que maintenant, je ne m'attardais pas sur mes crises de colère, elles étaient trop fréquentes.

– Déjà, tu aimais ce que tu détestais chez lui.

– On ne peut pas aimer un truc qu'on déteste.

– Bien sûr que si. Ça arrive souvent quand il y a de l'amour. Tu détestes le côté maniaque de Sidney, autant qu'il déteste ton côté bordélique, mais malgré vous, vous les aimez parce qu'ils font partie de la personne dont vous êtes amoureux.

Mon cœur s'emballe en entendant Sabrina parler à nouveau d'amour. Je crois que l'imbécile dans ma poitrine a bien trop envie de croire qu'elle dit vrai, que Sidney m'aime autrement que comme une amie, et qu'il ne se contente pas de vouloir m'embrasser pour passer le temps. J'ai envie de croire qu'il ne veut pas seulement que je réchauffe son lit les nuits d'hiver, que c'est plus que ça. Mais l'espoir est dangereux parce qu'il peut nous faire tomber de haut.

– Allez, faut que je retourne travailler.

Je relève la tête d'un coup, puis je crie :

– Queen, tu ne peux pas bosser, tu as des sujets pour ça. Et j'ai besoin de tes conseils !

Ce n'est pas sans raison si je l'appelle comme ça, c'est mon modèle et mon mentor. Bon, c'est aussi parce que, quand on était gosses, elle nous menait à la baguette, Sidney et moi. Mais là, j'ai vraiment besoin d'elle. Je suis complètement perdue et paniquée. Je suis certaine que je vais faire n'importe quoi.

Elle rit, en frottant ma tête comme si j'étais un petit chien. Elle me prend pour Pasta ou quoi ?

Je m'agite pour échapper à son emprise. Je grogne, mais elle continue à rire. Puis elle met son sac sur son épaule et s'échappe.

– Tu es indigne de porter une couronne ! hurlé-je.

Tous les regards se tournent vers moi, mais je m'en moque. J'ai autre chose à penser, trop pour me soucier d'être ridicule. Ça ne peut pas être pire que tout à l'heure au marché, de toute façon.

Qu'ils me dévisagent s'ils le souhaitent, moi, il faut que je trouve une solution à mon problème, et vite. Comment faire pour ne pas tout gâcher avec Sidney ? Je suis un cas désespéré, mes relations amoureuses n'ont jamais duré, parce que je n'étais pas amoureuse, pour commencer, mais aussi parce que je ne sais pas gérer un couple. Je me laisse toujours emporter et je détruis tout. Mais Sidney, je ne peux pas le détruire, je ne peux pas le perdre, c'est impossible.

Il faut que je fasse quelque chose, et si possible, avant Noël. Je ne veux pas passer ma fête préférée à me questionner sur ma relation avec cet homme, j'aimerais mieux la vivre dans ses bras, regarder le sapin de ses parents briller dans ses yeux, admirer la neige en lui tenant la main et sentir le goût chocolaté d'une truffe sur ses lèvres lorsque j'y poserai les miennes.

Mais c'est sûrement un autre de mes rêves puérils auquel je ne devrais même pas penser…

CHAPITRE 16

SIDNEY

Levy n'arrête pas de se plaindre. Depuis qu'il est arrivé, il ronchonne. Il en veut à Layla de l'avoir obligé à quitter sa comptabilité pour venir jouer au vendeur. Il déteste tenir le stand et ne le fait que s'il n'a pas le choix, donc très rarement. C'est la première fois qu'on en prend un au marché, mais je sens que notre ami va nous soûler les suivantes aussi.

J'ai bien envie de lui dire que je suis pâtissier et certainement pas fait pour vendre les produits que j'ai moi-même préparés parce que je me sens prétentieux à vanter les mérites de mes propres créations, mais je m'abstiens. Je n'ai pas envie d'entrer dans un débat avec lui maintenant.

Quand il finit par dire que ma meilleure amie est une enfant qui n'a aucun sens des responsabilités, je lui jette un tel regard qu'il est à deux doigts de s'excuser. Mais c'est Levy, dire pardon n'est pas dans son programme interne, c'est un robot qui ignore comment exprimer ses sentiments. Du coup, il décide que Layla n'est plus la coupable, il en trouve un autre : moi.

– Qu'est-ce que tu lui as encore fait ? demande-t-il.

– C'est moi le fautif, maintenant ?

– Vous vous êtes disputés, il faut être deux pour ça.

– T'es en train de me gonfler et t'es le seul responsable, preuve que c'est faux, réponds-je en lui offrant un sourire moqueur.

– C'était quoi le sujet de la dispute ?

Levy et sa capacité à se ficher royalement de ce qu'on lui dit… Les femmes trouvent son côté détaché plutôt attractif, moi, ça m'agace un peu. Il est facile à irriter, mais c'est dur de le faire sortir de ses gonds. Le sujet Sabrina a l'air de fonctionner, et j'ai bien la carte Noël qui marche à tous les coups, mais je ne souhaite pas l'énerver au point qu'il me plante au marché. Je ne veux pas tenir le stand tout seul…

– Nos rapports sexuels, finis-je par dire.

– T'es nul au lit ?

– Pourquoi tu sautes directement à cette conclusion ?

– Je n'ai pas beaucoup d'options. Layla te satisfait forcément, tu en es fou, donc c'est que c'est toi qui es nul.

– Il n’est pas question de satisfaire qui que ce soit, on n’a pas couché ensemble.

– Mais vous faites quoi tous les soirs dans ta chambre ?

– Peut-être qu’on dort, comme tout être humain normalement constitué ?

– Non, mais sérieusement, vous faites quoi ?

Franchement, il n’est pas drôle. Je tente de plaisanter, et lui, il reste sérieux et ne lâche pas le morceau. Quand il décide qu’un sujet est intéressant, adieu le pote sympa avec qui je plaisante, bonjour l’ami lourd qui insiste jusqu’à obtenir ce qu’il veut, même si ça ne le regarde pas.

Je soupire. Je suis sauvé par une famille qui s’arrête pour nous passer une commande. La femme goûte la bûche Bens et me demande si elle peut nous en commander deux pour le réveillon. Je prends ses coordonnées, note sa demande d’ajouter un coulis sur l’une des deux pour qu’elles ne soient pas parfaitement identiques visuellement. Ensuite, son compagnon se laisse convaincre par leurs enfants de prendre quelques gâteaux pour aujourd’hui. Ils craquent sur nos sablés en forme de sapin, ce qui ne me rend pas peu fier.

Je prépare une boîte en continuant à discuter avec eux, m’appliquant sur mon emballage. L’aspect de celui-ci est aussi important que le visuel ou le goût des produits, alors je n’hésite pas à accrocher quelques flocons et une étoile en papier sur le fil qui entoure le paquet ; je les ai conçus avec Layla à cet effet.

Je leur tends leur commande alors qu'ils vantent la beauté de mon travail, puis je les encaisse et les remercie avant de leur souhaiter une bonne journée. Je m'abstiens de leur souhaiter de bonnes fêtes comme je le fais avec tout le monde, par automatisme, puisque je les reverrai dans quelques jours pour les bûches.

Lorsqu'ils sont partis, alors que je me croyais sauvé, Levy revient à la charge :

– Alors, vous faites quoi la nuit ?

– Match de hockey, lecture, câlin et on dort, pour de vrai.

– Je ne comprends pas. De ce que je sais, vous avez toujours été sexuellement actifs, tous les deux, vous n'avez pas envie ou quoi ?

– Si. C'est juste que je pensais que Layla n'était pas prête, et elle, elle croyait que je ne voulais pas. Un quiproquo idiot.

– Par définition, un quiproquo est souvent idiot. Et vous vous êtes embrouillés pour ça ?

– On ne s'est pas embrouillés !

– Le nombre de points d'exclamation dans le SMS de Layla quand elle m'a dit que tu étais un abruti prouve le contraire.

Je devrais être agacé, mais en imaginant ce qu'elle lui a envoyé, je ne peux m'empêcher de rire. Je vois très bien le genre de SMS qu'elle a pu lui écrire. Je la connais par cœur, cette teigne.

Je ne sais pas ce que ça dit à mon sujet, mais j'adore quand elle s'enflamme pour rien. J'y vois une forme de pureté. J'aime qu'elle exprime ses émotions avec honnêteté. Elle n'est pas une de ces adultes qui gardent pour eux ce qu'ils ressentent. Elle est directe, vraie, honnête, et j'adore ce type de personnes parce qu'elles me font me sentir plus léger. Avec elle, j'ai l'impression que rien n'est grave, que la vie est tout le temps belle, qu'il suffit d'évacuer ses mauvais sentiments pour les effacer, et j'oublie tous mes soucis, depuis toujours. Et si j'aime aussi ce côté-là chez elle, c'est parce que je trouve que ça la rend plus simple à comprendre.

Levy est tout l'opposé. Je ne sais jamais ce qu'il pense ou ressent. C'est mon meilleur ami depuis plusieurs années, mais j'ai l'impression de ne rien savoir sur lui. Notre amitié ne repose pas sur tout ce qu'on se dit, comme avec Layla, mais plutôt sur tout ce qu'on vit ensemble, les épreuves qu'on a traversées en se soutenant, les galères qu'on surmonte en riant. Je sais qui il est, ses qualités et ses défauts, tout ce qu'il peut ou ne peut pas faire, mais ce qu'il ressent, c'est une autre histoire. Parfois, je me demande si j'ai fait quelque chose pour qu'il ne parvienne pas à s'ouvrir à moi.

– À quoi tu penses ? demande-t-il. Si c'est un truc cochon, tu pourrais partager avec ton meilleur ami, quand même.

– Je pensais à toi.

– OK, alors j'espère que ce n'était pas cochon, finalement.

– Pas du tout, réponds-je en riant. Je me demandais juste pourquoi tu ne te confiais jamais à moi.

Il fronce les sourcils, une des rares expressions de son humeur. Puis il tourne la tête et perd son regard je ne sais où sur le stand de notre voisine d'en face qui est en train de ruiner la célèbre *All I Want for Christmas Is You* en se prenant pour Mariah Carey alors qu'elle ne sait pas chanter. Je préfère quand c'est Jade qui l'interprète…

Il est redevenu sérieux. Ses changements d'humeur me font un peu penser à ceux de Layla, mais j'ai plus de mal à gérer Levy parce que je ne sais jamais ce qui le met dans tel ou tel état.

– Tu voudrais que je te parle plus ? demande-t-il, incertain.

– Pas obligatoirement, mais ça ne me déplairait pas. J'aimerais bien savoir quand tu ne vas pas bien, si je peux aider.

– Tu m'aides juste en étant là, c'est pareil pour les filles.

Il tourne la tête vers moi, et avec une honnêteté déconcertante, il me dit :

– Votre simple présence dans ma vie a tout changé pour moi. Je ne serais pas où j'en suis sans vous. Je ne sais même pas si je serais encore vivant, malgré mes parents.

Ces mots me percutent de plein fouet. Jamais encore il n'avait dit une chose pareille. Je ne sais pas quoi faire. Si ça avait été Layla, je l'aurais prise dans mes bras, mais c'est Levy. Lui et moi, on ne se fait pas de câlins. Ce n'est pas que j'ai un problème avec les étreintes entre hommes, c'est juste que ce n'est pas notre truc à nous. Il y a une certaine pudeur entre lui et moi.

On s'aime énormément, on pourrait sacrifier beaucoup l'un pour l'autre, j'en suis certain, mais c'est une chose qu'on ne se dit pas ; on se contente d'en avoir conscience. Alors le fait qu'il s'exprime ainsi me chamboule.

Avant que je puisse faire quoi que ce soit, mon téléphone sonne. En voyant le nom de mon père s'afficher, je décroche :

– Allô ?

– *Fils, c'est moi.*

– Je sais, papa, ça va ?

– *Oui et non.*

– Qu'est-ce qui se passe ?

– *Je suis comme qui dirait coincé dans une armoire.*

– Hein ?

Levy m'interroge du regard, mais je ne sais pas quoi lui répondre parce que mon père ne dit pas des choses très sensées.

Je souris à une cliente qui vient d'arriver et laisse mon ami s'en occuper pour essayer de décrypter les propos de l'homme un peu fou qui m'a donné la vie. Levy grimace parce qu'elle porte un bonnet de Noël, mais je vois qu'il se force à sourire parce qu'il sait que c'est de l'argent à prendre.

– Où tu es ? demandé-je.

– *Je te l'ai dit, dans une armoire.*

– Mais quelle armoire ? Et comment tu as fait ton affaire ?

– *C'est une belle armoire indienne que j'ai trouvée sur une brocante, tu la verrais, elle est magnifique, je...*

– Papa, concentre-toi ! Tu es à la maison ?

– *Oui. Je l'ai rapportée avec moi et j'ai voulu la poncer, alors j'ai sorti les étagères, puis j'ai commencé par l'intérieur. C'était plus pratique de rentrer dedans, mais Pasta a sauté sur la porte et il m'a enfermé.*

– Tu vas me faire croire qu'il a tourné la clé lui-même ? soupiré-je, une main sur mon front.

– *Non, bien sûr que non ! C'est une vieille armoire, la serrure est un vrai casse-tête, je pensais l'étudier, d'ailleurs, à mon avis, je peux...*

– Papa !

Il va me rendre dingue s'il continue à s'égarer comme ça. Il ne sait pas rester concentré une minute. Son amour pour les vieilles choses va finir par avoir sa peau. Et la mienne !

– *Excuse-moi, Sidney. En résumé, je suis coincé à l'intérieur parce que ça s'est fermé quand la porte a claqué, et il faudrait que tu viennes me libérer. Je n'arrive pas à joindre ta mère.*

– Je suis au marché, tu as tenté Sabrina ?

– *J'ai essayé, oui, promis, je sais que tu travailles, mais ta sœur ne répond pas non plus.*

– Je sais que tu sais…

Quand nous avons commencé à travailler sur *Au seuil des délices*, les membres de nos familles respectives avaient du mal à comprendre le boulot que cela représentait, à même saisir que nous travaillions parce que nous le faisons depuis chez nous. Ma mère me demandait de faire le ménage puisque j'étais à la maison, mon père m'appelait à n'importe quelle heure pour me parler de choses qui auraient pu attendre le soir. De ce que j'en sais, c'était pareil pour les autres. À part pour Layla, bien sûr.

Ce comportement, c'est une des raisons pour lesquelles nous avons décidé d'emménager tous ensemble au moment de la création officielle de l'entreprise, mais je ne suis pas parti sans mettre les choses au clair avec mes parents. Ils ont beaucoup culpabilisé de ne pas avoir réalisé que me soutenir financièrement était très gentil, mais qu'il fallait surtout commencer par me soutenir émotionnellement, et que cela passait par comprendre que je faisais un vrai métier et que mon statut d'indépendant ne voulait pas dire que je pouvais me tourner les pouces.

Depuis, mon père a toujours peur que je pense qu'il reproduit la même erreur. Or je sais qu'il a bien compris.

– *J'ai appelé le voisin, mais il est parti dans le Nord pour fêter Noël avec ses enfants. Je ne savais pas qui appeler,* dit-il malgré tout.

– Moi, bien sûr que c'est moi qu'il fallait appeler, papa. Je serai toujours là pour toi. J'arrive au plus vite, d'accord ?

– *Merci, mon garçon.*

L'émotion dans sa voix me donne envie de pleurer. Imaginer mon père enfermé dans cette armoire, seul et perdu, hésitant à m'appeler parce qu'il a peur de me déranger me fait mal. Il va falloir que je lui explique mieux certaines choses.

– Je dois y aller, lâché-je en raccrochant.

– Hein ? T'es pas sérieux ? Tu ne vas pas me planter, toi aussi !

– Mon père a besoin de moi.

Le visage de Levy change immédiatement. Il passe de l'agacement à l'inquiétude.

– Qu'est-ce qui se passe ? demande-t-il.

– Il est enfermé dans une foutue armoire, grogné-je.

Levy lève un sourcil, mais je n'ai pas le temps de lui expliquer. Je n'ai même pas le temps de m'inquiéter pour notre stand. J'espère que mon ami s'en sortira seul et qu'il n'insultera pas nos clients s'ils lui souhaitent de passer un joyeux Noël. Idéalement, il faudrait aussi qu'il arrête de ronchonner sur nos collègues, celui qui est déguisé en père Noël, celle qui chante du Mariah Carey comme un pied ou celle qui s'évertue à vouloir nous offrir du vin chaud. Le mieux serait qu'il réussisse à convaincre Layla de revenir maintenant que je m'en vais. Mais je ne peux pas m'attarder, ma priorité, c'est mon père. Et quoi qu'il arrive, je sais que Levy comprendra.

Là encore, il n'est pas nécessaire pour nous de parler. Je n'ai besoin d'aucun de ses mots pour savoir qu'il aime ma famille et que si elle a besoin d'aide, il répondra présent, pour faire des travaux, pour les conduire quelque part ou juste pour tenir un stand pendant que je vais sortir mon père d'une armoire.

Habituellement, je prends les transports en commun, mais cette fois, j'ai préféré emprunter le véhicule d'*Au seuil des délices*. Ce n'était pas encore l'heure de pointe, ça roulait, et cela m'a évité d'avoir à prendre un métro et un bus pour arriver jusque chez mes parents.

En une vingtaine de minutes, je suis garé devant la maison qui m'a vu grandir.

Je claque la porte de la camionnette et me presse de passer le portail du jardin. Je manque de tomber en glissant sur la neige, puis j'entre au chaud et retire mon manteau à la hâte.

– Papa ! crié-je.

– Je suis là, Sidney.

Pasta arrive en courant et me saute dessus, mais je n'ai pas le temps pour lui. C'est un peu sa faute si on en est là, en plus. Mais je l'aime trop pour le gronder, c'est mon chien après tout. Si j'avais plus de place dans notre appartement, il vivrait avec moi, mais je n'ai pas pu me résigner à lui imposer une vie en plein Toulouse et trop peu de temps à lui accorder. Ici, il est mieux. Mon père est souvent là et s'en occupe tout le temps, il est plus heureux comme ça.

Je le caresse en vitesse tout en me dirigeant vers le salon.

C'est un désordre sans nom. Je ne vois même plus les décorations de Noël. Le sapin a disparu derrière une armoire, celle qui ne devrait pas être ici et qui se trouve pourtant en plein milieu de la pièce.

Je m'approche et tourne la poignée, mais ça ne bouge pas. Il n'y a pas de clé dans la serrure.

– Je vais devoir défoncer la porte, dis-je.

– Non, ne la casse pas !

– Papa ! m'agacé-je.

– Il doit y avoir une clé, tu ne la vois pas ?

Je revérifie la serrure, mais je n'en vois toujours aucune. Est-ce que mon chien l'a fait tomber dans son excitation ?

– Cherche dans la pièce, elle doit être là.

Ladite pièce est tellement encombrée que j'en ai le tournis. Mon père a ramené une brocante entière dans le salon, et il veut que je fouille ce désordre ? Je ne sais pas si j'en suis capable… Je n'ai qu'une envie, tout prendre – y compris l'armoire dans laquelle il se trouve – et tout jeter par la fenêtre. Je me sens étouffé dans ce bazar. Mais je ne peux décemment pas jeter mon père aux ordures, je dois le sortir de là, et comme je suis un abruti qui ne veut pas lui faire de la peine en enfonçant la porte de cette armoire à laquelle il semble tenir, je me retrouve très vite à genoux à fouiller dans les cartons, sous le tapis et derrière les nouveaux objets que mon père a rapportés de cette maudite brocante.

– Pasta, cherche !

Il ne sait pas du tout ce qu'il doit chercher, mais il cherche quand même. Il connaît l'ordre, ça lui suffit, et moi, ça me permet de me sentir moins seul dans ma quête d'une clé dont j'ignore tout de l'apparence.

Je trouve un père Noël décoratif qui va sûrement finir sur la cheminée cette année, à côté de toutes les autres babioles que mes parents ont installées. Je découvre un gros plaid rouge et blanc qui mérite d'être brûlé parce que le désinfecter ne serait pas suffisant. Je tombe sur une guirlande qui a une sale tête ; un chien a dû la manger, possiblement le mien. Mais pas de fichue clé !

Soudain, Pasta aboie derrière moi. Toujours à quatre pattes, je me retourne et le vois, les fesses relevées, la truffe sous le canapé. Je m'approche, et en collant la tête sur le parquet du salon, je découvre une vieille clé. C'est forcément celle que je cherche.

– Bon chien ! dis-je, excité, en lui caressant la tête.

Il est incroyable. Avant de partir, je vais jouer à la balle avec lui, il le mérite. Il a sûrement eu de la chance, mais je m'en moque, c'est le meilleur quand même.

J'attrape le précieux bien, puis je me relève pour enfin tirer mon père de sa prison. Je ne sais pas exactement depuis combien de temps il est enfermé, mais il ne passera pas une minute de plus là-dedans.

J'ouvre la porte de sa fichue armoire. Il en sort en souriant et inspire un grand coup.

– Enfin de l'air frais ! s'exclame-t-il.

– Frais ? On ne peut plus respirer ici. Pourquoi t'as ramené tout ça ? Le réveillon est dans cinq jours, où on va mettre la famille ?

– Je vais faire de la place dans le garage.

– Pour la famille ?

– Mais non, pour tout ça ! répond-il en riant. Merci, mon fils, ajoute-t-il en me tapant dans le dos.

– De rien.

– Il faut que tu retournes au marché, non ?

J'attrape mon téléphone pour voir si Levy m'a écrit, et je découvre un message de sa part m'indiquant de prendre mon temps, car Layla est revenue. Je m'apprête à lui répondre, mais mon portable s'éteint.

Super, je n'ai plus de batterie.

– T'aurais pas un chargeur dans tout ce bazar ? demandé-je à mon père.

– On va bien réussir à trouver ça, me répond-il en souriant.

– Je vais laisser mon portable charger, et pendant ce temps, je t'aide à dégager le salon. Maman t'aime, mais si elle voit ça, elle demande le divorce.

Il rit, puis il semble réaliser ce que je viens de dire.

– Tu ne retournes pas au marché ?

– C'est bon, Levy et Layla s'en sortiront. Je préfère rester avec toi jusqu'à ce que cette maudite armoire soit enfermée ailleurs, dis-je en regardant le meuble d'un œil mauvais.

Lorsque je tourne la tête vers mon père, je découvre un sourire ému sur son visage. Il pose une main sur mon bras, et avec émotion, il me dit :

– Merci.

Je ne réponds rien. Je n'en suis pas capable. Mon père et moi avons toujours été très différents, et j'ai parfois du mal à bien communiquer avec lui. Mais il arrive aussi que certains messages passent sans que nous ayons besoin de les verbaliser. Aujourd'hui, je voulais qu'il comprenne que ma famille sera toujours ma priorité, et que si mon entreprise me demande du temps, cela ne veut pas dire que je ne suis plus là pour eux. Je crois qu'il l'a compris. C'est tout ce que je voulais.

La nuit est déjà tombée quand Sabrina et ma mère rentrent finalement à la maison, les bras chargés de sacs. Quelque chose me dit qu'elles ont fait les derniers achats de Noël.

Elles savent que je suis là puisqu'elles ont téléphoné à mon père à la suite de ses appels. En entrant dans le salon où plus rien ne traîne – rien de nouveau, disons –, elles ont confirmation que j'ai passé le reste de la journée ici à ranger.

Mon père et moi avons tout dégagé. De nouveau, on peut admirer la multitude de guirlandes lumineuses et le sapin, dont on ne voit presque plus la couleur verte à cause de la tonne de nœuds, boules et guirlandes qui y sont accrochés.

Nous avons passé un bon moment tous les deux, cela faisait longtemps que nous n'avions pas eu du temps juste lui et moi. Je crois qu'à partir d'aujourd'hui je vais me débrouiller pour passer plus d'instants comme celui-là en sa compagnie.

– Ton côté maniaque est parfois utile, lâche ma sœur en voyant l'ordre dans la pièce.

– Je trouve qu'il l'est moins qu'avant… Maniaque, je veux dire, répond mon père.

J'imagine qu'à force de fréquenter Layla, je me suis un peu calmé… Layla !

D'un bond, je me lève. Je me rends compte que je n'ai donné aucune nouvelle. Mon portable est toujours éteint.

– Il faut que je rentre.

– Tu ne reprends pas la route maintenant. Il neige et il fait nuit, dit ma mère.

– Dors dans ta chambre, mon garçon, tu pourras partir tôt demain.

– Et va prendre une douche, tu transpires trop, ajoute ma sœur.

– Faut que j'envoie un message à Layla pour la prévenir, j'ai besoin d'un chargeur, je n'ai plus de batterie.

Mon père et moi n'en avons pas trouvé, finalement.

– Je vais lui écrire et brancher ton portable, toi, va te laver ! Je te jure que tu pues.

Je lève les yeux au ciel. Sabrina exagère. Cette saleté de reine et ses manières… Mais je ne suis pas contre une bonne douche, alors je ne relève pas. Malgré tout, en passant à côté d'elle, je lève le bras pour que son nez se retrouve pile sous mon aisselle, puis je pars en courant tandis qu'elle hurle qu'elle va me tuer.

Je ris comme un gamin. Sous la douche, j'y pense encore, puis je me dis que ça fera rire Layla aussi quand je le lui raconterai. Enfin, si elle ne boude plus…

Il est vingt-trois heures passées lorsque je me glisse enfin dans mon lit. Je suis exténué. Pasta m'a tué ; j'ai dû lui jeter la balle au moins cent fois.

Comme il faisait trop froid dehors, j'ai continué dans le salon et il a manqué de renverser le sapin. Je l'ai rattrapé de justesse !

C'était sportif, et je ne suis pas fâché d'être enfin allongé.

Mes parents ont gardé la même décoration dans ma chambre. Je retrouve mes draps bleu nuit, les photos encadrées de mes joueurs de hockey préférés, le bois foncé du bureau sur lequel j'étudiais comme un fou pour obtenir mon bac… Rien n'a changé, rien n'a été retiré ou ajouté. C'est sûrement la seule pièce de la maison que mon père n'a pas envahie. La chambre de Sabrina non plus, mais elle vit toujours ici ; les loyers sont trop chers pour qu'elle prenne son propre appartement, alors elle préfère épargner en restant chez nos parents.

Je pense que mon père a voulu m'éviter une crise. S'il n'a rien bougé ici, c'est sûrement parce qu'il ne veut pas que je devienne fou et que je refuse d'y dormir à nouveau. Je lui manque, à ma mère aussi. On se voit régulièrement, mais ce n'est plus comme quand j'habitais ici. J'ai grandi, ils l'acceptent, mais ça ne veut pas dire que c'est facile pour eux.

J'attrape mon téléphone enfin chargé, j'ai besoin de parler à Layla. Elle me manque, elle aussi. Je me sens seul dans cette chambre qui est la mienne sans l'être vraiment. Mais je n'ai aucun message d'elle. Elle qui est toujours sur son téléphone à m'écrire quand on n'est pas ensemble… Cela ne peut vouloir dire qu'une chose : elle fait encore la tête pour le marché. Je ne pensais pas qu'elle était vraiment fâchée. Je ne comprends pas pourquoi elle réagit comme ça.

Si j'étais avec elle, je pourrais me faire pardonner en lui préparant un bon chocolat chaud dont j'ai le secret et en lui proposant de regarder un match avec moi, mais de loin, c'est plus difficile.

Un match… Il y a un match ce soir !

Je me dépêche d'ouvrir l'application pour vérifier. Il y en a deux. Ce soir, les Pens et les Bruins jouent.

Layla va me tuer. Si je m'étais souvenu qu'il y avait des matchs ce soir, jamais je n'aurais accepté de rester dormir chez mes parents, neige ou pas neige. Si j'avais été chez nous, on se serait disputés pour savoir lequel regarder en direct, vu que nos deux équipes jouent en même temps, mais pas l'une contre l'autre, elle aurait gagné, comme toujours, et on aurait regardé les Pens en premier, puis les Bruins, mais au moins, on l'aurait fait ensemble, comme d'habitude.

Je comprends mieux pourquoi elle m'en veut…

Moi : *On se fait le match*
des Pens ensemble à distance ?

Les minutes passent, mais je ne reçois aucune réponse. Elle a lu mon SMS, mon téléphone me l'indique, mais elle ne dit rien.

Finalement, après quelques minutes, son nom s'affiche sur mon écran.

Lay's : Regarde tes ours, moi,
je soutiens mes pingouins toute seule.

Elle ne me force pas à regarder les Pens avec elle ? Cette fois, c'est sûr, elle me fait la gueule…

CHAPITRE 17

LAYLA

Je suis partagée entre l'envie de pleurer et celle de hurler, mais je ne fais ni l'un ni l'autre. Installée dans le lit de Sidney, je regarde les Pens mener le jeu après avoir englouti le reste de mon pain d'épice. Ils ont une avance considérable, et si je n'aime pas vendre la peau de l'ours avant de l'avoir tué, je pense que je connais déjà l'issue de ce match. Cela ne m'empêche pas de rester concentrée, à la fois parce que voir un match de hockey est fascinant, surtout quand Crosby est sur la glace, et à la fois parce que ça me permet de sortir un peu Sidney de ma tête. Enfin, plus ou moins.

Là, tout de suite, je le déteste. Je lui en veux de chambouler mes sentiments et de me frustrer sexuellement pour ensuite draguer une autre fille. Je lui en veux de ne pas m'avoir prévenue qu'il ne rentrerait pas à la maison. Et je lui en veux de me laisser toute seule pour le match de ce soir.

Levy m'a dit qu'une jolie brune était venue à notre stand dans la journée, il m'a ensuite expliqué que Sidney avait dû partir, mais il n'a rien dit de plus à part des plaintes au sujet de Noël dont je me suis moquée. Je ne suis pas stupide, je sais ce que ça veut dire… Ça m'énerve et ça me rend triste à la fois.

Après ma discussion avec Sabrina, je pensais le retrouver, je voulais lui proposer de cuisiner quelque chose ensemble pour le match de ce soir, de faire une soirée tous les deux et d'aller plus loin, au bout de nos désirs, au bout de la nuit, et de continuer en journée. J'étais prête à oser partager mes sentiments, et cet abruti me plante ! Je suis tellement agacée que, après la première période de jeu, je mets le lit de Sidney en vrac, ouvre son armoire et jette toutes ses affaires par terre. Je tire sur la guirlande qu'il a raccrochée à sa tringle de rideau la dernière fois que je l'ai fait tomber, je jette son coussin de Noël contre le mur ; j'évacue ma colère en retournant toute sa chambre.

Mes yeux se posent sur le tout petit sapin décoré en jaune qui trône sur la table de chevet, et ma colère redescend d'un coup. La tristesse prend sa place.

Ce que je viens de faire était idiot et puéril, et surtout, ça va faire du mal à mon meilleur ami. Il n'est pas juste accro au rangement, c'est presque maladif pour lui ; le désordre l'oppresse, il ne se sent pas bien quand tout est chamboulé. Je ne veux pas qu'il retrouve sa chambre dans cet état…

Les larmes aux yeux, je me mets à replier tous les vêtements, à ranger les cintres, puis les chaussures que j'ai jetées à travers la pièce. Je remets les décorations de Noël à leur place, le plus joliment possible.

Pourquoi faut-il toujours que je me comporte comme une enfant colérique ? Je suis incapable de supporter mes sentiments, alors j'agis avec impulsivité. Sabrina dit que c'est ce côté de moi que Sidney aime, mais elle ne peut que se tromper. Je ne vois pas comment il peut aimer ça, et s'il entrait maintenant dans sa chambre, il n'apprécierait certainement pas le désordre que j'y ai mis.

Je suis parfois fatiguée de moi-même. Très souvent, en fait. J'aimerais dire que c'est mon hyperthyroïdie qui me rend complètement dingue, mais je crois que ce ne serait pas parfaitement honnête. Après tout, elle se contente d'intensifier ce que je ressens vraiment, d'aggraver mes défauts. Je ne peux pas la blâmer pour tout…

Je finis à peine de ranger lorsque le match reprend. Le cœur n'y est pas, mais je me remets dans le lit pour le regarder. L'odeur de Sidney est sur la couette, son parfum naturel, pas *Hugo Boss*. Le bois, la vanille et la cannelle pénètrent mes narines et me donnent à nouveau envie de pleurer. Il me manque, et je suis une idiote.

Le jeu défile devant mes yeux, mais je n'arrive pas à me concentrer dessus. Même le talent de Crosby ne parvient pas à me captiver. Quand Carter fait un tour du chapeau[14], je m'aperçois que je n'ai même pas vu ses deux premiers buts. Je suis à côté de la plaque. Les Pens emportent le match haut la main, mais je ne suis pas aussi excitée que je le devrais parce que je ne cesse de penser à Sidney.

Je me lève pour me poster à la fenêtre. La neige tombe toujours dehors. Je crois que les Toulousains qui disaient que ça allait très vite s'arrêter ont revu leur copie. Personne ne comprend pourquoi cette année est si blanche ; beaucoup ont une théorie à partager, mais moi, je m'en moque. Jusqu'à ce soir, j'étais juste heureuse qu'elle soit là, pour une fois. Mais dans l'immédiat, même la neige me rend triste, parce que celui que j'aime n'est pas là pour la regarder avec moi.

Quand mon téléphone vibre sur la table de nuit, mon cœur s'emballe. Je cours presque pour l'attraper. Je me jette sur le lit et m'en empare.

Sid : Félicitations !

Moi : *De quoi tu parles ?*

Sid : La victoire des Pens,
quoi d'autre ?

---

14. Utilisé au Canada, le terme est aussi appelé « coup du chapeau » en France et se dit au hockey lorsqu'un joueur marque à lui seul trois buts lors d'un match.

Moi : *Tu n'as pas regardé les Bruins ?*

Sid : Non, je voulais regarder
le même match que toi.

Les larmes me montent encore aux yeux. Je me sens vraiment stupide de réagir comme ça, mais je suis touchée.

Malgré tout, j'en veux à Sidney de ne pas être là, de m'avoir abandonnée pour cette inconnue. Je ne suis pas l'unique responsable de mon état.

Moi : *Tu ne devrais pas forcer*
ta nouvelle copine à regarder
un match dès le premier soir.

Sid : Hein ? Quelle copine ?

Moi : *Celle du marché.*

Sid : J'ai raté un épisode ?

C'est moi qui en ai raté plusieurs apparemment. Je pensais qu'il y avait quelque chose entre Sidney et moi, mais je me suis trompée. Je suis la seule idiote qui est tombée amoureuse de son meilleur ami.

Sid : Sabrina t'a écrit ?

Moi : *Non. Mais quel rapport ?*

Sid : Je vais la tuer…
Je suis chez mes parents !
J'ai dû aller aider mon père
qui s'était enfermé dans une armoire.

De quoi parle-t-il ? Il croit m'avoir avec un si gros mensonge ? Encore qu'il s'agit d'André, alors cette histoire ne semble pas complètement folle…

Sid : Je t'appelle, et tu décroches
sinon je prends la route,
et tant pis s'il fait nuit et qu'il neige.

Pourquoi est-ce que le ton autoritaire que je lis dans son message m'excite ? Ce n'est franchement pas le moment ! Et bien sûr, il n'attend pas une minute de plus avant de m'appeler.

– Tu ne me donnes pas d'ordre ! dis-je en décrochant.

– *N'empêche que ça a marché*, répond-il en riant.

– Tu me soûles. C'est quoi cette histoire ?

– *Mon père s'est retrouvé enfermé dans l'armoire qu'il a ramenée d'une brocante. Pasta a sauté sur la porte et... Qu'importe, j'ai dû aller le libérer, et finalement, je suis resté l'aider, puis la nuit est tombée.*

– Et tu ne pouvais pas prévenir que tu restais dormir chez tes parents ?

– *Je n'avais plus de batterie, j'ai dit à Sabrina de t'envoyer un message ! Cette fichue reine ne l'a pas fait, apparemment...*

Non, elle ne l'a pas fait. Je n'ai rien reçu. Et Levy a tenu un discours qui m'a fait décider de ma propre réalité.

– *Y'avait un nouveau film de Noël sur* Netflix, *je suis sûr qu'elle a oublié à cause de ça. Elle n'a pas arrêté de nous presser pour qu'on mange vite et qu'elle puisse le regarder*, soupire Sidney.

– OK pour le SMS, mais Levy a dit que la brune est revenue quand vous y étiez tous les deux.

– *Quelle brune ?*

– Celle de ce matin que tu draguais !

– *Je ne la draguais pas*, soupire-t-il encore. *Et elle n'est pas revenue. Y'a bien eu des brunes, mais elle, je ne l'ai pas revue. Il a dû trouver que l'une d'elles était à son goût.*

– Alors tu n'étais pas avec elle aujourd'hui ?

– *Je t'ai dit que j'étais avec mon père.*

Un poids semble quitter ma poitrine. Je comprends que je me suis mise dans tous mes états pour pas grand-chose. Je fais souvent des choses comme ça, j'ai presque l'habitude… Je vis toujours tout intensément, le bon comme le mauvais.

– J'ai retourné ta chambre, murmuré-je, coupable.

– *Comment ça ?*

– J'étais fâchée d'être toute seule dans ton lit pour regarder le match, alors à la pause, j'ai tout mis en désordre… Mais j'ai rangé, promis !

– *Tu es dans mon lit ?* demande-t-il, d'une voix grave qui me donne des frissons.

– Oui…

Le silence accueille ma réponse. Je me dis que j'ai peut-être imaginé son ton et qu'il est en fait fâché contre moi.

– Tu es en colère pour la chambre ?

– *Layla.*

– Oui ?

– *Là, tout de suite, tu pourrais avoir fait brûler l'appartement que je m'en foutrais. J'ai une autre image en tête.*

L'ambiance change soudainement. Je sens mes joues chauffer, et d'autres parties de mon corps. J'imagine très bien à quoi il pense. Il n'y a pas grand-chose qui peut empêcher mon meilleur ami de perdre la tête face au désordre, à part peut-être ce qui a tendance à rendre fous la plupart des êtres humains : le désir.

D'un autre homme, j'aurais pu me méprendre, mais je crois que je connais assez bien Sidney et que je ne rêve pas cette connexion qu'il y a entre lui et moi. Peut-être que je lui attribue juste les mêmes pensées que moi parce que je crève d'envie qu'il me désire comme je le désire, qu'il m'aime autant que je l'aime. Peut-être que je me berce d'illusions, mais pour une nuit, est-ce si grave ?

– *Ils ont gagné*, l'entends-je dire.

– De quoi ?

– *Les Pens ont gagné. Tu as le droit de me demander quelque chose.*

– Et les Bruins ? demandé-je. Il faut qu'on regarde leur match.

– *J'ai regardé les résultats, ils ont gagné aussi.*

En temps normal, je lui aurais dit que c'est un sacrilège de se spoiler les résultats d'un match avant de le voir, mais pas ce soir. Je n'ai pas du tout envie de parler de hockey. Cela en dit long sur l'intensité de mon désir, de mes émotions.

– Alors tu peux me demander quelque chose, toi aussi… dis-je.

– *Avec un peu de chance, on a envie de la même chose.*

– Je crois que c'est le cas.

Une nouvelle fois, le silence s'installe. J'entends le souffle de Sidney à travers le combiné. Mon cœur bat si fort que j'ai peur de manquer ses mots s'il me parle.

Soudain, j'entends le froissement des draps. Je ferme les yeux et visualise la chambre dans laquelle j'ai déjà dormi avec lui, de manière innocente, bien loin de ce que nous nous apprêtons à faire.

Est-ce fou d'avoir envie de faire l'amour avec l'homme que j'aime, même si c'est par téléphone ? Je ne sais pas trop, mais je ne crois pas que je veuille y réfléchir ou me demander comment on a pu passer des cris à ça. L'instant présent me plaît bien plus.

Notre appartement est silencieux, il n'y a que Toulouse qui chante dehors, comme toujours, et le vent qui souffle les flocons contre la vitre, mais je les entends à peine. Je suis concentrée sur la respiration de Sidney, sur les mouvements que je devine. Ma main glisse alors sur mon propre corps pour répondre à sa demande silencieuse comme il répond à la mienne, après ces deux matchs gagnés.

Mes yeux se ferment pour apprécier chaque caresse, pour imaginer que ce sont ses doigts sur moi, puis en moi, et pas les miens.

Je revois nos moments sensuels dans ces mêmes draps, j'imagine les siens dans l'intimité de sa chambre d'adolescent, et je sens la chaleur m'envahir, me brûler.

– *Si tu savais ce que j'ai envie de te faire...* l'entends-je dire.

Je n'arrive pas à répondre autre chose qu'un gémissement. Je me sens d'abord gênée, mais quand un grognement me répond, je me dis que ça n'a pas d'importance si je suis ridicule parce que c'est moi qui lui fais cet effet et que c'est électrisant.

Je me rappelle qu'avec Sidney, je n'ai pas à avoir honte, pas à être timide, parce qu'il sait tout de moi et qu'il m'aime quand même. Peut-être pas comme je l'aime, peut-être que…

– Sidney, dis-je, la voix chargée de désir.

– *Dis-moi, Layla.*

Je crois que je suis amoureuse de sa voix, de la manière dont il prononce mon prénom. Je n'entends que lui dans la nuit, comme un chant qui me guiderait sur un chemin nommé désir. Je n'avais jamais pris conscience avant de l'effet qu'il pouvait me faire.

Mes doigts continuent à caresser mon corps avec indécence mais douceur. Il me faut quelques longues secondes avant de réussir à demander :

– Est-ce que tu m'aimes ?

– Tu veux vraiment que je te le dise par téléphone ?

– Non…

Je préfère que ce soit en vrai. Il le fera plus tard. Parce que ses mots veulent dire qu'il m'aime, pas vrai ? Est-ce que c'est comme je le pense ?

Est-ce que je m'en soucie ? Pas vraiment. Enfin, si, mais dans l'immédiat, j'ai plus important en tête. Juste pour cette nuit, je veux bien imaginer que Sidney est amoureux de moi comme je suis amoureuse de lui.

Mon plaisir ne cesse de monter, mais j'ai besoin de plus. Alors je me laisse glisser dans le lit et pose le téléphone sur le drap, juste à côté de mon oreille. Je récupère ainsi ma deuxième main pour continuer ce que j'ai commencé, ce que *nous* avons commencé, sur la base d'un bête défi que je n'ai jamais autant aimé qu'aujourd'hui.

Je m'enivre de son parfum resté sur le coussin. Même s'il n'est pas présent physiquement dans cette chambre, il est quand même là. Il est toujours là, chaque nuit, que je sois ou non dans ses bras, il est là, dans mon cœur, dans ma tête. Et je prends conscience qu'il n'est pas seulement là la nuit. Depuis toujours, même quand le soleil brille, Sidney est à mes côtés.

J'aimerais qu'il le soit pour l'éternité.

– Layla…

Sa voix tremble. Mes soupirs et mes gémissements lui font de l'effet, les siens me rendent complètement folle. Je devrais me mordre la lèvre pour ne pas faire plus de bruit, mais je n'ai même pas le courage de me soucier de mes colocataires.

L'excitation monte, monte, monte… Et quand j'entends l'homme que j'aime exprimer son plaisir à l'autre bout du fil, quelque chose explose à l'intérieur de moi. Mon corps se tend, ma respiration se coupe, et tout se met à trembler, du bout de mes pieds jusqu'à la pointe de mes cheveux, sans oublier mon cœur.

Jamais encore je n'avais eu un tel orgasme, certainement pas par téléphone. Mais j'imagine que c'est parce que je n'avais encore jamais fait l'amour par téléphone. J'aime à croire que c'est surtout parce que je n'avais jamais aimé aucun homme comme j'aime Sidney.

Le temps défile, la nuit s'échappe, nos souffles chantent la berceuse dont nous avons besoin, mais qui ne suffira pas à nous endormir. J'écoute Sidney respirer, je redescends sur terre. Je ne suis pas malheureuse de le faire, parce que mon paradis se trouve ici, avec lui.

J'ai une terrible envie de lui dire que je l'aime, mais je ne veux vraiment pas que ce soit par téléphone. Il y a des gens qui pensent que dire ces trois mots après l'amour est une mauvaise idée, que ce n'est pas sincère, que notre corps et le plaisir ressenti nous poussent à les prononcer, mais je ne suis pas d'accord. Ou plutôt, cela ne s'applique pas à ma situation. J'avais envie de lui confier mon amour avant ça, j'en ai juste plus envie encore à présent.

– *Lay's, t'es toujours là ?*

– Je ne suis plus Layla, maintenant ? m'agacé-je.

– *Tu seras toujours une tête de chips. La plus sexy des chips, mais une chips quand même.*

C'est plus fort que moi, je ris. Je ris parce que c'est absurde, parce que c'est adorable en même temps, et parce que c'est la preuve que, quoi qu'il advienne de nous, même si nous devenons un couple, notre amitié sera éternelle. Je comprends que rien ne pourra l'effacer, et cela me soulage d'un poids immense.

– On devrait peut-être dormir, dis-je.

– *Ouais, on va encore avoir une grosse journée demain.*

– Tout à l'heure, tu veux dire. Il est plus de deux heures du matin.

Je l'entends rire, ce qui me fait sourire. Mais je perds ce sourire quand les problèmes de Sidney me reviennent.

– J'espère que tu ne feras pas d'insomnie…

– *Y'a peu de chance. Depuis que tu dors avec moi, je n'en fais plus.*

Est-ce qu'il sait qu'il vient de me dire la plus belle chose qui soit ? Savoir que je peux l'aider à dormir me rend plus heureuse que jamais. J'avais l'impression de ne rien faire pour lui, en dépit de ses mots qui me disaient le contraire, alors la moindre chose qui est à ma portée, je la saisis.

– Mais je ne suis pas avec toi ce soir.

– *Tu es avec moi, Layla. Tu l'es tout le temps. Je te l'ai dit, tu mets de la lumière dans mes nuits, mieux, tu* es *cette lumière, et encore plus après ce qu'on vient de faire*, répond-il, de cette voix que j'aime tant.

– J'aurais quand même préféré être avec toi.

– *Moi aussi. Mais je serai là demain. Enfin, tout à l'heure.*

Je me retiens de lui dire que j'ai hâte qu'il soit là. Je me sens un peu gênée de lui exprimer combien je l'aime et combien il me manque. C'est idiot, mais je crois qu'en dépit de ma personnalité extravertie, j'ai un côté un peu timide. Et peut-être que je suis comme ça parce que, de toute façon, Sidney comprend tout ce que je ne dis pas.

– *Dors bien, belle nuit.*

Mon cœur s'emballe. Il n'est pas en train de me souhaiter deux fois bonne nuit. Ce « belle nuit », c'est un petit mot doux qu'il m'offre, une façon de m'appeler autrement, moi dont le prénom colle si bien à notre relation, à ce que nous vivons…

– Bonne nuit, Sidney.

Je ne parviens pas à dire autre chose et j'ai bien du mal à raccrocher. Quand je le fais, je touche mon visage encore chaud de toutes ces émotions. Je sens un sourire étirer mes lèvres. Puis je roule sur le côté et hume encore le parfum de mon meilleur ami. Non, mon *petit ami*. Il est aussi ça à présent, c'est officiel, je crois.

Cette nuit, bien que loin de lui, je le sens autour de moi, en moi. Il est partout, et surtout dans mon cœur, mais aussi dans ma tête. Il est aussi présent que l'hiver, la neige qui tombe dehors ou Noël qui a enveloppé notre ville. Il est là, et c'est son beau visage que je vois en dernier avant de rejoindre les bras de Morphée.

CHAPITRE 18

SIDNEY

Le soleil n'est pas encore levé lorsque je quitte la maison de mon enfance, presque en courant. Mes parents sont debout et mon empressement les fait rire, même s'ils n'imaginent pas pourquoi je suis comme ça. Encore que j'ai dû les mettre sur la piste lorsque j'ai mentionné le prénom de Layla en caressant Pasta…

Sabrina n'était pas réveillée quand je suis monté dans mon véhicule. Elle ne l'*était* pas. Le passé a toujours de l'importance, il en a particulièrement ici. Pour me venger d'elle, qui n'a pas été fichue d'envoyer un simple SMS, j'ai passé discrètement son portable en mode sonnerie, à fond, puis je l'ai glissé à côté d'elle sur le lit. Une fois à l'abri, loin de la maison, je l'appelle à répétition, jusqu'à ce qu'elle décroche et hurle :

– T'es mort, Sidney ! Tu entends ? T'es un homme mort ! Je n'ai plus de frère !

– Moi aussi je t'aime, frangine. Bonne journée !

Elle s'égosille encore quand je raccroche. Moi, j'ai un sourire idiot sur le visage. Je regretterai mon geste à Noël, elle me le fera payer, c'est certain, mais j'ai encore quatre jours avant le réveillon et je vais veiller à éviter ma folle de sœur jusque-là. Elle me fait un peu peur, mais pour l'instant, rien ne peut calmer mon excitation ou mon bonheur, pas même cette saleté de reine. Je suis sur un nuage, je suis le plus heureux des hommes. En tout cas, j'en ai l'impression.

Je souris encore lorsque j'entre dans notre appartement, mais plus pour les mêmes raisons. Je sais que je vais retrouver Layla et je crève d'envie de la revoir. C'est idiot, on était ensemble il y a moins de vingt-quatre heures, mais tout a changé dans la nuit. Encore une fois, l'obscurité a abrité un moment important de notre histoire.

Pour certains, faire l'amour est un acte sans grande importance, un plaisir à pratiquer avec un proche, un ami ou un inconnu, mais pour moi, c'est bien plus que ça. Je sais que, techniquement, Layla et moi n'avons pas couché ensemble, mais c'est tout comme. Nous nous sommes avoué notre amour sans avoir à utiliser des mots, sans besoin de nous voir ou de nous toucher. Et c'était le plus beau moment de ma vie.

L'appartement est calme. Romy est dans la cuisine, en train de travailler, mais c'est la seule âme éveillée. J'ai envie de rejoindre Layla dans mon lit, je donnerais cher pour ça, mais je ne peux pas abandonner mon amie. J'ai déjà déserté le marché hier, je ne peux décemment pas planter *Au seuil des délices* une deuxième fois. J'ai passé l'âge de me comporter comme un adolescent insouciant qui lâche tout pour courir rejoindre celle dont il est amoureux. Et puis, cette entreprise m'est chère, parce qu'elle l'est pour Layla, bien sûr, mais pas uniquement. Elle est le résultat d'une amitié incroyable avec toutes ces personnes, de nos efforts réunis. Elle est un rêve réalisé et la preuve que j'ai ma place quelque part. Une que j'ai longtemps cherchée parce que je ne me sentais à ma place nulle part, sans vraiment pouvoir l'expliquer. Nulle part, sauf avec Layla, cette même femme qui m'a justement offert la chance de trouver ce que je voulais faire de ma vie.

En pensant à elle, je sors du frigo l'une des truffes à la pistache que je conserve là pour qu'elles durent le plus longtemps possible avant d'être vendues, puis je la glisse dans la case du jour de son calendrier de l'avent.

J'aime énormément ce petit rituel qui n'appartient qu'à nous, j'adore voir son visage lorsqu'elle découvre la gourmandise que j'ai choisie pour elle chaque jour.

Une fois ce petit rituel accompli, je me lave les mains, tout en demandant à Romy :

– On a quoi à faire ?

– J'ai fini le stock pour le marché. J'ai fait un peu plus de chocolat chaud parce qu'on en vend pas mal la journée, les gens adorent ceux avec de la guimauve dedans ou ceux avec les dessins. Jade arrive à dessiner des rennes magnifiques dans la crème, maintenant !

Cela ne m'étonne pas de mon amie, elle s'est beaucoup entraînée avec moi pour y arriver. Alors qu'elle ne savait faire qu'une feuille simple avant, elle arrive à présent à tracer de véritables œuvres d'art. Nos clients adorent ça. On ne peut pas leur en proposer pour chez eux, le dessin ne tiendrait pas, mais ils se font un plaisir de passer au marché nous en acheter afin de le boire en arpentant les allées. Et au passage, ils nous prennent quelques petits gâteaux. C'est le bon plan !

– Il faudra refaire des sablés demain, je pense, reprend Romy, mais pour aujourd'hui, on a ce qu'il faut, tu avais bien avancé. Par contre, j'ai encore les commandes spéciales à faire. Tu as la liste sur le frigo. Si tu peux faire le sucré, je m'occupe du salé.

– À vos ordres, chef !

Romy me sourit. Je viens embrasser son front avant d'enfiler mon super tablier aux couleurs de Noël et de me mettre au travail. Là, je remarque qu'elle a de tout petits yeux. Elle a l'air épuisée.

– Tu veux que je te remplace au marché aujourd'hui ? demandé-je.

– Tu m'as déjà remplacée hier, ça ira.

– En fait, j'ai dû partir sauver mon père. C'est Levy qui m'a remplacé, donc, dans les faits, c'est lui qui t'a remplacée.

– Qu'est-ce qui s'est passé ?

– Un truc idiot d'armoire et de chien.

Romy lève un sourcil, mais elle doit juger que ça n'en vaut pas la peine parce qu'elle se contente de secouer la tête. C'est une amie très à l'écoute, mais elle ne s'attarde pas sur nos petites histoires si elle voit que cela n'a pas d'importance. C'est sûrement pour cette raison qu'elle n'écoute pas souvent Layla. Enfin, depuis l'annonce de sa maladie, elle est plus attentive, parce qu'elle a réalisé que Layla cachait des chagrins derrière son attitude enfantine.

– Du coup, je peux te remplacer pour de vrai aujourd'hui, continué-je.

– J'aime tenir le stand avec Jade. Elle me chante des chansons de Noël en travaillant, ça couvre la casserole d'en face.

Je ris avec elle, mais je ne peux m'empêcher de la taquiner :

– Tu aimes n'importe quoi tant que c'est avec Jade.

– C'est l'hôpital qui se fout de la charité !

Je sais qu'elle parle de Layla, mais comme elle a raison, je m'abstiens de la contredire. D'autant que je vois très bien ce qu'elle cherche à faire : m'éloigner du sujet qu'elle sait que je vais aborder. Je ne la laisserai pas faire.

– Comment va ta mère ?

Elle se tend. Elles sont allées la voir hier, et quelque chose me dit que c'est cette visite qui cerne ainsi ses yeux, et pas juste la quantité considérable de travail que nous avons tous en ce moment.

– Elle va comme une femme qui est dans la seconde phase progressive de sa sclérose en plaques et qui refuse toujours un quelconque traitement.

– Il y a moyen de la soigner ?

Je sais que non, mais mieux vaut y aller sans être trop brut. Romy pourrait m'envoyer le lait qui est en train de bouillir au visage…

– Non, c'est une maladie incurable, tu le sais très bien, dit-elle pour me faire remarquer que mon entourloupe ne prend pas. Mais si elle avait accepté un traitement immunomodulateur ou immunosuppresseur, peut-être qu'elle ne serait pas entrée dans cette deuxième phase !

– Ça aurait juste retardé son arrivée…

– Je sais, mais ça nous aurait fait gagner des années, dit-elle, d'une voix triste.

Je lâche mon couteau. Même si Romy n'est pas très câlin, à part avec Jade ou pour consoler Layla, je ne lui demande pas son avis et je l'enlace, collant son dos à mon torse. C'est mon amie, je ne peux pas la regarder pleurer et ne lui montrer aucun soutien ! Si vraiment mon étreinte la dérange, elle saura me le faire savoir, violemment s'il le faut…

Elle ne fait rien d'aussi radical, au contraire, elle pose ses mains sur mes avant-bras et baisse la tête. Je sens ses sanglots faire trembler son corps.

Ma bonne humeur a disparu. La voir dans cet état me fait toujours un mal de chien. Elle ne mérite pas de traverser une telle épreuve, pas plus que sa mère. Cette femme est en or, c'est la plus courageuse personne que je connaisse. Si je n'avais pas des parents exceptionnels, j'aurais aimé l'avoir pour mère.

– Je sais que je dois profiter d'elle… murmure Romy.

Avant qu'il ne soit trop tard, se retient-elle de dire.

– Mais elle me rend folle. Elle continue à vivre comme avant. Quand je lui parle de traitement expérimental, elle soupire, puis elle passe à autre chose. Et si j'insiste, elle me crie dessus !

– Elle n'a pas envie de souffrir plus. Ses poussées sont déjà compliquées… Sans parler des effets secondaires des corticoïdes quand elle les a testés. Tu sais que l'idée même de se faire injecter encore un truc du genre la rend malade.

– Mais elle est déjà malade !

– Oui, mais elle vit mieux cette maladie avec les symptômes qu'elle connaît et n'a pas envie d'être confrontée aux effets secondaires que le reste pourrait lui faire ressentir…

Romy soupire. Je ne fais qu'énoncer ce que sa mère m'a elle-même dit et lui a déjà dit à elle aussi. Elle sait que c'est la vérité, elle a juste du mal à l'accepter, tout simplement parce qu'elle refuse d'entendre que sa mère va sûrement mourir ou finir alitée, incapable de bouger, de parler, et même de s'alimenter par elle-même, ce qui revient à mourir aussi.

– Je ne l'ai pas encore invitée pour Noël, dit-elle.

– Comment ça ?

– Je n'ai pas invité ma mère à Noël. Je sais qu'on a l'appartement, mais je n'ai pas encore eu l'occasion de le lui dire et de l'inviter. Chaque fois que je la vois, je me fâche avec elle… Je suis vraiment la pire des filles.

– Tu n'es pas la pire des filles, tu en es une qui aime sa mère, ne comprend pas ses décisions et n'arrive pas à passer outre. Mais tu y arriveras, Romy. Envoie un message à ta mère maintenant et invite-la. Pour le reste, laisse-toi un peu de temps. Elle comprend, tu sais ?

– Je sais…

Je la serre une nouvelle fois contre moi, et au moment où je vais pour me détacher d'elle et la laisser envoyer son SMS, je vois le lait déborder de la casserole.

– Merde ! crie Romy.

– Laisse, envoie ce foutu message ! crié-je à mon tour en la poussant pour sortir la casserole de la plaque.

Il y en a partout, c'est la catastrophe. On a fait une erreur de débutant. Surveiller le lait, c'est quand même la base. N'importe quel idiot sait que ce truc déborde toujours quand on ne s'y attend pas. On tourne la tête, et hop, tsunami !

– Qu'est-ce que vous faites ?

Je lève la tête vers ma voix préférée. Mon cœur s'emballe quand je vois Layla sortir de ma chambre, vêtue de son pyjama ridicule, mais tellement adorable sur elle. Elle l'a recouvert de ma robe de chambre blanche, celle avec des flocons dorés que ma sœur m'a offerte il y a deux ans. Elle est beaucoup trop mignonne, et j'aime beaucoup trop la voir dans l'un de mes vêtements.

Mes yeux se plantent dans les siens et ne parviennent plus à s'en défaire. De nouveau, je sens le feu dans mes veines et cette envie irrépressible de me jeter sur elle pour l'embrasser et la serrer dans mes bras.

– Sidney !

Romy me pousse et sort la casserole que j'ai bêtement remise sur la plaque chaude. Le lait a encore débordé, parce que je suis un idiot qui a vu la femme qu'il aime.

Mon amie soupire en posant la casserole sur le comptoir, puis elle reprend son téléphone pour finir son message et l'envoyer. Une fois que c'est fait, elle attrape l'éponge et commence à nettoyer.

Je relève les yeux vers Layla qui me sourit. Elle sait l'effet qu'elle me fait…

Elle peut s'amuser de la situation, quand j'écraserai ma bouche contre la sienne, je la transporterai dans mon monde, et elle sera dans le même état.

Pour pouvoir embrasser Layla, il faudrait qu'on me laisse une foutue minute. Je n'en ai pas eu une seule de la journée ! Levy et Jade se sont levés juste après elle, et toutes les abeilles de notre ruche se sont mises au travail. Romy a retrouvé le sourire en voyant sa petite amie, puis un plus large lorsqu'elle a reçu un SMS de sa mère lui disant qu'elle serait ravie de venir et qu'elle préparerait un bon pain aux fruits pour accompagner le foie gras – je regrette presque de ne pas être là, Romy tient ses talents de cuisinière de sa mère, le pain de cette dernière est incroyable. Levy a commencé à nous parler de chiffres tout en ronchonnant parce qu'on avait encore allumé le sapin en journée. Jade s'est mise aux fourneaux avec nous en chantant magnifiquement les paroles de *Last Christmas*. L'un dans l'autre, je n'ai pas eu une seule minute en tête-à-tête avec Layla.

J'ai envisagé de la suivre dans la salle de bains pour lui voler un baiser, mais ça ne me semblait pas correct. Je me suis dit qu'au bout d'un moment tout le monde finirait par partir, et que je pourrais alors embrasser ma petite amie, mais Levy a décidé qu'il resterait dans notre salon toute la foutue journée !

Ma petite amie. Oui, c'est ce qu'elle est.

J'ai envie que notre premier baiser officiel de couple n'appartienne qu'à nous, que nous soyons seuls pour le vivre. Le premier en journée, alors que je pensais que tout ça resterait dans la nuit ; impossible de le gâcher.

J'adore nos amis, mais pour la première fois, notre colocation me frustre. Je suis à deux doigts de prendre Levy et de le jeter par la fenêtre. J'ai bien tenté de l'envoyer faire une course, mais il m'a dit qu'il n'en avait pas envie. *Je n'ai pas non plus envie que tu restes ici !* ai-je envisagé de lui hurler.

La journée touche à sa fin, le soleil s'apprête à se coucher, et les filles ne vont pas tarder à rentrer. Ma frustration est à son comble. Layla me jette des regards lourds de sens. Ses sourires retournent mon cœur plus que jamais auparavant, et mon agacement monte. Pour une fois, ce n'est pas elle qui s'énerve. Sa maladie la fait souvent sortir de ses gonds, mais là, j'ai l'impression d'être celui qui subit son hyperthyroïdie ; je suis prêt à exploser.

J'envisage d'attraper une guirlande sur le sapin et de l'agiter devant le visage de Levy pour le rendre fou et l'obliger à s'en aller. Son aversion pour Noël est peut-être la solution à mon problème, après tout.

Malheureusement, je suis en pleine préparation de la pâte pour les sablés de demain, je dois la finir avant d'attaquer mon meilleur ami. Et quand je la termine, la porte d'entrée s'ouvre sur Jade et Romy. Le soleil est déjà couché, je n'ai pas eu ce que je voulais. Notre premier baiser de couple se fera donc dans la nuit.

Je vais craquer.

Elles entrent, Levy se lève. C'est la seule fois où il a sorti ses fesses du canapé aujourd'hui, il n'est même pas allé aux toilettes.

– Sid ? entends-je Layla demander, inquiète en me voyant torturer la pauvre pâte entre mes doigts.

Je ne lui réponds pas, mais je relâche ma victime.

Tous nos amis viennent nous rejoindre dans la cuisine. Je vais devoir attendre pour enfin l'embrasser.

Je tourne la tête vers Layla. Mes yeux passent de ses lèvres charnues à son petit nez, puis à ses yeux sombres, et enfin à la mèche de cheveux qui tombe de sa queue-de-cheval et vient caresser sa peau foncée. Elle est beaucoup trop belle, et moi, beaucoup trop impatient.

Je ne peux pas attendre. J'en suis incapable.

– J'aurais aimé qu'on soit seuls pour ça.

– Hein ?

– Je vais t'embrasser, tête de chips, dis-moi maintenant si tu ne veux pas.

Je lui laisse seulement quelques secondes, le temps de comprendre ce que je viens de dire. Et quand elle me sourit et hoche la tête, je fonds sur elle.

Je m'empare de sa nuque et me penche pour que ma bouche rencontre enfin la sienne.

J'ai rêvé de ce baiser toute la nuit, toute la journée. J'ai déjà embrassé Layla, mais jamais comme ça, jamais en sachant que nous n'étions plus seulement meilleurs amis, mais aussi amants, amoureux.

Je me moque de savoir si les autres écarquillent les yeux, sourient ou rouspètent. Ils peuvent dire ou penser ce qu'ils veulent. Moi, j'ai exactement ce que je désire : les lèvres de Layla contre les miennes, son corps contre le mien. Je suis au paradis, au cœur de la nuit, la mienne, la plus belle.

Lorsque je me détache d'elle, j'ai le souffle court. Elle est dans le même état. Le désir dans ses yeux me donne atrocement envie d'elle. Je veux lui hurler mon amour avant de justement lui faire l'amour. Mais ça, je ne peux décemment pas le faire devant nos amis ; amis qui se décident à parler.

– J'ai toujours su que vous finiriez ensemble ! s'exclame Romy.

– Ils ont mis du temps, ajoute Jade avec douceur. Mais juste avant Noël, ça leur correspond bien.

– Moi, je pensais que Layla n'aimait que l'autre Sidney, conclut Levy.

– Crosby ?

– Ouais.

– Ah, mais s'il me demande de l'épouser, je largue Sid !

Je devrais sûrement être vexé, mais ce n'est pas du tout le cas. Je ris avec tout le monde et ajoute ma petite touche :

– Je comprends, si Bergy se découvrait gay et décidait de quitter femme et enfants, je le suivrais au bout du monde.

– Je te pensais hétéro, dit Levy.

– Pour toi, je le suis, pour Patrice Bergeron, c'est une autre histoire.

– Bergy est à Crosby, dit Layla en fronçant les sourcils.

– Tu les *shippes*[15] toujours ?

– Bien sûr !

– Mais on n'a jamais réussi à définir qui était le *top* et qui était le *bottom*[16], comment tu peux les visualiser ?

– Attendez, intervient Romy. Vous êtes en train de parler de mettre en couple deux hommes hétéro que vous ne connaissez même pas ?

– C'est juste un fantasme, précise Layla. C'est comme *shipper* Harry Potter et Drago Malefoy !

– Mais ça, ce sont des personnages fictifs ! Et puis on ne fantasme pas sur un couple gay, enfin ! Je comprends pour Layla, mais toi, Sidney, c'est quoi ton problème ?!

---

15. Le *shipping* est une expression utilisée dans les communautés de fans pour exprimer sa préférence pour une paire amoureuse de personnes ou de personnages.

16. *Top* et *bottom* sont des termes utilisés pour définir la position de l'homme dans sa relation homosexuelle (passif ou actif), ils tendent à ne plus être utilisés par les personnes concernées sauf pour des aventures d'un soir, mais les fans, notamment les amateurs de fanfictions, s'en servent encore.

Je hausse les épaules en pointant Layla du doigt. C'est elle la coupable, je la suis juste dans son délire depuis des années. Romy semble prête à exploser, Levy nous juge clairement, et Jade rit. Contrairement à sa petite amie, elle trouve tout ça amusant.

Quand Romy commence à nous faire un long discours engagé sur la cause LGBT+, Jade s'éloigne un peu et nous fait signe de vite nous enfuir, afin qu'elle puisse s'occuper de sa compagne. Elle nous fait un clin d'œil, puis elle entoure Romy de ses bras pour l'apaiser.

Je contourne le comptoir. Une fois à côté de Romy, je glisse la pâte que j'ai commencé à préparer vers elle.

– Il faut juste la ranger, je ferai la suite au réveil.

Je ne lui aurais pas laissé de travail supplémentaire après sa journée au marché.

Ensuite, je l'embrasse sur la joue avant qu'elle ne puisse ouvrir la bouche. Et sans lui laisser le temps de réagir, je prends la main de Layla et pars en courant vers la chambre.

En refermant la porte, j'entends Romy crier qu'elle va nous faire la peau, puis Levy lui dit qu'elle devrait nous laisser profiter, surtout moi, depuis le temps que je suis amoureux de Layla. Il pense qu'on va nous entendre toute la nuit, et il ajoute que c'est toujours mieux que d'entendre les chants de Noël de Jade ou les téléfilms clichés et débiles du voisin. Romy nous crie alors qu'on a intérêt à s'envoyer en l'air en silence.

L'affaire de Bergeron et Crosby est oubliée, remise au rang de plaisanterie entre amis, ce que cela a toujours été.

J'ai bien envie de ressortir pour faire remarquer que parler de la sexualité d'un couple hétérosexuel n'est pas plus correct que notre délire avec Layla, mais quelque chose me dit que Romy aura un truc très vrai à répondre à ça et que je vais me retrouver comme un idiot. Et puis ce soir, j'ai vraiment mieux à faire que de débattre avec mes amis.

– Depuis combien de temps ? entends-je Layla demander.

Je me tourne vers elle. Mes yeux rencontrent les siens. Je sais ce qu'elle demande.

Je porte la main à son visage et caresse sa joue.

– Sûrement depuis toujours, et un peu plus chaque jour.

– Désolée de ne pas avoir su avant.

Naturellement, mon visage descend vers le sien. Alors que je ne suis plus qu'à quelques centimètres de ses lèvres, je souffle :

– Ce n'est pas important, ce qui compte, c'est maintenant.

– Et toutes les nuits que nous allons partager, répond-elle aussi doucement.

– Seulement la nuit ?

– Non, mais c'est la nuit que je préfère, depuis toujours.

Je suis rassurée qu'elle ne veuille plus garder notre relation dans l'obscurité. J'aurais souffert de devoir tenir la promesse que je lui ai faite. Je veux l'aimer devant le soleil, devant le monde entier, en permanence.

– Pourquoi ? demandé-je, mes doigts caressant ses cheveux, les siens posés sur mon torse.

– Parce que je les passe toujours avec toi.

Il ne m'en faut pas plus pour presser ma bouche contre la sienne. Je ne veux plus parler, je ne le *peux* plus. Mon cœur bat trop fort. Layla doit le sentir sous sa main, mais je n'en suis pas gêné. Je n'ai jamais eu honte de mes sentiments pour elle. Si je ne les lui ai pas confiés avant, c'est uniquement parce que j'étais persuadé qu'ils étaient à sens unique. Jusqu'à cette fois, devant cette boule jaune accrochée au sapin pour son sourire, jusqu'à son visage si près du mien et ce lien invisible que j'ai pourtant vu…

J'ai vraiment besoin de l'aimer un peu plus, maintenant, de lui prouver l'amour que je lui porte depuis des années. Tous mes gestes crient mes sentiments pour elle, mais ceux de cette nuit glaciale le feront mieux encore.

CHAPITRE 19

LAYLA

Le soleil se cache en décembre, mais il est toujours là, et jamais quand on veut qu'il le soit. Ses rayons passent par la vitre et viennent brûler mes yeux pourtant clos. Je roule pour leur échapper et me retrouve rapidement emprisonnée par des bras puissants que je connais bien, un peu mieux depuis cette nuit.

Si le soleil m'oblige à garder les paupières closes, le torse chaud que je sens sous mes doigts m'invite plutôt à les ouvrir, alors je le fais. Je rencontre la peau encore légèrement hâlée par l'été de Sidney. Mon regard remonte sur son visage où m'accueille un sourire qui me fait fondre comme la neige dehors, qui disparaîtra sûrement bientôt.

– Bonjour, dit-il.

– Bonjour, murmuré-je en retour.

Mon sourire répond au sien. Je me sens un peu idiote, mais je pense que j'ai le droit. Sidney et moi avons souvent dormi ensemble, encore plus depuis le premier baiser que nous avons échangé, mais jamais avant je ne m'étais réveillée à ses côtés après avoir fait l'amour avec lui.

La nuit dernière me revient en mémoire. Je sens mon corps se réchauffer, un peu plus en constatant que nous sommes tous les deux nus et que le corps dur de l'homme que j'aime est contre le mien. Tout son corps, y compris la partie que j'ai découverte intimement pour la première fois il y a quelques heures...

J'aimerais recommencer, toucher Sidney un peu partout, le laisser faire de même avec moi, mais j'entends des voix de l'autre côté de la porte. Je reviens vite sur terre en me souvenant que nous ne sommes pas seuls dans cet appartement.

Je tends l'oreille et découvre que Jade discute avec Levy.

– Parle moins fort, tu vas les réveiller, dit-elle.

– Parce qu'ils ont pensé à notre sommeil, cette nuit ? Debout !

Nous l'entendons frapper à la porte. Il ne semble pas en colère, plutôt heureux de pouvoir nous déranger.

– Il va me payer ça, dis-je entre mes dents.

– Il est jaloux parce que Sabrina n'a pas voulu coucher avec lui ! hurle Sidney, pour être sûr que Levy l'entende.

Je ris quand notre ami frappe plus fort et menace de lui faire regretter cette tendance à s'intéresser à sa vie amoureuse et sexuelle. Je pars dans un véritable fou rire lorsque Sidney réplique que si Levy fait l'idiot, il le traînera au repas du réveillon de Noël avec lui.

– Je viens déjà, abruti !

Cette fois, nous ne rions plus. Nous nous regardons en écarquillant les yeux. Levy à un repas de Noël ? C'est impossible.

– Il nous fait marcher, non ? demandé-je.

– Je ne crois pas… Il doit vraiment être amoureux de Sabrina.

– Je vous entends ! Levez-vous et sortez de là !

– Pourquoi tu viens fêter Noël chez moi ? lui demande Sidney, ignorant le reste.

– Tu sors et je t'explique.

Mon petit ami – j'aime vraiment trop le qualifier ainsi pour que ce soit parfaitement normal ; mon cœur ne devrait pas s'emballer de la sorte pour un truc aussi futile… – me regarde, il attend mon avis.

Une part de moi a très envie de rester dans ses draps, de forcer Jade et Levy à partir et de pouvoir faire encore l'amour avec Sidney. Peut-être qu'ainsi nous pourrions nous déclarer nos sentiments avec des mots et plus seulement avec des actes.

Hier, après un moment intense et incroyablement bon, nous nous sommes endormis sans avoir prononcé ces trois petits mots… Non qu'ils soient particulièrement importants, ce qui compte, c'est de les ressentir, mais j'ai quand même très envie de dire à cet homme combien je l'aime, et je n'ai pas envie de le faire avec deux de mes amis qui écoutent à la porte.

L'autre part, celle qui est responsable et attachée à notre entreprise, se dit que ce n'est déjà pas normal que Sidney soit encore au lit alors que le soleil est levé. Et si Romy est seule au marché, c'est que Jade a besoin de moi pour quelque chose avant de pouvoir la rejoindre. Elle peut être en rupture de cartons, avoir besoin que je lui dise où sont les rubans qu'on utilise pour certains paquets ou encore vouloir que je fasse un visuel particulier pour imprimer des étiquettes ou des cartes. Tout est possible. Ce qui veut dire que plus on reste enfermés ici, plus on retarde nos amis dans leur travail. Ce n'est pas bon pour *Au seuil des délices*, donc ça ne me convient pas.

Et puis Levy a quelque chose à nous raconter. Raison de plus pour se lever !

– On devrait y aller, dis-je.

– Ouais.

Je crois qu'il est aussi déçu que moi.

Je ne sais pas ce qu'il me prend, mais quand il commence à se lever, je l'attrape et le tire au-dessus de moi pour l'embrasser avec avidité. Je me moque de mon haleine. Il fut un temps où Sidney et moi faisions des concours de pets, où il me ronflait au visage et où je lui demandais de percer mes boutons. Je ne suis vraiment plus à ça près, même si notre relation est bien différente d'avant. Mon envie de ses lèvres est bien plus grande que ma crainte de le dégoûter.

Sidney n'a pas l'air dérangé, absolument pas. Il s'accroche à mes cheveux comme si sa vie en dépendait, et son corps se presse contre le mien comme s'il voulait se fondre en moi. J'adore ça.

Lorsque nous nous séparons, je vois la lueur dans son regard. Je passe mes doigts sur son front, puis sous ses yeux, sur ses joues et sur son menton. Il soupire et ferme les paupières.

– Tu vas me tuer… dit-il.

– Ce serait dommage.

Il sourit encore, faisant de nouveau chavirer mon petit cœur fragile, surtout en cette période. Je ne suis que guimauve quand Noël arrive, alors je fonds devant l'éclat de Sidney, je n'y peux rien. J'aimerais dire qu'il est mon soleil, mais je crois qu'il a toujours été mon étoile, celle qui me guide dans la vie. Je ne crois pas qu'une étoile puisse réchauffer ma peau comme il le fait, mais ce qui est certain, c'est qu'elle peut illuminer mon existence, exactement comme lui.

Après quelques minutes à rêvasser, je remarque qu'il est debout et a déjà enfilé un bas. La ligne fine de poils sur son ventre descend dans son pantalon, et je ne parviens pas à la quitter des yeux. Je me demande encore comment j'ai fait pour ne pas voir avant que cet homme est aussi séduisant. C'est insensé. Il est taillé comme un dieu grec, et il a la personnalité parfaite pour moi. Qu'est-ce que j'ai fichu pendant toutes ces années ?

– Tu m'écoutes, tête de chips ?

Je relève la tête et découvre son sourire amusé, taquin. Il sait ce que je matais, il sait ce que j'avais en tête. Je choisis de cacher tout ça derrière l'agacement :

– Tu vas vraiment continuer à m'appeler comme ça ?

– Bien sûr. Tu es Lay's.

Je grogne, même si ça ne me dérange pas vraiment, puis je repousse la couette pour me lever. Sidney perd son sourire lorsqu'il me voit, nue, debout dans sa chambre. Je pourrais me sentir gênée, mais je suis tellement satisfaite d'avoir effacé son sourire arrogant que je prétends ne pas être intimidée par la situation. J'avance avec confiance vers mes vêtements, que j'enfile lentement, assez pour que Sidney finisse collé à mon dos.

– On devrait retourner au lit, en fait.

Sa voix est chaude, grave, sensuelle. C'est la même qu'il a depuis des années, mais je l'entends autrement à présent. Elle m'électrise, elle me transporte. Je ne sais pas bien ce qui se passe, pourquoi, d'un coup, cet homme n'est plus seulement mon meilleur ami, mais aussi celui avec qui je veux partager ma vie, mais j'aime ce changement. J'aime notre nouvelle relation, peut-être aussi parce que tout n'a pas changé, parce que nous sommes toujours Sidney et Layla, deux fans de hockey, deux collègues, deux amis… Les mêmes, tout en étant différents.

Très différents, il faut l'avouer. La façon dont il m'a embrassée et aimée hier… Jamais encore je n'avais vécu ça. C'était la première fois que je le voyais ainsi. J'ai complètement perdu pied, et y repenser me met dans tous mes états.

Au moment où je m'apprête à craquer et à dire que je veux retourner sous la couette, Levy frappe encore contre la porte. J'hésite entre l'étrangler avec une guirlande, le forcer à manger mille sablés en forme de sapin ou mettre un chant de Noël en boucle dans l'appartement jusqu'à l'en faire fuir…

Sidney soupire, puis il se défait de moi en embrassant mon front. J'enfile un pantalon et des chaussettes, puis je me retourne pour attraper le sweat qui a fini, je ne sais comment, derrière la télé. Là, je constate que j'ai laissé traîner plein d'affaires dans cette chambre. Des touches de jaune semblent surgir d'un peu partout, de l'armoire comme du meuble télé, en passant par le lit avec mon coussin dont je ne me sépare jamais, pour finir par la table de nuit où j'ai laissé traîner un mug des Pens à côté du petit sapin.

J'ai complètement envahi la chambre de Sidney, et ça ne date pas de cette nuit, ça commence à remonter.

– Sid, dis-je.

– Ouais ?

– Ça ne te gêne pas, toutes mes affaires un peu partout ?

Il lâche la poignée sans avoir ouvert à notre ami agaçant, puis il regarde autour de lui, comme s'il cherchait de quoi je parle. Je lui montre mes biens éparpillés partout. La plupart des gens ne verraient pas du désordre ici, mais il n'est pas la plupart des gens.

Il les regarde un moment, puis il hausse les épaules en souriant.

– Je ne sais pas, ça me gêne moins. Peut-être parce que c'est à toi.

Je ne crois pas qu'il sache combien ses mots me touchent. J'ai l'impression que, pour moi, il fait toujours des choses incroyables, consciemment ou pas. Il y a tout ce qu'il fait pour m'aider, et il y a tous ces changements qui se font pour que je trouve ma place, pour que je ne me sente pas bizarre ou de trop.

D'une autre personne, il n'aurait supporté ni mon caractère ni mon côté désordonné, mais moi, il me prend exactement comme je suis, allant jusqu'à vaincre sa peur maladive du désordre. Il ne me laisserait pas tout retourner ici, cela va sans dire, mais il fait des efforts incroyables.

– À quoi tu penses ? me demande-t-il.

– Tu fais toujours beaucoup pour moi.

– On a déjà eu cette discussion, non ?

– Mais c'est toujours vrai.

Quand Levy tape une nouvelle fois à la porte, Sidney frappe en retour et lui dit d'attendre une minute. Puis il se dirige vers moi.

– Layla, tu n'as pas l'air d'avoir conscience de tout ce que tu fais pour moi, toi.

– Je ne fais rien !

– C'est faux. Quand tu es là, je dors mieux que jamais. Tu combats les démons qui me provoquent habituellement des insomnies.

– Tes démons…

– Arrête de t'inquiéter, me coupe-t-il en comprenant que je me fais du souci pour lui. Je te l'ai déjà dit, il n'y a rien de grave. Je suis juste naturellement anxieux et j'ai toujours plein de choses en tête, c'est ça qui m'empêche de dormir. Je n'ai ni traumatismes ni souffrances particulières.

– Tu me le jures ?

– Je te le jure sur la tête de Crosby.

– Pourquoi sur sa tête à lui ?!

Il se met à rire en évitant le poing que j'envoie vers son épaule, puis il m'attrape les poignets, et d'une voix sérieuse, il me dit :

– Je vais bien, Layla. Je n'ai jamais été aussi bien, c'est une promesse. Et j'ai passé une nuit parfaite.

– Tu as bien dormi ?

– Je ne pensais pas à ça, répond-il en riant.

Je rougis en comprenant qu'il parlait de nos ébats. Il vient embrasser mon front et me serrer contre lui, m'offrant la possibilité de cacher mon visage. Là, il répond finalement à ma question :

– Tu as vu l'heure ? J'ai ouvert les yeux deux minutes avant toi. J'ai dormi comme une souche !

Je ne peux pas m'empêcher de sourire. Je suis heureuse si j'ai pu l'aider, mais je le suis surtout de savoir qu'il a passé une bonne nuit. Je n'aime pas quand il a des insomnies. Je l'imagine toujours se tourner et se retourner dans son lit, et comme je déteste l'ennui, je me dis que ça doit être terrible pour lui. Même si je veux bien le croire, accepter qu'il n'y ait rien de grave, ça ne doit pas être amusant pour lui.

– Mais ce n'est pas tout ce que tu as fait pour moi, reprend-il. Tu m'as offert la chance de trouver ma voie. Sans toi, sans l'entreprise qu'on a construite avec nos amis, je chercherais peut-être encore où est ma place sur cette foutue terre.

– Avec moi.

– Hein ?

– Ta place, elle est avec moi, dis-je, avec conviction, certaine de mes mots.

Sidney s'écarte. Il semble surpris. Puis il se met à sourire et prend mon visage dans ses mains. Encore une fois, mon cœur s'emballe. Je me dis qu'il va finir par sortir de ma poitrine et partir en promenade sans le reste de mes organes…

– Tu me rends tellement heureux juste en étant toi, que parfois ça me fait mal, souffle-t-il contre ma bouche. Tu as raison, ma place est avec toi, depuis toujours.

Il va me dire qu'il m'aime. Je suis persuadée qu'il va le faire. C'est le moment parfait. Peut-être pas autant que si nous étions dehors sous la neige, ou devant le joli sapin que nous avons décoré, mais je pense que l'instant est magique quand même, que c'est le bon pour nous avouer notre amour. Moi, j'ai atrocement envie de le lui crier.

Soudain, la porte s'ouvre, m'empêchant de rêver à cette déclaration. Levy agite une clé devant lui en affichant un air satisfait :

– Toutes les chambres ont la même, j'aurais dû y penser plus tôt.

Il nous faut une petite minute pour nous remettre de la surprise. Jade fâche notre ami en lui disant qu'on aurait pu être nus et occupés à autre chose, mais nous, nous sommes trop choqués pour réagir. Lorsque nous reprenons nos esprits, Sidney et moi, nous nous regardons.

– T'as pas envie de chanter ? me demande-t-il.

– Si, toute la journée. *Vive le vent d'hiver* et *Petit Papa Noël* remixé, ça te va ?

– Ça me va.

– De quoi vous parlez encore ? demande Levy.

Il va vite le savoir. Et il va aussi vite comprendre que Sidney et moi sommes dangereux séparément, mais qu'ensemble nous pouvons être son pire cauchemar !

CHAPITRE 20

LAYLA

Levy est encore enfermé dans sa chambre quand Romy et Jade rentrent du marché. Sidney a passé la journée à faire des trajets entre chez ses parents et ici. Il prépare le réveillon tout en m'aidant à faire de la journée de Levy un enfer. Nous chantons vraiment très mal, au grand désespoir de notre ami. Mais c'est bien fait pour lui, il n'avait qu'à pas nous interrompre en pleine déclaration. Il a tout gâché ! Et pour finir, il ne nous a même pas dit pourquoi il venait fêter Noël avec nous. J'ai bien tenté de demander à Sabrina après lui avoir officiellement annoncé pour Sidney et moi, mais elle m'a dit que pour le moment, aussi heureuse soit-elle pour son abruti de frère et moi, elle ne veut pas me parler parce que je sors avec l'ennemi. Je ne sais pas trop ce que Sid a fait, mais il risque de le payer…

Conclusion, je n'ai aucune information concernant le réveillon, mais j'ai quand même passé une bonne journée à travailler sur des visuels dont Jade avait besoin et à rendre Levy fou. C'était plutôt sympa.

Quand tout le monde est finalement de retour, je suis de bonne humeur. Noël est à notre porte, on croule sous le travail, mais on va bientôt pouvoir profiter des fêtes de fin d'année. Il y aura du boulot entre Noël et le Nouvel An, mais ça ne m'angoisse pas, au contraire, je suis excitée comme jamais ! Je nage dans le bonheur.

Ce bonheur est néanmoins de courte durée : mon téléphone sonne. *Papa.*

Mes parents ont le chic pour gâcher ma joie…

J'ai envie de les ignorer, mais ils sont capables de faire comme la dernière fois et d'appeler chacun de mes amis jusqu'à m'avoir. Le mieux à faire est de décrocher, de supporter les reproches de mon père et la vague de culpabilité que ma mère sait toujours faire déferler sur moi, puis de raccrocher et d'oublier, pour ne surtout pas me gâcher les fêtes.

– Allô ?

– *Layla, enfin !* s'exclame mon père.

– Ça n'a sonné que trois fois, papa.

– *Tu es toujours collée à ton téléphone pour faire je ne sais quoi, mais pour nous répondre, il n'y a plus personne.*

J'y suis pour le travail, pour gérer les réseaux sociaux d'*Au seuil des délices*, mais tenter d'expliquer ça à mon père serait comme tenter de faire comprendre à un platiste que la Terre est ronde : inutile et épuisant.

– Qu'est-ce qui se passe ? demandé-je à la place. Si c'est encore pour le découvert, c'est bon, je vais bientôt régler le problème.

– *Tu as encore dépensé en cadeaux...*

– Oui, le coupé-je, ne voulant pas l'entendre encore me sermonner. D'ailleurs, je vous fais envoyer vos cadeaux de Noël, je les apporte la prochaine fois que je viens ou vous descendez les chercher ?

Je pose la question pour leur rappeler qu'encore une fois ils ne fêteront pas Noël avec moi, alors qu'ils savent combien ça compte pour moi. En réalité, même si j'ai bien acheté des choses pour eux, je sais qu'ils ne viendront pas, et moi, je ne suis pas près d'avoir assez d'argent pour le dépenser dans un voyage vers la capitale où je passerai des jours à me faire sermonner. Et puis je ne peux pas prendre de vacances, pas encore. L'entreprise est trop jeune. Eux ont les moyens de venir, ils n'en ont juste pas envie. Je ne suis pas assez…

– *Pourquoi tu achètes des cadeaux de Noël ? Il n'y a pas d'enfants dans la famille !* entends-je dire ma mère.

J'ai plusieurs cousins et cousines au Maroc qui démentent ses propos, mais je sais ce qu'elle veut dire. Et mon père confirme :

– *Tu es une adulte, ma fille, comporte-toi comme telle. Arrête de dépenser ton argent inutilement. Noël est une fête chrétienne, en plus !*

Quand il ne dit pas que c'est commercial ou réservé aux enfants, il me sort l'argument de la religion. Je ne vois pas le rapport entre les deux, d'autant que mes parents ne sont pas croyants. Et puis mes grands-parents sont musulmans et ils fêtent Noël depuis que j'ai demandé à le faire, alors il faut vraiment que mon père se mette à trouver de meilleurs arguments. Ou qu'il cesse de se mentir. Je sais très bien que tout cela n'est qu'une excuse, et surtout une façon de critiquer un peu plus Noël et l'amour que je lui porte. C'est sa manière de me rappeler que ce que je ressens n'a pas d'importance pour ma mère et lui.

Je me pince l'arête du nez. Je sens la colère autant que le chagrin m'envahir. Je n'ai vraiment pas la patience pour ça. Je tente de ne rien dire parce que je ne veux pas faire pleurer ma mère et décevoir mon père, mais ils viennent de percer ma bulle de bonheur, et je sens que je sombre. Le joli sapin dans notre appartement ne me fait plus sourire, la bougie à la cannelle qui embaume notre appartement me donne la nausée, et j'ai envie de jeter les sablés de Sidney par la fenêtre.

Je déteste ce que mes parents font de moi.

– *Tu restes la même*, soupire mon père. *Passer ta vie devant tes matchs de hockey, quitter la fac, rêver de Noël comme quand tu étais enfant, te lancer dans une entreprise vouée à l'échec, refuser de prendre tes responsabilités*... راكي تتصرفي بحال شي درية صغيرة[17], *quand vas-tu enfin grandir, Layla ?*

Mes yeux coulent, je ne peux plus les en empêcher. Je savais que c'était un combat vain, mais je crois que j'espérais quand même un miracle. Malheureusement, Noël me trahit ; il n'y aura pas de miracle pour moi.

J'ai le cœur en miettes de l'entendre me répéter encore et toujours les mêmes mots. Jamais un encouragement, jamais une phrase douce. Mon père ne croit pas en moi, ma mère pense que je refuse de grandir. Aucun ne voit celle que je suis devenue. Personne ne semble le voir. Personne, sauf Sidney. Sidney dont le regard croise le mien et qui lâche immédiatement ses ustensiles de cuisine pour venir dans ma direction. La colère se peint peu à peu sur son visage lorsqu'il comprend les larmes dans mes yeux. Il n'est pas intimidant avec son tablier renne, mais ça ne fait rien, il vient quand même à mon secours.

Mon meilleur ami, mon amant, mon protecteur... Il le sera toujours, mais je ne veux plus me cacher derrière lui.

Avant qu'il ne prenne le téléphone de mes mains, je m'empare de la sienne et la porte à mes lèvres pour l'embrasser. Je l'apaise d'une caresse, et cette même caresse calme aussi mon cœur.

---

17. [Ka dir bhal louled], « Tu te comportes comme une enfant », en arabe marocain.

– *Layla ?*

– Je suis là, papa.

– *Tu comptes nous répondre un jour ?*

– Vous avez raison, maman et toi.

Je marque une pause, mais ils se taisent, sûrement choqués par ce que je viens de dire. Il n'a pas fini d'être surpris. Toutes ces histoires vont cesser. Je voulais être aussi courageuse que Sidney, aussi forte ? C'est l'occasion de me prouver que je le suis, que je peux me dresser devant mes parents.

– Je suis une enfant, au fond de mon cœur, je le serai toujours, dis-je. Vous semblez penser que c'est une mauvaise chose, mais je ne suis pas d'accord avec vous. Je suis heureuse d'être aussi passionnée, de m'émerveiller de tout, d'être excitée en attendant Noël et comblée en cherchant le cadeau parfait pour les gens que j'aime. J'adore collectionner les trucs de mon équipe de hockey et j'aime hurler comme une folle devant ma télé quand ils jouent. Et un jour, je dépenserai tout mon argent pour partir les voir jouer à Pittsburgh. Et je n'aurai aucun regret. Ce jour-là, *Au seuil des délices* sera une grande entreprise, on sera connus dans tout Toulouse, et même ailleurs. À ce moment, vous direz qu'on a réussi, mais vous aurez un train de retard parce qu'on a déjà réussi. Notre entreprise est déjà une réussite.

– *Layla, tu...*

– Laisse-moi finir, le coupé-je. Je me suis tue trop longtemps, et j'ai eu tort. Je n'ai rien dit parce que chaque fois que je n'étais pas d'accord avec vous, vous disiez que j'étais une gamine, que je comprendrais en grandissant. J'ai grandi, mais vous avez continué à me voir comme une enfant. Il n'y a que vous qui pensez que j'en suis une. J'ai l'âme d'une petite fille, oui, mais je suis une adulte, et une adulte responsable. Le fait que je sois fan de quelqu'un, que je dépense de l'argent d'une manière différente de la vôtre ou que j'aie tout plaqué pour créer une entreprise ne veut pas dire que je suis immature ou irresponsable. J'ai juste beaucoup de rêves en moi, beaucoup d'amour aussi, et je ne tairai pas tout ça juste parce que les gens pensent que je suis folle. Ce serait mal, aussi mal que ce que tu fais, papa. Tu devrais m'aimer exactement comme je suis, tu devrais être ici en ce moment pour fêter Noël avec moi parce que c'est une fête familiale qui compte énormément pour moi. Maman, tu devrais être à mes côtés pour m'apprendre tes super recettes marocaines et que Romy puisse les proposer à nos clients, parce que tu es ma mère et que tu devrais me transmettre ton savoir, rire avec moi et m'enlacer quand je pleure, comme maintenant. Vous devriez me soutenir, être là pour moi ! finis-je, les joues couvertes de larmes.

– Tu recommences, tu t'énerves parce que tu refuses la réalité.

Je soupire en me frottant la tête et en séchant mon visage. Sidney, toujours à côté de moi, vient embrasser mon front. Je retrouve du courage et de l'énergie, comme par magie. J'ai l'impression que je pourrais tout affronter.

Dans le cas de mes parents, je pense que c'est une bataille vraiment perdue, mais tant pis, au point où j'en suis, autant tout balancer.

– Je ne suis pas énervée. Tu dis ça parce que tu n'apprécies pas que je te contredise.

– *Tu t'énerves tout le temps, depuis toujours !*

– De qui je tiens ça, à ton avis ?

– *Et tes crises de larmes, tu vas me dire que c'est aussi ma faute ?*

– Non, ça, c'est sûrement maman, et la maladie.

– *La maladie ?* entends-je ma mère dire dans un souffle.

– J'ai la maladie de Basedow. Restez assis et ne vous affolez pas, ce n'est pas grave. Je fais de l'hyperthyroïdie, j'ai un traitement pour ça maintenant, tout va bien, ça calme mes symptômes. Mais parfois, c'est plus fort que moi quand même.

J'ai pourtant réalisé que ma maladie ne faisait pas tout. Je ne peux pas éternellement me cacher derrière elle et prétendre que mes colères sont toujours de son fait, pas plus que mes chagrins. Aujourd'hui je sais que je peux faire des crises soudaines, et que je n'ai pas à m'en vouloir, mais je sais aussi que je ne peux pas toujours tout remettre dessus. Pas plus que je ne peux cacher ce problème en espérant le faire disparaître. Il est là, il me gêne, il complique ma vie et mes relations, mais je dois faire avec, et j'ai la chance de ne pas être seule pour l'affronter.

– Je vous en parlerai une autre fois parce que je dois retourner travailler, reprends-je. Je vous enverrai vos cadeaux par La Poste. Et si un jour vous avez envie de voir de vos yeux mon travail, alors venez, je vous montrerai. Si vous voulez me comprendre, me connaître, j'en serai heureuse.

Mes parents sont déjà venus, ils ont rencontré mes amis quand nous étions encore étudiants, ils les connaissent bien, mais de notre entreprise, ils ne savent rien, pas plus qu'ils n'ont vu l'appartement dans lequel nous vivons. Ils ont cessé de me rendre visite lorsque j'ai décidé de vivre mon rêve. Pourtant, j'aimerais vraiment leur parler de tout ça, leur montrer ce que nous faisons tous ensemble. Malheureusement, je dois me faire une raison : cela n'arrivera pas. Et ça me tue.

– En attendant, continué-je pour ne pas me remettre à pleurer, la prochaine fois que vous m'appelez, si c'est pour me faire des reproches, sachez que ce sera la dernière, parce qu'après, je ne décrocherai plus jamais. Je vous aime, ça ne changera pas, mais je n'en supporterai pas plus.

Je ne leur laisse pas le temps de répondre, je ne veux pas, je ne veux plus. Je dois couper maintenant. Mais alors que je m'apprête à raccrocher, un truc me revient, et je le crie :

– Ah, et je couche avec Sidney ; on sort ensemble !

J'aurais pu dire que je suis amoureuse de lui, ce serait sûrement mieux passé, mais je n'allais quand même pas l'avouer à mes parents sans avoir dit les trois mots à Sidney…

J'avais pourtant envie qu'ils sachent. Aussi idiot que cela puisse sembler, j'avais envie que mon père et ma mère soient au courant de ma relation avec cet homme. Au fond de moi, je voudrais qu'ils en soient heureux, qu'ils se réjouissent de toutes les choses magnifiques dans ma vie au lieu de les critiquer, mais je ne sais pas si ça arrivera un jour. Je ne peux que me satisfaire de leur avoir enfin tout dit.

– T'as pas vraiment dit ça… souffle Romy, une fois le téléphone écarté de mon oreille.

Elle a l'air choquée. Jade sourit, Levy se met à applaudir, mais je crois que c'est surtout parce qu'il approuve le fait que j'aie mis cartes sur table.

Et il y a Sidney. Quand je tourne la tête vers lui, je lis tellement de fierté dans son regard que j'ai l'impression d'être la femme la plus incroyable du monde. À travers ses yeux, je ne vois plus la fille pleine de défauts ou malade, je vois une personne formidable qui s'est fait aimer d'un homme absolument parfait.

Le sapin recommence à me faire rêver, le parfum cannelle de la bougie pénètre mes narines et glisse jusqu'à mon cœur pour le calmer, j'ai une folle envie de manger des sablés. Noël n'a pas bougé, l'hiver est toujours là, mais si l'appel de mes parents m'a un instant donné envie de l'oublier, le regard de Sidney m'y fait replonger avec joie.

CHAPITRE 21

SIDNEY

Le temps file à toute vitesse, mais c'est pire en cette période de l'année. Nous avons tellement de travail que les journées passent sans qu'on puisse les voir. Quant aux nuits… Les miennes sont bien occupées. Layla et moi n'avons peut-être plus trop de matchs à regarder pour le moment – ça m'arrange, elle m'a obligé à accrocher un calendrier des Pens dans ma chambre la dernière fois que les Bruins ont perdu… –, période de fête oblige, mais nous savons nous occuper autrement, plus que bien, de mon point de vue. Je préfère notre nouvelle activité, mais je ne le lui avouerai pas, parce que dire que quelque chose est mieux qu'un match des Pens, même si cette chose est en fait une personne – en l'occurrence, elle –, ça ne passera pas.

Ma petite amie est une *fangirl* caractérielle, et j'en suis fou amoureux. Je le suis plus encore depuis l'appel de ses parents. Elle m'a impressionné. Elle m'a aussi fait sourire avec sa conclusion, mais c'est l'admiration qui reste. Jamais encore elle n'avait osé dire tout ça. Elle s'énerve facilement, mais elle garde toujours le plus important au fond d'elle, comme si elle avait peur de montrer ses faiblesses, ses craintes ou ses angoisses. Là, elle a tout sorti. Et si ça ne suffit pas à Malek et Safia pour enfin comprendre leur fille, alors c'est une cause perdue.

Malgré tout, je n'abandonne pas l'idée de leur faire entendre qu'ils doivent venir à Noël et renouer avec Layla. Le réveillon est pour ce soir, et aux dernières nouvelles, ils ne le fêteront pas avec nous, mais j'espère encore. Je suis un peu rêveur, comme leur fille, je crois. Même si elle, sur ce sujet en particulier, elle reste convaincue qu'il faut oublier l'idée.

Je ne peux pas. Je refuse d'accepter que ses parents la déçoivent encore. Elle a passé trop de réveillons et trop de Noëls sans eux, il faut que ça cesse.

– Qu'est-ce que tu fais ?

Mon cœur s'emballe quand j'entends Layla, mais je tente de ne rien montrer. Je range vite mon téléphone après avoir envoyé un énième message sur le portable de Safia, et je me retourne.

– Toi, qu'est-ce que tu fais ?

– J'ai demandé la première !

Je montre le marché de Noël de la main, les beaux chalets, les éclairages, la neige… J'explique ainsi, sans un mot, que si je suis à notre stand, c'est que je le tiens.

Layla arque un sourcil, puis elle fait le même signe.

Évidemment, si nous sommes tous les deux ici, ce n'est pas pour ramasser des châtaignes… Je pensais m'en sortir facilement, mais c'est loupé.

– Tu me caches un truc, dit-elle.

– Mais non, j'envoyais juste un SMS.

– À qui ?

– T'es de la police ?

– Je vais te frapper, me menace-t-elle.

– Il y a de l'amélioration, tu préviens avant de le faire. Serais-tu en train de devenir gentille, tête de chips ?

– J'ai toujours été gentille !

Elle me donne un coup de poing dans l'épaule qui prouve le contraire, mais je ris parce que je la trouve mignonne quand elle fait ça. Et amusante. Elle n'a aucune force dans les bras, et à l'inverse, j'en ai pour trois. Ses coups de poing sont sans effet. Les coups de genou qu'elle me mettait entre les jambes lorsqu'on était plus jeunes, eux, ils faisaient mal…

– J'écrivais à Sabrina ! dis-je quand elle menace justement de me taper là où je suis, comme tous les hommes, un grand fragile.

– Elle t'en veut toujours ?

– Ouais, mais c'est moi qui prépare le repas, alors elle ne me fera rien pour l'instant.

Pour l'instant sont les mots clés. Après Noël, c'est sûr, ma sœur me tue. Et d'après Layla, elle aurait raison de le faire. Je lui ai raconté l'histoire, et elle a répondu qu'une reine avait besoin de ses heures de sommeil… Elle oublie quand même que Sabrina méritait ma punition.

Je vais devoir me faire à l'idée que ma copine se rangera toujours du côté de ma sœur. J'ai l'habitude, et à la fin, c'est avec moi qu'elle passe son temps, depuis toujours, moi qu'elle aime le plus, alors ça me va.

Un couple s'arrête devant notre chalet, interrompant notre discussion. Layla s'avance pour s'en occuper. Elle tente de leur vendre notre bûche Bens, ce qui me fait un peu plus sourire. Je conserve ce visage lorsqu'un homme s'avance pour acheter quelques-uns des gâteaux que nous proposons. Il se laisse également séduire par les truffes que j'ai confectionnées. Il y en a une belle variété, si bien qu'il peine à se décider. Il repart finalement avec une de chaque, bien emballées dans un joli sachet aux couleurs de Noël que nous avons pensé avec Layla.

Les clients s'enchaînent toute la matinée. L'après-midi est plus calme, surtout vers la fin. Les gens rentrent préparer le repas du réveillon, et je vais devoir y aller aussi. Il faut que je passe acheter des clémentines avant ; un Noël sans clémentines, ce n'est pas un Noël.

Layla a proposé de m'aider. Romy et Jade sont à l'appartement, sûrement en train de préparer le leur, il faudra qu'on aille chez mes parents pour cuisiner la suite.

– Encore une heure, et on ferme, dis-je. Nos derniers clients seront passés, normalement.

Il risque d'y avoir du monde sur la route, et si j'ai avancé une grande partie du repas, j'ai encore beaucoup à faire. J'aimerais m'y mettre avant que mes cousins arrivent sinon ils vont me retarder. Je les connais, ils ne font que parler. Luke ne veut jamais quitter mes bras. Je l'adore, mais c'est compliqué de sortir l'énorme volaille du four quand on a un petit bout accroché à son cou, même pour moi.

– Tu veux partir maintenant ? propose Layla. Je te rejoindrai.

– Non, on part ensemble.

– Je suis assez grande pour faire le trajet seule, tu sais ?

– Je sais, je ne dis pas ça pour te protéger, mais parce que j'ai envie de rester avec toi.

Je vois ses joues changer de couleur, faisant ainsi naître un nouveau sourire sur mes lèvres. Avec son petit nez rougi par le froid – et non la gêne – et son bonnet de Noël, elle est vraiment trop adorable. Je fonds comme la neige commence à le faire par endroits avant d'être recouverte d'une nouvelle couche, bien blanche, bien fraîche.

– Ah, et j'ai besoin que tu sois là pour éviter que Sabrina ne me fasse un coup foireux.

Cette fois, je prends un coup dans le ventre et je ris. Layla s'amuse aussi de la situation. Je crois que, comme moi, elle aime ce mélange entre la relation amicale et la relation amoureuse que nous avons.

Lorsqu'elle se retourne pour ranger un présentoir, je pose mes yeux sur le marché qui commence à être désert. Certains de nos collègues ont déjà remballé. Betty est encore là avec ses *S'motes* ; au loin, elle me fait un sourire auquel je réponds de la même façon.

Ça fait bizarre de voir les lieux aussi calmes après le mois de folie qu'on vient de vivre. J'ai l'impression d'avoir couru partout… Mais c'est agréable aussi. La neige tombe en fins flocons sur les toits en bois de nos chalets. J'entends la musique qui s'échappe des enceintes, même si je ne sais pas desquelles. Je sens l'odeur délicieuse de nos produits se mêler à celle du vin chaud que propose notre voisin. Puis je regarde Layla, avec son bonnet rouge sur la tête, et je me dis que c'est vraiment Noël et que j'adore ça.

– Quoi ?

– Rien, je te regarde, dis-je.

– Pourquoi ?

– Juste parce que tu es belle.

– Dis-moi la vérité.

– C'est la vérité, réponds-je, sérieux. Tu es belle. Mais je regardais ton bonnet.

– Il est beau, hein ? C'est Jade qui me l'a donné. Elle a refusé de le faire jaune, mais elle a cousu un petit pingouin blanc dessus, regarde, dit-elle en se tournant pour que je voie l'animal brodé.

Le pompon s'agite et vient frapper mon manteau.

– Et moi alors ?

– Bah, il est là, le tien.

Elle pointe son sac du doigt. Je fronce les sourcils et m'approche pour sortir le même bonnet rouge, juste plus grand, avec un ours cousu dessus.

– Tu comptais me le donner quand ?

– J'ai oublié… J'ai celui de Levy aussi.

– Il ne le mettra jamais ! m'esclaffé-je.

– Mais si, elle a cousu *Christmas sucks*[18] dessus !

– Même si Noël le suçait, Levy ne l'aimerait pas.

Nous rions tous les deux comme des idiots, amusés par mon jeu de mots. C'est pourtant la vérité, quoi qu'il arrive, Levy détestera toujours Noël. Je ne comprends pas pourquoi il vient le fêter avec nous.

– C'est quand même bizarre, dis-je.

– Quoi ?

– Qu'il vienne faire le réveillon avec nous.

– Il doit beaucoup aimer Sabrina, répond Layla en haussant les épaules.

– Même s'il en était fou amoureux, ce dont je doute, il déteste Noël plus qu'il n'aime qui que ce soit.

---

18. « Noël, c'est de la merde », en anglais. *Suck* veut aussi dire « sucer ».

– Pourquoi tu doutes qu'il aime ta sœur ?

– Parce que c'est ma sœur, justement.

Layla fronce les sourcils. Elle ne voit pas où je veux en venir. Parfois, je me demande si on a grandi avec la même personne. Sabrina est un monstre quand elle le veut. Ma copine semble oublier tout ce qu'elle nous a fait subir dans le passé, et plus encore, ce qu'elle a infligé aux mecs avec qui elle est sortie.

– Tu te souviens de Steve ? demandé-je, avant d'avaler une truffe au chocolat.

Un vrai régal. Je me suis surpassé avec ces truffes à la pistache. Je suis assez fier de moi. Je les aime tellement que j'en ai remis une dans le calendrier de l'avent de Layla, et elle l'a dévorée avant qu'on parte au marché.

– Le mec avec qui elle était au lycée, non ?

– L'un d'eux, ouais. Un jour, elle l'a fait attendre deux heures dehors dans le froid parce qu'il s'était trompé dans l'heure de leur rendez-vous. Il devait venir la chercher à dix-sept heures, mais il avait compris dix-neuf heures, alors il s'est pointé chez nous, et elle a refusé de descendre.

– Elle avait peut-être fini par se changer et faire autre chose ? tente Layla en prenant à son tour une truffe.

Il ne faut pas qu'on mange trop sinon ma mère va nous le reprocher ce soir. Je range la boîte tandis que Layla me jette un regard noir, puis je réponds :

– Elle était prête depuis le matin et elle ne s'est pas changée après l'heure du rendez-vous ! Elle était super excitée à l'idée de sortir avec lui, mais après ça, il ne l'intéressait plus. Elle est vite passée à un autre.

– Peut-être qu'il ne lui plaisait pas tant que ça…

– Pas plus que Noël, celui en terminale.

– Avec un prénom pareil, en même temps…

Nous rions. Ce n'est pas de la faute de ce pauvre homme, mais si j'adore Noël, je n'aimerais vraiment pas m'appeler comme ça…

– Puis il y a eu Lionel qui ne l'appelait pas assez souvent, Matt qui ne souriait pas assez, Antoine qui lui disait trop peu qu'elle était belle…

– Mais combien y'en a eu ? Et pourquoi tu te souviens de tous ses ex ? s'étonne Layla.

– Je les comptais, ça m'occupait ; je trouvais ça fascinant vu le néant de mes relations.

– C'est vrai que tu n'es pas sorti avec grand-monde.

– Toi non plus, je te signale. Moi, j'étais amoureux de toi. Toi, c'était quoi ton excuse ?

– J'ai eu des aventures !

– Pas tant que ça.

– On s'en fiche !

Pour ça, elle a raison. Un ou trente partenaires, qui s'en soucie ? Enfin, moi, si, vu que j'étais jaloux de chacun d'eux…

– Et puis qu'est-ce que t'en sais ? reprend-elle.

– Je ne regardais que toi, tout le temps. Rien ne m'échappait.

Elle rougit en comprenant que je passais mon temps à la surveiller. Ce n'était pas voulu, je n'essayais pas de tout savoir, j'étais juste fou d'elle, donc toujours intéressé par sa vie. Et ça n'a pas toujours été simple pour moi d'être comme ça, si attentif à elle. Je ne pouvais jamais manquer ses chagrins qui me déchiraient le cœur, ou ses joies de flirter qui me faisaient brûler de jalousie. Rien ne m'échappait, rien ne m'épargnait. La seule chose qui me consolait, c'était qu'elle ne semblait être amoureuse d'aucun d'eux, jamais. Et toujours, elle revenait vers moi, même si nous n'étions qu'amis. C'était déjà énorme de l'avoir dans ma vie, le plus grand des bonheurs.

– Revenons à Sabrina, dit-elle, non sans glisser sa main dans la mienne, comme pour s'excuser d'une chose dont elle n'est pourtant pas responsable. Tu comptais ses mecs, alors ?

– Ouais, mais j'ai perdu le compte. Ce que je sais, c'est qu'aucun n'a jamais trouvé grâce à ses yeux, et qu'elle était imbuvable avec eux. Et de toute façon, Sabrina n'est pas du tout le genre de Levy.

– Il a un genre ? Raconte ! Tu ne me dis jamais rien des secrets de Levy.

– Justement parce que ce sont des secrets.

Et qu'il ne me les confie que rarement.

– Mais je suis ta meilleure amie !

– Tu es ma *petite* amie.
– Et ta meilleure amie.
– Levy est aussi mon meilleur ami.
– Non ! s'énerve-t-elle.

Je savais qu'elle allait s'emballer. Je la connais vraiment par cœur…

Je souris, puis je la prends dans mes bras quand elle s'apprête à retirer sa main de la mienne pour me frapper. Et lorsqu'elle attire l'attention des quelques personnes encore présentes sur le marché en criant, j'écrase ma bouche contre la sienne.

Le baiser me réchauffe. Nos lèvres sont un peu gercées, nos bouches froides, nos souffles à peine tièdes. Pourtant, tout est parfait.

– Tu ne me feras pas toujours taire comme ça, chuchote Layla.
– Pour aujourd'hui, ça passe ?
– Ça passe. Mais ne t'avise pas d'essayer de faire ça pendant un match de hockey. Si tu le fais, je te mords la langue avant de te donner un coup pour t'éjecter du lit.
– On les regarde sur mon lit, je te rappelle.
– Et alors ?

Comme si ça allait l'empêcher de me sortir des draps… Rien n'arrête ma caractérielle Layla.

J'embrasse son front, le cœur plein de l'amour que je lui porte, et elle se serre contre moi.

– J'ai hâte que les matchs reprennent.
– Après Noël, dis-je.
– Ça va être long…

– C’est demain… Et on trouvera de quoi occuper nos nuits, j’en suis sûr. On s’en sort bien en ce moment.

Layla relève la tête, ses yeux sombres rencontrent les miens. J’y lis un désir qu’elle perçoit certainement dans les miens. Je ne sais pas si c’est très normal que nous ayons si souvent envie de faire l’amour. J’aime à penser que c’est lié au début de notre couple, ou à la période festive qui rend heureux et pousse à chercher plus de bonheur encore. Et quand nous faisons l’amour, elle et moi, il est certain que nous nageons dans le bonheur.

Du bout des doigts, je caresse la peau brune de sa joue, je glisse jusqu’à son front où danse une mèche de cheveux bouclée et foncée qui s’échappe de son bonnet. Ses lèvres gercées laissent échapper de la vapeur à cause du froid hivernal. Son nez rougi n’enlève rien à sa beauté.

Layla est magnifique, et je l’aime à en crever. Depuis notre première fois, je cherche comment lui avouer mes sentiments, comment lui dire ces quelques mots, et je crois que c’est le moment parfait. Elle est dans mes bras, nous parlons de hockey, nous sommes entourées de notre saison et de notre fête préférées grâce à la neige, les chants et le marché, notre entreprise est aussi représentée… Il y a tous les éléments de ce que nous sommes, ce qui nous unit, et même s’il ne fait pas encore pleinement nuit, l’instant qui nous ressemble le plus, je crois que lui confier mon amour maintenant est une bonne idée.

Mes yeux perdus dans les siens, je n'entends plus ce qui nous entoure, je ne vois plus rien à part elle, je ne sens que mon cœur qui bat contre le sien. Toute notre histoire me revient, notre amitié, notre amour, les moments heureux comme les plus difficiles, sa maladie, la création d'*Au seuil des délices* et les galères... Je vois ce qui nous compose défiler et je ressens mon amour pour elle plus fort que jamais.

Mes lèvres s'entrouvrent pour enfin prononcer ces mots que je crève de partager avec elle.

– Layla.

Ce n'est pas ma voix qui vient de s'élever dans l'hiver.

Layla écarquille les yeux et tourne la tête. Je l'imite. Là, devant notre stand, je vois Malek et Safia.

Je n'arrive pas à y croire... Ses parents sont là.

CHAPITRE 22

LAYLA

Je n'arrive plus à respirer. Je me demande si c'est un mirage, mais je sens toujours l'étreinte de Sidney, le parfum caractéristique du marché chatouille encore mes narines, et le froid de l'hiver persiste à me glacer. Je ne dors pas, tout cela est réel. Mes parents sont devant moi. Et à l'instant, j'étais à deux doigts de dire à Sid de tout fermer et de me faire l'amour avant d'aller fêter Noël.

Je rougis en m'écartant de lui.

Avouer par téléphone à mon père et ma mère que je sors avec ce garçon qu'ils connaissent depuis toujours et adorent, c'est une chose, le faire en vrai, c'en est une autre.

À peine me suis-je écartée de mon petit ami que je me dis que je n'ai pas à cacher ma relation ou à me changer, pas même pour mes parents. Je ne veux plus avoir honte de qui je suis. Tant pis s'ils ne peuvent l'accepter.

Je me force à me tenir droite, la tête haute, et je me tiens prête à recevoir les critiques de ceux qui m'ont mise au monde. Je ne sais pas pourquoi ils ont fait tout ce chemin pour me crier dessus, mais j'imagine que je vais bientôt le savoir.

– Alors c'est ça, *Au seuil des délices* ? demande ma mère en regardant les sablés en forme d'étoiles et les différents plateaux festifs que nous proposons, même s'il en reste peu et que nous allons sûrement les manger ce soir.

Je fronce les sourcils. Je ne comprends pas sa question. Il n'y a pas de jugement dans sa voix, je n'entends pas de condescendance non plus. Je ne suis pas habituée à ça.

Je tourne la tête vers Sidney qui pose une main dans mon dos et me pousse vers mes parents. Là, il se penche au-dessus du stand pour embrasser ma mère en lui disant :

– Comment tu vas, Safia ?

– Ça va, mon garçon.

– Qu'est-ce que tu as grandi, dit mon père en embrassant Sidney à son tour.

Je n'ose pas leur faire la bise. Je ne comprends pas la scène. Pourquoi est-ce qu'ils se disent bonjour comme si de rien n'était, et qu'est-ce qu'ils fichent là ? J'ai envie de hurler lorsqu'ils se mettent à discuter avec Sidney naturellement, mais je m'abstiens parce qu'une cliente que je reconnais arrive en courant. Elle est passée plus tôt, paniquée, car elle n'avait pas de dessert pour ce soir, mais je lui ai promis de lui préparer quelque chose. Enfin, j'ai mis Sidney sur le coup – il vaut mieux que j'évite de cuisiner –, mais j'ai géré le stand seule en attendant qu'il s'en charge.

– Tenez, dis-je en souriant.

– Vous êtes un amour ! Merci mille fois. Ma folle de belle-mère ne m'aurait pas loupée si j'avais eu le malheur de ne pas poser une bûche digne de ce nom sur la table.

Je ris quand elle met une main devant sa bouche en prenant conscience qu'elle vient de s'attaquer à sa belle-mère, puis elle rit à son tour. La pression redescend. Elle est soulagée et heureuse, impatiente de fêter Noël avec toute la famille, y compris la mère de son mari, si j'en crois ses propos.

Elle me remercie encore trois fois avant de partir en nous souhaitant à tous de très bonnes fêtes.

Après elle arrivent les deux dernières personnes que Sidney et moi attendions pour pouvoir fermer. Comme il l'avait prédit, elles sont là avant l'heure que nous avions choisie pour partir. Je les sers en souriant, comblée de voir tous ces gens aussi heureux. C'est une des raisons pour lesquelles j'aime autant cette période de l'année : le bonheur de tous.

Je perds mon sourire lorsque je me tourne vers Sidney pour lui dire qu'on a terminé et que je vois mes parents. J'avais oublié qu'ils étaient là.

– C'est ça, ton travail ? demande mon père.

– Non, c'est celui de Jade et Romy. Enfin, elles font d'autres choses, mais elles gèrent généralement le marché. On tourne parfois, même si c'est rare.

– Et toi, tu fais quoi, habituellement ? questionne ma mère.

– Je m'occupe des visuels et de la communication avec Jade. Quand Levy me laisse faire, je démarche aussi certains commerçants pour qu'ils proposent nos produits à la vente.

Je ne comprends pas pourquoi je leur déballe tout ça. Ils ne me posent sûrement pas toutes ces questions sans raison, je devrais éviter de trop en dire. Mais j'ai si longtemps rêvé de leur parler de mon travail que ça sort tout seul…

– Et elle invente des produits ! intervient Sidney. Regardez cette bûche, c'est elle qui l'a dessinée.

Il montre notre création.

– Bens ? s'étonne ma mère.

– Un mélange des Bruins et des Pens, dis-je.

– C'est ton équipe de hockey, non ?

Je relève la tête d'un coup, choquée que ma mère se souvienne d'une chose pareille. Mais je me rappelle qu'elle a toujours détesté mon côté fanatique et qu'elle connaît le nom de mon équipe non pas parce qu'elle s'est intéressée à ma passion, mais parce qu'elle a tout fait pour que je cesse de regarder mes matchs de hockey…

– Lay's… dit Sidney.

Je secoue la tête, puis je me frotte les yeux pour ne pas pleurer.

– On devrait remballer.

– Va te promener un peu sur le marché avec tes parents, je range.

– Non, je…

– Vas-y, insiste-t-il.

J'accepte d'un hochement de tête après avoir croisé son regard suppliant. Je ne sais pas pourquoi il s'acharne, mes parents ne comprendront jamais, ils vont encore me faire des reproches… Mais si ça peut faire plaisir à Sidney, je supporterai une dernière fois. J'espère qu'il sait quand même qu'à la prochaine remarque, je coupe les ponts ; je n'en supporterai pas plus.

Il m'embrasse, puis il enfonce un peu plus le bonnet sur ma tête et entoure mon écharpe des Pens autour de mon cou plus solidement avant de me pousser vers la porte du chalet en bois.

Nous nous promenons cinq bonnes minutes en silence, écoutant simplement le reste de l'agitation du marché qui est en train de s'éteindre pour que chacun regagne son foyer et passe un bon réveillon. Je n'arrive pas à ouvrir la bouche. Je ne sais pas quoi dire, je ne sais pas quoi faire non plus. La petite fille en moi voudrait se jeter dans les bras de son papa et serrer la main de sa maman. J'aimerais revenir à l'époque où je me promenais avec eux sur ce même marché, celle où j'avais le droit de rêver parce que j'étais assez jeune pour ça, selon eux.

– C’est trop bon ! J’aurais dû prendre ça pour ma sœur, ça a un peu le même goût que les chocolatines, elle aurait aimé.

Je tourne la tête vers un jeune homme qui a du chocolat plein la bouche. Je ne sais pas ce qu’il a mangé, mais ça lui a plu, je crois.

– Ça faisait longtemps que je n’avais pas entendu quelqu’un parler comme ça ! dit ma mère en riant, très vite rejointe par mon père.

Ils habitent à Paris depuis un moment, ils ont oublié les expressions de chez nous, la façon dont on parle dans le Sud-Ouest. Apparemment, ça les fait rire, et inconsciemment, je souris de les voir si joyeux.

– Enfin un sourire ! s’exclame ma mère en prenant mon visage entre ses mains.

Je ne comprends vraiment rien. Pourquoi est-elle si gentille ? Pourquoi agissent-ils tous les deux comme si rien ne s’était passé, comme s’il n’y avait pas eu une cassure dans notre relation à l’adolescence qui s’est transformée en trou béant lorsque j’ai quitté l’école ?

J’ai dû perdre mon sourire parce que mon père a aussi perdu le sien, et ma mère s’écarte en baissant la tête. J’ai mal au cœur de l’avoir blessée. Je ne devrais pas, après tout ce que j’ai moi-même vécu à cause d’eux, mais je déteste lui faire de la peine.

– Désolée… dis-je.

– Ma Layla, tu es la dernière qui devrait avoir à s’excuser…

– Ta mère a raison.

Mon père soupire en se frottant le front. Puis il s'approche de moi et prend ma main dans la sienne.

– Nous sommes désolés, sincèrement. Désolés de ne pas t'avoir soutenue, d'avoir été si durs…

– Nous avons beaucoup à nous reprocher, reprend ma mère. Mais il faut que tu saches une chose, nous sommes extrêmement fiers de toi.

Je n'arrive pas à croire ce que j'entends, je pense que quelque chose en moi le comprend plus vite que je ne le pense parce que je me mets soudain à pleurer. Sans prévenir, sans contrôler quoi que ce soit. Comme une petite fille, comme la toute petite Layla que j'ai été. Je pleure, et tant pis si j'ai l'air d'une gamine.

J'attendais tellement ces mots précis, le jour où mes parents me diraient leur fierté, que je ne parviens pas à retenir mes larmes. C'est trop d'un coup, j'ai même du mal à y croire. J'ai passé des années à penser que jamais je ne serais à la hauteur de leurs attentes, et aujourd'hui, alors qu'on s'est fâchés quelques jours plus tôt, ils sont là à me dire exactement ce que j'avais envie d'entendre.

Est-ce que je suis en train de rêver ? Tout cela est une illusion ? C'est peut-être pour ça qu'il neige, en fait, ce n'est pas la réalité, tout est faux. Ce mois de décembre n'a pas existé, peut-être que j'ai même imaginé ce qui s'est passé avec Sidney…

Je sens des bras m'entourer, et je sais alors que tout est bien réel, car je reconnais l'étreinte de mon meilleur ami. Je la connais mieux que celle de mes parents ; je ne me suis pas réfugiée contre eux depuis si longtemps.

Je me tourne pour serrer l'homme de ma vie contre moi. Ou plutôt, pour me serrer contre lui, en enfouissant mon visage dans son épais manteau.

– Qu'est-ce que vous lui avez encore dit ? s'énerve-t-il.

– Sid… tenté-je.

Il ne me laisse pas le temps de m'exprimer, il me serre encore plus fort et continue :

– Je ne vous ai pas demandé de venir pour que vous lui fassiez encore plus de mal. Je pensais que vous veniez vous excuser et renouer avec elle !

Je n'ai jamais vu Sidney s'énerver comme ça, contre personne. Jamais contre moi, même quand je me montre insupportable, mais pas même contre des gens qu'il n'aime pas. C'est un homme calme, il se tempère, tout l'opposé de moi.

– Sidney, dis-je en le repoussant pour qu'il me lâche. Ils ont juste dit qu'ils étaient fiers de moi !

Je le vois cligner des yeux plusieurs fois, et le rouge lui monte aux joues lorsqu'il comprend qu'il vient de s'en prendre à mes parents sans raison. Je sais que ce n'est pas gentil de ma part, mais je souris parce que je le trouve vraiment mignon quand il se soucie de moi comme ça.

Certains de ses mots me reviennent d'un coup.

– Comment ça, tu leur as demandé de venir ?

– Il nous a beaucoup appelés et écrit, et il nous a invités à venir fêter Noël chez ses parents, m'explique mon père.

– Je vous ai harcelés, plutôt…

– Vous fêtez Noël avec nous ? demandé-je, le cœur battant.

– Si tu veux bien de nous, حبيبة ديالي[19], dit ma mère, d'une voix presque implorante.

J'ai l'impression qu'elle ne m'a pas appelée comme ça depuis des siècles… Je la revois utiliser ce petit mot affectueux lorsque j'étais petite et que je lui faisais un dessin ou que je voulais qu'elle joue à quelque chose avec moi, mais je n'ai aucun souvenir plus récent où elle me nomme ainsi.

À quel moment mes parents ont-ils arrêté de se comporter avec douceur avec moi ? Quand ont-ils cessé de m'aimer vraiment ?

– Pourquoi ? demandé-je, d'une voix faible.

– On sait que ça te tient à cœur…

– Non, coupé-je mon père. Pourquoi est-ce que vous avez changé ? Pourquoi vous avez arrêté de m'aimer ?

Ma voix se brise sur le dernier mot et je me remets à pleurer. La neige tombe sur ma tête et vient fondre dans mes larmes. C'est la première fois que je pose la question, la première fois que j'ose demander, et j'ai le cœur fendu en deux.

---

19. [Hbiba], « Ma chérie », en arabe marocain.

Je lutte pour relever la tête, et là, je vois ma mère dans le même état que moi. La main sur son cœur, elle semble avoir du mal à respirer. Elle secoue la tête en pleurant, puis elle s'approche de moi et pose ses deux mains sur mes joues avant de me serrer fort contre elle.

– Jamais, ma Layla, jamais… sanglote-t-elle. Nous n'avons jamais cessé de t'aimer.

– Depuis tout ce temps, c'est ce que tu croyais ? demande mon père, d'une voix tremblante et bien moins maîtrisée qu'à son habitude.

Je ne parviens pas à parler, alors je hoche la tête.

Depuis des années, c'est de ça dont je suis convaincue. Je suis certaine d'être une déception pour mes parents et qu'ils ne m'aiment plus parce que je ne me comporte pas comme ils le voudraient.

Doucement, ma mère me force à relever la tête, que j'avais baissée quand elle s'est écartée. Là, elle plonge ses yeux dans les miens.

– Pas un seul jour mon amour pour toi n'a disparu, pas même une seule seconde. Tu es ma fille, la chair de ma chair, mon sang, mon unique et précieuse petite fille. Tu m'entends, Layla ? Jamais rien de ce qui pourra arriver ne m'empêchera de t'aimer.

– Ta mère a raison. J'aimerais te dire de ne pas en douter, mais j'ai l'impression que notre comportement ne t'a pas beaucoup aidée…

– C'est juste que vous semblez toujours si déçus de moi…

– Pas déçus, inquiets, reprend mon père, surpris que je me sois méprise.

J'ai envie de lui dire qu'il n'a quand même pas été très clair avec moi ! Pas plus que ma mère. Et j'imagine que mes yeux lui font passer le message parce qu'il soupire et passe la main sur son visage si semblable au mien.

Soudain, je me rends compte qu'il a vieilli, il n'est plus le jeune homme qui jouait avec sa petite fille au ballon ou se cachait dans les buissons avec Sidney et moi pendant que ma mère nous cherchait. La vie l'a rattrapé, il a pris quelques années. Je suis restée une enfant dans mon cœur, mais les années ont marqué mon père, comme l'inquiétude, les responsabilités… Un tas de choses semblent peser sur lui.

– Tu es tellement…

– Passionnée, complète ma mère.

– Depuis toujours, tu t'intéresses à tout, tu veux toucher à tout, tu cours dans tous les sens… Nous avons passé notre temps à nous inquiéter pour toi, dès ton plus jeune âge. J'avais peur que tu tombes d'un arbre, que tu traverses la route sans regarder parce que tes yeux étaient perdus dans le ciel… Et puis tu es devenue une jeune femme, dit-il.

– Et nos inquiétudes ont changé. Nous avons commencé à avoir peur des hommes autour de toi, tous sans exception, dit ma mère en jetant un regard à Sidney. Tu devenais de plus en plus belle, mais tu restais insouciante. Je ne dormais pas les soirs où

Sidney et toi sortiez avec vos amis. Je n'attendais qu'une chose, vous entendre rentrer à la maison.

– Et là, tu te levais pour vérifier que Sid dormait bien hors de mon lit, dis-je, en souriant et en reniflant.

Ma mère cache sa bouche pour rire ; elle s'en souvient, elle aussi.

– Après ça, reprend mon père, tu es devenue adulte, mais tu continuais à être notre petite Layla insouciante. Tu te passionnais pour tout, tu te lançais toujours dans mille projets. Enfant, cela allait, mais une fois adulte, chaque décision a un impact sur ta vie. Tu dépensais sans compter pour tes passions ou les gens que tu aimais, quitte à sauter un repas. Tu t'en sortais toujours, mais je me réveillais la nuit en me demandant si tu n'allais pas te mettre dans les ennuis, si ton grand cœur et ton insouciance n'allaient pas causer ta perte. J'avais peur de mourir et que tu ne saches pas te débrouiller seule, peur de ne plus être là pour te protéger…

Ma mère pose une main sur le bras de mon père qui étouffe un sanglot à son tour. Je sens les larmes revenir. Je n'ai jamais supporté de voir mon père pleurer. Mais il se reprend, il se racle la gorge et dit :

– On s'est beaucoup inquiétés. On voulait que tu grandisses, que tu abandonnes les choses que tu aimais enfant, comme Noël, que tu te défasses de ce côté fanatique qui allait, selon nous, mieux à une ado qu'à une adulte, et surtout, que tu oublies cette idée d'entreprise pour partir vers un métier stable qui assurerait ton avenir.

– J'aime *Au seuil des délices*, dis-je, avec conviction. Jamais je ne l'abandonnerai.

– On le sait à présent, répond mon père. Même si on s'inquiète toujours… Mais on te fait confiance.

– Si tu es toujours aussi convaincante et déterminée que la petite fille de trois ans qui nous a obligés à nous mettre à Noël, alors tu vendras n'importe quoi à n'importe qui, ajoute ma mère en souriant. Et vu comment tu nous as parlé au téléphone la dernière fois, je crois que tu l'es.

– J'étais tellement fier d'elle…

– Pas fâché ? m'étonné-je en entendant les mots de mon père qui, malgré moi, font encore gonfler mon cœur de bonheur.

– Un peu aussi, avoue-t-il. L'agacement a d'ailleurs été ma première réaction. Mais après coup, j'étais surtout très fier de ma fille. C'est cet appel qui nous a fait changer d'avis.

– Ça et Sidney qui n'a pas arrêté de nous écrire et de nous appeler, continue ma mère. Il nous a dit que votre entreprise commençait à bien marcher, d'ailleurs. Levy et lui nous ont un peu montré les chiffres ; c'est super !

Je tourne la tête vers mon petit ami qui hausse les épaules. J'en viens à me demander depuis combien de temps il tente de convaincre mes parents et ce qu'il a pu leur dire pour réussir à leur faire accepter notre entreprise. Ils disent que c'est notre appel qui les a fait changer d'avis, mais Sidney a dû leur donner des tonnes d'arguments pour qu'ils en viennent à me soutenir malgré leurs craintes concernant *Au seuil des délices* et mon avenir. Parce que c'est le cas, s'ils sont là, s'ils disent qu'ils sont fiers de moi, c'est qu'ils n'ont plus l'intention de me faire changer de voie, n'est-ce pas ?

– Vous n'allez plus me dire de grandir ? demandé-je.

– Si je le pouvais, je te ferais redevenir une petite fille. C'était plus facile de te surveiller, dit ma mère, un peu triste.

– Pas moi, je n'ai plus l'âge de me cacher avec elle dans les buissons.

Mon père aussi se souvient de ça… Je ne sais pas pourquoi, mais ça me touche. Avec le temps et cet éloignement, j'avais l'impression que nous étions devenus des inconnus, et qu'ils avaient effacé de leur esprit tout ce que nous avions vécu ensemble. Savoir que ce n'est pas le cas me rend vraiment heureuse, et je ne peux pas m'empêcher de me jeter dans les bras de mon père.

D'abord hésitant, il me serre ensuite contre lui, et à mon oreille, il murmure :

– انا كنبغيك بزاف…[20]

Son étreinte, ses mots, et la neige qui nous recouvre… tout me renvoie à ces Noëls merveilleux

20. [Kanbghik bezef], « Je t'aime tellement… », en arabe marocain.

que nous avons passés ensemble, ceux qui ont fait que cette fête est devenue si précieuse pour moi, juste parce que j'étais avec ceux que j'aimais.

Je sens mes larmes couler encore, alors je presse mon visage contre le manteau de mon père pour cacher tout ça. Et lorsque j'arrive à calmer mes yeux, je m'écarte et dis :

– Je n'arrêterai pas le hockey non plus ! Et je veux qu'on fasse Noël en famille tous les ans !

Mes parents clignent plusieurs fois des yeux, surpris par mon changement d'humeur et de comportement, puis ils se regardent. Un doux sourire s'affiche sur leur visage. J'ai l'impression qu'ils revoient cette petite fille après qui ils ont tant couru, celle qu'ils voudraient retrouver tout en ayant essayé de la faire disparaître en pensant me protéger…

Je crois qu'ils ont compris que cette petite Layla sera toujours là, et j'espère que plus jamais ils ne me demanderont de la faire mourir. Même s'ils sont inquiets, même si je fais apparaître des cheveux blancs sur leur tête, je voudrais qu'ils m'acceptent comme je suis.

Ils hochent la tête, comme s'ils répondaient à ma supplique silencieuse, et je fais de même, en espérant que nous sommes sur la même longueur d'onde.

Je n'ai pas oublié la tristesse vécue à cause de leurs actes, et ils n'oublieront pas de sitôt la culpabilité qu'ils ressentent, mais je ne veux pas que cela nous empêche d'avancer. Je ne suis pas rancunière ; comme les enfants qui se fâchent avec leurs amis, je me remets rapidement pour recommencer à jouer. Et comme eux, j'aime profondément Noël, et ce soir, c'est le réveillon, alors je n'ai pas le temps d'en vouloir à mes parents. Je ne peux pas, pas quand tout ce dont je rêve, c'est de le fêter avec eux pour la première fois depuis si longtemps.

En comprenant que je ne rêve pas, qu'ils vont vraiment passer les fêtes avec moi, je tourne la tête vers le stand de Betty. Elle n'a pas encore fermé, alors je fais un signe de la main à mes proches et je pars en courant vers elle. Je sens le regard de mes parents dans mon dos, j'imagine que Sidney m'observe aussi, mais lui, il se doute de ce que je vais faire.

J'ai offert un cadre *S'motes* à tous les gens que j'aime, sauf à mon père et ma mère. Cette année, ils en auront un de notre petite famille à accrocher chez eux, même si ça ne va pas avec leur décoration. Un qui leur rappellera que je les aime, un qui les fera sourire, grâce aux bonshommes aux visages amusants qui seront dessus. Je veux qu'ils l'aient, comme souvenir de cet instant, parce que cette année, les choses vont changer, et je suis convaincue qu'elles ne seront plus jamais aussi tristes qu'avant.

– Voilà, ma belle, me dit Betty en me tendant un sac avec ma commande.

– Merci, et joyeux Noël !

– À toi aussi !

Je l'entends rire en me voyant repartir en courant, excitée. J'ai le sourire aux lèvres. Je suis tout simplement heureuse.

Ma mère m'interroge du regard, mais je secoue la tête. Elle n'insiste pas, elle s'accroche simplement à mon bras. Je prends celui de mon père avec celui qui est libre, le sac pendant à mon poignet, et nous nous mettons en route pour cette soirée qui sera certainement inoubliable.

Mes yeux croisent ceux de Sidney, et d'un regard, je le remercie et lui exprime mon amour. Cela ne vaut pas les vrais mots que je compte bien prononcer, mais c'est un début, et je sais qu'il comprend. Il sait que je suis folle amoureuse de lui et que jamais je ne le remercierai assez pour ce qu'il a fait.

C'est vraiment le plus incroyable des hommes. Et grâce à lui, je vais vivre le plus merveilleux Noël de ma vie, comme lorsque j'étais petite.

CHAPITRE 23

SIDNEY

Je savais qu'il fallait que j'arrive avant mes cousins. J'ai à peine eu trente minutes pour cuisiner qu'ils ont débarqué et ne m'ont pas lâché. Après ça, c'était la galère pour finir de tout préparer. Même David qui est plutôt calme m'a semblé insupportable.

Ma famille veut bien manger, mais elle ne comprend pas que pour avoir un bon repas, il faut prendre le temps de cuisiner. Du coup, tout le monde me parlait, les plus petits s'accrochaient à mes jambes, Luke le premier, et moi, je désespérais de m'en sortir.

J'ai fini, mais pas sans mal. Heureusement que Levy est venu m'aider. Quand notre chien Pasta a commencé à s'y mettre aussi et à me tourner autour pour jouer ou avoir à manger, j'ai cru que j'allais devenir fou. Sans l'aide de mon ami, j'aurais fini par mettre un enfant ou un chien dans le four. Le réveillon de Noël aurait été gâché, et Layla m'aurait fait la gueule parce que j'aurais ruiné son moment préféré de l'année.

– Merci, dis-je à Levy.

– De rien, n'importe quoi pour fuir ton oncle de Noël.

Je ris en tournant la tête vers l'oncle en question qui est déguisé en père Noël. Il a le physique pour, avec son gros ventre, ses lunettes et sa barbe blanche. Il ressemble tellement à cet homme tiré de l'imaginaire qu'on ne peut même pas l'utiliser pour jouer le vrai père Noël pour les enfants. Impossible de cacher que c'est lui derrière le déguisement, vu qu'il porte juste une tenue rouge et que tout le reste est vrai.

Plus jeunes, certains de mes cousins racontaient même à l'école que le vrai père Noël, c'était leur tonton. On leur a expliqué qu'il n'était qu'un sosie, mais je crois qu'ils ne sont pas convaincus et persistent à penser que le père Noël est de notre famille… J'imagine que c'est pour ça qu'ils ne sont jamais choqués de nous voir déposer des paquets sous le sapin – on le fait depuis qu'ils se sont levés dans la nuit et qu'ils ont justement surpris notre oncle en train de les installer.

Ma tante se demande si on arrivera un jour à leur faire entendre qu'il n'existe pas, lorsqu'ils seront plus grands. Le plus âgé des enfants entrera bientôt au collège et il persiste à dire que ce gros monsieur barbu existe. La dernière fois que j'ai essayé de lui expliquer les choses, car je ne voulais pas qu'on l'embête à l'école – les enfants peuvent être vraiment méchants –, il m'a regardé avec pitié et m'a dit : « Sidney, c'est dommage que tu aies oublié comment rêver. Si tu ne crois plus au père Noël, en quoi peux-tu encore croire ? » J'étais tellement choqué de tant de maturité et de candeur mêlées que je n'ai pas su quoi répondre.

Layla s'est moquée de moi pendant des semaines. Elle a dit qu'Esteban avait raison et que j'étais en train de devenir un adulte bien ennuyeux.

Après réflexion, j'ai décidé que je ne voulais pas en être un. Après tout, qui peut vraiment savoir si le père Noël existe ou pas ? En conclusion, je suis dans l'équipe d'Esteban, David et Luke : je décide de croire au père Noël, que ce soit notre oncle ou quelqu'un d'autre.

Après avoir enfourné la deuxième tournée de petits-fours, je pose mon torchon et me tourne vers Levy afin de lui demander s'il veut que je lui resserve à boire. Là, je surprends son regard, posé sur Sabrina. Ma sœur discute avec Layla et ses parents, non loin de nous. Ma copine ne quitte plus son père et sa mère ; je crois qu'elle a peur qu'ils ne disparaissent. Je suis heureux pour elle qu'ils soient là et tentent de se racheter, mais un peu déçu de ne pas pouvoir l'avoir pour moi… Alors je me console comme je peux, c'est-à-dire en embêtant mon meilleur ami :

– T'es accro à ma sœur.

– Et toi, tu me fais chier. T'en es où avec ton canard ? demande-t-il en tournant la tête vers le four.

– Il est prêt, ne change pas de sujet.

– Pourquoi tu t'intéresses autant à ma vie amoureuse ? La tienne t'ennuie déjà ?

– Ma relation avec Layla est parfaite et loin d'être ennuyeuse, mais je sais que tu dis ça pour m'énerver et me faire changer de discussion. Ça ne marchera pas.

Je souris, fier de moi. Lui, il soupire. Je m'attends à ce qu'il crache enfin le morceau, mais il se contente de se tourner vers moi, de me regarder, et de boire son verre cul sec avant de sourire et de me planter là, dans la cuisine.

Je perds mon sourire, surpris et déçu de ne pas avoir réussi mon coup.

– Ça va ?

Encore choqué d'avoir perdu la bataille, je tourne la tête vers la plus belle femme de la soirée. Ses cheveux sont remontés dans une coiffure travaillée que sa mère lui a faite et de laquelle s'échappent quelques boucles. Safia a glissé une barrette avec un flocon de neige dans les cheveux de sa fille. Je ne sais pas comment elle a réussi à l'empêcher de mettre celle avec un pingouin, mais les faits sont là.

Je hoche la tête pour lui répondre, et elle retourne discuter avec les membres de nos familles tandis que mes yeux ne veulent pas se décrocher d'elle. Elle porte un maquillage discret mais pailleté qui illumine son visage, et sa robe est bien trop sexy pour mon bien.

Au moins, elle me fait oublier Levy qui devient de plus en plus arrogant et agaçant. Je n'arrive plus à le faire sortir de ses gonds, ça m'ennuie. Mais cette femme sait me redonner le sourire.

J'entends quelques mots qui me permettent de savoir que Layla parle de notre entreprise à ses parents. Elle le fait avec une passion non dissimulée qui me rend heureux. J'adore la voir comme ça et je suis comblé que Malek et Safia soient attentifs à ce qu'elle raconte, vraiment intéressés.

Quelques minutes plus tard, elle me rejoint à nouveau ; elle semble avoir fini de raconter son histoire à ses parents. Mon sourire s'élargit.

Enfin, elle est à moi.

– T'as pas froid ? demandé-je en voyant ses bras nus et son décolleté.

– Tu sais très bien qu'avec ma maladie, j'ai tout le temps chaud.

– Dommage.

– Pourquoi ?

– Je t'aurais réchauffée.

Son visage change de couleur, ses joues virent au rouge, et je souris à pleines dents. J'aime vraiment trop avoir cet effet sur elle. Depuis qu'on a commencé à faire évoluer notre relation, je me découvre plus séducteur, plus entreprenant. J'ose des choses avec elle que je n'oserais avec personne d'autre, juste parce que c'est Layla et que je sais où est la limite. Et que je sais aussi supporter ses réactions, comme le coup qu'elle me met maintenant dans le ventre. Je manque de renverser l'assiette dans laquelle j'ai disposé des toasts de foie gras, mais je parviens à éviter la catastrophe. Si ça tombe, Pasta mange, c'est la règle qu'il nous a imposée.

– T'es violente, tête de chips !

Sa gêne a fait place à de l'agacement, puis un sourire tendre se dessine sur ses lèvres en entendant ce surnom qu'elle n'aime pourtant pas plus que ça.

Je passe mon bras autour d'elle, et ensemble, nous regardons nos familles. Malek est en pleine discussion avec mon père qui lui montre l'une de ses dernières trouvailles ; Safia s'amuse avec deux de mes cousins qui la font courir dans tous les sens. Elle évite de justesse l'immense ours en peluche blanc assis contre le mur, elle manque de renverser le sapin sur notre chien à cause de Luke, et je suis à peu près sûr que les petites étoiles qui scintillent dans ses cheveux lui ont été jetées dessus par David. Ils mettent un désordre sans nom, mais bizarrement, ça ne m'angoisse pas, au contraire.

– Ils ont l'air heureux, dis-je.

– Je crois que oui. Ils redécouvrent les fêtes de famille… La nôtre est au Maroc, et avec le travail de mon père, on n'avait presque jamais le temps d'y aller. Et depuis que je suis adulte, on ne fête plus Noël…

– Vous allez recommencer à le fêter, dis-je en embrassant sa tempe lorsque j'entends la tristesse dans sa voix.

– Oui, grâce à toi.

– Je n'ai rien fait.

– Tu sais très bien que si. Tu fais toujours plein de choses pour moi.

– Attends de voir le sapin et mes cadeaux, dis-je en riant.

– Tu m'as acheté quoi ?! demande-t-elle, excitée.

– Tu verras !

– Allez, je veux savoir !

– Tu es pire que les enfants…

– Je sais.

Un immense sourire illumine son visage, et à ce moment, je comprends qu'aujourd'hui Layla se moque bien d'être une gamine. Pour la première fois, elle est qui elle est, sans s'inquiéter de quoi que ce soit, et je la trouve plus belle et incroyable encore qu'avant.

Si c'est possible, je crois que je l'aime un peu plus…

Le repas est délicieux. Je ne suis pas fâché d'avoir tant travaillé dessus. Nous dînons dans la joie et la bonne humeur. Les enfants – et Layla – n'arrêtent pas de nous embêter pour ouvrir les cadeaux, et je crois que nous regrettons tous l'époque où ils se couchaient tôt pour ouvrir les paquets le vingt-cinq ; cela nous donnait au moins l'occasion de manger tranquillement. Mais tout le monde semble si excité que nous décidons finalement de continuer à manger tout en déballant les présents.

Il y en a tellement sous le sapin que c'est indécent. Il y a du monde dans la maison de mon enfance, alors c'est normal, mais quand même… Je ne peux pas m'empêcher de penser à tous ceux qui ne fêteront pas Noël, ceux qui n'auront même pas à manger.

Levy pense à la même chose et il a eu du mal avec cette vision, je crois. Après une dizaine de minutes, je le vois se lever et disparaître en silence. Je veux le suivre, mais Layla ouvre à présent ses paquets et elle se met soudain à hurler de joie :

– Pour de vrai ?!

Je penche la tête vers elle et découvre que ses parents lui ont offert un bon pour un voyage à Pittsburgh, pour aller voir jouer son équipe de hockey.

– Pour de vrai, répond Safia.

– On ne pouvait pas réserver des billets d'avion sans connaître ton planning, continue Malek, et je ne sais absolument pas comment acheter des places pour tes matchs, alors on s'est dit qu'un bon ferait l'affaire en attendant que tu organises tout ça.

– Du coup, c'est ce qu'on a demandé au père Noël pour toi, précise sa femme en se souvenant qu'il y a des enfants.

Ils ont des croyances un peu étranges concernant Noël, mais on ne sait jamais, autant continuer à faire semblant, au moins pour les plus jeunes.

– Je vais voir les Pens en vrai… souffle Layla.

Je ne sais pas si j'aime ou déteste Malek et Safia. Je suis heureux pour Layla, mais comment est-ce que je peux rivaliser avec un tel cadeau ?

Quand je la vois sautiller comme une petite fille, je me dis que ça ne fait rien, ce qui compte, c'est qu'elle soit heureuse. Après tout, c'est l'objectif d'un présent : faire plaisir à celui qui le reçoit. Je n'ai pas besoin d'être celui qui a payé ou fabriqué le cadeau, le bonheur de Layla me va, qu'importe à qui je le dois.

Je les entends ensuite parler d'argent dans le brouhaha que fait ma famille en discutant, et j'apprends qu'ils ont remis les sous qu'ils avaient repris sur son épargne lorsqu'elle a arrêté ses études. Je ne pense pas que Layla s'en serve pour faire des folies, mais en attendant qu'*Au seuil des délices* soit vraiment stable, cet argent l'aidera à payer ses factures, et je sais qu'elle sera heureuse de ne plus avoir à me demander de la dépanner, même si je le fais toujours avec plaisir.

Je m'apprête à la taquiner lorsque Malek et Safia découvrent le cadre qu'elle leur a acheté et le sachet de gourmandises que je l'ai aidée à faire pour eux, mais le petit Luke grimpe sur mes genoux pour me montrer la poupée que le père Noël lui a apportée. D'après ma tante, il la bassine depuis des mois pour l'avoir, si bien qu'elle a failli craquer et la lui offrir avant Noël. Il est comme un fou.

– Le père Noël est génial ! s'écrie-t-il.

Je suis bien d'accord avec lui sur ce point.

Finalement, c'est à mon tour d'ouvrir mes cadeaux. Mon père m'a déniché de vieilles casseroles en cuivre, que je découvre en retirant le large ruban blanc et en ouvrant la boîte rouge dans laquelle il les a mises.

C'est la première fois que je suis heureux qu'il chine et rapporte tout et n'importe quoi. J'en voulais des comme ça depuis un moment, mais je n'arrivais pas à en trouver en bon état à un prix raisonnable !

Il me sourit en voyant mon air béat, et je le prends dans mes bras pour le remercier. C'est peut-être idiot, mais je suis touché qu'il se soit souvenu de ce désir que j'avais. J'ai parfois l'impression qu'il est dans son monde et ne fait pas attention à moi, alors je suis ému de voir que je me trompais…

Après ça, je tombe sur le cadeau de Layla. Je reconnais l'emballage sans mal puisqu'il est jaune et qu'une étiquette pingouin est accrochée au ruban. Jusqu'au bout, elle force avec cette couleur et ses Pens… Tout le monde a choisi du papier cadeau blanc, rouge, argenté ou doré, avec des motifs de sapin, bonhomme de neige ou encore étoile, mais elle, non, elle a mis du jaune et des pingouins !

Au moment où je souris et déballe son paquet, elle prend mon cadeau à son intention et l'ouvre aussi. Et là… Fou rire.

Elle m'a offert un haut des Pens, je lui ai offert un haut des Bruins. On a eu exactement la même idée. C'est un truc à nous. Depuis le début, on tente de convaincre l'autre qu'il soutient la mauvaise équipe. Je ne pensais pas qu'elle ferait comme moi et mettrait un truc comme ça sous le sapin, mais il faut croire qu'on se ressemble plus que je ne le pensais.

Layla et moi avons toujours été très différents, mais nous avons aussi énormément en commun. C'est ce qui fait que notre relation est aussi équilibrée. Notre amitié a toujours été ainsi, j'espère que notre couple le sera tout autant.

Personne ne comprend pourquoi nous rions, mais nous nous en fichons, nous continuons à nous esclaffer.

Lorsque je réussis à me calmer, je la regarde et je tombe un peu plus amoureux d'elle. Ses yeux brillent, ses joues ont pris une autre couleur, mélange du champagne et de son éclat de rire ; elle est absolument magnifique quand elle rayonne ainsi.

Je crois que c'est le meilleur Noël de ma vie. Toutes les personnes que j'aime sont heureuses, y compris Romy et Jade qui m'ont envoyé une photo d'elles pour me souhaiter un joyeux Noël et qui m'ont promis de me garder un peu de pain aux fruits. Je m'inquiète un peu pour Levy, mais je sais qu'il n'aimerait pas que je me gâche la soirée. Il déteste Noël, mais il sait combien cela compte pour nous, et s'il est là ce soir – je ne sais trop où dans la maison, avec Sabrina, qui a aussi disparu –, c'est qu'il est au moins un peu OK avec cette fête, qu'il a décidé d'une mini-trêve avec elle.

Je suis heureux parce que les gens que j'aime le sont, mais en particulier Layla. Elle ne l'a jamais autant été. Ses parents sont là, ils vont reconstruire leur relation. Elle s'est confiée sur sa maladie à tout le monde, tous ses proches, et elle se sent enfin libérée de ce secret qui lui pesait et de la culpabilité qui allait avec à cause des symptômes qu'elle faisait subir aux autres. Elle peut être qui elle est, pleinement, vraiment, et la voir aussi détendue me comble.

C'est ça mon cadeau de Noël, le vrai. Je ne voudrais pas autre chose. Aucun présent ne pourrait égaler le sourire de cette femme.

CHAPITRE 24

SIDNEY

Lorsque Layla et moi quittons le salon après le dessert, chacun une clémentine dans la main pour finir le repas en beauté, nous apercevons Sabrina et Levy dans la salle de bains. Mon ami sourit, ce qui me rassure un peu. Je ne sais pas quel sort ma sœur lui a jeté, mais elle a réussi à lui faire supporter Noël. Peut-être qu'en fait, ce n'est pas une reine, mais plutôt une sorcière… Et peut-être que je me trompais ; même s'ils semblent n'avoir rien en commun, que ma sœur n'est pas du tout le style de femme qu'aime normalement Levy, et inversement, ça a l'air de marcher entre eux.

Nous les espionnons un moment, et quand ils s'embrassent, Layla se met à chanter à l'attention de ma sœur :

– Hou la menteuse, elle est amoureuse !

Là, nous courons nous enfermer dans ma chambre en riant. J'entends Sabrina hurler qu'elle va nous faire bouffer tous nos cadeaux, mais je n'ai pas peur. Enfin, si, un peu. Elle en est capable. Malgré tout, je ris avec Layla. Comme les enfants que nous avons un jour été, ceux que nous resterons à jamais.

Une fois que nous sommes calmés, elle pose sa clémentine sur mon bureau, je l'imite, puis elle se glisse dans mes bras. Je me dis alors que l'heure n'est plus à l'humour. Ses doigts passent dans mon col roulé noir, ses yeux semblent prendre feu. En un rien de temps, l'ambiance change.

– Ce pull te va vraiment bien…

– Et cette robe est magnifique, mais tu serais encore plus belle sans, réponds-je.

Nous avons la même idée en tête. Je l'ai depuis qu'elle a enfilé cette tenue beaucoup trop belle sur son corps bien trop séduisant. Mais c'est une envie qui ne sera pas assouvie tout de suite, car au moment où je me penche pour l'embrasser, la porte s'ouvre sur Luke qui entre et saute sur le lit en criant. Il fait ça deux minutes, puis il repart sans s'intéresser à nous.

Je cligne plusieurs fois des yeux avant de me remettre et de refermer la porte. Je hausse les épaules en souriant à Layla, puis je pose enfin ma bouche sur la sienne. Un baiser attendu qui me fait l'effet voulu…

J'ai le droit à une minute avant que Luke revienne et refasse le même coup. Il hurle en sautant sur mon lit.

Je ne comprends pas ce qu'il fabrique.

Il repart.

Il revient et crie en sautant.

Il repart.

Je tente de fermer la porte définitivement, mais la clé a disparu, et je ne peux que me résigner à supporter la folie de mon petit cousin qui a dû manger un peu trop de chocolat pour être aussi excité. On dirait Pasta !

Layla ne l'entend pas de cette oreille, elle n'a pas ma patience. Sous traitement ou pas, elle s'énerve très facilement. Je ne crois pas que ce soit réellement un symptôme de son hyperthyroïdie, elle a toujours été tout feu, tout flamme.

Au bout de la cinquième fois, elle craque et attrape Luke par le col avant qu'il ne puisse s'enfuir à nouveau.

– À quoi tu joues ?

– C'est Sabrina qui a dit de faire ça ! Sid sait pourquoi !

Il se libère de la prise de Layla et s'échappe encore. Soudain, je comprends…

– Elle se venge pour le coup du réveil.

– Elle compte nous empêcher de faire l'amour parce que tu l'as empêchée de dormir ? demande Layla.

– Je pense.

– Mais j'ai rien fait, moi ! Queen !

Je la saisis par le bras alors qu'elle s'apprête à sortir pour se plaindre à Sabrina. C'est inutile, ma sœur n'arrêtera que quand elle jugera que j'ai été assez puni. Je préfère ne pas me prendre la tête. J'ai mené plusieurs combats contre elle, assez pour savoir qu'elle gagne toujours. Je ne vais pas user mon énergie inutilement. Mieux vaut attendre qu'elle se lasse.

Je tire Layla sur le lit et l'enferme dans mes bras. Luke revient crier dans la chambre, mais je ne m'en soucie pas. Ma petite amie a plus de mal.

– Je n'aurai jamais d'enfants, grommelle-t-elle.

– J'aimerais bien en avoir, moi…

– C'est vrai ?

– Pas toi, pour de vrai ?

– Si, mais…

– Mais quoi ?

– Je ne peux pas tomber enceinte tant que je suis sous traitement… répond-elle tristement.

– Je sais, mais tu ne seras pas sous traitement toute ta vie, Lay's. Et au pire, il y a d'autres solutions.

– Tu parles d'adopter ?

– Je parlais de ton traitement, réponds-je en riant. Il y a d'autres options. Mais oui, adopter est aussi possible. Cela dit, je ne compte pas avoir d'enfants maintenant, tu en as conscience ?

– Moi non plus ! Pour le moment, mon seul bébé, c'est *Au seuil des délices* !

– Et Sidney Crosby.

– Aussi ! répond-elle en se redressant d'un coup, toujours excitée quand on parle de son joueur préféré.

– Un peu moi ? tenté-je.

– Un tout petit peu, répond-elle en souriant avant de retomber sur mon torse.

Sa jolie coiffure n'est plus qu'un lointain souvenir. Elle l'a déjà défaite à force de s'agiter. C'est ainsi que je découvre qu'elle avait caché une barrette pingouin dedans, ce qui me fait sourire.

Comme sa mère, elle a de petites étoiles dans les cheveux, résultat d'une bataille entre mes cousins qui se sont emparés de la décoration de table. Je les retire une par une en caressant son visage à chaque passage.

L'instant est doux, agréable, parfait. Le parfum puissant de nos clémentines embaume ma chambre, je me sens terriblement bien.

Nous ne faisons même plus attention à Luke qui entre et sort. Nous sommes dans notre bulle, rien n'a d'importance. La nuit nous enveloppe, c'est un moment qui nous est cher. C'est là que tout a commencé, peut-être que c'est là que tout finira, dans très longtemps, j'espère.

– J'ai envie de regarder un match, dit Layla, sa voix vibrant contre moi.

– On peut s'en faire un vieux, si tu veux.

– C'est pas bizarre de regarder du hockey le soir du réveillon ?

– Pourquoi ça serait bizarre, puisque c'est nous ?

Je n'ai pas réfléchi en disant ça, mais quand je vois le sourire qu'elle m'offre, je suis heureux d'avoir prononcé ces mots. Je crois qu'elle n'aurait pas plus aimé une autre réponse.

Nous regardons un vieux match. Pens contre Bruins. Bien sûr, Layla en a choisi un que son équipe a remporté. Bien sûr, j'ai laissé faire parce que je suis fou d'elle. On connaît le résultat, mais ça ne nous empêche pas de crier comme des fous devant ma télé.

Luke a arrêté de passer. Sabrina est venue nous dire de la fermer, mais on n'a même pas pris la peine de lui répondre, trop à fond dans notre match.

Lorsqu'il se termine, Layla se laisse retomber sur le lit, satisfaite. Elle a l'air aussi épuisée que nos joueurs, c'est presque comme si elle avait patiné à leurs côtés. Je comprends, être supporter n'est pas de tout repos !

– C'est le meilleur Noël de ma vie, dit-elle, souriante.

– Et ce n'est pas fini.

– Tu as prévu des trucs pour demain ?

– On est déjà demain, il est minuit passé, c'est vraiment Noël.

– Si tu veux, répond-elle en secouant la main pour m'informer qu'elle s'en moque. Tu as prévu autre chose ?

Elle insiste, il n'y a que ça qui l'intéresse.

– Yep, et si j'en crois le silence dans la maison, tout le monde a fini par aller dormir, on va pouvoir passer à la suite.

– Tu parles de faire l'amour ?

– Tu ne penses qu'à ça, ma parole !

– Tu peux parler ! se moque-t-elle.

Nous rions à nouveau, puis je nous fais taire avec un baiser. Dans ma tête, je me dis que c'est pour éviter de réveiller toute la maison, mais en réalité, c'est juste parce que j'en ai envie, et que Layla le veut aussi.

L'avantage de se connaître depuis toujours, c'est que nous entamons notre relation amoureuse avec une confiance sans égale et une connaissance de l'autre exceptionnelle. Nous avons encore beaucoup à apprendre, beaucoup à construire, mais je pense que nos bases sont solides, au moins autant que mon amour. Amour que je crève maintenant d'envie de lui avouer. Noël, c'est le jour parfait pour ça. Il faut que ce soit aujourd'hui, j'ai assez attendu. Mieux, il faut que ce soit maintenant, dans cette nuit d'hiver. Je ne peux plus patienter.

Je me redresse et me lève, puis je lui tends la main. Elle arque un sourcil, mais elle se lève à son tour. Sa belle robe dépasse du sweat des Pens qu'elle a enfilé pendant le match. Elle a aussi mis mes grosses chaussettes en laine après avoir retiré ses escarpins. Sa tenue est assez unique, comme elle.

Layla est magnifique. Elle l'est toujours.

Nous nous rendons discrètement dans le salon, où le sapin brille joliment. Par la fenêtre, je vois que la neige tombe toujours. C'est un miracle qui ne peut s'expliquer, mais un dont je vais profiter, car cela rendra l'instant encore plus beau.

Pasta se lève en nous entendant, mais je le renvoie au panier d'un geste de la main. Mon oncle s'est endormi dans le canapé, je ne veux pas le réveiller. Il ronfle si fort que je comprends pourquoi personne n'a élu domicile pour la nuit dans cette pièce. Je m'étonne que mes cousins ne soient pas venus dans ma chambre comme ils le font habituellement, mais j'imagine qu'ils ont tous réussi à s'installer quelque part. Peut-être que si je cherchais, j'en trouverais un dans la baignoire ; Luke adore dormir dedans, depuis qu'il est tout petit.

La table n'a pas été débarrassée, les différents effluves de notre repas se mêlent à l'odeur du feu de la cheminée qui s'est éteint. Les emballages cadeaux traînent par terre, le couvercle de la boîte de chocolats a fini dans le panier de mon chien, même si ma famille a eu l'intelligence de mettre ce qu'elle contenait à l'abri. C'est un désordre sans nom, mais ça ne me gêne pas. C'est l'image de Noël, d'un réveillon en famille. Mêlé aux guirlandes, aux chaussettes suspendues, aux boules et aux petites branches de houx sur la table, ce bazar forme un tableau de fête que je chéris.

À pas de loup, je m'approche du sapin. Je lâche la main de Layla pour me pencher et fouiller derrière. Là, je trouve ce que j'avais caché. Je suis soulagé qu'aucun enfant n'ait mis la main dessus.

Je me redresse, et en souriant, je tends le petit paquet à Layla en disant :

– Joyeux Noël.

– Encore un cadeau ?

– C'est le vrai, cette fois.

– Je me disais bien que tu n'avais pas pu m'acheter qu'un truc des Bruins et une photo dédicacée de Crosby, je te connais trop bien…

Elle, elle m'a aussi offert des ustensiles de cuisine, un pull et des livres, mais moi, je voulais garder ce cadeau pour quand on serait seuls. Depuis le début, je veux que le moment où je lui dirai que je l'aime n'appartienne qu'à nous. Bon, il y a mon oncle et Pasta, mais l'un dort et l'autre est un chien, alors je tolère leur présence.

Layla sourit en ouvrant l'emballage, et quand elle voit un écrin apparaître, elle perd ses couleurs.

– Ne me dis pas que c'est…

– Je ne te demande pas en mariage, soupiré-je en tirant sur l'une de ses mèches de cheveux.

Elle pousse un soupir de soulagement qui pourrait me vexer, mais il n'en est rien. Moi aussi, je trouve ça trop tôt. Je ne sais même pas si on se mariera un jour, on verra bien. Pour le moment, ce qu'on a me convient. Ou presque. Ça me conviendra entièrement lorsque je lui aurai dit ce que j'ai sur le cœur.

Elle ouvre l'écrin dans lequel elle trouve une bague, mais pas celle qu'elle craignait de voir. Celle-là est en argent, c'est un bijou des Pens qu'elle voulait vraiment s'acheter, mais qui coûtait un peu trop cher pour son budget serré.

Elle est si heureuse que je suis obligé de mettre un doigt sur ma bouche et de lui ordonner de se calmer, sans quoi elle va réussir à réveiller notre père Noël ronfleur. Il ne ronfle plus, justement, signe qu'il est en sommeil léger et peut ouvrir les yeux à tout moment. Je veux avoir le temps de lui dire ces foutus trois mots ! Sinon je jure que je vais finir par le crier dans la rue de frustration, et ça n'aura plus rien d'intime…

Très vite, Layla enfile la bague, qui lui va parfaitement puisque j'ai vérifié les siennes avant de la commander. Là, je prends sa main.

– Est-ce que tu sais pourquoi j'ai choisi ce cadeau-là ? demandé-je.

– Parce que j'aime les Pens ?

– Oui, réponds-je en riant, mais pas seulement. Je voulais te l'offrir et te dire ce que je n'ai jamais réussi à te dire avant.

Layla comprend vite où je veux en venir. Ses yeux plongent dans les miens, elle attend ces quelques mots. Mots que je lui offre avec plaisir :

– Je t'aime, Layla. Je suis amoureux de toi depuis des années, et je crois que je t'aime un peu plus chaque jour qui passe. Je t'aime avec ta maladie, tes folies, ton amour idiot pour les Pens…

– C'est pas…

– Ne gâche pas ma déclaration ! la coupé-je alors que c'est moi qui la taquine.

Elle fait la moue, alors je l'embrasse.

– Je t'aime exactement comme tu es. Et depuis que je t'aime, je commence aussi à aimer la nuit, moi qui avais si peur de l'affronter chaque soir parce que je ne savais pas si elle m'endormirait ou me tiendrait éveillé. Je t'ai dit que tu étais la lumière dans l'obscurité, mais ce n'est pas tout à fait exact. Tu *es* la nuit, une nuit d'hiver, comme celle au cours de laquelle tu es née, et c'est pour ça que j'aime maintenant ce moment. Pas juste pour la signification de ton prénom, mais pour tout ce qu'on a vécu ensemble dans le noir. Et je ne parle pas de sexe, ajouté-je, amusé.

Elle pince mon bras, mais je sais qu'elle le fait à cause de l'émotion. Je la tire légèrement pour qu'elle se penche et voie derrière le sapin, à l'endroit où une boule jaune se cache.

– Tu en as mis une ici aussi… souffle-t-elle.

– Pour que tu saches qu'avec moi, celle que tu es aura toujours sa place. Tu m'as appris que les imperfections étaient belles, que le désordre pouvait avoir du charme, que vivre avec passion était un bonheur, que la nuit n'était pas si effrayante, et tu m'as surtout offert un endroit où je me sens libre d'être moi. Tu m'as dit que ma place était avec toi, je veux que tu saches que la tienne est à mes côtés. C'est ce que je veux t'offrir aujourd'hui, et j'ai pensé que cette bague des Pens te rappellerait toujours tout ça.

– Tu me l'as déjà offerte, dit-elle, émue. Cette place, cet endroit où je peux être moi. Depuis le premier jour…

Layla s'approche de moi, sa main se pose sur ma poitrine, ses yeux se fichent dans les miens. Je déborde d'amour, j'ai une envie irrépressible de l'embrasser, mais je suis convaincu que ce qu'elle va me dire me plaira encore plus, alors je me retiens de bouger.

– Je t'aime, Sidney, plus que je n'aime Sidney Crosby.

– C'est la plus belle déclaration du monde, ça, la taquiné-je.

– Mais c'est vrai. Si je suis la nuit, tu es mon étoile, au moins autant qu'il est celle de Pittsburgh. Tu m'éclaires dans tous les moments sombres. Tu me fais briller, tu me *laisses* briller. Depuis toujours, tu me permets d'être moi-même sans avoir honte, sans être gênée. Tu es ce qui m'est arrivé de plus beau dans la vie, et je ne sais pas pourquoi j'ai mis autant de temps à voir que je ne pouvais qu'être amoureuse de toi parce qu'aucun autre ne pourrait être aussi parfait pour moi que toi et tes imperfections.

Je n'imaginais pas que sa déclaration pourrait me retourner autant. J'ai un mal fou à empêcher mon cœur de trop s'emballer. J'ai un peu peur qu'il ne finisse par me casser une côte.

Je suis fou amoureux de cette femme, même quand elle me déclare son amour en me comparant à un mec qu'on ne connaît qu'à travers un écran et en pointant mes défauts.

– Je n'ai pas d'imperfections, dis-je justement.

– Et moi, je n'aime pas les Pens.

Nous rions. Certains diraient que cet humour ternit la beauté de cet instant. Certains se tromperaient. Layla et moi, c'est une histoire d'amour, mais avant tout d'amitié, et nous ne pouvons pas dire que nous nous aimons sans nous taquiner et rire un peu. Ça ne serait pas nous, et nous voulons être nous.

– Finalement, on embrasse ses amis à Noël.

– Hein ? demandé-je.

Elle secoue la tête en souriant. Puis son visage change. Je reconnais cette expression, et ça ne me dit rien qui vaille.

– Tu me dois un truc ! s'exclame-t-elle.

– De quoi tu parles ?

– On a regardé un match, les Pens ont gagné.

– C'était un vieux match, et tu en as exprès choisi un qu'ils ont gagné !

– Je m'en fiche, tu me dois quand même quelque chose, c'est le jeu.

Est-ce que j'ai dit que j'étais fou amoureux de cette gamine prisonnière d'un corps de femme absolument parfait ? C'est le cas, sans quoi, les mots qui sortent maintenant de ma bouche n'auraient même pas traversé mon esprit :

– Qu'est-ce que tu veux ?

Elle pose un doigt sur son menton et lève le regard vers le plafond, comme si elle cherchait quelque chose à me demander.

– Si tu n'as aucune idée, on zappe.

– Chut, je réfléchis…

Je soupire, bien que je ne parvienne pas à m'empêcher de sourire.

Lorsque j'en ai marre d'attendre, je l'attrape et la serre contre mon torse.

– Dépêche-toi, tête de chips.

– J'ai trouvé ! Demain, enfin, tout à l'heure, on fera exactement ce que je veux pour Noël !

– On fait déjà toujours ce que tu veux…

– Pas toujours, tu refuses souvent mes propositions. Là, tu ne pourras pas, pas même quand je te demanderai de te déguiser en père Noël pour faire une photo.

– Pas moyen, dis-je.

– Tu n'as pas le choix, les Pens ont gagné.

Elle m'énerve… Je pourrais refuser, ce match ne compte pas, elle le sait aussi bien que moi, mais elle a l'air tellement heureuse à l'idée de pouvoir demander ce qu'elle veut pour Noël que je fais ce que je fais de mieux : agir comme un mec idiot et amoureux.

– C'est d'accord !

Elle se met à crier de joie, alors je la colle un peu plus à moi et j'écrase ma bouche contre la sienne pour la faire taire. J'avale son cri, puis son rire, puis ses soupirs de plaisir…

Lorsque nous nous écartons légèrement l'un de l'autre, je rencontre ses yeux éclairés par les lumières qui entourent le sapin de mes parents.

Le silence nous enveloppe, seulement perturbé par nos battements de cœur et notre respiration.

– Je t'aime, Sidney, dit-elle soudainement, avec douceur et émotion.

– Je t'aime, Layla, réponds-je en glissant ma main sur sa joue.

Elle se met sur la pointe des pieds pour venir poser ses lèvres contre les miennes une nouvelle fois, alors que je presse ma paume contre son dos pour la sentir contre moi. Pasta s'est levé et donne des coups de museau dans mon mollet, mais je m'en moque parce que j'aime Layla, qu'elle m'aime aussi, qu'on est le vingt-cinq décembre et que je vis le plus beau moment de mon existence.

Rien ne pourra jamais gâcher la magie de cet instant où, au cœur d'une nuit de Noël, ma meilleure amie et moi nous sommes avoué notre amour.

ÉPILOGUE

LAYLA

Deux ans plus tard

– Dépêche-toi ! On va rater l'avion !

– Je ne retrouve pas mon passeport ! crié-je.

– C'est pas possible…

Sidney lâche la valise et se précipite dans ma chambre. Enfin, est-ce qu'on peut encore appeler ça une chambre ? Tout est en bazar, mes fringues forment des tas sur le sol et sur le lit que je n'ai pas fait depuis des jours. Même moi, qui suis habituée à ce désordre, je ne retrouverais pas un truc là-dedans. Et comme j'ai eu la merveilleuse idée de mettre un sapin dans cette pièce pour enfin pouvoir le décorer tout en jaune – alors que je ne serai même pas là pour en profiter –, il y en a encore plus partout. Les boules ont glissé au pied de mon lit, les guirlandes se sont emmêlées avec mes vêtements… C'est n'importe quoi, je suis obligée de le reconnaître.

Mon petit ami se pince l'arête du nez et soupire :

– Pourquoi il faut toujours que tu fasses ça, tête de chips ?

– Ça quoi ?

– Tout mettre en désordre ! On ne va jamais réussir à le retrouver et on va vraiment rater l'avion !

– T'avais qu'à pas me faire l'amour trois fois hier soir, comme ça, j'aurais pu finir ma valise ! hurlé-je, agacée qu'il m'accuse.

D'accord, c'est ma faute, mais ça m'est égal, il m'énerve. Il a beau être moins maniaque qu'avant, il reste insupportable, encore plus quand il me stresse de la sorte. Lorsqu'il fait ça, je monte tellement en pression que j'ai le sentiment que mon hyperthyroïdie est de retour.

J'ai terminé mon traitement il y a maintenant quatre mois, tout est rentré dans l'ordre, mais je dois contrôler régulièrement en faisant des prises de sang, car tout peut revenir ; demain, dans un an ou dans dix, ça peut m'arriver n'importe quand, et il me faudra repartir dans un nouveau traitement. Mais pour le moment, tout va bien, et si je suis aussi énervée, ce n'est pas à cause d'une maladie, mais bien parce que mon mec est le plus chiant de tous.

– Pourquoi tu me regardes comme ça ? demandé-je en voyant que les yeux de Sidney sont fichés dans les miens.

Un sourire se dessine sur ses lèvres, et mon cœur s'emballe. Pas de crise de tachycardie, ce n'est que le résultat d'un petit ami qui me met dans tous mes états, une fois de plus. Plus de colère, cette fois, car une pointe d'excitation me traverse. La chaleur envahit ma poitrine, résultat de son regard brûlant.

Je réalise qu'il me refait le même coup qu'hier, il me tente, et après, il dira que c'est à cause de moi si on rate l'avion !

– Arrête de faire ça, Sid !

– De quoi, Lay's ?

– Me regarder comme si tu voulais me prendre, là, sur ce lit en bordel.

– J'ai plutôt envie de te prendre contre le mur.

Je vire cramoisi. Je ne me fais vraiment pas à son côté séducteur qui est de plus en plus prononcé depuis qu'on s'est tournés autour la première fois, et mon corps ne parvient toujours pas à rester calme quand Sidney montre cette facette. C'est terrible, j'ai toujours envie de lui.

– Vous savez qu'on est là et qu'on bosse, nous ? demande Romy.

Je sors la tête dans le salon et vois mon amie dans la cuisine, Levy à ses côtés, en train de regarder son téléphone. En temps normal, je parierais avec Sidney pour savoir s'il est en train d'écrire à Sabrina ou pas, mais là, on n'a vraiment pas le temps.

– Quelqu'un a vu mon passeport ? demandé-je.

Mes deux amis secouent la tête. Sid lève chaque vêtement et chaque décoration de Noël, en quête du précieux sésame dont j'ai besoin pour pouvoir partir réaliser mon rêve.

– C'est un signe du destin, dit Levy.

– N’importe quoi.

– Il a raison, vous nous lâchez en pleine période de Noël, Dieu essaie de vous faire comprendre que vous êtes les pires amis du monde, renchérit Romy.

– Arrêtez de vous plaindre, intervient Sidney. Toi, dit-il en pointant Levy du doigt, t’as prévu de passer ton mois de décembre avec Sabrina et tu ne vas pas ouvrir tes carnets de compte une seule fois, ou juste parce que tes chiffres te manqueront. Et toi, dit-il à l’attention de Romy, tu as trois jeunes pour la saison qui seront plus efficaces que moi ou cette tête de chips.

– Hey ! m’insurgé-je.

– Tu sais que je t’aime, dit-il en embrassant mon front.

Il est mignon, ça me touche, mais il ne m’aura pas.

J’enfonce mon coude dans son ventre, puis je dis :

– Aide-moi à chercher mon passeport au lieu de faire le joli cœur.

– Layla, j’ai un truc pour toi !

Je tourne la tête vers Jade qui arrive en trottinant de la salle de bains. Dans sa main, l’objet que je cherche depuis de longues minutes, mon précieux, mon passeport pour le bonheur !

– Tu l’as trouvé où ? demandé-je en lui sautant au cou, heureuse d’avoir enfin l’objet jusqu’ici égaré.

– Aux toilettes, sur les magazines.

– Pourquoi t'emmènes ton passeport aux toilettes ? s'étonne Levy.

Sidney soupire en se frottant le front, un léger sourire sur les lèvres. Lui, il sait pourquoi. C'est une histoire un peu idiote, et je n'ai pas du tout envie de la raconter à nos amis. Ce récit inclut Sidney, moi, nos désirs, des fantasmes de sexe dans l'avion, et il finit sur deux amoureux qui se sont dit que ce serait une bonne idée de se préparer à une aventure torride dans les airs.

Je sens mes joues rougir encore une fois, plus encore quand le sourire de Jade me laisse entendre qu'elle a parfaitement compris ce qui se passait dans ma petite tête.

Je détourne le regard. Par la vitre, quelques flocons tombent. Peut-être que, cette année encore, Toulouse vivra un miracle et sera une ville blanche. L'an dernier, il n'y a pas eu un seul flocon – sauf sur nos bûches, mais ce n'était que du sucre. Il faut croire que c'est un an sur deux, avec ces saisons complètement déréglées… J'aimerais qu'il neige pour chaque Noël, parce que j'adore ça, mais aussi parce qu'on vend encore plus quand Toulouse est recouverte d'un manteau blanc. Lorsque les gens sont dans la bonne ambiance, ils dépensent plus. Le chiffre d'affaires de décembre dernier n'était pas mauvais, mais il aurait pu être meilleur s'il avait neigé, même Levy le croit.

Ce n'est pas le moment de penser à ça, il faut qu'on parte, sinon on va rater notre avion et je vais en entendre parler pendant des mois. Sidney va appeler mes parents pour leur dire qu'ils avaient raison, que je suis une gamine irresponsable qui a gaspillé leur cadeau de Noël, et je vais menacer de le castrer. On se fâchera, je pleurerai, et il sera obligé de regarder un vieux match des Pens avec moi pour me consoler.

Oui, c'est du vécu.

Lui et moi continuons à regarder nos équipes sur la glace, je persiste à lui dire qu'il soutient la mauvaise, il s'acharne à prétendre que Bergy est meilleur que Crosby. Nous parions à chaque match et exigeons toujours quelque chose de l'autre quand nous gagnons. Je ne crois pas que nous changerons ça de sitôt. Je compte bien continuer, même pendant nos vacances.

Aujourd'hui, nous partons pour Pittsburgh, puis Boston. À nous la saison de hockey de la LNH ! Juste un mois et demi, mais c'est déjà énorme. Je vais enfin voir Sidney Crosby en vrai, sur la glace, je vais pouvoir l'encourager sur place ! Je suis excitée comme une puce de savoir que je vais réaliser un rêve, et en compagnie de Sidney, qui en rêve peut-être autant que moi. Ensemble, comme nous avons créé *Au seuil des délices*, comme nous avons construit notre relation, nous allons vivre un moment magique. Et cette fois encore, ce sera pendant ma période préférée de l'année.

Noël, mon anniversaire, les victoires des Pens… je célébrerai tout avec Sidney, dans la nuit, comme nous aimons le faire, mais aussi en journée, parce qu'il n'y a plus rien à cacher, plus de crainte de tout voir s'effondrer.

Excitée, je me précipite dans ma chambre pour attraper ma valise. Je vérifie que le pyjama que m'a acheté Sid est bien dedans. Il me l'a offert à Noël dernier en prétextant que le mien était vraiment moche, mais je sais que ce n'était qu'une excuse, sans quoi il ne m'en aurait pas pris un des Pens, encore…

Une fois le contrôle effectué, je tire ma valise hors de la pièce, puis je me retourne et souris en voyant le désordre que je laisse derrière moi. Un désordre jaune et noir, mes couleurs, dans lequel se cache la petite boule accrochée par Sidney chez nous il y a deux ans, celle qui m'a fait comprendre que j'étais amoureuse de lui.

Lorsque je reviendrai de nos vacances, ça me rassurera de voir que rien n'a changé.

– Interdiction de ranger ma chambre ! dis-je en claquant la porte.

– Sid part avec toi et c'est le seul qui ose entrer là-dedans, ne te fais pas de soucis, dit Levy sans lever les yeux de son téléphone.

– Lâche un peu Sabrina et dis-nous au revoir.

– Elle a besoin que…

Il s'arrête net et grogne en réalisant que je l'ai encore eu. Sidney tape dans ma main. On aime vraiment trop embêter Levy avec sa relation.

J'aimerais taquiner Queen aussi, mais elle me fait un peu peur, alors je m'en prends au moins dangereux des deux. Mais je trouve qu'il réagit moins à nos petites attaques. C'est peut-être juste une impression, mais il ne semble plus aussi réactif à nos taquineries. C'est moins drôle, mais aussi moins risqué pour nous.

– Cassez-vous d'ici et ne revenez pas ! s'énerve-t-il.

Correction, il réagit toujours vivement au sujet Sabrina, comme au sujet Noël.

– N'enlevez pas les décorations avant notre retour, hein ? demandé-je malgré tout, suppliante.

– On ne va pas laisser Noël jusqu'en février, dit Romy.

– Déjà, on n'aurait pas dû décorer.

– Tu nous soûles, Levy, dis-je.

Sidney me soutient sur ce coup. Alors que mon téléphone vibre, je l'entends redire à notre ami que s'il veut rester avec sa sœur, il va falloir qu'il se mette à aimer Noël. Ils ne sont toujours pas d'accord sur la question. Sabrina et Levy sont en couple, mais ils restent sur leurs positions concernant cette fête, malgré ce qui s'est passé l'année dernière. À cause d'eux, ni Sid ni moi n'arrivons à gagner notre pari à leur sujet.

Je laisse les deux hommes à leur discussion pour découvrir un SMS de mes parents qui me souhaitent un bon voyage et m'invitent à bien tenir la main de Sidney une fois là-bas. Je souris. Il y a encore peu de temps, j'aurais mal pris cette remarque qui me rappelle que je me comporte parfois comme une enfant. Aujourd'hui, les choses ont changé, et je prends ce message pour ce qu'il est : des mots d'amour de mon père et de ma mère.

Je repense à l'évolution de notre relation, mais aussi de ma vie. Je revois ma mère me demander si je compte lui donner un petit-fils ou une petite-fille maintenant que je ne suis plus sous traitement – et je me revois rougir jusqu'aux oreilles, puis paniquer avant de répondre que nous n'en voulons pas tout de suite, mais que ça fait partie de nos désirs pour l'avenir. Je me rappelle la fois où Sidney et moi nous sommes aimés juste en nous regardant, après une grosse dispute, et où nous avons compris que jamais plus nous ne pourrions revenir en arrière – nous n'en avons pas envie – parce que notre amour est plus fort encore que notre amitié. Et même de la fois où mon banquier m'a appelée et que j'ai cru que j'allais avoir des problèmes – il voulait juste me conseiller pour l'épargne, j'avais apparemment trop d'argent sur mon compte ; un comble.

Tout me revient et tout a tellement changé. Ça a commencé quand ma relation avec Sidney a elle-même pris un autre tournant. Elle a marqué le début d'une nouvelle Layla, je crois, d'une nouvelle vie. Pourtant, certaines choses restent les mêmes, à commencer par notre amitié et notre passion pour le hockey.

Hockey qui nous attend vraiment, là !

– Il faut qu'on y aille, dis-je.

– Ouais.

Nous embrassons tous nos amis à la hâte, puis nous nous précipitons vers la porte. Nous ne sommes vraiment pas en avance.

– Amusez-vous bien ! dit Jade.

– Ramenez-nous un souvenir, et pas lié au hockey, ajoute Romy en souriant.

– Un dernier truc.

Nous tournons la tête vers Levy qui lève la sienne de son téléphone. Je me demande ce qu'il veut. Qu'il se dépêche…

– Comment je fais pour éviter de fêter Noël sans vexer Sabrina ?

Sidney et moi nous regardons, puis nous explosons de rire, conscients qu'il n'y a pas de solution au problème de notre ami. Il va devoir supporter cette fête dans la famille de Sidney s'il tient à Sabrina, c'est certain. Il est fichu, il le comprend à notre réaction. Ce qu'il a fait à Noël dernier pour gagner son cœur ne l'empêchera pas de sauter celui de cette année.

– Putain… grogne-t-il.

– Bon courage ! m'écrié-je.

– Et joyeux Noël ! ajoute Sidney.

Nous entendons Levy s'agacer contre nous au moment où nous refermons la porte, ce qui nous fait rire un peu plus. Nous courons dans les escaliers, pas pour fuir notre ami, mais bien parce que nous allons être en retard si nous ne nous pressons pas.

Une fois dehors, le ciel noir nous accueille. Les éclairages sont si vifs, ceux de la rue comme ceux des commerces qui dévoilent des vitrines de Noël magnifiques, que nous n'avons pas l'impression que le soleil s'est couché. Pourtant, c'est bien le cas. La lune nous surveille, comme elle l'a toujours fait, en témoin de chaque moment important de notre vie. Je l'imagine sourire en nous voyant si heureux de partir à l'étranger pour la première fois, avec en nous l'envie de faire mille choses, et pas uniquement d'assister à des matchs de hockey. Elle sait que nous y arriverons, que tous nos désirs seront comblés. Moi aussi, à présent. Je ne doute plus de rien.

C'est au cœur de cette nuit qui nous est chère que, main dans la main, Sidney et moi nous mettons à courir sous la neige pour ne pas passer à côté de nos rêves. Ensemble, nous les réaliserons tous.

RECETTE DE LA BÛCHE BENS

Avec des formes de meringues plus simples que celles de Sidney et Layla…

Réalisée par **Eléonore Christien**
de *L'Atelier Vagabond*
https://ateliervagabond.fr

Préparation : **60 minutes**
Pour **10 personnes**
Peut se congeler
Se conserve trois jours au frigo.

+ INGRÉDIENTS

Biscuit à la cuillère

- 4 œufs
- 120 g de sucre
- 120 g de farine
- 1 pincée de sel
- Quelques gouttes d'extrait de vanille naturelle

Sirop de punchage

- 100 ml d'eau
- 30 g de sucre
- Quelques gouttes d'extrait de vanille naturel

Crème fouettée coco

- 200 ml de crème liquide 35 % mg (pas moins sinon cela ne monte pas !)
- 200 g de crème de coco
- 25 g de sucre glace
- Les grains d'une gousse de vanille
- Le zeste d'un citron bio (facultatif)

Décor meringue suisse

- 60 g de blancs d'œufs
- 120 g de sucre
- 70 g (20 g pour la meringue + 50 g pour le décor de la bûche) de noix de coco

+ **PRÉPARATION**

Biscuit à la cuillère

1. Dans un saladier ou la cuve d'un robot, fouettez les blancs d'œufs, et lorsqu'ils commencent à mousser, ajoutez petit à petit le sucre et le sel.
2. Versez les jaunes d'œufs et arrêtez immédiatement le batteur. Ils ne seront pas bien mélangés, c'est normal. Si vous continuez de battre, les blancs vont retomber.

3. Ajoutez la farine tamisée et mélangez délicatement à l'aide d'une maryse.

4. Répartissez uniformément la pâte sur une plaque à bûche de 30 × 40 centimètres chemisée de papier sulfurisé et lissez à l'aide d'une spatule coudée.

5. Enfournez dans un four préchauffé à 180 °C pendant 10 à 15 minutes. Chaque four peut être très différent, au bout de 10 minutes, surveillez bien la cuisson et testez le biscuit en appuyant délicatement avec un doigt sur la pâte. Si la marque disparaît doucement, c'est cuit, sinon, il faut continuer.

Pendant ce temps, préparez le sirop.

Sirop de punchage

1. Portez à ébullition tous les ingrédients du sirop et réservez.

Revenons au biscuit.

6. Une fois le biscuit à la cuillère cuit, sortez-le du four et retournez-le sur une nouvelle feuille de papier sulfurisé.

7. Décollez-le délicatement puis, à l'aide d'un pinceau, répartissez le sirop sur toute la surface.

8. Placez un film par-dessus et laissez totalement refroidir.

Crème fouettée coco

1. Fouettez la crème liquide, la crème de coco et le sucre glace ensemble au batteur ou au robot, jusqu'à ce que le fouet laisse des traces dans la crème, sans trop fouetter pour autant, sinon vous ferez du beurre.

2. Ajoutez la vanille et fouettez encore un tout petit peu.

3. La bûche sera plus facile à monter si vous la réservez au moins 30 minutes au frigo.

4. Répartir la crème sur le biscuit tout en en gardant un peu pour le décor.

5. En vous aidant du papier sulfurisé, enroulez votre biscuit recouvert de crème en serrant bien. Toujours enveloppé dans le papier, réservez le roulé au frigo pour 1 heure ou seulement 30 minutes au congélateur.

Décor meringue suisse

1. Au bain-marie, fouettez les blancs d'œufs avec le sucre jusqu'à atteindre environ 50 °C. (Vous pouvez contrôler au doigt, ça doit être chaud mais supportable.)

2. Hors du feu, montez en meringue et ajoutez à la fin le zeste de citron et la vanille. Elle doit être lisse et brillante.

3. À l'aide d'une douille à saint-honoré, pochez des meringues en forme d'étoiles. Pour faire un bonhomme de neige, utilisez une douille lisse et pochez une première boule, puis une plus petite

par-dessus la première. Faites les yeux et les boutons avec des graines de sésame noir, par exemple. Pour le nez, plongez un cure-dent dans du curcuma, piquez à l'emplacement du nez et tirez, la meringue va faire une pointe jaune.

4. Saupoudrez de noix de coco râpée.

5. Enfournez pour 1 heure 30 à 110 °C, la meringue doit rester bien blanche.

Finition

1. À l'aide d'une spatule, recouvrez le roulé avec le reste de crème, disposez les meringues et saupoudrez de noix de coco râpée.

C'est prêt !

REMERCIEMENTS

Une fois de plus, j'offre mes premiers remerciements à Kim Jonghyun, sans qui rien de ce que je vis et fais ne serait possible. Ma plus grande source d'inspiration sera toujours lui…

Juste après, je tiens à remercier Sidney Crosby, que vous connaissez maintenant un peu grâce à Layla. Comme mon héroïne, je lui voue une grande admiration. C'est un modèle de travail, de passion, de talent et de persévérance ; il m'émerveille avec son jeu incroyable, mais surtout, il me donne toujours envie de m'améliorer.

Mes remerciements s'étendent à tous les Pens, ceux qui l'ont un jour été, ceux qui le deviennent ; tous ceux qui ont un jour porté ce beau maillot depuis que je suis fan. Je les ai découverts pendant le confinement et regarder leurs matchs a été une bouffée d'air frais en cette période étouffante.

Merci à Elle Kennedy qui a créé l'univers d'Off-Campus / *Briar U* (à découvrir chez Hugo Publishing), car c'est mon amour et celui de mon amie Laeti pour cette série qui nous a fait devenir des fans de hockey. C'est parti des livres, c'est passé par une figurine de Sidney Crosby en clin d'œil, puis un « voyons quand même ce que fait ce joueur ». Surprise, fascination, magie… Et puis soudain, mon compte en banque s'est vidé dans l'abonnement de la LNH et sur la boutique officielle !

Peut-être que je ne devrais pas remercier cette autrice, finalement…

Bien entendu, merci à celle à qui j'ai dédié ce livre : Laeti. Tous les moments que nous avons vécus ensemble avec les Bruins et les Pens, toute notre amitié, tous nos échanges… Tu m'as grandement inspirée ce livre. Merci à toi pour tout ; je chéris sincèrement notre relation ♡

Un grand merci à mon amie Eléonore qui a réalisé la recette de la bûche Bens. Si *Au seuil des délices* n'existe que dans ma tête, *L'Atelier Vagabond* est bien réel et existe dans la ville de Bordeaux. Ce que cette artiste pâtissière réalise est tout bonnement incroyable et délicieux, alors si vous en avez l'occasion, passez-lui commande !

Je veux aussi remercier chaleureusement Sanna, Assia et Hind El BAZI Boukabous qui ont traduit en arabe marocain les phrases de ce roman. Je vous suis extrêmement reconnaissante de votre aide, alors merci du fond du cœur.

Merci également à toutes les personnes vivant ou étant originaires de pays arabes, musulmanes pour certaines, qui ont partagé avec moi leur expérience et leur avis concernant Noël. Vous m'avez permis de ne pas commettre d'impair en me répondant si rapidement et si gentiment !

Bien entendu, merci à mes bêta-lectrices, les meilleures : Laeti (encore une fois), Pauline, Ombeline, Caroline, Coralie et Marion. Une fois de plus, sans vous, je ne m'en serais sûrement pas sortie. Je ne suis pas sûre de vous le dire assez souvent, mais sachez que vous êtes incroyables et que je vous aime ♡

Mille mercis à ma super éditrice, Sylvie, qui a une fois de plus cru en moi. Cette histoire m'est très précieuse, alors que tu aies décidé de me suivre dans sa publication me touche énormément. Merci pour ta confiance et ton fabuleux travail !

Merci également aux autres membres de la maison d'édition qui ont travaillé durement pour permettre aux lecteurs et aux lectrices de découvrir l'histoire de Sidney et Layla. Correctrice, graphiste, maquettiste… Je vous suis reconnaissante d'avoir permis à ce projet d'être finalisé.

Comme toujours, un merci tout particulier à ma famille, en particulier à ma mère, qui va complètement me retrouver en Layla et sûrement en rire. Merci à elle, à mon père, à mon frère, à mon mari, mais aussi à tous les autres membres de ma famille et à toutes mes amies qui ont supporté ma maladie pendant des années – comme Layla, j'ai la maladie de Basedow et j'ai été en hyperthyroïdie – ; je sais que ce n'était pas facile, mais comme vous êtes les meilleur.e.s, vous l'avez fait !

Pour finir, des tas de mercis à vous, lecteurs et lectrices, qui avez lu l'histoire de Sidney et Layla, qui la partagerez sur les réseaux, qui en parlerez avec moi… Rien ne serait possible sans vous, alors merci ! Et j'espère que vous êtes prêt.e.s à découvrir le récit de Levy et Sabrina… Oui, il est écrit, oui, il verra le jour, et non, je ne suis pas une autrice cruelle qui *tease* ses projets des années avant ! Ou juste un peu. Alors merci de me supporter comme ça, ha ha !

Merci à tous et à toutes, même les personnes que je n'ai pas mentionnées mais qui savent que je pense à elles et leur suis reconnaissante d'être dans ma vie ♡

LIVRE DE LA MÊME AUTEURE

Chez Hugo Publishing

Promesse tenue, tome 1 : En chemin (2020)
Promesse tenue, tome 2 :
Sur la route (2020)
L'encre du passé, tome 1 (2021)
L'encre du passé, tome 2 (2021)
Pile ou face (2022)

En auto-édition

Pardon (2016)
Le langage des fleurs (2017)
Sous le même ciel (2017)
Tout en nuances, tome 1 : Hyacinthe (2018)
Le chant de l'océan (2018)
Tout en nuances, tome 2 : Alexa (2019)
À vol de souvenirs (2019)
Tout en nuances, tome 3 :
Aaron & Ambre (2020)
Il faut parfois déplier les étoiles (2020)

Tout en nuances, tome 4 : Adel (2021)
Et si on pliait les étoiles ? (2021)
Tout en nuances, tome 5 :
Amélia & Harry (2022)

Composition et mise en pages
Nord Compo à Villeneuve-d'Ascq